www.ingramcontent.com/pod-product-compliance
Lightning Source LLC
LaVergne TN
LVHW010156070526
838199LV00062B/4383
9789369080823

ترجمہ قرآن مجید

حصہ سوم: المؤمنون تا شوریٰ

میر محمد اسحاق

مرتبہ اعجاز عبید

© Taemeer Publications LLC

Quran Tarjuma Meer Ishaq – Part:3 *(Quran Urdu Translation)*
by: Meer Mohammed Ishaq
Edition: April '2025
Publisher :
Taemeer Publications LLC (Michigan, USA / Hyderabad, India)

ISBN 978-93-6908-082-3

مترجم یا مرتب یا ناشر کی پیشگی اجازت کے بغیر اس کتاب کا کوئی بھی حصہ کسی بھی شکل میں بشمول ویب سائٹ پر اَپ لوڈنگ کے لیے استعمال نہ کیا جائے۔ نیز اس کتاب پر کسی بھی قسم کے تنازع کو نمٹانے کا اختیار صرف حیدرآباد (تلنگانہ) کی عدلیہ کو ہو گا۔

© تعمیر پبلی کیشنز

کتاب : **قرآن ترجمہ میر اسحاق** (سورہ المومنون تا الشوری)

مترجم : **میر محمد اسحاق**

جمع و ترتیب : اعجاز عبید

صنف : ترجمہ قرآن

ناشر : تعمیر پبلی کیشنز (حیدرآباد، انڈیا)

سالِ اشاعت : ۲۰۲۵ء

صفحات : ۲۷۸

فہرست

۲۳۔ المؤمنون............................3

۲۴۔ النور..................................20

۲۵۔ الفرقان..............................36

۲۶۔ الشعراء..............................49

۲۷۔ النمل..................................71

۲۸۔ القصص..............................87

۲۹۔ العنکبوت..........................106

۳۰۔ الروم..............................119

۲۱۔ لقمان..............................130

1

۳۲۔ السجدہ	137
۳۳۔ الاَحزاب	143
۳۴۔ سبا	158
۳۵۔ فاطر	170
۳۶۔ یٰسٓ	180
۳۷۔ الصّٰفّٰت	192
۳۸۔ صٓ	208
۳۹۔ الزمر	220
۴۰۔ غافر	236
۴۱۔ فصلت	253
۴۲۔ الشوریٰ	264

۲۳۔ المؤمنون

بِسۡمِ اللّٰہِ الرَّحۡمٰنِ الرَّحِیۡمِ

اللہ کے نام سے جو رحمان و رحیم ہے

۱. بیشک فلاح پالی ان ایمان والوں نے

۲. (جو صحیح عقائد کے ساتھ ساتھ یہ صفات بھی اپنے اندر رکھتے ہیں کہ) وہ خشوع اور خضوع سے کام لیتے ہیں اپنی نماز میں

۳. جو دور و نفور رہتے ہیں لغو اور بے کار باتوں سے۔

۴. جو پابندی کرتے ہیں ادائیگی زکوٰۃ کی۔

۵. اور جو حفاظت کرتے ہیں اپنی شرم گاہوں کی۔

۶. بجز اپنی بیویوں کے یا ان عورتوں کے جو ان کی ملک یمین میں ہوں کہ ان پر کوئی الزام نہیں۔

۷.	پس جو کوئی اس کے علاوہ کسی اور جگہ شہوت رانی کا طلب گار ہو گا تو ایسے لوگ یقیناً حد سے بڑھنے والے ہیں

۸.	اور جو لوگ پاس و لحاظ رکھتے ہیں اپنی امانتوں اور اپنے عہد و پیماں کا

۹.	اور جو محافظت و پاسداری کرتے ہیں اپنی نمازوں کی۔

۱۰.	یہی لوگ ہیں وراثت پانے والے

۱۱.	جو وارث ہوں گے فردوس بریں کے۔ جہاں ہمیشہ رہنا نصیب ہو گا ان خوش نصیبوں کو

۱۲.	اور بلاشبہ ہم ہی نے پیدا کیا انسان کو مٹی کے ست اور خلاصہ سے۔

۱۲.	پھر ہم ہی نے اس کو رکھا ایک مدت تک ایک بوند کی شکل میں ایک محفوظ قرار گاہ میں۔

۱۴.	پھر اس نطفے کو ہم نے ایک لوتھڑا بنا دیا۔ پھر اس لوتھڑے کو ایک بوٹی بنا دیا۔ پھر اس بوٹی کی ہم نے ہڈیاں بنائیں۔ پھر ان ہڈیوں پر ہم نے گوشت چڑھا دیا۔ پھر ان سب تبدیلیوں کے بعد اس میں روح ڈال کر ہم نے اسے ایک اور ہی مخلوق بنا کر کھڑا کیا۔ سو بڑا ہی برکت والا ہے وہ اللہ جو سب سے بہتر بنانے والا ہے۔

۱۵.	پھر اس کے بعد تم سب کو اے لوگوں بہر حال مرنا ہے

۱۶.	پھر تم سب کو قیامت کے روز یقیناً دوبارہ زندہ کر کے اٹھایا جائے گا

۱۷۔ اور بلاشبہ ہم ہی نے بنائے تمہارے اوپر اے لوگوں سات عظیم الشان راستے اور ہم غافل و بے خبر نہیں تھے اپنی مخلوق اور اس کی ضروریات اور مصلحتوں سے

۱۸۔ اور ہم ہی نے آسمان سے پانی اتارا ایک خاص اندازے کے ساتھ۔ پھر ہم ہی نے اس کو ٹھہرا دیا زمین پر میں اپنی قدرت کاملہ اور حکمت بالغہ سے اور بلاشبہ ہم جب چاہیں اور جیسے چاہیں اس کو لے جانے پر بھی پوری قدرت رکھتے ہیں

۱۹۔ پھر ہم ہی نے اس کے ذریعے اگائے تمہارے لیے طرح طرح کے باغ کھجوروں انگوروں وغیرہ قسما قسم پھلوں کے۔ جن میں تمہارے لیے طرح طرح کے لذیذ پھل بھی بکثرت پائے جاتے ہیں اور انہی سے تم لوگ کھاتے اور اپنی روزی بھی حاصل کرتے ہو۔

۲۰۔ اور زیتون کا ایک ایسا عظیم الشان درخت بھی ہم ہی نے پیدا کیا جو کہ سینا پہاڑ کے آس پاس خاص طور اور بکثرت اگتا ہے کھانے والوں کے لیے تیل اور سالن لے کر

۲۱۔ اور بلاشبہ تمہارے لیے ان مویشیوں میں بھی بڑا سامان عبرت ہے۔ ہم تمہیں اس میں سے جو کہ ان پیٹوں میں ہے دودھ جیسا لذیذ اور مفید مشروب پلاتے ہیں اور تمہارے لیے ان میں اور بھی طرح طرح کے بکثرت فائدے ہیں اور انہی میں سے تم لوگ کھاتے بھی ہو

۲۲۔ اور ان پر اور ان کشتیوں پر تم لوگ لدے پھرتے بھی ہو

۲۳. اور بلاشبہ ہم ہی نے اس سے پہلے بھیجا نوح کو ان کی قوم کی طرف رسول بنا کر تو انہوں نے بھی یہی کہا کہ اے میری قوم کے لوگوں تم سب اللہ ہی کی بندگی کرو کہ اس کے سوا تمہارا کوئی معبود نہیں۔ تو کیا تم لوگ ڈرتے نہیں ہو؟

۲۴. اس پر آپ کی قوم کے وہ سردار جو کفر پر کمر بستہ ہو چکے تھے، کہنے لگے کہ یہ شخص تو تم ہی جیسا ایک انسان ہے جو تم پر برتری حاصل کرنا چاہتا ہے۔ اور اگر اللہ کو کوئی رسول بھیجنا منظور ہوتا تو وہ ضرور آسمان سے کوئی نوری فرشتے بھیج دیتا۔ یہ بات تو ہم نے اپنے پہلے باپ دادوں میں کبھی نہیں سنی کہ کوئی بشر بھی پیغمبر بن کر آ سکتا ہے۔

۲۵. اس لیے اصل بات یہ ہے کہ یہ ایک ایسا شخص ہے جسے کچھ جنون ہو گیا ہے پس تم لوگ اس کے بارے میں صبر و انتظار سے کام لو ایک وقت تک۔

۲۶. نوح نے ان سے مایوس ہو جانے کے بعد عرض کیا اے میرے رب ان لوگوں نے جو مجھے جھٹلایا ہے تو اس پر تو ہی میری نصرت فرما۔

۲۷. اس پر ہم نے نوح کو وحی کے ذریعے بتایا کہ تم ایک کشتی بناؤ ہماری نگرانی میں اور ہماری وحی و ہدایت کے مطابق پھر جب آ پہنچے ہمارا حکم اور ابل پڑے فلاں تنور تو تم سوار ہو جانا اس کشتی میں ہر قسم کے جانوروں میں سے ایک ایک جوڑا لے کر اور اپنے گھر والوں کو بھی اپنے ساتھ لے لینا بجز ان کے جن کے غرق ہونے کے بارے میں ہمارا فیصلہ پہلے ہی طے ہو چکا ہے اور خبردار مجھ سے ان لوگوں کے بارے میں بات نہیں کرنا جو اڑے رہے اپنے ظلم پر کہ انہوں نے اب بہر حال غرق ہو کر رہنا ہے۔

۲۸.	پھر جب کشتی میں بیٹھ جاؤ تم بھی اور وہ سب بھی جو عقیدہ و ایمان کے اعتبار سے تمہارے ساتھ ہیں تو یوں کہو کہ سب تعریفیں اس اللہ کے لیے ہیں جس نے ہمیں نجات دی ان ظالم لوگوں سے

۲۹.	اور یہ دعا بھی کرنا کہ اے میرے رب مجھے اتاریو بابرکت اتارنا کہ تو ہی ہے سب سے بہتر اتارنے والا۔

۲۰.	بیشک اس قصے میں بڑی بھاری نشانیاں ہیں اور کھرا کھوٹا ظاہر کرنے کے لیے ہم آزمائش کر کے ہی رہتے ہیں۔

۲۱.	پھر ان کے بعد ہم نے اٹھا کھڑا کیا ایک اور قوم کو۔

۲۲.	پھر ان میں بھی ہم نے انہی میں کا ایک رسول بھیجا اس نے بھی ان کو یہی دعوت دی کہ تم سب لوگ اللہ ہی کی بندگی کرو۔ اس کے سوا تمہارا کوئی معبود نہیں تو کیا تم لوگ ڈرتے نہیں ہو؟

۲۲.	تو اس کے جواب میں ان کی قوم کے ان سرداروں نے جو کہ اڑے ہوئے تھے اپنے کفر و باطل پر اور جنہوں نے جھٹلا دیا تھا آخرت کی پیشی کو اور جن کو ہم نے خوشحالی دے رکھی تھی دنیاوی زندگی میں۔ انہوں نے کہا کہ یہ شخص اس کے سوا کچھ نہیں کہ ایک بشر اور انسان ہے تم ہی جیسا۔ وہی کچھ کھاتا ہے جو تم کھاتے ہو اور وہی کچھ پیتا ہے جو تم لوگ پیتے ہو

۳۴. اور اگر تم لوگ اپنے ہی جیسے ایک آدمی کے کہنے پر چلنے لگے تو یقیناً اس صورت میں تم لوگ بڑے ہی خسارے اور گھاٹے میں رہو گے۔

۳۵. کیا یہ شخص تم سے یہ کہتا ہے کہ جب تم مر کر مٹی ہو جاؤ گے اور ہڈیوں کا پنجر بن کر رہ جاؤ گے تو تم قبروں سے زندہ کر کے نکالے جاؤ گے؟

۳۶. دور بہت دور ہے وہ وعدہ جو تم لوگوں سے کیا جا رہا ہے۔

۳۷. زندگی تو بس ہماری یہی دنیاوی زندگی ہے. جس میں ہم مرتے اور جیتے ہیں اور بس اور ہم دوبارہ اٹھائے جانے والے نہیں ہے۔

۳۸. یہ تو ایک ایسا شخص ہے. جس نے اللہ پر جھوٹ باندھا ہے اور ہم اس کو کبھی ماننے والے نہیں ہیں۔

۳۹. اس ضد اور ہٹ دھرمی پر اس پیغمبر نے دعا کی کہ اے میرے رب اب تو ہی میری مدد فرما اس لیے کہ یہ لوگ تو میری تکذیب ہی پر کمر بستہ ہو چکے ہیں

۴۰. اس کے رب نے جواب میں ارشاد فرمایا کہ عنقریب ہی ان کو سخت ندامت اور شرمندگی اٹھانا ہوگی۔

۴۱. آخر کار آ پکڑا ان کو اس ہولناک آواز نے جو ان کے لیے مقدر ہو چکی تھی حق کے ساتھ، سو ہم نے ان سب کو کچرا بنا کر رکھ دیا، سو بڑی پھٹکار ہے ایسے ظالم لوگوں کے لیے

۴۲. پھر ان کے بعد ہم نے اور کئی قومیں پیدا کیں،

۴۳. کوئی بھی قوم اپنی مقررہ مدت سے نہ آگے بڑھ سکی، اور نہ ہی وہ اس کے بعد ٹھہر سکی،

۴۴. پھر ہم نے پے در پے اپنے رسول بھیجے مگر ان سب کا حال یہی رہا کہ جب بھی کبھی کسی قوم کے پاس اس کا رسول آیا تو اس نے اس کی تکذیب ہی کی، جس کے نتیجے میں ہم بھی ایک کے بعد ایک قوم کو ہلاک کرتے چلے گئے اور ہم نے ان سب کو قصے کہانیاں بنا کر رکھ دیا سو بڑی پھٹکار ہے ان لوگوں کے لیے جو ایمان نہیں لاتے،

۴۵. پھر ہم نے موسیٰ اور ان کے بھائی ہارون کو بھی رسول بنا کر بھیجا، اپنی نشانیوں اور کھلی سند کے ساتھ،

۴۶. فرعون اور اس کے سرداروں کی طرف، مگر انہوں نے بھی اپنی بڑائی کا گھمنڈ کیا (اور وہ حق کے منکر ہو گئے) اور وہ تھے بھی بڑے سرکش لوگ،

۴۷. چنانچہ انہوں نے کہا کیا ہم اپنے ہی جیسے دو آدمیوں پر ایمان لے آئیں؟ اور وہ بھی اس حال میں کہ ان کی قوم کے لوگ ہماری غلامی کر رہے ہیں

۴۸. سو انہوں نے جھٹلا دیا ان دونوں کو اور ان کے پیغام حق کو جس کے نتیجے میں بالآخر وہ بھی شامل ہو گئے ہونے والوں میں

۴۹. اور بلاشبہ ہم نے موسیٰ کو بھی وہ کتاب بخشی تھی تاکہ وہ لوگ اس سے راہنمائی حاصل کریں

۵۰. اور ہم نے مریم کے بیٹے کو اور اس کی ماں کو بھی بنایا تھا ایک عظیم الشان نشانی اور ان دونوں کو ہم نے جگہ دی تھی ایک ایسی بلند سرزمین پر لے جا کر جو ٹھہرنے کے قابل اور سرسبز و شاداب بھی،

۵۱. اے پیغمبرو، تم کھاؤ پیو پاکیزہ چیزوں میں سے اور کام کرو نیک بلاشبہ میں ان تمام کاموں کو جو تم لوگ شب و روز کرتے ہو پوری طرح جانتا ہوں،

۵۲. اور بلاشبہ تمہاری یہ امت دین و ایمان کے لحاظ سے ایک ہی امت ہے جس کی اساس یہ ہے کہ میں ہی رب ہوں تم سب کا پس تم سب مجھ ہی سے ڈرو

۵۲. مگر ان لوگوں نے اپنے دین کو آپس میں ٹکڑے ٹکڑے کر دیا، ہر گروہ اسی ٹکڑے پر مگن اور مست ہے جو اس کے پاس ہے

۵۴. پس تم چھوڑ دو ان کو ان کی مدہوشی میں کہ یہ اسی میں پڑے رہیں ایک وقت تک

۵۵. کیا انہوں نے یہ سمجھ رکھا ہے کہ ہم ان کو مال اور اولاد میں جو کچھ ترقی دئیے چلے جا رہے ہیں

۵۶. وہ کوئی ان کے لیے بھلائیوں میں جلدی کر رہے ہیں؟ ہرگز نہیں بلکہ یہ لوگ شعور نہیں رکھتے اصل حقیقت کا۔

۵۷. بیشک بھلائیوں میں سبقت کرنے والے لوگ وہ ہیں جو کہ اپنے رب کی عظمت و ہیبت سے لرزاں و ترساں رہتے ہیں

۵۸. جو اپنے رب کی آیتوں پر سچے دل سے ایمان رکھتے ہیں

۵۹.	جو اپنے رب کے ساتھ کسی طرح کا شرک نہیں کرتے،

۶۰.	اور جن کا حال یہ ہے کہ جب وہ دیتے ہیں اللہ کی راہ میں جو کچھ کہ ان کو دینا ہوتا ہے تو ان کے دل ڈر رہے ہوتے ہیں، اس عقیدہ و احساس کی بناء پر کہ ان کو بہر حال اپنے رب کے پاس ہی لوٹ کر جانا ہے،

۶۱.	یہی لوگ ہیں جو دوڑتے ہیں بھلائیوں کی طرف اور یہی ہیں سبقت کرکے انکو پالینے والے

۶۲.	ہم کسی بھی شخص کو اس کی طاقت سے زیادہ تکلیف نہیں دیتے اور ہمارے پاس ایک ایسی کتاب ہے (یعنی ہر شخص کا نامہ عمل) جو کہ (ہر ایک کا حال) ٹھیک بتا دے گی، اور ان پر ذرہ برابر کوئی ظلم نہ ہوگا،

۶۲.	مگر یہ لوگ ہیں کہ ان کے دل اس سے غفلت اور مدہوشی میں پڑے ہیں اور اس فساد عقیدہ کے علاوہ ان کے کچھ اور اعمال بھی ایسے ہیں جن کو یہ لوگ کرتے رہتے ہیں

۶۴.	اور یہ لوگ ایسے ہی غفلت و مدہوشی میں پڑے رہیں گے یہاں تک کہ جب ہم عذاب میں پکڑیں گے ان کے خوشحال اور عیش پرست لوگوں کو تو ان کا سب نشہ ہرن ہو جائے گا اور یہ چلانے لگیں گے،

۶۵.	اس وقت ان سے کہا جائے گا کہ اب چلاؤ مت کیونکہ ہماری طرف سے اب تمہاری کوئی مدد نہیں ہونے کی،

۶۶۔ تم وہی تو ہو کہ اس سے پہلے جب میری آیتیں تم کو پڑھ پڑھ کر سنائی جاتی تھیں، تو تم اپنے کبر و غرور میں الٹے پاؤں پھر جایا کرتے تھے،

۶۷۔ اپنی بڑائی کا گھمنڈ کرتے ہوئے اس قرآن کو مشغلہ بناتے ہوئے اور بکواس کرتے ہوئے،

۶۸۔ تو کیا ان لوگوں نے کبھی اس کلام پر غور نہیں کیا یا ان کے پاس کوئی ایسی انوکھی چیز آگئی ہے، جو ان کے پہلے بڑوں کے پاس نہیں آئی تھی؟

۶۹۔ یا انہوں نے اپنے رسول کو نہیں پہچانا تو انجان ہونے کی وجہ سے یہ اس کے منکر ہو رہے ہیں؟

۷۰۔ کیا یہ لوگ اتنی ظالمانہ اور احمقانہ بات کہتے ہیں کہ اس شخص کو جنون ہو گیا ہے؟ نہیں ان میں سے کوئی وجہ بھی نہیں ہو سکتی بلکہ اصل وجہ یہ ہے کہ یہ رسول ان کے پاس حق لے کر آئے ہیں اور ان لوگوں کی اکثریت کو حق کا نور ہی ناگوار ہے

۷۱۔ اور اگر بفرض محال کہیں حق ان کی خواہشات کے پیچھے چلنے لگتا تو کبھی کے تباہ و برباد ہو چکے ہوتے یہ آسمان اور زمین اور وہ سب مخلوق جو کہ ان کے اندر موجود ہے بلکہ اصل بات یہ ہے کہ ہم ان کے پاس ان کا ذکر لائے ہیں، مگر یہ ایسے بدبخت اور بے انصاف ہیں کہ اپنے ذکر ہی سے منہ موڑے ہوئے ہیں،

۷۲. کیا آپ اے پیغمبر ان سے کوئی اجرت مانگ رہے ہیں؟ تو اس کا بھی کوئی سوال نہیں کیونکہ آپ کے رب کا اجر تو بہر حال سب سے بہتر ہے اور وہی ہے سب سے بہتر دینے والا،

۷۳. اور آپ یقیناً بلا رہے ہیں ان لوگوں کو حق و ہدایت کے سیدھے راستے کی طرف،

۷۴. اور بلاشبہ جو لوگ اپنی دنیاوی لذتوں پر فریفتہ ہو کر آخرت پر ایمان نہیں رکھتے، وہ قطعی طور پر سیدھی راہ سے ہٹے ہوئے ہیں

۷۵. اور اگر ہم ان پر رحم کر کے ان سے وہ تکلیف دور کر دیں جو ان کو پہنچی ہوتی ہے تو یہ یقیناً شکر گزار بننے کی بجائے الٹا اپنی سرکشی میں بھٹکتے ہوئے برابر اسی میں لگے رہیں گے،

۷۶. چنانچہ اس حقیقت کا ایک شاہد یہ ہے کہ ہم نے ان کو عذاب میں پکڑا پھر بھی یہ نہ تو اپنے رب کے سامنے جھکے اور نہ ہی انہوں نے اس کے حضور عاجزی کی

۷۷. یہاں تک کہ جب ہم نے ان پر کھول دیا کوئی دروازہ کسی سخت عذاب کا تو اس وقت یکایک کٹ کر رہ گئیں ان کی سب آرزوئیں اور امیدیں

۷۸. اور وہ اللہ وہی تو ہے جس نے تمہارے لیے کان آنکھیں اور دل پیدا کیے مگر تم لوگ کم ہی شکر ادا کرتے ہو۔

۷۹. اور وہ وحدہٗ لاشریک وہی تو ہے جس نے پھیلا دیا تم کو اپنی قدرت کاملہ اور حکمت بالغہ سے زمین میں اور آخر کار تم سب کو اس کے حضور لے جایا جائے گا اکٹھا کر کے

۸۰.　اور وہ وہی ہے جو زندگی بخشتا اور موت دیتا ہے اور اسی کے قبضہ قدرت میں ہے رات اور دن کا ادلنا بدلنا تو کیا تم لوگ عقل سے کام نہیں لیتے؟

۸۱.　مگر اس سب کے بر عکس یہ لوگ وہی کچھ کہتے ہیں جو کہ ان کے پیش رو کہتے آئے ہیں،

۸۲.　یعنی یوں کہتے ہیں کہ کیا جب ہم مر کر مٹی اور ہڈیاں ہو جائیں گے تو کیا ہمیں واقعی پھر زندہ کر کے اٹھایا جائے گا؟

۸۲.　یہ وعدہ تو ہم سے اور اس سے پہلے ہمارے باپ دادا سے بھی مدتوں سے ہوتا چلا آیا ہے پس یہ اگلے لوگوں سے چلے آنے والے افسانوں کے سوا کچھ نہیں،

۸۴.　آپ ان سے ذرا یہ تو پوچھو کہ کس کی ہے یہ زمین اور جو کچھ کہ اس کے اندر ہے، اگر تم جانتے؟

۸۵.　اس کے جواب میں یہ لوگ ضرور بالضرور یہی کہیں گے کہ اللہ ہی کا ہے یہ سب کچھ، کہو کیا پھر بھی تم لوگ ہوش میں نہیں آتے؟

۸۶.　ان سے کہو کہ کون ہے رب ساتوں آسمانوں کا اور رب عرش عظیم کا؟

۸۷.　تو اس کے جواب میں بھی انہوں نے ضرور یہی کہنا ہے کہ یہ سب کچھ اللہ ہی کے لیے ہے، کہو کہ کیا پھر بھی تم لوگ ڈرتے نہیں ہو؟

۸۸.   نیز پوچھو ان سے کہ کون ہے وہ ہستی جس کے ہاتھ میں ہے باگ ڈور ہر چیز کی ؟ وہ جس کو چاہتا ہے پناہ دیتا ہے اور اس کے مقابلے میں کوئی کسی کو پناہ نہیں دے سکتا، بتاؤ اگر تم جانتے ہو

۸۹.   تو اس کے جواب میں بھی یہ لوگ ضرور یہی کہیں گے کہ یہ سب کچھ اللہ ہی کی شان ہے کہو ظالمو! پھر کہاں سے تم پر جادو کیا جاتا ہے

۹۰.   اور یہ پہلوں کے افسانے نہیں بلکہ ہم تو ان کے پاس حق لے کر آئے ہیں اور یہ یقیناً پرلے درجے کے جھوٹے لوگ ہیں،

۹۱.   اللہ نے نہ تو کسی کو اپنی اولاد بنایا ہے اور نہ ہی اس کے ساتھ دوسرا کوئی خدا ہے، اگر ایسا ہوتا تو اس صورت میں ہر خدا اپنی مخلوق کو لے کر الگ ہو جاتا اور ان میں سے ایک دوسرے پر چڑھ دوڑتا، اللہ پاک ہے ان سب باتوں سے جو یہ لوگ بناتے ہیں،

۹۲.   ایک برابر جاننے والا نہاں و عیاں کا، وہ بالاتر ہے اس شرک سے جو یہ لوگ کرتے ہیں

۹۲.   اپنے رب کے حضور اے پیغمبر اس طرح عرض کرو کہ اے میرے رب اگر تو دکھا دے مجھے یعنی میرے جیتے جی لے آئے وہ عذاب جس کا ان لوگوں سے وعدہ کیا جا رہا ہے،

۹۴.   تو میرے رب ایسی صورت میں مجھے ان ظالم لوگوں میں شامل نہ کیجیو،

۹۵۔   اور بلاشبہ ہم اس پر پوری طرح قادر ہیں کہ وہ آپ کو وہ عذاب دکھا دیں جس کا ہم ان سے وعدہ کر رہے ہیں،

۹۶۔   پر آپ یہی برتاؤ کیے جاؤ کہ برائی کو اس طریقہ سے دفع کرو جو سب سے اچھا ہو ہم خوب جانتے ہیں ان سب باتوں کو جو یہ لوگ بناتے ہیں

۹۷۔   اپنے رب کے حضور اس طرح عرض کرو کہ اے، میرے رب میں تیری پناہ مانگتا ہوں شیطانوں کی اکساہٹوں سے

۹۸۔   اور میں تیری پناہ مانگتا ہوں اے میرے رب، اس سے کہ وہ شیاطین میرے پاس آئیں،

۹۹۔   یہ بدعقیدہ و بد کردار لوگ اسی طرح رہتے ہیں یہاں تک کہ جب ان میں سے کسی کو آ پہنچتی ہے موت تو اس کی آنکھیں کھلتی ہیں اور وہ کہنے لگتا ہے کہ اے میرے رب مجھے واپس لوٹا دے

۱۰۰۔   تاکہ میں نیک عمل کر سکوں اس دنیا میں جسے میں چھوڑ آیا ہوں ایسا ہرگز ہونے کا نہیں یہ تو محض ایک حسرت بھری بات ہوگی جسے وہ کہے جا رہا ہوگا، اور ان کے آگے ایک پردہ حائل ہے، اس دن تک جس میں یہ لوگ قبروں سے اٹھائے جائیں گے،

۱۰۱۔   پھر اس دن کی آمد پر جب صور میں پھونک مار دی جائے گی، تو ہول و ہیبت کے اس عالم میں نہ تو ان کے درمیان کوئی رشتہ رہے گا اور نہ ہی وہ آپس میں ایک دوسرے سے کوئی حال ہی پوچھیں گے،

۱۰۲. پھر جس کے ایمان و اعمال صالحہ کا پلڑا بھاری ہوگا تو وہی لوگ ہوں گے فلاح پانے والے

۱۰۲. اور جس کا پلڑا ہلکا ہوا تو وہی ہوں گے وہ لوگ جنہوں نے خود خسارے میں ڈال دیا ہوگا اپنی جانوں کو، ان کو ہمیشہ کے لیے جہنم میں رہنا ہوگا،

۱۰۴. جہاں آگ جھلس رہی ہوگی ان کے چہروں کو اور وہاں پر نہایت بری طرح بگڑی ہوں گی ان کی شکلیں

۱۰۵. اس وقت ان سے کہا جائے گا کہ کیا تم وہی نہیں وہ کہ میری آیتیں تم کو پڑھ پڑھ کر سنائی جاتی تھیں، پر تم لوگ ان کو جھٹلاتے ہی چلے جا رہے تھے؟

۱۰۶. کہیں گے اے ہمارے رب، ہم پر غالب آ گئی تھی ہماری بدبختی اور واقعی ہم گمراہ لوگ تھے

۱۰۷. اے ہمارے رب، اب ہمیں یہاں سے نکال دے (اور دنیا میں اب ہر کام کرنے کی فرصت و مہلت عطا فرما دے) پھر اگر ہم دوبارہ قصور کریں تو جو مرضی سزا دے کیونکہ اس صورت میں ہم بلاشبہ ظالم ہوں گے،

۱۰۸. ارشاد ہوگا پھٹکارے ہوئے پڑے رہو تم لوگ اسی جہنم میں اور مجھ سے کوئی بات مت کرو،

۱۰۹.   تم لوگ وہی تو ہو کہ میرے کچھ بندے جب یوں کہتے تھے کہ اے ہمارے پروردگار ہم ایمان لے آئے پس تو ہماری بخشش فرما دے اور ہم پر رحم فرما کہ تو ہی ہے سب سے بڑا رحم کرنے والا

۱۱۰.   تو تم ان کا مذاق اڑایا کرتے تھے، یہاں تک کہ ان سے تمہارے اس مذاق نے تمہیں میری یاد بھی بھلا دی تھی اور تم ان سے ہنسی ہی کرتے رہے

۱۱۱.   مگر انہوں نے صبر و استقامات کا دامن نہ چھوڑا، جس پر آج میں نے ان کو ان کے صبر کا پھل دیا کہ وہی ہیں کامیاب اور فائزالمرام

۱۱۲.   پھر اللہ ان سے پوچھے گا کہ اچھا یہ تو بتاؤ کہ تم لوگ زمین میں کتنے برس رہے ؟

۱۱۲.   تو اس پر وہ کہیں گے کہ ایک دن یا دن کا بھی کچھ ہی حصہ ٹھہرے ہوں گے، کچھ صحیح یاد نہیں پس آپ خود ہی پوچھ لیں گنتی کرنے والوں سے

۱۱۴.   ارشاد ہو گا کہ آخرت کے مقابلے میں دنیا میں تم لوگ واقعی بہت ہی کم ٹھہرے ہو کاش کہ تم لوگ یہ حقیقت اس وقت جان لیتے

۱۱۵.   تو کیا تم لوگوں نے یہ سمجھ رکھا تھا کہ ہم نے تم کو یوں ہی بے کار پیدا کیا ہے ؟ اور تمہیں ہمارے پاس لوٹ کر نہیں آنا ؟

۱۱۶.   پس بڑا ہی بلند ہے اللہ تعالیٰ جو کہ بادشاہ حقیقی ہے، اس کے سوا کوئی بھی عبادت کے لائق نہیں وہی مالک ہے عرشِ کریم کا

۱۱۷۔ اور جو کوئی اس سب کے باوجود اللہ کے ساتھ کسی بھی اور ایسے خود ساختہ اور فرضی معبود کو پکارے گا جس کے لیے اس کے پاس کوئی دلیل نہیں تو سوائے اس کے نہیں کہ اس کا حساب اس کے رب کے یہاں ہی ہوگا، یہ قطعی اور یقینی امر ہے کہ کافر کبھی فلاح نہیں پا سکیں گے

۱۱۸۔ اور اے پیغمبر آپ یوں کہا کریں کہ اے میرے رب، بخشش فرما، اور رحم فرما کہ تو ہی ہے سب سے بڑا رحم کرنے والا۔

***

۲۴۔ النور

بِسۡمِ اللّٰهِ الرَّحۡمٰنِ الرَّحِيۡمِ

اللہ کے نام سے جو رحمان و رحیم ہے

۱. یہ ایک عظیم الشان سورت ہے جس کو ہم نے نازل کیا ہے اور اس کے احکام کو بھی ہم ہی نے فرض کیا ہے اور ہم نے اس میں صاف صاف آیتیں نازل کیں تاکہ تم لوگ سمجھو،

۲. زنا کرنے والی عورت اور زنا کرنے والے مرد میں سے ہر ایک کو سو سو کوڑے مارو، اور تمہیں ان کے بارے میں اللہ کے دین کے معاملے میں کوئی ترس نہیں آنا چاہیے۔ اگر تم ایمان رکھتے ہو اللہ پر اور قیامت کے دن پر، اور حاضر رہے ان کی سزا کے اس موقع پر ایک گروہ ایمان والوں کا عبرت پذیری کے لیے

۲. بدکار مرد نکاح نہیں کرتا مگر کسی بدکار یا مشرک عورت سے، اور بدکار عورت سے نکاح نہیں کرتی مگر کوئی بدکار یا مشرک شخص، اور حرام کر دیا گیا اس کو ایمان والوں پر

۴۔ اور جو لوگ تہمت لگائیں پاک دامن عورتوں کو پھر وہ اس پر گواہ نہ چار لاسکیں ، تو انکو تم لوگ اسی کوڑے مارو ، اور ان کی کوئی گواہی بھی کبھی قبول مت کرو ، اور یہی لوگ ہیں بدکار،

۵۔ سوائے ان لوگوں کے جو اس کے بعد توبہ کر لیں اور وہ اپنی اصلاح بھی کر لیں تو ان کا گناہ معاف ہوجائے گا کہ بیشک اللہ بڑا ہی معاف کرنے والا نہایت ہی مہربان ہے ۔

۶۔ اور جو لوگ تہمت لگائیں اپنی بیویوں کو جب کہ ان کے پاس اس کے لیے کوئی گواہ نہ ہوں، سوائے ان کی اپنی جانوں کے تو ان میں سے ایک شخص کی شہادت کی صورت یہ ہے کہ وہ چار مرتبہ اللہ کی قسم کھا کر گواہی دے کہ وہ اپنے اس الزام میں قطعی طور پر سچا ہے

۷۔ اور پانچویں مرتبہ وہ یوں کہے کہ اس پر اللہ کی لعنت و پھٹکار ہو اگر وہ جھوٹا ہوا اپنے اس الزام میں ۔

۸۔ اس کے بعد اس عورت سے سزا اس طرح ٹل سکتی ہے کہ وہ چار مرتبہ اللہ کی قسم کھا کر یوں کہے ، کہ یہ شخص اپنے الزام میں قطعی طور پر جھوٹا ہے

۹۔ اور پانچویں بار وہ یہ کہے کہ مجھ پر خدا کا غضب ٹوٹے اگر یہ شخص سچا ہو (اپنے اس الزام و اتہام میں)

۱۰۔ اور اگر تم لوگوں پر اللہ کا فضل اور اس کی رحمت نہ ہوتی ، نیز یہ بات نہ ہوتی کہ اللہ بڑا ہی توبہ قبول فرمانے والا نہایت ہی حکمت والا ہے (تو تمہیں کیا کچھ بھگتان بھگتنے پڑتے)

۱۱.	بلا شبہ جو لوگ یہ طوفان گھڑ لائے وہ تمہارے اندر ہی کا ایک ٹولہ ہے، تم اس کو اپنے لیے برابر نہ سمجھو بلکہ یہ تمہارے لیے بہتر ہی ہے ان میں سے ہر شخص نے اپنے کیے کے مطابق گناہ سمیٹا ہے، اور ان میں سے جس نے اس کا بڑا حصہ اپنے سر لیا اس کے لیے بڑا عذاب ہے۔

۱۲.	یہ کیوں نہ ہوا کہ جب تم لوگوں نے ان کو سنا تھا تو مومن مرد اور مومن عورتیں اپنے بارے میں نیک گمان کرتے اور وہ سب یوں کہتے کہ یہ تو ایک کھلا بہتان ہے،

۱۲.	یہ لوگ اس الزام پر چار گواہ کیوں نہ لائے، پھر جب وہ گواہ نہیں لا سکے تو تو اللہ کے نزدیک یہی ہیں جھوٹے،

۱۴.	اور اگر تم لوگوں پر اللہ کی مہربانی اور اس کی رحمت نہ ہوتی دنیا میں بھی اور آخرت میں بھی، تو یقینی طور پر تم لوگوں کو پہنچ کر رہتا، ایک بہت بڑا عذاب ان باتوں کی وجہ سے جن میں تم لوگ پڑ گئے تھے

۱۵.	جب کہ تم لوگ اس طوفان کو اپنی زبانوں سے نقل در نقل کرتے جا رہے تھے اور تم اپنے مونہوں سے وہ کچھ کہتے جا رہے تھے جس کا تمہیں کوئی علم نہ تھا اور تم اس کو معمولی چیز سمجھ رہے تھے، مگر اللہ کے نزدیک وہ بہت بڑی بات تھی،

۱۶. اور یہ کیوں نہ ہوا کہ جب تم لوگوں نے اس کو سنا تھا تو تم سنتے ہی یوں کہہ دیتے کہ ہمیں تو ایسی بات منہ سے نکالنا بھی زیب نہیں دیتا، اللہ تو پاک ہے یہ تو ایک بہت بڑا بہتان ہے۔

۱۷. اللہ تمہیں نصیحت کرتا ہے کہ تم پھر کبھی ایسا نہ کرنا اگر تم ایماندار رہو

۱۸. اور اللہ کھول کر بیان فرماتا ہے تمہارے لیے اپنے احکام و فرامین اور اللہ سب کچھ جانتا بڑا ہی حکمت والا ہے۔

۱۹. بلاشبہ جو لوگ یہ چاہتے ہیں کہ مسلمانوں میں بے حیائی پھیلے ان کے لیے ایک بڑا ہی دردناک عذاب ہے، دنیا میں بھی اور آخرت میں بھی، اللہ جانتا ہے اور تم لوگ نہیں جانتے۔

۲۰. اور اگر تم لوگوں پر اللہ کی مہربانی اور اس کی رحمت نہ ہوتی اور یہ بات نہ ہوتی کہ اللہ بڑا ہی نرمی کرنے والا نہایت مہربان ہے

۲۱. تو تم بھی اس وعید سے نہ بچتے اے وہ لوگوں جو ایمان لائے ہو تم پیروی نہ کرنا شیطان کے نقش قدم کی، اور جو کوئی پیروی کرے گا شیطان کے نقش قدم کی تو یقیناً وہ اپنا ہی نقصان کرے گا کہ بیشک وہ تو بے حیائی اور برائی ہی سکھاتا ہے۔ اور اگر اللہ کا فضل اور اس کی رحمت تم پر نہ ہوتی تو تم میں سے کوئی بھی کبھی بھی پاک صاف نہ ہوتا، لیکن اللہ جسے چاہے پاک کر دیتا ہے، اور اللہ ہر کسی کی سنتا سب کچھ جانتا ہے۔

۲۲.   اور تم میں سے جو لوگ فضل اور کشائش والے ہیں وہ اس بات کی قسم نہ کھا بیٹھیں کہ وہ اپنے رشتہ داروں محتاجوں اور اللہ کی راہ میں ہجرت کرنے والوں کی مدد نہیں کریں گے، انھیں معافی اور درگزر ہی سے کام لینا چاہیے کیا تم لوگ نہیں چاہتے کہ اللہ تمہیں معاف کر دے؟ اور اللہ بڑا ہی معاف کرنے والا نہایت ہی مہربان ہے۔

۲۲.   جو لوگ تہمت لگاتے ہیں پاک دامن، بھولی بھالی، ایماندار عورتوں کو اور ان پر لعنت اور پھٹکار ہے دنیا میں بھی اور آخرت میں بھی اور ان کے لیے بہت بڑا عذاب ہے۔

۲۴.   جس دن ان کے خلاف گواہی دیں گی خود ان کی اپنی زبانیں اور ان کے اپنے ہاتھ اور پاؤں ان کاموں کی جو یہ لوگ کیا کرتے تھے

۲۵.   اس دن اللہ انھیں ان کا وہ بدلہ پورے کا پورا دے گا جس کے وہ مستحق ہیں اور انھیں قطعی طور پر خود معلوم ہو جائے گا کہ اللہ ہی ہے حق اور حقیقت کو کھول دینے والا۔

۲۶.   خبیث عورتیں خبیث مردوں کے لائق ہوتی ہیں اور خبیث مرد خبیث عورتوں کے لیے اور پاکیزہ عورتیں پاکیزہ مردوں کے لائق ہوتی ہیں اور پاکیزہ مرد پاکیزہ عورتوں کے لیے یہ ان باتوں سے پاک ہیں جو بنانے والے بناتے ہیں، ان کے لیے بخشش بھی ہے اور عزت کی روزی بھی۔

۲۷.   اے وہ لوگوں جو ایمان لائے ہو اپنے گھروں کے سوا دوسرے گھروں میں داخل نہ ہوا کرو یہاں تک کہ تم اجازت نہ لے لو اور اجازت لینے سے پہلے گھر والوں کو سلام نہ کر لو یہ تمہارے لیے بہت بہتر ہے تاکہ تم لوگ نصیحت حاصل کرو

۲۸.	پھر اگر تم کو ان گھروں میں کوئی اجازت دینے والا نہ ملے تو تم ان میں داخل نہ ہوا کرو یہاں تک کہ تم کو اجازت دی جائے، اور اگر کبھی تم سے کہہ دیا جائے کہ واپس چلے جاؤ تو تم واپس چلے جایا کرو یہ تمہارے لیے زیادہ پاکیزہ طریقہ ہے، اور اللہ پوری طرح جانتا ہے ان سب کاموں کو جو تم لوگ کرتے ہو

۲۹.	تم پر اس بات میں کوئی گناہ نہیں کہ تم ایسے مکانوں میں بلا اجازت داخل ہو جاؤ جن میں کوئی بستا نہیں اور تمہیں بھی ان کے برتنے کا حق ہے اور اللہ کو ایک برابر معلوم ہے وہ سب کچھ جو تم لوگ ظاہر کرتے ہو اور جو تم چھپاتے ہو۔

۲۰.	کہہ دو! ایماندار مردوں سے اے پیغمبر کہ وہ بچا کر رکھیں اپنی نگاہوں کو اور حفاظت کریں اپنی شرمگاہوں کی حرام سے یہ ان کے لیے زیادہ پاکیزہ طریقہ ہے۔ بلاشبہ اللہ کو پوری خبر ہے ان سب کاموں کی جو یہ لوگ کرتے ہیں

۲۱.	اور مومن عورتوں سے بھی کہہ دو کہ وہ بچا کر رکھیں اپنی نگاہوں کو اور حفاظت کریں اپنی شرمگاہوں کی اور ظاہر نہ کریں اپنی زینت کو مگر جو خود ظاہر ہو جائے اور اپنی اوڑھنیوں کے آنچلوں کو وہ اپنے سینوں پر ڈال دیا کریں اور اپنا بناؤ سنگھار ظاہر نہ کریں مگر اپنے خاوندوں کے سامنے یا اپنے باپوں کے سامنے یا اپنے خاوندوں کے باپوں کے سامنے یا اپنے بیٹوں کے سامنے یا اپنے خاوندوں کے بیٹوں کے سامنے یا اپنے بھائیوں کے سامنے یا اپنے بھتیجوں کے سامنے یا اپنے بھانجوں کے سامنے یا اپنی دین شریک عورتوں کے سامنے یا ان مملوکوں کے سامنے جن کے مالک ہو چکے ہوں ان کے داہنے ہاتھ

یا ان ماتحت مردوں کے سامنے جنھیں عورتوں کی حاجت نہ ہو یا ان لڑکوں کے سامنے جو
عورتوں کی پردہ کی چیزوں سے واقف نہ ہوں اور وہ زمین پر اس طرح زور سے پاؤں مارتی ہوئی
نہ چلا کریں کہ اپنی جو زینت انہوں نے چھپا رکھی ہو وہ ظاہر ہونے لگے اور تم سب توبہ کرو
اللہ کے حضور ایمان والو تاکہ تم فلاح پا سکو۔

۲۲. اور نکاح کرا دیا کرو تم لوگ ان کے جو تم میں سے بے نکاح ہوں اور اپنے ان غلام اور لونڈیوں کے بھی جو صالح ہوں، اگر وہ محتاج ہوں گے تو اللہ ان کو غنی و مالدار بنا دے گا اپنے فضل و کرم سے اور اللہ بڑی ہی کشائش والا سب کچھ جانتا ہے

۲۲. اور جو لوگ نکاح کی قدرت نہیں رکھتے ان کو چاہیے کہ وہ پاک دامن رہیں یہاں تک کہ اللہ ان کو غنی اور مالدار بنا دے اپنے فضل و کرم سے اور تمہارے مملوکوں میں سے جو لوگ مکاتب ہونے کی خواہش کریں تم ان کو مکاتب بنا دیا کرو اگر تم ان میں بہتری کے آثار پاؤ اور ان کو اللہ کے اس مال میں سے دیا کرو جو اس نے تم کو عطا فرما رکھا ہے اور اپنی لونڈیوں کو بدکاری پر مجبور نہ کیا کرو، بالخصوص جب کہ وہ خود پاک دامن رہنا چاہتی ہوں اور تم یہ ذلیل حرکت محض اس لیے کرو کہ تم دنیا کا کچھ مال حاصل کر سکو پھر یاد رکھو کہ جو ان کو مجبور کرے گا تو اللہ ان کے مجبور ہونے کے بعد ان کی بخشش فرما دے گا کہ بیشک اللہ بڑا ہی بخشنے والا انتہائی مہربان ہے

۲۴. اور بلاشبہ ہم نے تمہاری طرف کھلے کھلے احکام بھی اتار دیئے (اے لوگو!) اور کچھ عبرت انگیز واقعات بھی ان لوگوں کے جو تم سے پہلے گزر چکے ہیں اور ایک عظیم الشان نصیحت بھی پرہیزگاروں کے لیے۔

۲۵. اللہ نور ہے آسمانوں اور زمین کا اس کے نور کی مثال ایسی ہے جیسے کہ ایک طاق ہو اس میں ایک چراغ ہو، وہ چراغ ایک فانوس میں ہو، وہ فانوس ایسا کہ گویا کہ وہ موتی جیسا چمکتا ہوا ایک ستارہ ہے وہ چراغ زیتون کے ایک ایسے مبارک درخت کے تیل سے روشن کیا جاتا ہو جو نہ مشرقی ہو نہ مغربی اس کا تیل بھی ایسا صاف و شفاف ہو کہ وہ خود بخود بھڑکا پڑتا ہو، اگرچہ آگ نے اس کو چھوا تک بھی نہ ہو (بس) نور پر نور ہے اللہ اپنے اس نور کی طرف ہدایت کی توفیق و عنایت سے نوازتا ہے جس کو چاہتا ہے اور وہ بیان فرماتا ہے لوگوں کے لیے طرح طرح کی اور عمدہ عمدہ مثالیں اور اللہ ہر چیز کا پورا پورا علم رکھتا ہے

۲۶. وہ نور ملتا ہے ایسے گھروں میں جن کے بارے میں اللہ نے حکم دیا ہے کہ ان کی تعظیم کی جائے اور ان میں اس کا نام لیا جائے، ان میں صبح و شام اس کی تسبیح کرتے ہیں۔

۲۷. ایسے لوگ جنہیں اللہ کی یاد اقامت نماز اور ادائیگی زکوٰۃ سے نہ کوئی سوداگری غفلت میں ڈال سکتی ہے اور نہ ہی کوئی خرید و فروخت ان کے آڑے آ سکتی ہے وہ ڈرتے رہتے ہیں ایک ایسے ہولناک دن سے جس میں الٹ دیئے جائیں گے دل اور پتھرا جائیں گی آنکھیں

۳۸. اور یہ اس لیے کہ تا کہ اللہ ان کو بہترین بدلے سے نوازے ان کے زندگی بھر کے کیے کرائے پر اور مزید برآں وہ ان کو سرفراز فرمائے اپنی شان کریمی کی بناء پر اپنے خاص فضل و کرم سے اور اللہ جس کو چاہتا ہے عطا فرماتا ہے بغیر کسی حساب کے

۳۹. اور اس کے برعکس جو لوگ اڑے رہے ہوں گے اپنے کفر و باطل پر ان کے اعمال کی مثال کسی چٹیل میدان میں چمکنے والی اس ریت کی سی ہے جسے پیاسا شخص پانی سمجھ رہا ہو یہاں تک کہ جب وہ پانی کی امید میں چلتا ہوا اس کے پاس پہنچے تو اس کو وہاں پانی والی تو کچھ بھی نہ ملے البتہ وہاں وہ اللہ کی طرف سے آنے والی موت کو پالے اور وہ اس کا حساب چکا دے۔

۴۰. کہ اللہ کو تو حساب چکاتے کوئی دیر نہیں لگتی یا جیسے کسی گہرے سمندر کے ایسے ہولناک اور گمبھیر اندھیرے ہوں جہاں موج پر موج چھائے جا رہی ہو اور اس کے اوپر بادل ہو غرضیکہ طرح طرح کے گھٹا ٹوپ اندھیرے ایک دوسرے پر اس طرح مسلط ہوں کہ آدمی جب اپنا ہاتھ نکالے تو اسے بھی دیکھنے نہ پائے اور جسے اللہ نور سے نہ نوازے اس کے لیے کہیں سے بھی کوئی نور نہیں ہو سکتا

۴۱. کیا تم دیکھتے نہیں ہو کہ اللہ ہی کی تسبیح کرتے ہیں وہ سب جو کہ آسمانوں میں ہیں اور جو زمین میں ہیں اور پرند بھی اپنے پر پھیلائے ہوئے ہر ایک نے اچھی طرح جان پہچان رکھا ہے اپنی نماز اور اپنی تسبیح کو اور اللہ کو پوری طرح علم ہے ان سب کاموں کا جو یہ لوگ کر رہے ہیں

۴۲.   اور اللہ ہی کے لیے ہے بادشاہی آسمانوں کی اور زمین کی اور اللہ ہی کی طرف پلٹنا ہے سب کو۔

۴۲.   کیا تم دیکھتے نہیں کہ اللہ کس طرح بادل کو چلاتا ہے پھر اس کی مختلف ٹکڑیوں کو آپس میں جوڑ دیتا ہے پھر اس کو تہ بر تہ کر کے ایک کثیف بادل بنا دیتا ہے پھر تم بارش کو دیکھتے ہو کہ وہ اس کے بیچ میں سے نکل نکل کر برستی ہے اور وہ آسمانوں سے یعنی ایسے پہاڑوں سے جن میں اولے ہیں اولے برساتا ہے پھر ان کو وہ جس پر چاہتا ہے گرا دیتا ہے اور جس سے چاہتا ہے پھیر دیتا ہے اور حال یہ ہوتا ہے کہ قریب ہے کہ اس کی بجلی کی کوند اور چمک اچک لے اس کی نگاہوں کو،

۴۴.   اللہ ہی ادلتا بدلتا ہے رات اور دن کو نہایت پُر حکمت طریقے سے بلا شبہ اس سارے نظام میں بڑا بھاری سامان عبرت ہے آنکھوں والوں کے لیے

۴۵.   اللہ ہی نے پیدا فرمایا ہر جاندار کو پانی کے جوہر عظیم سے پھر ان میں سے کچھ پیٹ کے بل چلتے ہیں اور کچھ دو پاؤں پر چلتے ہیں اور کچھ چار پر، اور اس کے علاوہ بھی اللہ جو چاہتا ہے پیدا کرتا ہے بیشک اللہ ہر چیز کے خلق و ابداع پر پوری قدرت رکھتا ہے

۴۶.   بلاشبہ ہم ہی نے اتاریں حق اور حقیقت کو کھول کر بیان کرنے والی عظیم الشان آیتیں، اور اللہ جس کو چاہتا ہے ہدایت سے نوازتا ہے سیدھے راستے کی طرف،

۴۷۔ اور کہنے کو تو یہ منافق لوگ یوں کہتے ہیں کہ ہم ایمان لائے اللہ پر اور اس کے رسول پر اور ہم نے اطاعت قبول کی مگر حال ان کا یہ ہے کہ پھر انہی میں کا ایک گروہ اس کے بعد پھر جاتا ہے راہ حق و صواب سے اور حقیقت یہ ہے کہ یہ لوگ ایماندار ہیں ہی نہیں

۴۸۔ اور ان کا حال یہ ہے کہ جب ان کو بلایا جاتا ہے اللہ اور اس کے رسول کی طرف تاکہ فیصلہ فرمائے رسول ان کے درمیان تو ان میں سے ایک گروہ منہ موڑ لیتا ہے حق و صواب سے

۴۹۔ اور اگر کہیں حق ان کو پہنچتا ہو تو یہ آپ کے پاس گردن جھکائے دوڑے چلے آتے ہیں

۵۰۔ کیا ان لوگوں کے دلوں میں روگ ہے کفر و نفاق کا؟ یا یہ لوگ شک میں پڑے ہوئے ہیں؟ یا ان کو اس بات کا خوف و اندیشہ لاحق ہے کہ کہیں ظلم اور بے انصافی کر دے گا ان پر اللہ پاک اور اس کا رسول؟ نہیں ان میں سے کچھ بھی نہیں بلکہ اصل حقیقت یہ ہے کہ یہ لوگ ہیں ہی ظالم اور بے انصاف لوگ

۵۱۔ اس کے بر عکس سچے مسلمانوں کی شان یہ ہے کہ جب ان کو بلایا جاتا ہے اللہ اور اس کے رسول کی طرف تاکہ فیصلہ فرمائے ان کے درمیان اللہ کا رسول تو وہ برضا و رغبت یوں کہتے ہیں کہ ہم نے سنا اور مانا اپنے اور اس کے رسول کے حکم کو اور یہی لوگ ہیں فلاح پانے والے

۵۲.	اور عام ضابطہ و قانون ہمارے یہاں یہ ہے کہ جو بھی کوئی صدق دل سے اطاعت و فرمانبرداری کرے گا اللہ اور اس کے رسول کی اور وہ ڈرتا رہے گا اللہ کی گرفت و پکڑ سے اور بچتا رہے گا اس کی نافرمانی سے تو ایسے ہی لوگ ہیں کامیاب ہونے والے

۵۳.	اور منافقوں کے بارے میں مزید سنو کہ یہ لوگ قسمیں کھاتے ہیں اللہ کے پاک نام کی بڑے زور شور سے کہ اگر آپ ان کو گھر بار چھوڑ دینے کا بھی حکم دیں تو وہ ضرور نکل کھڑے ہوں گے سوان سے کہو کہ قسمیں نہ کھاؤ فرمانبرداری کوئی ڈھکی چھپی چیز نہیں بلاشبہ اللہ کو ان سب کاموں کی پوری خبر ہے جو تم لوگ کر رہے ہو

۵۴.	ان سے کہو کہ کہا مانو تم لوگ اللہ کا اور اس کے رسول کا پھر اگر تم لوگ پھر گئے تو خوب سمجھ لو کہ رسول کے ذمے بس وہی ہے جو ان پر ڈالا گیا اور تمہارے ذمے وہ ہے جو تم پر ڈالا گیا اور اگر تم لوگ رسول کی اطاعت کرو گے تو تم خود ہی ہدایت پاؤ گے ورنہ رسول کے ذمے صاف صاف پہنچا دینے کے سوا اور کچھ نہیں۔

۵۵.	اللہ نے وعدہ فرمایا ہے تم میں سے ان لوگوں کے ساتھ جو صدق دل سے ایمان لائے اور انہوں نے کام بھی نیک کیے کہ وہ ان کو ضرور بالضرور نوازے گا اس زمین میں خلافت و حکمرانی کے شرف سے جیسا کہ وہ نواز چکا ہے خلافت و حکمرانی کے اس شرف سے ان لوگوں کو جو گزر چکے ہیں ان سے پہلے اور وہ ضرور بالضرور مستحکم و مضبوط فرما دے گا ان کے لیے ان کے اس دین کو جس کو اس نے پسند فرمایا ہے ان کی صلاح و فلاح کے لیے اور وہ ضرور بالضرور بدل دے گا ان کے خوف و ہراس کو امن و امان کی نعمت سے بشرطیکہ وہ

میری عبادت و بندگی کریں صدق و اخلاص سے اور میرے ساتھ کسی بھی قسم کا کوئی شرک نہ کریں اور جس نے کفر و ناشکری کا ارتکاب کیا اس نعمت سے سرفرازی کے بعد تو ایسے ہی لوگ ہیں فاسق و بدکار

۵۶. اور تم قائم رکھو نماز کو اور ادا کرتے رہا کرو فریضہ زکوٰۃ کو اور صدق دل سے اطاعت و فرمانبرداری کرو اللہ کے رسول کی

۵۷. تاکہ تم کو نوازا جائے اس کے رحم و کرم سے اور کبھی تم ان لوگوں کے بارے میں یہ گمان بھی نہ کرنا جو کہ اڑے ہوئے ہیں اپنے کفر و باطل پر کہ وہ عاجز کر دیں گے اللہ کو اس کی اس زمین میں اور ان سب کا آخری ٹھکانا تو بہر حال دوزخ ہے اور بڑا ہی برا ٹھکانا ہے وہ

۵۸. اے وہ لوگوں جو ایمان لائے ہو تمہارے مملوکوں اور ان لڑکوں کو جو ابھی بلوغ کی حد کو نہیں پہنچے تمہارے پاس آنے کے لیے تین وقتوں میں اجازت لینی چاہیے یعنی صبح کی نماز سے پہلے دوپہر کے وقت جب تم لوگ اپنے کپڑے اتار دیتے ہو اور عشاء کی نماز کے بعد کیونکہ یہ تینوں وقت تمہارے پردے کے وقت کے ہوتے ہیں۔ ان کے علاوہ ان کے بلا اجازت آ جانے میں نہ تم پر کوئی گناہ ہے نہ ان پر، کیونکہ تمہیں آپس میں ایک دوسرے کے پاس بار بار آنا جانا ہوتا ہے تو ہر وقت اجازت لینے میں حرج ہوتا ہے اسی طرح اللہ کھول کر بیان فرماتا ہے تمہارے لیے اپنے احکام اور اللہ سب کچھ جانتا بڑا ہی حکمت والا ہے

۵۹.	اور جب تمہارے لڑکے بلوغ کی حد کو پہنچ جائیں، تو ان کو بھی اسی طرح اجازت لینی چاہیے جس طرح کہ ان کے بڑے اجازت لیتے ہیں اسی طرح اللہ کھول کھول کر بیان کرتا ہے تمہارے لیے اپنے احکام اور اللہ سب کچھ جانتا بڑا ہی حکمت والا ہے۔

۶۰.	اور وہ خانہ نشیں بوڑھی عورتیں جو کو نکاح کی کوئی امید باقی نہ رہی ہو ان پر اس بات میں کوئی گناہ نہیں کہ وہ اپنے زائد کپڑے اتار کر رکھ دیں بشرطیکہ وہ کسی زینت کی نماز کرنے والی نہ ہوں، اور اس رخصت کے باوجود اگر وہ بھی بچ کر رہیں تو یہ ان کے حق میں بہر حال بہتر ہے اور اللہ ہر کسی کی سنتا سب کچھ جانتا ہے۔

۶۱.	نہ اندھے پر کوئی حرج و تنگی ہے اور نہ لنگڑے پر اور نہ ہی بیمار پر، اور نہ خود تم پر اس بات میں کہ تم لوگ کھاؤ پیو اپنے گھروں سے یا اپنے باپوں کے گھروں سے یا اپنی ماؤں کے گھروں سے، یا اپنے بھائیوں کے گھروں سے، یا اپنی بہنوں کے گھروں سے یا اپنے چچاؤں کے گھروں سے یا اپنی پھوپھیوں کے گھروں سے یا اپنے ماموؤں کے گھروں سے یا اپنی خالاؤں کے گھروں سے یا ان گھروں سے جن کی کنجیاں تمہارے حوالے ہوں، یا اپنے دوستوں کے گھروں سے پھر اس میں بھی خواہ تم سب مل کر کھاؤ یا الگ الگ تم پر کوئی حرج نہیں، پھر یہ بھی یاد رہے کہ جب تم داخل ہونے لگو گھروں میں تو سب سے پہلے سلام کیا کرو اپنے لوگوں کو، اللہ کی طرف سے تعلیم فرمودہ ایک حیات آفریں اور پاکیزہ دعا کے طور پر اسی طرح اللہ کھول کر بیان کرتا ہے تمہارے لیے اپنے احکام تاکہ تم لوگ سمجھو اور عقل سے کام لو

۶۲.	مومن تو حقیقت میں وہی لوگ ہیں جو (دل و جان سے) ایمان لائے اللہ اوراس کے رسول پر اور جب وہ کسی اجتماعی کام میں رسول کے ساتھ ہوں تو اس وقت تک نہ جائیں جب تک کہ وہ ان سے اجازت نہ لے لیں اے پیغمبر جو لوگ آپ سے اجازت مانگتے ہیں بلاشبہ وہی ہیں جو ایمان و یقین رکھتے ہیں اللہ پر اوراس کے رسول پر پس جب یہ لوگ اپنے کسی کے لیے آپ سے اجازت مانگا کریں تو آپ ان میں سے جس کے لیے چاہیں اجازت دے دیا کریں اوران کے لیے اللہ سے بخشش کی دعاء بھی کیا کریں بیشک اللہ بڑا ہی بخشنے والا نہایت ہی مہربان ہے۔

۶۲.	ایمان والو، خبردار کہیں تم رسول کے بلانے کو آپس میں ایک دوسرے کو بلانے کی طرح نہ سمجھ لینا۔ یقیناً اللہ پوری اور اچھی طرح جانتا پہچانتا ہے ان لوگوں کو جو تم میں کھسک جاتے ہیں آنکھ بچا کر سوڈرنا اور اپنے ہولناک انجام سے بچنا چاہیے ان لوگوں کو جو خلاف ورزی کرتے ہیں اس وحدہٗ لاشریک کے حکم وارشاد کی اس بات سے کہ کہیں اچانک اس دنیا ہی میں آن پڑے ان پر کوئی ہولناک آفت یا آ پکڑے ان کو آخرت کا دردناک عذاب

۶۴.	آگاہ رہو کہ بیشک اللہ ہی کا ہے وہ سب کچھ جو کہ آسمانوں اور زمین میں ہے وہ پوری طرح جانتا ہے اس حال کو جس پر تم لوگ ہو اور یاد رکھو اس دن کو جس دن کہ ان سب کو اسی کی طرف پھیر لایا جائے گا پھر وہ ان کو وہ سب کچھ ٹھیک بتا دے گا جو انہوں نے زندگی بھر کیا کرایا ہوگا اور اللہ ہر چیز کو پوری طرح جانتا ہے۔

***

۲۵۔ الفرقان

بِسۡمِ اللّٰہِ الرَّحۡمٰنِ الرَّحِیۡمِ

اللہ کے نام سے جو رحمان و رحیم ہے

۱. بڑی ہی برکت والی ہے وہ ذات جس نے نازل فرمایا اپنے کرم بے پایاں سے اس فیصلہ کن کتاب کو اپنے بندہ خاص پر تاکہ وہ خبردار کرنے والا ہو دنیا جہاں کے لوگوں کے لیے۔

۲. جس کے لیے بادشاہی ہے آسمانوں اور زمین کی، جس نے نہ کسی کو اولاد ٹھہرایا اور نہ کوئی اس کا شریک ہے اس کی بادشاہی میں، اور اس نے بلا شرکت غیرے پیدا فرمایا ہر چیز کو اور اس کو نہایت حکمت کے ساتھ ایک خاص اندازے پر رکھا

۲. مگر اس کے باوجود لوگوں نے اس کے سوا ایسے خود ساختہ معبود بنا رکھے ہیں جو کچھ بھی پیدا نہیں کر سکتے اور وہ خود پیدا کیے جاتے ہیں اور پیدا کرنا تو درکنار وہ خود اپنے لیے بھی

نہ کسی نقصان کو ٹالنے کا اختیار رکھتے ہیں اور نہ کسی نفع کو حاصل کرنے کا اور نہ وہ مرنے کا کوئی اختیار رکھتے ہیں نہ جینے کا اور نہ ہی دوبارہ اٹھنے کا۔

۴. اور کافر لوگ کہتے ہیں کہ یہ قرآن تو محض ایک من گھڑت چیز ہے جسے اس شخص یعنی پیغمبر نے خود ہی گھڑ لیا ہے اور کچھ دوسرے لوگوں نے اس کام پر اس کی مدد کی ہے بلا شبہ اس طرح لوگوں نے ارتکاب کیا ہے ایک بڑے ظلم اور نرے جھوٹ کا۔

۵. اور کہتے ہیں کہ یہ قرآن تو بس کہانیاں ہیں پہلے لوگوں کو جن کو اس شخص نے کسی سے لکھوا لیا ہے پھر وہ اس کو صبح و شام پڑھ کر سنائی جاتی ہیں۔

۶. کہو اس کلام حق کو تو اتارا ہے اس ذات اقدس و اعلیٰ نے جو جانتی ہے آسمانوں اور زمین کے بھیدوں کو بیشک وہ بڑا ہی بخشنے والا نہایت ہی مہربان ہے

۷. اور کہتے ہیں کہ یہ کیسا رسول ہے جو کھانا کھاتا ہے اور بازاروں میں چلتا پھرتا ہے اس کے پاس کوئی ایسا فرشتہ کیوں نہ بھیج دیا گیا جو اس کے ساتھ رہ کر نہ ماننے والوں کو ڈراتا دھمکاتا رہتا؟

۸. یا اس کے لیے غیب سے کوئی خزانہ آ پڑتا، یا اس کے پاس کم از کم کوئی ایسا باغ ہوتا جس سے یہ خود کھایا پیا کرتا اور یہ ظالم تو مسلمانوں سے یہاں تک کہتے ہیں کہ تم لوگ تو بس جادو کے مارے ہوئے ایک شخص کے پیچھے چلتے ہو۔

۹. ذرا دیکھو تو سہی کہ ان لوگوں نے آپ کے لیے اے پیغمبر! کیسی کیسی مثالیں گھڑیں، سو اس کے نتیجے میں یہ لوگ ایسے بھٹکے کہ ان کو کوئی راستہ ہی نہیں سوجھتا۔

۱۰.	بڑی ہی برکت والی ہے وہ ذات جو اگر چاہے تو اس دنیا میں ہی اور ان کی ان فرمائشوں سے بھی کہیں بڑھ کر اچھی چیز آپ کو عطا فرما دے یعنی ایک نہیں کئی ایسے عظیم الشان باغ جن کے نیچے سے نہریں بہتی ہوں اور اسی طرح وہ بنا دے آپ کے لیے طرح طرح کے عظیم الشان محل بھی

۱۱.	اور پھر ان لوگوں کا ایسے کہنا بھی کوئی طلب حق کے لیے نہیں بلکہ یہ لوگ تو جھٹلا چکے ہیں قیامت کو پوری ہٹ دھرمی سے اور جو کوئی قیامت کو جھٹلائے گا اس کے لیے ہم نے تیار کر رکھی ہے ایک بڑی ہی ہولناک اور دہکتی بھڑکتی آگ،

۱۲.	ایسی ہولناک آگ کہ جب وہ ان کو دور سے دیکھے گی تو یہ لوگ اس کے غیظ و غضب اور دہاڑنے کی آوازیں سنیں گے

۱۲.	اور جب ڈال دیا جائے گا ان بدبختوں کو اس کے کسی تنگ و تاریک مقام میں جکڑا بندھا ہوا، تو یہ وہاں پر رہ رہ کر موت کو پکاریں گے

۱۴.	اور اس وقت ان سے کہا جائے گا کہ آج تم ایک موت کو نہیں بہت سی موتوں کو پکارو

۱۵.	کہو اب بتاؤ کہ کیا یہ بہتر ہے یا وہ ابدی جنت جس کا وعدہ متقی اور پرہیزگار لوگوں سے کیا گیا ہے جو ان کے لیے ان کے اعمال کا صلہ و بدلہ بھی ہوگا اور آخری ٹھکانہ بھی،

۱۶.	ان کو اس میں ہر وہ چیز ملے گی جس کی وہ خواہش کریں گے اور وہ اس میں ہمیشہ رہیں گے، یہ ایک وعدہ ہے واجب الاداء تیرے رب کے ذمہ کرم پر،

۱۷.　اور یاد کرو تم اے لوگو! اس ہولناک دن کو کہ جس دن اللہ اکٹھا کر لائے گا ان سب کو بھی اور ان کے ان معبودوں کو بھی جن کو یہ پوجا پکارا کرتے تھے اللہ کے سوا پھر وہ ان سے پوچھے گا کہ کیا تم نے میرے ان بندوں کو گمراہ کیا تھا یا یہ خود ہی بھٹک گئے تھے سیدھی راہ سے؟

۱۸.　تو وہ عاجزانہ اور دست بستہ عرض کریں گے پاک ہے آپ کی ذات اے اللہ ہمیں تو کسی بھی طرح یہ زیب نہیں دیتا تھا کہ ہم آپ کے سوا کسی اور کو کارساز بناتے، مگر آپ ہی نے جس آسودگی اور خوشحالی سے نوازا تھا ان لوگوں کو اور ان کے باپ دادا کو تو اس سے یہ لوگ مست و مگن ہو کر کفران نعمت میں پڑ گئے تھے یہاں تک کہ انہوں نے بھلا دیا تھا آپ کی یاد دلشاد کو اور یہ لوگ شامت زدہ ہو کر رہ گئے تھے

۱۹.　سو وہ قطعی اور صریح طور پر جھٹلا دیں گے تمہاری ان تمام باتوں کو اے منکرو! جو تم لوگ آج ان کو شریک ٹھہرانے کے لیے گھڑتے بناتے ہو پھر نہ تو تم عذاب کو ٹال سکو گے اور نہ ہی کہیں سے کوئی مدد پا سکو گے اور جو بھی کوئی تم میں سے ظلم کرے گا ہم اس کو مزہ چکھا کر رہیں گے ایک بہت بڑے عذاب کا

۲۰.　اور ہم نے جو بھی پیغمبر آپ سے پہلے بھیجے ان سب کی شان یہی تھی کہ وہ کھاتے پیتے بھی تھے اور بازاروں میں چلتے پھرتے بھی، اور ہم نے تم سب کو اے لوگوں آپس میں ایک دوسرے کے لیے آزمائش کا ذریعہ بنایا ہے کیا تم لوگ صبر کرتے ہو؟ اور تمہارا رب سب کچھ دیکھنے والا ہے۔

۲۱.	اور کہتے ہیں وہ لوگ پوری ڈھٹائی اور بے باکی سے جو امید و اندیشہ نہیں رکھتے ہمارے حضور پیشی کا کہ کیوں نہیں اتار دئیے گئے ہم پر فرشتے یا ہم خود اپنی آنکھوں سے سیکھ لیتے اپنے رب کو سوان لوگوں نے بڑی چیز سمجھا اپنے آپ کو اپنے دلوں میں اور انہوں نے ارتکاب کیا ایک بہت بڑی سر کشی کا

۲۲.	جس دن یہ لوگ فرشتوں کو دیکھیں گے اس دن ایسے مجرموں کے لیے خوشی کا کوئی موقع نہیں ہوگا، وہ (الٹا گھبرا کر) پکاریں گے کہ کوئی مضبوط پناہ کر دی جائے (بچنے کے لیے)

۲۲.	اور اس روز ہم متوجہ ہوں گے ان کے ان تمام اعمال کی طرف جو انہوں نے اپنی دنیاوی زندگی میں کیے کرائے ہوں گے

۲۴.	جنت والوں کا اس دن ٹھکانا بھی سب سے اچھا ہوگا اور ان کی آرام گاہ بھی سب سے عمدہ ہوگی

۲۵.	اور جس دن پھٹ پڑے گا آسمان بادل کے ساتھ اور اتار دیا جائے گا فرشتوں کو پرے پر پرے کے طور پر

۲۶.	حقیقی اور سچی بادشاہی اس روز خدائے رحمان ہی کی ہوگئی اور کافروں پر وہ دن بڑا ہی بھاری اور سخت ہوگا

۲۷.	اس دن ظالم انسان مارے افسوس اپنے ہاتھ کاٹ کاٹ کر کھائے گا اور کہے گا اے کاش میں نے اپنایا ہوتا رسول کے ساتھ حق وہدایت کا راستہ۔

۲۸.	ہائے میری کم بختی میں نے فلاں شخص کو دوست نہ بنایا ہوتا

۲۹.	اس نے مجھے بہکا دیا نصیحت کی دولت سے اس کے بعد کہ وہ میرے پاس پہنچ چکی تھی اور شیطان تو انسان کو عین وقت پر دھوکہ دینے والا اور اس سے کنارے ہو جانے والا

۳۰.	اور اس دن رسول کہے گا اے میرے رب بیشک میری قوم نے اس قرآن کو نظر انداز کر رکھا تھا

۳۱.	اور اے پیغمبر!، ان لوگوں کی یہ دشمنی کوئی نئی چیز نہیں بلکہ ہم نے اسی طرح ہر نبی کے دشمن بنائے مجرم لوگوں میں سے اور کافی ہے آپ کا رب ہدایت دینے کو اور مدد کرنے کو

۳۲.	اور کافر لوگ کہتے ہیں کہ کیوں نہیں اتار دیا گیا اس شخص پر یہ قرآن ایک ہی بار؟ ہاں اسی طرح ہم نے اس کو بتدریج نازل کیا تاکہ اس کے ذریعے ہم ثابت و مضبوط رکھیں آپ کے دل کو اے پیغمبر اور اسی لیے ہم نے اس کو ٹھہر ٹھہر کر پڑھ سنایا

۳۲.	اور یہ لوگ نہیں لاتے آپ کے پاس کوئی مثال اے پیغمبر مگر ہم اس کے مقابلے میں لے آتے ہیں آپ کے پاس حق اور اس کی نہایت عمدہ تفسیر

۳۴.	جن لوگوں کو ان کے مونہوں کے بل گھسیٹ کر دوزخ کی طرف لایا جائے گا وہ اپنے ٹھکانے کے اعتبار سے بھی بہت برے ہیں اور اپنے راستے کے اعتبار سے بھی سب سے بدتر و گمراہ

۲۵. اور بلاشبہ ہم نے موسیٰ کو بھی وہ کتاب ہدایت دی اور ان کے ساتھ ان کے بھائی ہارون کو بھی وزیر بنایا

۲۶. پھر ہم نے ان دونوں کو حکم دیا کہ جاؤ تم دونوں ان لوگوں کی طرف جنہوں نے جھٹلایا ہماری آیتوں کو پھر تنبیہ و انداز کے بعد بھی جب وہ لوگ باز نہ آئے تو ہم نے ان سب کو دائمی تباہی کے گھاٹ اتار دیا نہایت بری طرح

۲۷. اور قوم نوح کو بھی ہم نے غرق کر دیا جب کہ انہوں نے جھٹلایا ہمارے رسولوں کو اور ان کو ہم نے ایک نشانی بنا دیا لوگوں کی عبرت کے لیے اور تیار کر رکھا ہے ہم نے ایسے ظالموں کے لیے ایک بڑا ہی دردناک عذاب آخرت میں

۲۸. اور عاد ثمود اور کنوئیں والوں اور ان کے درمیان کی دوسری بہت سی قوموں کو بھی ہم نے ملیامیٹ کر دیا

۲۹. ان میں سے ہر ایک شخص کو سمجھانے کے لیے پہلے تو ہم نے بڑی موثر اور بلیغ مثالیں بیان کیں اور آخر کار نہ ماننے پر ہم نے ان سب کو تہس نہس کر کے رکھ دیا

۴۰. اور یقینی طور پر ان لوگوں کا گزر اس بستی پر بھی ہوتا ہے جس پر ایک بڑی بری بارش برسائی جا چکی ہے تو کیا یہ لوگ اس کو دیکھتے نہیں نگاہ عبرت و بصیرت سے؟ بلکہ اصل بات یہ ہے کہ یہ لوگ مرنے کے بعد دوبارہ زندہ ہونے کی امید اور توقع ہی نہیں رکھتے

۴۱. اور جب یہ لوگ آپ کو دیکھتے ہیں اے پیغمبر تو ان کا اس کے سوا کوئی کام نہیں ہوتا کہ آپ کا مذاق اڑانے لگتے ہیں اور کہتے ہیں کہ کیا یہی ہیں وہ صاحب جن کو اللہ نے رسول بنا کر بھیجا ہے؟

۴۲. اس شخص نے تو ہمیں اپنے معبودوں سے ہی ہٹا دیا تھا اگر ہم مضبوطی سے ان پر جم نہ گئے ہوتے اور عنقریب موت کا جھٹکا لگتے ہی جب کہ یہ لوگ عذاب کو دیکھیں گے تو ان کو خود اچھی طرح معلوم ہو جائے گا کہ کون زیادہ بھٹکا ہوا اور گمراہ ہے۔

۴۳. کیا آپ نے اس شخص کے حال پر بھی غور کیا جس نے اپنے نفسانی خواہش ہی کو اپنا معبود بنا رکھا ہو؟ کیا آپ اس کو ہدایت پر لانے کے ذمہ دار ہو سکتے ہیں؟

۴۴. کیا آپ یہ سمجھتے ہیں کہ ان میں سے اکثر لوگ سنتے یا سمجھتے ہیں؟ یہ تو محض چوپایوں کی طرح ہیں بلکہ ان سے بھی کہیں بڑھ کر گمراہ،

۴۵. کیا تم نے دیکھا نہیں کہ تمہارے رب نے کس طرح پھیلا دیا سائے کو؟ اگر وہ چاہتا تو اسے ہمیشہ ایک ہی حالت پر ٹھہرائے رکھتا پھر ہم نے سورج کو اس پر دلیل بنا دیا

۴۶. پھر ہم اسے آہستہ آہستہ اپنی طرف سمیٹتے چلے جاتے ہیں

۴۷. اور وہ اللہ وہی تو ہے جس نے تمہارے لیے رات کو ایک عظیم الشان لباس بنا دیا اور نیند کو ایک کامل سکون کی چیز اور اس نے بنایا دن کو دوبارہ اٹھنے کا وقت

۴۸. اور وہ اللہ وہی تو ہے جو اپنی رحمت بے پایاں اور کرم بے نہایت سے اپنی رحمت کی بارش سے پہلے ہوائیں بھیجتا ہے خوشخبری دینے کو اور ہم نے ایک نہایت ہی حکیمانہ نظام کے تحت اتارا آسمان سے پاک پانی

۴۹. تاکہ زندہ کر دیں ہم اس کے ذریعے کسی مردہ پڑی ہوئی زمین کو اور تاکہ اس طرح ہم سیرابی کا بندوبست کریں اپنی مخلوق میں سے بہت سے جانوروں اور انسانوں کے لیے

۵۰. اور بلاشبہ ہم نے اس کو ان کے درمیان طرح طرح سے پھیرا ہے تاکہ لوگ سبق لیں مگر لوگوں کی اکثریت ایمان و یقین سے متعلق ہر اچھے روئیے کا انکار ہی کرتی رہی اور انہوں نے نہیں اپنایا مگر کفر اور ناشکری ہی کو

۵۱. اور اگر ہم چاہتے تو آپ کی زندگی ہی میں اے پیغمبر! ہر بستی میں اٹھا کھڑا کرتے کہ ایک نذیر

۵۲. پس کبھی کافروں کا کہنا نہیں ماننا اور ان سے جہاد کرو اس قرآن کے ذریعے بہت بڑا جہاد

۵۲. اور وہی تو ہے جس نے ملا رکھا ہے دو سمندروں کو اس حیرت انگیز اور پُر حکمت طریقے سے کہ ان میں سے ایک تو نہایت لذیذ و شیریں اور دوسرا انتہائی تلخ و شور اور دونوں کے درمیان اس نے حائل کر رکھا ہے اپنی قدرت کاملہ اور حکمت بالغہ سے ایک عظیم الشان پردہ اور ایک نہایت ہی مضبوط اور مستحکم آڑ

۵۴.	اور وہ وہی ہے جس نے پانی سے پیدا فرمایا انسان جیسی عظیم الشان مخلوق کو پھر مزید کرم یہ فرمایا کہ اس کو نسب اور سسرال کے دو الگ الگ سلسلوں والا بنا دیا واقعی تمہارا رب بڑا ہی قدرت والا ہے

۵۵.	مگر یہ لوگ ہیں کہ اس سب کے باوجود پوجتے پکارتے ہیں ایسی بے حقیقت چیزوں کو جو ان کو نہ کچھ نفع دے سکیں نہ کوئی نقصان پہنچا سکیں اور اس سے بھی بڑھ کر یہ کہ کافر تو اپنے رب کے مقابلے میں ہر باغی کا مدد گار و پشت پناہ بنا ہوا ہے

۵۶.	اور نہیں بھیجا ہم نے آپ کو اے پیغمبر! مگر خوشخبری دینے والا اور خبردار کرنے والا بنا کر

۵۷.	ان سے کہو کہ میں تم سے تبلیغ حق کے اس کام پر کوئی مزدوری نہیں مانگتا مگر یہ کہ جس کا جی چاہے اپنے رب کی طرف جانے کا راستہ اختیار کر لے

۵۸.	اور بھروسہ ہمیشہ اس زندہ جاوید ہستی پر رکھو جس کو کبھی موت نہیں آنی اور تسبیح کرتے رہا کرو اس کی حمد و ستائش کے ساتھ اور کافی ہے وہ وحدہٗ لاشریک اپنے بندوں کے گناہوں سے باخبر رہنے کو

۵۹.	جس نے پیدا فرمایا آسمانوں اور زمین اور ان کے درمیان کی تمام کائنات کو چھ دنوں میں پھر وہ جلوہ فرما ہو گیا عرش پر وہ بڑا ہی مہربان ہے اس کی شان کے بارے میں پوچھو کسی بڑے باخبر سے

۶۰.   اور ان کی بد بختی کا یہ عالم ہے کہ جب ان سے کہا جاتا ہے کہ سجدہ ریز ہو جاؤ تم اس خدائے مہربان کے آگے تو یہ پوری ڈھٹائی سے کہتے ہیں کہ رحمان کیا ہوتا ہے؟ کیا ہم ہر ایسی چیز کے آگے سجدہ ریز ہو جایا کریں جس کا آپ ہمیں حکم دیں اور اس طرح سے ان کی نفرت ہی میں اضافہ ہوتا ہے،

۶۱.   بڑی ہی برکت والی ہے وہ ذات جس نے بنا دئے آسمان میں عظیم الشان برج اور رکھ دیا اس نے اس میں اپنی قدرت کاملہ اور حکمت بالغہ سے ایک عظیم الشان چراغ اور ایک چمکتا دمکتا روشن چاند

۶۲.   اور وہ وہی ہے جس نے بنایا رات اور دن کو ایک دوسرے کے پیچھے آنے جانے والے تاکہ یہ سامان عبرت و بصیرت ہوں ہر اس شخص کے لیے جو نصیحت حاصل کرنا چاہے یا شکر گزار بننا چاہے

۶۳.   اور خدائے رحمان کے بندے وہ ہیں جو زمین پر چلتے ہیں عاجزی اور فروتنی کے ساتھ اور جب ان سے الجھنے اور جھگڑنے لگیں جہالت والے تو یہ ان کے جواب میں سلامتی والی بات کہہ دیتے ہیں

۶۴.   اور جو اپنی راتیں گزارتے ہیں اپنے رب کے حضور سجدہ ریزیوں اور قیام کی حالت میں

۶۵.   اور جو دعائیں کرتے ہیں اپنے رب کے حضور کہ اے ہمارے رب پھیر دے ہم سے جہنم کا عذاب بیشک اس کا عذاب ایک بڑی ہی ہولناک اور چمٹ جانی والی شے ہے۔

۶۶. بیشک وہ بڑا ہی ٹھکانا اور بری قیام گاہ ہے

۶۷. اور جو کہ جب خرچ کرتے ہیں تو نہ فضول خرچی کرتے ہیں نہ کنجوسی بلکہ ان کا خرچ ان دونوں انتہاؤں کے درمیان اعتدال پر ہوتا ہے۔

۶۸. اور جو نہ تو اللہ کے سوا کسی اور معبود کو پکارتے ہیں اور نہ وہ کسی ایسی جان کو قتل کرتے ہیں جس کے قتل کو اللہ نے حرام کر رکھا ہو مگر حق کے ساتھ اور نہ ہی وہ زنا و بدکاری کا ارتکاب کرتے ہیں اور جو کوئی ایسا کرے گا وہ اپنے کیے کرائے کی سزا بہر حال پائے گا

۶۹. بڑھایا جاتا رہے گا اس کے لیے عذاب قیامت کے دن اور اس کو ہمیشہ رہنا ہوگا اس میں نہایت ہی ذلت و خواری کے ساتھ

۷۰. مگر جو سچی توبہ کر لے اور ایمان لے آئے اور وہ کام بھی نیک کرے تو ایسے لوگوں کی برائیوں کو اللہ بھلائیوں سے بدل دے گا، اور اللہ تو بڑا ہی بخشنہار نہایت ہی مہربان ہے

۷۱. اور جو کوئی سچی توبہ کر لے اور وہ کام بھی نیک کرے تو یقیناً وہ صحیح معنوں میں پلٹ آئے گا اپنے رب کی رحمت و عنایت کی طرف

۷۲. نیز خدائے رحمان کے بندوں کی صفت یہ ہے کہ وہ گواہ نہیں بنتے جھوٹ پر اور جب کسی بے ہودہ چیز پر ان کا گزر ہو جائے تو وہ نگاہیں پھیر کر شریفانہ گزر جاتے ہیں

۷۲. اور جب ان کو نصیحت و یاد دہانی کی جاتی ہے ان کے رب کی آیتوں کے ذریعے تو وہ ان پر بہرے اور اندھے ہو کر نہیں رہ جاتے

۷۴. اور جو اپنے رب کے حضور عرض کرتے ہیں کہ اے ہمارے رب عطا فرما دے ہمیں اپنی بیویوں اور اور اپنی اولادوں کی طرف سے آنکھوں کی ٹھنڈک اور بنا دے ہمیں امام و پیشوا متقی اور پرہیزگاروں کا

۷۵. یہی ہیں وہ لوگ جن کو جنت کی وہ منزل بلند نصیب ہوگی اس لیے کہ انہوں نے زندگی بھر راہ حق پر صبر و استقامت سے کام لیا ان کا وہاں پر دعا و سلام سے استقبال کیا جائے گا

۷۶. وہ اس میں ہمیشہ رہیں گے وہ کیا ہی عمدہ ٹھکانہ ہوگا اور کیسی ہی خوب ابدی قیام کی جگہ ہوگی،

۷۷. ان سے صاف کہہ دو کہ میرے رب کو تمہاری کیا پرواہ ہے اگر تم لوگ اس کو نہ پکارو اب تم قطعی طور پر جھٹلا چکے ہو سو عنقریب ہی یہ تکذیب تمہارے لیے ایک چمٹ کر رہ جانے والا عذاب بن جائے گی۔

***

۲۶۔ الشعراء

بِسۡمِ اللّٰہِ الرَّحۡمٰنِ الرَّحِیۡمِ

اللہ کے نام سے جو رحمان و رحیم ہے

۱. طسم۔

۲. یہ آیتیں ہیں کھول کر بیان کرنے والی اس عظیم الشان کتاب کی

۲. شاید آپ اپنی جان ہی گنوا بیٹھیں گے اس غم و اندوہ میں کہ یہ لوگ ایمان نہیں لاتے

۴. اگر ہم چاہتے تو اتار دیتے ان پر آسمان سے کوئی ایسی عظیم الشان نشانی کہ فورا جھک جاتیں اس کے آگے ان کی اکڑی ہوئی گردنیں

۵. اور نہیں آتی ان کے پاس خدائے کی طرف سے کوئی نئی نصیحت مگر ان کا وطیرہ یہی ہوتا ہے کہ یہ اس سے منہ موڑ لیتے ہیں

۶. سو یہ تو قطعی طور پر جھٹلا چکے اب ان کے سامنے آپ ہی کھل کر آ جائے گی حقیقت اس چیز کی جس کا یہ مذاق اڑایا کرتے تھے

۷. کیا یہ لوگ اپنی پیش پا افتادہ اس زمین کو ہی نہیں دیکھتے کہ ہم نے اس میں کتنی ہی وافر مقدار میں ہر طرح کی عمدہ چیزیں اگائی ہیں۔

۸. بلاشبہ اس میں بڑی بڑی نشانی ہے مگر ان میں سے اکثر پھر بھی ماننے والے نہیں

۹. اور اس کے باوجود ان کو یہ چھوٹ؟ واقعی تمہارا رب بڑا ہی زبردست ہونے کے ساتھ ساتھ انتہائی مہربان بھی ہے

۱۰. اور ان کو وہ داستان عبرت بھی سناؤ کہ جب تمہارے رب نے موسیٰ کو پکار کر فرمایا کہ جاؤ تم ان ظالم لوگوں کے پاس

۱۱. یعنی فرعون کی قوم کے پاس کیا یہ لوگ ڈرتے نہیں؟

۱۲. موسیٰ نے عرض کیا اے میرے رب مجھے اس بات کا سخت اندیشہ ہے کہ وہ لوگ میری بات سننے سے پہلے ہی مجھے جھٹلا دیں گے

۱۲. میرا سینہ گھٹتا ہے اور میری زبان بھی اچھی طرح چلتی نہیں سو آپ اے میرے مالک ہارون کی طرف بھی وحی بھیج دیجئے

۱۴. اور میرے ذمے ان لوگوں کا ایک گناہ بھی ہے جس کے باعث میں ڈرتا ہوں کہ کہیں تبلیغ رسالت سے قبل ہی وہ مجھے قتل نہ کردیں

۱۵.	فرمایا ہر گز نہیں پس جاؤ تم دونوں میری آیتوں کے ساتھ بیشک ہم خود تمہارے ساتھ سب ماجرا دیکھتے سنتے رہیں گے ب

۱۶.	پس تم دونوں فرعون کے پاس جا کر اس سے کہو کہ ہم یقینی طور پر فرستادہ ہیں پروردگار عالم کے

۱۷.	اور دعوت حق کے ساتھ ان کو یہ پیغام بھی دو کہ تو چھوڑ دے بنی اسرائیل کو ہمارے ساتھ جانے کے لیے

۱۸.	یہ سنتے ہی فرعون بولا کیا ہم نے تمہیں بچپن میں اپنے یہاں پالا پوسا نہیں اور تم نے اپنی عمر کے کئی برس ہمارے درمیان نہیں گزارے ؟

۱۹.	اور تم نے اپان وہ کرتوت بھی کیا جو کہ تم نے کیا اور تم بڑے ناشکرے ہو

۲۰.	موسیٰ نے جواب دیا وہ کام میں نے اس وقت کیا جب کہ میں بے خبر تھا

۲۱.	پھر جب مجھے تم سے تمہاری پکڑ دھکڑ کا اندیشہ ہوا تو میں تم سے بھاگ گیا اس کے بعد میرے رب نے مجھے حکم بھی عطا فرمایا اور مجھے رسولوں میں شامل فرما دیا

۲۲.	اور یہ کوئی احسان ہے جو تو مجھ پر جتلا رہا ہے کہ تو نے ہی تو اپنے ظلم و جبر سے جکڑ رکھا تھا بنی اسرائیل کو اپنی غلامی کے پھندے میں

۲۲.	فرعون نے پینترا بدل کر کہا اور یہ رب العالمین جس کا تم نے ذکر کیا ہے کیا ہوتا ہے ؟

۲۴.	موسیٰ نے جواب دیا وہ رب ہے آسمانوں اور زمین کا اور اس ساری مخلوق کا جو کہ آسمان اور زمین کے درمیان میں ہے اگر تم لوگ یقین لانے والے ہو

۲۵.	فرعون نے اپنے گردہ پیش والوں سے کہا کیا تم سنتے نہیں ہو کیا کہہ رہا ہے یہ شخص؟

۲۶.	موسیٰ نے مزید کہا وہ جو رب ہے تمہارا بھی اور تمہارے ان آباؤ اجداد کا بھی جو تم سے پہلے گزر چکے ہیں

۲۷.	اس پر فرعون نے حاضرین سے کہا کہ بیشک تمہارے یہ پیغمبر صاحب جو تمہاری طرف بھیجے گئے ہیں بالکل دیوانے ہیں

۲۸.	موسیٰ نے مزید فرمایا کہ وہ جو رب ہے مشرق و مغرب کا اور ان سب چیزوں کا جو ان دونوں کے درمیان ہیں اگر تم لوگ عقل رکھتے ہو

۲۹.	آخر کار فرعون نے موسیٰ کو دھمکی دیتے ہوئے کہا کہ اگر تم نے میرے سوا کوئی اور معبود بنایا تو یاد رکھو کہ میں تمہیں ان لوگوں میں شامل کر کے رہوں گا جو جیلوں میں پڑے سڑ رہے ہیں

۳۰.	موسیٰ نے فرمایا اگرچہ میں لے آؤں تیرے سامنے کوئی روشن چیز بھی؟

۳۱.	فرعون نے کہا اچھا تو تو لے آ اسے اگر تو سچا ہے

۳۲.	اس پر موسیٰ نے ڈال دیا اپنے عصا کو زمین پر تو یکایک وہ ایک کھلم کھلا اژدہا بن گیا

۲۳. نیز آپ نے اپنا ہاتھ اپنے گریبان یا بغل میں ڈال کر کہا باہر نکالا تو یکایک وہ چمک رہا تھا دیکھنے والوں کے سامنے

۳۴. اس پر فرعون بوکھلا کر اپنے گرد و پیش کے سرداروں سے کہنے لگا کہ یہ شخص تو یقینی طور پر ایک ماہر جادوگر ہے

۳۵. جس کا مقصد یہ ہے کہ نکال باہر کرے تم سب کو تمہاری اپنی سرزمین سے اپنے جادو کے زور سے سو اب تم لوگ کیا حکم دیتے ہو؟

۳۶. انہوں نے کہا کہ مہلت دو اس کو بھی اور اس کے بھائی کو بھی اور دوسری طرف یہ کہ بھیج دو ہرکارے سب بڑے بڑے شہروں میں

۳۷. تاکہ وہ لے آئیں آپ کے پاس ہر بڑے ماہر جادوگر کو

۳۸. چنانچہ ملک کے طول و عرض سے جمع کر دیا گیا ایسے جادوگروں کو ایک مقرر دن کے وقت پر

۳۹. اور فرعون کی طرف سے عام لوگوں کو بھی کہہ دیا گیا کہ کیا تم لوگ اکٹھے ہوتے ہو؟

۴۰. شاید کہ ہم سب جادوگروں ہی کی پیروی کریں اگر وہ غالب رہیں

۴۱. پھر جب آپہنچے وہ جادوگر تو انہوں نے چھوٹتے ہی فرعون سے کہا کہ اچھا صاحب کیا ہمارے لیے کوئی اجر و صلہ بھی ہوگا اگر ہم غالب رہے؟

۴۲. فرعون نے کہا جی ہاں (کیوں نہیں مالی انعام کے علاوہ) یہ بھی کہ اس صورت میں تم لوگ یقیناً شامل ہو جاؤ گے مقرب لوگوں میں

۴۳.   پھر عین مقابلہ کے موقع پر جادوگروں کے سوال پر موسیٰ نے ان سے کہا کہ ڈالو جو کچھ کہ تمہیں ڈالنا ہے

۴۴.   اس پر انہوں نے پھینک دیں اپنی رسیاں اور لاٹھیاں اور بولے فرعون کے اقبال کی قسم ہم ہی نے بہر حال غالب آ کر رہنا ہے

۴۵.   پھر موسیٰ نے بھی ڈال دیا اپنی لاٹھی کو تو اس نے یکایک نگلنا شروع کر دیا اس سارے سوانگ کو جو ان لوگوں نے بڑے طمطراق سے رچایا تھا

۴۶.   اس پر وہ سب جادوگر بے ساختہ اپنے رب کے حضور سجدے میں گر پڑے

۴۷.   اور پکار اٹھے کہ ہم سب ایمان لے آئے پروردگار عالم پر

۴۸.   یعنی موسیٰ اور ہارون کے رب پر

۴۹.   فرعون سیخ پا ہو کر بولا کیا تم لوگ اس شخص کے کہنے پر ایمان لے آئے قبل اس سے کہ میں تم کو اس کی اجازت دیتا؟ یقیناً یہ تمہارا استاد ہے جس نے تم کو جادوگری کا یہ کاروبار سکھایا ہے سو تمہیں اپنے کیے کا انجام ابھی معلوم ہو جاتا میں ضرور بالضرور کٹوا کر رہوں گا تمہارے ہاتھ اور پاؤں مخالف سمتوں سے اور میں ضرور بالضرور پھانسی پر لٹکا کر چھوڑوں گا تم سب کو ایک ساتھ ہے

۵۰.   مگر ایمان و یقین کی دولت سے مشرف ہو جانے والے ان جادوگروں نے بڑے اطمینان کے ساتھ جواب دیا کہ کوئی پرواہ نہیں ہمیں تو بہر حال اپنے رب ہی کی طرف لوٹ کر جانا ہے

۵۱.	ہم تو اس امید سے پوری طرح سرشار ہیں کہ ہمارا رب بخش دے گا اپنے رحم و کرم سے ہماری خطاؤں کو کہ اس بھرے مجمع میں سب سے پہلے ایمان لانے کی سعادت ہم ہی کو نصیب ہوئی ہے۔

۵۲.	اور ادھر جب فرعون بنی اسرائیل کی آزادی پر آمادہ نہ ہوا تو ہم نے وحی بھیجی موسیٰ کو کہ راتوں رات نکل جاؤ میرے بندوں کو لے کر، بیشک تمہارا پوری طرح پیچھا کیا جائے گا

۵۲.	چنانچہ فرعون نے غیظ و غضب کے عالم میں بھیج دیے ہر کارے سب بڑے بڑے شہروں میں

۵۴.	کہ یہ لوگ ایک چھوٹی سی جماعت ہیں تھوڑے سے لوگوں

۵۵.	اور انھوں نے سخت غصہ دلایا ہے مابدولت کو

۵۶.	اور بلاشبہ ہماری بھاری جمعیت کو بہر حال چوکنا رہنا ہے

۵۷.	سو وہ سب اپنے لاؤ لشکر سمیت بنی اسرائیل کے تعاقب میں نکل پڑے اس طرح ہم نے ان کو نکال باہر کیا باغوں اور چشموں سے

۵۸.	اور خزانوں و عمدہ مکانوں سے یونہی کیا

۵۹.	اور ہم نے وارث بنا دیا ایسی چیزوں کا بنی اسرائیل جیسی لٹی پٹی قوم کو

۶۰.	بہر کیف فرعونی لوگ آپہنچے ان کے پیچھے سورج نکلنے کے وقت

۶۱.	پھر جب آمنا سامنا ہوا ان دونوں گروہوں کا تو چیخ اٹھے موسیٰ کے ساتھی کہ ہم تو بالکل پکڑے ہی گئے

۶۲.	موسیٰ نے فرمایا ہر گز نہیں، بیشک میرے ساتھ میرا رب ہے وہ ضرور میرے لیے نجات کی کوئی راہ نکالے گا

۶۲.	چنانچہ ہم نے موسیٰ کو وحی کی کہ مار دو اپنا عصا سمندر پر پس عصا کا مارنا تھا کہ پھٹ پڑا سمندر اور ہو گیا اس کا ہر ٹکڑا ایک عظیم الشان پہاڑ کی طرح

۶۴.	اور قریب لے آئے ہم اسی جگہ دوسرے گروہ کو

۶۵.	اور بچا لیا ہم نے اپنی قدرت و عنایت سے موسیٰ کو اور ان سب کو جو ان کے ساتھ تھے

۶۶.	پھر وہیں غرق کر دیا ہم نے دوسروں کو

۶۷.	بیشک اس میں بڑی بھاری نشانی ہے مگر اکثر لوگ پھر بھی ماننے والے نہیں

۶۸.	اس کے باوجود ان لوگوں کو یہ مہلت؟ واقعی تمہارا رب بڑا ہی زبردست ہونے کے ساتھ ساتھ انتہائی مہربان بھی ہے

۶۹.	اور ان کو ابراہیم کا حکمتوں و عبرتوں بھرا قصہ بھی سنا دو

۷۰.	خاص کر اس وقت کہ جب انہوں نے کہا اپنے باپ سے اور اپنی قوم سے کہ کیا ہیں یہ چیزیں جن کی پوجا تم لوگ کر رہے ہو؟

۷۱. کہنے لگے ہم پوجا کرتے ہیں اپنی پسند کے کچھ بتوں کی پھر ہم انہی کے مجاور بنے رہتے ہیں

۷۲. ابراہیم نے ان سے پوچھا کہ کیا یہ تمہاری پکار کو سن سکتے ہیں جب تم ان کو پکارو؟

۷۳. یا یہ تمہیں کوئی نفع یا نقصان پہنچا سکتے ہیں؟

۷۴. انہوں نے جواب دیا نہیں ایسی تو کوئی بات نہیں بلکہ ہم نے اپنے باپ دادا کو ایسے ہی کرتے ہوئے پیا تو ہم بھی اسی راہ پر چل پڑے

۷۵. اس پر ابراہیم نے فرمایا کیا تم لوگوں نے کبھی آنکھیں کھول کر ان چیزوں کو دیکھا بھی جن کی پوجا تم لوگ کیے جا رہے ہو؟

۷۶. تم بھی اور تمہارے اگلے باپ دادا بھی؟

۷۷. سو یہ سب قطعی طور پر دشمن ہیں میرے سوائے اس رب العالمین کے

۷۸. جس نے مجھے پیدا کیا پھر وہی میری راہنمائی فرماتا ہے

۷۹. جو مجھے کھلاتا ہے اور پلاتا ہے

۸۰. اور جب میں بیمار ہو جاتا ہوں تو وہی مجھے شفا دیتا ہے۔

۸۱. جو مجھے موت دے گا پھر وہی مجھے زندہ کرے گا

۸۲. اور جس سے میں یہ امید رکھتا ہوں کہ وہ معاف فرما دے گا میری خطاؤں کو بدلے کے دن،

۸۲.	پھر حضرت ابراہیم غلبہ حضور میں اس طرح دعا میں لگ گئے کہ میرے رب مجھے حکم عطا فرما اور مجھے ملا دے اپنے قرب خاص کے سزاواروں کے ساتھ،

۸۴.	اور نواز دے مجھے سچی ناموری سے پچھلوں میں،

۸۵.	اور شامل فرما دے مجھے اس نعمتوں بھری جنت کے وارثوں میں۔

۸۶.	اور بخشش فرما دے میرے باپ کی، کہ بیشک وہ بڑے بھٹکے ہوئے اور گمراہ لوگوں میں سے تھا

۸۷.	اور مجھے رسوا نہیں کرنا اس دن جس دن کہ لوگوں کو زندہ کرکے اٹھایا جائے گا،

۸۸.	جس دن نہ کوئی مال کام آئے گا نہ اولاد،

۸۹.	سوائے اس کے جو حاضر ہو اللہ کی بارگاہ اقدس میں سلامتی والے دل کے ساتھ

۹۰.	اور قریب کر دیا جائے گا اس روز جنت کو پرہیزگاروں کے لیے

۹۱.	اور ظاہر کر دیا جائے گا دوزخ کو بھٹکے ہوئے لوگوں کے لیے

۹۲.	اور کہا جائے گا اس روز ان سے ان کی حسرت کی آگ کو اور بھڑکانے کے لیے کہ کہاں ہیں تمہارے وہ معبود جن کی پوجا تم لوگ دنیا میں کیا کرتے تھے؟

۹۲.	اللہ کے سوا کیا وہ تمہاری کچھ مدد کر سکتے ہیں؟ یا اپنا ہی کوئی بچاؤ کر سکتے ہیں؟

۹۴.	پھر ڈال دیا جائے گا اس دوزخ میں اوندھے منہ ان معبودان باطلہ کو بھی اور ان گمراہوں کو بھی

۹۵.	اور ابلیس کے لشکروں کو سب کو یکجا کرکے

۹۶. وہاں یہ سب آپس میں جھگڑتے ہوئے حسرت و یاس کے علام میں کہہ رہے ہوں گے

۹۷. اللہ کی قسم ہم سب قطعی طور پر کھلی گمراہی میں پڑے تھے

۹۸. جب کہ ہم تمہیں برابر ٹھہراتے تھے رب العالمین کے ساتھ

۹۹. اور ہمیں گمراہی کے اس گڑھے میں نہیں ڈالا مگران بڑے مجرموں نے،

۱۰۰. سواب نہ تو کوئی ہمارا سفارشی ہے کہ ہمیں چھڑا سکے

۱۰۱. اور نہ ہی کوئی مخلص دوست جوکہ خالی اظہار ہمدردی ہی کردے

۱۰۲. اب اگر ہمیں ایک مرتبہ پھر دنیا میں لوٹ جانے کا موقع مل جائے تو ہم ضرور شامل ہوجائیں ایمانداروں میں

۱۰۲. واقعی اس میں بڑی بھاری نشانی ہے مگر اکثر لوگ پھر بھی ایمان نہیں لاتے،

۱۰۴. بلاشبہ تمہارا رب ہی ہے جو بڑا زبردست ہونے کے ساتھ ساتھ انتہائی مہربان بھی ہے

۱۰۵. نوح کی قوم نے بھی جھٹلایا رسولوں کو

۱۰۶. جب کہ ان سے ان کے بھائی نوح نے ان کو جھنجھوڑتے ہوئے کہا کہ کیا تم لوگ ڈرتے نہیں ہو؟

۱۰۷. بلاشبہ میں تمہارے لیے اللہ کا رسول ہوں امانت دار

۱۰۸. پس تم لوگ ڈرو اللہ سے اور میرا کہا مانو

۱۰۹.	اور میں تبلیغ حق کے اس کام پر تم سے کوئی صلہ و بدلہ نہیں مانگتا، میرا صلہ و بدلہ تو بس رب العالمین ہی کے ذمے ہے

۱۱۰.	پس تم لوگ ڈرو اللہ سے اور میرا کہا مانو

۱۱۱.	حضرت نوح کی اس حکمت بھری اور پر سوز تقریر کے جواب میں ان لوگوں نے کہا کہ کیا ہم تجھ پر ایمان لے آئیں جبکہ تیری پیروی ان ہی لوگوں نے اختیار کر رکھی ہے جو کہ سب سے گھٹیا ہیں؟

۱۱۲.	نوح نے فرمایا مجھے کیا لگے کہ ذاتی طور پر یہ لوگ کیا کام کرتے ہیں

۱۱۲.	ان کا حساب تو میرے رب کے ذمے ہے کاش کہ تم لوگ سمجھتے،

۱۱۴.	اور میں بہر حال اپنے سے دور نہیں کر سکتا ایسے سچے ایمانداروں کو

۱۱۵.	میں تو صاف طور پر خبر دار کرنے والا ہوں اور بس

۱۱۶.	آخر اس پر وہ لوگ دھمکی پر اتر آئے اور کہنے لگے کہ اے نوح، اگر تم باز نہ آئے تو تم ضرور بالضرور سنگسار کر دئیے جاؤ گے،

۱۱۷.	آخر کار نوح نے دعا کی کہ اے میرے رب میری قوم نے مجھے قطعی طور پر جھٹلا دیا

۱۱۸.	پس اب تو فیصلہ فرما دے میرے اور ان لوگوں کے درمیان کھلا فیصلہ اور نجات دے دے مجھے بھی اور ان ایمان والوں کو بھی جو میرے ساتھ ہیں،

۱۱۹. سو ہم نے ان کی دعا کو قبول کرتے ہوئے نجات دے دی ان کو بھی اور ان سب لوگوں کو بھی جو ان کے ساتھ تھے اس بھری کشتی میں،

۱۲۰. پھر اس کے بعد ہم نے غرق کر دیا سب باقی رہنے والوں کو،

۱۲۱. بلاشبہ اس میں بڑی بھاری نشانی ہے مگر اکثر لوگ پھر بھی ایمان والے نہیں

۱۲۲. اور بلاشبہ تمہارا رب بڑا ہی زبردست انتہائی مہربان ہے۔

۱۲۲. قوم عاد نے بھی جھٹلایا رسولوں کو

۱۲۴. جب کہ کہا ان سے ان کے بھائی ہود نے ان کو جھنجھوڑتے ہوئے کہ کیا تم لوگ ڈرتے نہیں ہو؟

۱۲۵. بلاشبہ میں تمہارے لیے رسول ہوں اللہ کا امانت دار

۱۲۶. پس تم ڈرو اللہ سے اور میرا کہا مانو

۱۲۷. اور میں تبلیغ حق کے اس کام پر تم لوگوں سے کوئی مزدوری نہیں مانگتا، میری مزدوری تو بس میرے رب العالمین کے ذمے ہے،

۱۲۸. کیا تم لوگ محض اپنی دولت و شوکت کی نمود کے لیے ہر اونچی جگہ پر ایک یادگار بنا ڈالتے ہو

۱۲۹. بغیر کسی ضرورت و مقصد کے اور طرح طرح کے محل بناتے چلے جاتے ہو گویا تم نے اس دنیا میں ہمیشہ کے لیے رہنا ہے

۱۲۰. اور سختی و بے رحمی کا یہ عالم ہے کہ جب تم گرفت کرتے ہو تو بڑے سنگ دل و بے رحم بن کر گرفت کرتے ہو،

۱۲۱. پس ڈرو تم لوگ اللہ سے اور میرا کہنا مانو

۱۲۲. اور تم ڈرو اس ذات اقدس و اعلیٰ سے جس نے نوازا ہے تم کو طرح طرح کی ان نعمتوں سے جن کو تم خود جانتے ہو،

۱۲۳. یعنی طرح طرح کے چوپایوں اور بیٹوں سے،

۱۲۴. اور قسما قسم کے باغوں اور چشموں سے،

۱۲۵. مجھے سخت ڈر ہے تمہارے بارے میں ایک بڑے ہی ہولناک دن کے عذاب کا

۱۲۶. ان لوگوں نے اس کے جواب میں کہا کہ ہمارے لیے سب یکساں ہے خواہ تم نصیحت کرو یا تم واعظ نہ بنو،

۱۲۷. یہ تو محض گھسی پٹی کہانیاں ہیں پہلے لوگوں کی

۱۲۸. اور ہمیں بہر حال کوئی عذاب نہیں ہونا،

۱۲۹. سو جب انہوں نے پیغمبر کی تکذیب ہی پر کمر باندھ لی تو آخر کار ہم نے ہلاک کر دیا ان سب کو بلاشبہ اس میں بڑی بھاری نشانی ہے مگر اکثر لوگ پھر بھی ماننے والے نہیں۔

۱۴۰. اور بیشک تمہارا رب بڑا ہی زبردست نہایت ہی مہربان ہے۔

۱۴۱. قوم ثمود نے بھی جھٹلایا رسولوں کو

۱۴۲. جب کہ ان کے بھائی صالح نے ان سے کہا کہ کیا تم ڈرتے نہیں ہو؟

۱۴۳.	بلاشبہ میں تمہارے لیے رسول ہوں تمہارے رب کی طرف سے امانت دار

۱۴۴.	پس تم لوگ ڈرو اللہ سے اور میرا کہا مانو

۱۴۵.	اور میں اس کام پر تم سے کوئی مزدوری نہیں مانگتا میری مزدوری تو بس رب العالمین ہی کے ذمے ہے،

۱۴۶.	کیا تم لوگوں کو یونہی چھوڑ دیا جائے گا ان نعمتوں میں جو تم کو یہاں میسر ہیں امن و چین کے ساتھ؟

۱۴۷.	یعنی طرح طرح کے باغوں اور چشموں میں

۱۴۸.	قسما قسم کی کھیتیوں اور ایسے نخلستانوں میں جن کے خوشے گندھے ہوئے اور رس بھرے ہیں

۱۴۹.	اور کیا تم یونہی پہاروں کو تراش تراش کر فخریہ طور پر عمارتیں بناتے رہو گے؟

۱۵۰.	پس ڈرو تم لوگ اللہ سے اور میرا کہا مانو،

۱۵۱.	اور حد سے نکلنے والے ان لوگوں کا کہا نہ مانو

۱۵۲.	جو فساد مچاتے ہیں اللہ کی زمین میں اور وہ اصلاح نہیں کرتے

۱۵۲.	مگر اس ساری تقریر کے جواب میں ان لوگوں نے پوری ڈھٹائی سے کہا کہ تم پر تو کسی نے بڑا بھاری جادو کر دیا ہے

۱۵۴.	تم تو ہم ہی جیسے ایک بشر اور انسان ہو پس لاؤ کوئی نشانی اگر تم سچے ہو۔

۱۵۵۔ صالح نے فرمایا یہ ایک اونٹنی ہے جس کے لیے ایک مقرر دن میں پانی پینے کی باری ہے اور ایک دن تمہارے لیے مقرر ہے

۱۵۶۔ اور اس کو کسی برے ارادے سے ہاتھ بھی نہ لگانا کہ اس کے نتیجے میں آ پکڑے تم کو عذاب ایک بڑے ہولناک دن کا

۱۵۷۔ مگر ان لوگوں نے اس سب کے باوجود کاٹ ڈالیں اس کی کونچیں جس سے ہو ہو گئے ہمیشہ کی ندامت اٹھانے والے

۱۵۸۔ چنانچہ آ پکڑا ان کو اس عذاب نے جس سے ان کو خبردار کیا گیا تھا۔ بیشک اس میں بڑی بھاری نشانی ہے مگر اکثر لوگ پھر بھی ماننے والے نہیں،

۱۵۹۔ اور بیشک تمہارا رب بڑا ہی زبردست نہایت ہی مہربان ہے،

۱۶۰۔ قوم لوط نے بھی جھٹلایا رسولوں کو

۱۶۱۔ جب کہ کہا ان سے ان کے بھائی لوط نے ان کو جھنجھوڑتے ہوئے کہ کیا تم ڈرتے نہیں ہو؟

۱۶۲۔ بلاشبہ میں تمہارے لیے اللہ کا رسول ہوں امانت دار

۱۶۲۔ پس تم لوگ ڈرو اللہ سے اور میرا کہا مانو

۱۶۴۔ اور میں تبلیغ حق کے اس کام پر تم سے کوئی مزدوری نہیں مانگتا، میری مزدوری تو بس رب العالمین کے ذمے ہے۔

۱۶۵. کیا تم لوگ مردوں کے پاس آتے ہو اپنی شہوت رانی کے لیے سب جہاں میں سے،

۱۶۶. اور چھوڑتے ہو تم اپنی ان پاکیزہ اور حلال بیویوں کو جن کو پیدا فرمایا ہے تمہارے لیے تمہارے رب نے اپنی عنایت و رحمت بے نہایت سے، دراصل تم ہی حد سے بڑھنے والے لوگ ہو

۱۶۷. ان لوگوں نے دھمکی دیتے ہوئے کہا لوط اگر تم باز نہ آئے تو یقیناً تم ان لوگوں میں شامل ہو کر رہو گے جن کو نکال باہر کیا گیا ہماری بستیوں سے،

۱۶۸. لوط نے کہا بیشک میں ان لوگوں میں سے ہوں جو کہ کڑھ رہے ہیں تمہارے کرتوتوں کی وجہ سے

۱۶۹. پھر لوط نے اپنے رب کے حضور عرض کیا اے میرے رب بچا دے مجھے بھی اور میرے گھر والوں کو بھی ان کاموں کے وبال سے جو یہ لوگ کر رہے ہیں۔

۱۷۰. سو عذاب آنے پر ہم نے بچا دیا ان کو بھی اور ان کے گھر والوں کو بھی سب کو

۱۷۱. سوائے ایک بڑھیا کے جو پیچھے رہ گئی تھی

۱۷۲. پھر تہس نہس کر ڈالا ہم نے دوسروں کو

۱۷۲. اور برسا دی ہم نے ان پر ایک بڑی ہی ہولناک بارش سو بڑی ہی بری بارش تھی ان لوگوں کی جن کو خبردار کر دیا گیا تھا

۱۷۴. بلاشبہ اس میں بڑی بھاری نشانی ہے مگر اکثر لوگ پھر بھی ماننے والے نہیں،

۱۷۵ . بیشک تمہارا رب بڑا ہی زبردست، انتہائی مہربان ہے،

۱۷۶ . بن والوں نے بھی جھٹلایا اللہ کے رسولوں کو

۱۷۷ . جب کہ کہا ان سے شعیب نے کہ کیا تم لوگ ڈرتے نہیں ہو؟

۱۷۸ . بلاشبہ میں تمہارے لیے رسول اللہ کا امانت دار

۱۷۹ . پس تم لوگ ڈرو اللہ سے اور میرا کہا مانو

۱۸۰ . اور میں تبلیغ حق کے اس کام پر تم سے کوئی اجر نہیں مانگتا۔ میرا اجر تو بس رب العالمین کے ذمے ہے،

۱۸۱ . جب تمہیں ناپنا ہو تو پورا ناپو اور مت بنو خسارہ دینے والوں میں سے

۱۸۲ . اور جب تم تولو تو تولو صحیح اور سیدھے ترازو کے ساتھ

۱۸۲ . اور مت دو تم لوگوں کو ان کی چیزیں کم کر کے اور مت پھرو تم اللہ کی زمین میں فساد مچاتے ہوئے

۱۸۴ . اور ڈرو تم لوگ اس اللہ سے جس نے پیدا کیا تم کو بھی اور اگلی تمام مخلوق کو بھی،

۱۸۵ . ان لوگوں نے بھی جواب میں یہی کہا کہ سوائے اس کے اور کوئی بات نہیں کہ تم پر بھی کوئی بھاری جادو کر دیا گیا ہے

۱۸۶ . اور تم بھی تو ہم ہی جیسے ایک بشر اور انسان ہو پھر تم نبی کیونکر؟ اور ہم تو تمہیں بالکل جھوٹا سمجھتے ہیں،

۱۸۷ . پس تم گرا دو ہم پر کوئی ٹکڑا آسمان کا اگر تم سچے ہو اپنے دعوے میں،

۱۸۸.	شعیب نے کہا میرا رب خوب جانتا ہے وہ سب کچھ جو تم لوگ کر رہے ہو۔

۱۸۹.	پس جب وہ لوگ شعیب کی تکذیب ہی کرتے گئے تو آخر کار آ پکڑا ان کو سائبان والے دن کے عذاب نے، بیشک وہ عذاب تھا ایک بڑے ہی ہولناک دن کا

۱۹۰.	بلاشبہ اس میں بڑی بھاری نشانی ہے، مگر لوگوں کی اکثریت پھر بھی ایمان لانے والی نہیں

۱۹۱.	اور بیشک تمہارا رب بڑا ہی زبردست انتہائی مہربان ہے،

۱۹۲.	اور بلاشبہ یہ قرآن اتارا ہوا ہے رب العالمین کا

۱۹۲.	اس کو روح الامین جیسا عظیم الشان فرشتہ لے کر اترا ہے،

۱۹۴.	آپ کے دل پر اے پیغمبر تاکہ آپ ہو جائیں خبردار کرنے والوں میں سے

۱۹۵.	فصاحت و بلاغت سے لبریز ایک واضح اور روشن عربی زبان میں

۱۹۶.	اور بلاشبہ یہ قرآن پہلی کتابوں میں بھی ہے

۱۹۷.	کیا ان لوگوں کے لیے یہ کوئی نشانی نہیں ہے کہ اس کو بنی اسرائیل کے علماء بھی جانتے ہیں؟

۱۹۸.	اور ان لوگوں کی ہٹ دھرمی کا یہ عالم ہے کہ اگر ہم اتار دیتے اس قرآن کو کسی عجمی پر

۱۹۹.	پھر وہ اسے ان کے سامنے پڑھ کر سنا بھی دیتا تب بھی انہوں نے اس پر ایمان نہیں لانا تھا،

۲۰۰. اسی طرح ہم نے ڈال دیا اس کو مجرم لوگوں کے دلوں میں،

۲۰۱. یہ اس پر ایمان نہیں لائیں گے یہاں تک کہ یہ خود دیکھ لیں اس دردناک عذاب کو،

۲۰۲. سو وہ ان پر ایسے اچانک آ پڑے گا کہ ان کو خبر بھی نہ ہوگی،

۲۰۲. اس وقت یہ کہیں گے کہ کیا ہمیں کچھ مہلت مل سکتی ہے؟

۲۰۴. کیا یہ لوگ ہمارے عذاب کے لیے جلدی مچا رہے ہیں؟

۲۰۵. بھلا تم دیکھو تو اور غور تو کرو اگر ہم انھیں برسوں عیش کرنے کی مہلت بھی دے

دیں

۲۰۶. پھر آ پہنچے ان پر وہ عذاب جس سے انھیں ڈرایا جاتا ہے

۲۰۷. تو ان کے کس کام آ سکتا ہے وہ سامان عیش جو ان کو دیا جاتا رہا ہے

۲۰۸. اور ہمارا دستور عام یہ ہے کہ اس سے پہلے ہم نے کسی بھی بستی کو ہلاک نہیں کیا

مگر اس حال میں کہ اس کے لیے خبر دار کرنے والے رہے ہوں،

۲۰۹. نصیحت کرنے کے لیے اور ہم ظالم نہیں ہیں

۲۱۰. اور اس قرآن کو شیاطین لے کر نہیں اترتے،

۲۱۱. نہ تو وہ اس کام کے لائق ہیں اور نہ ہی وہ ایسا کر سکتے ہیں،

۲۱۲. ان کو تو اس کے سننے سے بھی قطعی طور پر دور کر دیا گیا ہے،

۲۱۲. پس کبھی پوجنا پکارنا نہیں اللہ وحدہٗ لاشریک کے ساتھ کسی بھی اور من گھڑت معبود

کو کہ اس کے نتیجے میں تم شامل ہو جاؤ ان لوگوں میں جن کو عذاب ہوتا ہے

۲۱۴. اور خبردار کرو سب سے پہلے اپنے قریب ترین رشتہ داروں کو اے پیغمبر

۲۱۵. اور جھکائے رکھو اپنا بازوئے شفقت و فروتنی ان ایمانداروں کے لیے جو آپ کی پیروی کرتے ہیں

۲۱۶. پھر اگر یہ لوگ نافرمانی ہی کیے جائیں تو ان سے صاف طور پر کہہ دو کہ بیشک میں قطعی طور پر بری اور بے زار ہوں ان تمام کاموں سے جو تم لوگ کرتے ہو

۲۱۷. اور بھروسہ ہمیشہ اسی ذات واحد پر رکھو جو انتہائی زبردست نہایت مہربان ہے

۲۱۸. جو دیکھتی ہے آپ کو اس وقت بھی کہ جب آپ کھڑے ہوتے ہیں اور جو نگاہ رکھے ہوئے ہے

۲۱۹. آپ کی نقل و حرکت پر سجدہ ریزوں میں

۲۲۰. بلاشبہ وہی ہے ہر کسی کی سنتا سب کچھ جانتا

۲۲۱. لوگو! کیا میں تم کو یہ بات نہ بتا دوں کہ شیطان کس پر اترا کرتے ہیں؟

۲۲۲. وہ اترا کرتے ہیں ہر بہتان باز اور جعل ساز و بدکردار پر

۲۲۲. وہ سنی سنائی باتیں ان کے کانوں میں پھونکتے ہیں اور ان میں سے اکثر جھوٹے ہوتے ہیں۔

۲۲۴. رہے شاعر تو ان کے پیچھے تو گمراہ لوگ ہی چلا کرتے ہیں۔

۲۲۵. کیا تم دیکھتے نہیں کہ وہ کس طرح بھٹکتے پھرتے ہیں ہر وادی میں

۲۲۶. اور وہ کہتے وہ کچھ ہیں جو خود کرتے نہیں۔

۲۲۷.   بجز ان کے جو ایمان و یقین کی دولت سے مالا مال ہوں اور وہ کام بھی نیک کریں اور وہ یاد کریں اللہ کو بہت اور وہ بدلہ لیں اس کے بعد کہ ان پر ظلم کیا جائے کہ ان کا معاملہ دوسرا ہے اور عنقریب خود ہی جان لیں گے وہ لوگ جو ظلم کرتے رہے کہ کس انجام سے دوچار ہونا ہے ان کو۔

***

۲۷۔ النمل

بِسۡمِ اللّٰہِ الرَّحۡمٰنِ الرَّحِیۡمِ

اللہ کے نام سے جو رحمان و رحیم ہے

۱. طس، یہ آیتیں ہیں اس عظیم الشان قرآن کی یعنی کھول کر بیان کر دینے والی

۲. ایک ایسی کتاب کی جو سراسر ہدایت اور عظیم الشان خوشخبری ہے ان ایمان والوں کے لیے

۳. جو نماز قائم کرتے زکوٰۃ دیتے اور آخرت پر پورا پورا یقین رکھتے ہیں۔

۴. اس کے برعکس جو لوگ آخرت پر ایمان نہیں رکھتے بلاشبہ ان کے لیے ہم نے ان کے اعمال کو ایسا خوشنما بنا دیا ہے کہ وہ بھٹکتے ہی چلے جا رہے ہیں،

۵. یہی ہیں وہ لوگ جن کے لیے قیامت سے پہلے بھی برا عذاب ہے اور آخرت میں بھی یہی لوگ سب سے زیادہ خسارے والے ہوں گے

۶. اور گو یہ منکر لوگ نہ مانیں مگر اس میں کوئی شک نہیں کہ آپ کو یہ قرآن ایک ایسی ذات کی طرف سے دیا جا رہا ہے جو بڑی ہی حکمت والی سب کچھ جانتی ہے

۷.　　اور وہ عبر توں بھرا قصہ بھی یاد کرو کہ جب موسیٰ نے اپنے گھر والوں سے کہا کہ مجھے ایک آگ سی نظر آ رہی ہے میں ابھی وہاں سے تمہارے پاس کوئی خبر یا کوئی انگارا چن لاتا ہوں تاکہ تم گرمی حاصل کر سکو،

۸.　　پھر جب موسیٰ وہاں پہنچے تو انھیں ایک آواز آئی کہ برکت ہو ان پر بھی جو اس آگ کے اندر ہیں اور اس پر بھی جو اس کے آس پاس ہے اور یہ نور ذات خداوندی نہیں کہ اللہ جو پروردگار ہے سب جہانوں کا پاک ہے ہر حد بندی سے

۹.　　اے موسیٰ بات یہ ہے کہ میں جو کہ یہ کلام بے کیف تم سے کر رہا ہوں اللہ ہی ہوں سب پر غالب بڑا ہی حکمت والا

۱۰.　　اور پھینک دو اپنی لاٹھی کو پھر جونہی موسیٰ نے اس کو دیکھا تو وہ اس طرح بل کھا رہی تھی جیسے کوئی سانپ ہو تو بھاگ کھڑے ہوئے موسیٰ خوف کے مارے پیٹھ پھیر کر اور پیچھے مڑ کر بھی نہ دیکھا ارشاد ہوا اے موسیٰ ڈرو مت کہ میرے حضور پیغمبر ڈرا نہیں کرتے

۱۱.　　مگر جس نے ظلم کیا ہو پھر اس کے بارے میں بھی قانون یہ ہے کہ اگر اس نے برائی کے بعد اسے نیکی سے بدل دیا تو میں اس کو بھی معاف کر دونگا کیونکہ میں یقینی طور پر بڑا ہی بخشنے والا نہایت ہی مہربان ہوں

۱۲.　　اور ڈال دو اپنا ہاتھ اپنے گریبان میں پھیر دیکھو کہ کس طرح وہ چمکتا ہوا نکلتا ہے بغیر کسی عیب اور بیماری کے یہ دو نشانیاں ان نو نشانیوں میں سے ہیں فرعون اور اس کی قوم کی طرف لے جانے کے لیے بلاشبہ وہ بڑے ہی بدکردار لوگ ہیں۔

۱۳.	پھر جب پہنچ گئیں ان کے پاس ہماری نشانیاں آنکھیں کھول دینے والی تو ان لوگوں نے چھوٹتے ہی کہا کہ یہ تو جادو ہے کھلا ہوا،

۱۴.	اور انہوں نے ان کا انکار کر دیا ظلم اور تکبر کی بناء پر حالانکہ انکے دل ان کا یقین کر چکے تھے، سو دیکھ لو کہ کیسا ہوا انجام فساد مچانے والوں کا

۱۵.	اور بلا شبہ ہم نے داؤد اور سلیمان کو بھی ایک عظیم الشان علم بخشا اور ان دونوں نے اس پر شکر کے لیے کہا کہ سب تعریفیں اس اللہ کے لیے ہیں جس نے ہمیں فضیلت و بزرگی بخشی اپنے بہت سے ایمانداروں پر،

۱۶.	اور وارث بنے سلیمان داؤد کے، اور انہوں نے اظہار تشکر اور تحدیث نعمت کے طور پر کہا اے لوگوں ہمیں سکھائی گئی ہے بولی پرندوں کی اور ہمیں عطا فرمائی گئی ہے ضرورت کی ہر چیز بیشک یہ کھلا ہوا فضل اور مہربانی ہے

۱۷.	ہمارے خالق و مالک کی طرف سے اور سلیمان کی عظمت و شان کا یہ عالم تھا کہ ان کے لیے جمع کیے جاتے لشکر جنوں انساں اور پرندوں کے

۱۸.	پھر نظم و ترتیب کے لیے ان کو روکا جاتا یہاں تک کہ ایک مرتبہ چلتے چلتے جب وہ چیونٹیوں کی ایک وادی میں پہنچے تو ایک چیونٹی نے آواز دی کہ اے چیونٹیو! گھس جاؤ تم اپنے اپنے بلوں میں کہیں ایسا نہ ہو کہ روند ڈالیں تم کو سلیمان اور ان کے لشکر درآنحالیکہ انکو اس کی خبر بھی نہ ہو

۱۹.	تو اس پر سلیمان مسکراتے ہوئے ہنس پڑے اس اس ننھی منی چیونٹی کی اس بات کی بناء پر اور فوراً اپنے مالک کی طرف متوجہ ہو کر عرض کیا اے میرے رب مجھے توفیق دے کہ میں شکر ادا کر سکوں تیری ان عظیم الشان نعمتوں کا جن سے تو نے طرح طرح سے اور محض اپنی رحمت و عنایت سے نوازا ہے مجھے بھی اور میرے ماں باپ کو بھی اور یہ کہ میں ایسے نیک کام کروں جو تجھے پسند ہوں اور داخل فرما دے مجھے اے میرے مالک! اپنی رحمت سے اپنے ان خاص بندوں میں جو سزاوار ہیں (تیرے قرب خاص کے)

۲۰.	اور ایک مرتبہ ایسا ہوا کہ سلیمان نے جائزہ لیا پرندوں کے لشکر کا تو ہدہد کو نہ پا کر کہا کیا بات ہے کہ میں ہدہد کو نہیں دیکھ رہا کیا میری نگاہ چوک رہی ہے یا وہ کہیں غیر حاضر ہے۔

۲۱.	اگر ایسا ہے تو میں اس کو سخت سزا دوں گا یا اسے ذبح کر ڈالوں گا یا وہ پیش کرے میرے سامنے کوئی کھلی سند اور معقول عذر

۲۲.	پھر کچھ زیادہ دیر نہیں گزری تھی کہ ہدہد نے حاضر ہو کر عرض کیا کہ میں وہ معلومات لایا ہوں جو جناب کے علم میں بھی نہیں ہیں، میں جناب کے پاس سبا کے بارے میں ایک اہم یقینی خبر لایا ہوں،

۲۲.	تفصیل اس اجمال کی یہ ہے کہ میں نے وہاں ایک عورت کو پایا جو ان لوگوں پر حکومت کرتی ہے اسے ہر قسم کا ساز و سامان حاصل ہے اور اس کے پاس ایک عظیم الشان تخت بھی ہے

۲۴. میں نے دیکھا کہ وہ اور اس کی قوم سب سجدہ کرتے ہیں سورج کو اللہ وحدہٗ لاشریک کو چھوڑ کر اور خوشنما بنا دیا ہے شیطان نے ان کے لیے ان کے کاموں کو سو اس نے روک رکھا انکو راہ حق و صواب سے پس وہ نہیں پاتے سیدھی راہ

۲۵. آخر وہ اس اللہ ہی کو سجدہ کیوں نہیں کرتے جو نکالتا ہے چھپی چیزوں کو آسمانوں اور زمین کی اور وہ ایک برابر جانتا ہے تمہاری ان باتوں کو بھی جو تم لوگ چھپاتے ہو اور ان کو بھی جن کو تم ظاہر کرتے ہو

۲۶. اللہ وہ ہے کہ اس کے سوا کوئی بھی معبود نہیں اور وہ مالک ہے عرش عظیم کا۔

۲۷. سلیمان نے کہا ہم ابھی دیکھ لیتے ہیں کہ تو نے سچ کہا یا تو ان لوگوں میں سے ہے جو جھوٹ بولتے ہیں

۲۸. یہ میرا خط لے جا کر ان لوگوں کی طرف ڈال دے پھر ان سے ذرہ ہٹ کر دیکھا کہ وہ کیا رد عمل ظاہر کرتے ہیں،

۲۹. چنانچہ ہدہد نے ایسے ہی کیا اور اس پر اس عورت نے اپنے درباریوں سے کہا اے درباروالو میری طرف ایک بڑا اہم خط ڈالا گیا ہے۔

۲۰. یہ سلیمان کی طرف سے ہے اور اسے اللہ رحمان رحیم کے نام سے شروع کیا گیا ہے

۲۱. اور مضمون اس کا یہ ہے کہ میرے مقابلے میں تم لوگ سرکشی نہیں کرنا اور حاضر ہو جاؤ تم سب میرے پاس فرمانبردار ہو کر،

۲۲.	کہنے لگی اے درباروالو مجھے مشورہ دو میرے اس اہم معاملے میں کہ میں کسی بھی اہم معاملے کا قطعی فیصلہ نہیں کرتی جب تک کہ تم میرے پاس حاضر نہ ہوؤ اور اپنی رائے پیش نہ کردو

۲۲.	انہوں نے جواب دیا کہ ہم تو بڑے طاقتور سخت لڑنے والے لوگ ہیں اس لیے خوف کی تو کوئی بات نہیں آگے آپ کی مرضی آپ خود دیکھ لیں کہ آپ کو کیا حکم دینا ہے۔

۲۴.	کہنے لگی کہ بادشاہ جب کسی بستی میں گھس آتے ہیں تو ان کا وطیرہ یہی ہوتا ہے کہ وہ اسے بگاڑ کر رکھ دیتے ہیں اور اس کے باشندوں میں سے عزت والوں کو ذلیل کر دیتے ہیں، اور خدشہ ہے کہ یہ لوگ بھی ایسا ہی کریں گے۔

۲۵.	اس لیے سر دست تو میں ان کے لیے کچھ ہدیہ بھیجتی ہوں پھر دیکھتی ہوں کہ میرے ایلچی کیا جواب لے کر پلٹتے ہیں،

۲۶.	چنانچہ جب وہ قاصد سامان لے کر سلیمان کے پاس پہنچا تو آپ نے فرمایا کہ کیا تم لوگ مال سے میری مدد کرنا چاہتے ہو؟ تو سن لو کہ جو کچھ اللہ نے مجھے دے رکھا ہے وہ اس سے کہیں بہتر ہے جو اس نے تمہیں دیا ہے تمہارا یہ ہدیہ تم ہی لوگوں کو مبارک ہو؟

۲۷.	تم ان کے پاس واپس چلے جاؤ ہم خود ہی ان پر ایسے لشکر لے کر پہنچ رہے ہیں جن کا وہ کسی طرح کوئی مقابلہ نہیں کر سکیں گے اور ہم ان کو وہاں سے ایسا ذلیل کر کے نکالیں گے کہ وہ پست ہو کر رہ جائیں گے۔

۳۸. پھر سلیمان نے کہا کہ دربار والو تم میں سے کون ہے جو لے آئے میرے پاس اس کے تخت کو قبل اس سے کہ وہ لوگ میرے پاس آ پہنچیں فرمانبردار ہو کر؟

۳۹. تو اس پر ایک قوی ہیکل جن نے عرض کیا کہ میں اس کو آپ کی خدمت میں لا کر حاضر کروں گا قبل اس سے کہ آپ اپنی جگہ سے اٹھیں اور بلاشبہ مجھے اس پر پوری قوت بھی ہے اور میں امانتدار بھی ہوں

۴۰. اس کے برعکس اس شخص نے جس کے پاس علم تھا کتاب الٰہی کا اس نے کہا کہ میں تو اسے آپ کے پاس آپ کی پلک جھپکنے سے بھی پہلے لائے دیتا ہوں، چنانچہ جب سلیم نے پل بھر میں اس کو اپنے پاس رکھا ہوا دیکھا تو وہ خوشی و مسرت میں جھوم کر شکر نعمت کے طور پر پکار اٹھے کہ یہ سب کچھ فضل و کرم ہے میرے رب کا، تاکہ وہ مجھے آزمائے کہ میں شکر کرتا ہوں یا ناشکری اور جو کوئی شکر کرتا ہے تو وہ اپنے ہی بھلے کے لیے شکر کرتا ہے اور جو کوئی ناشکری کرتا ہے تو وہ بھی اپنا ہی نقصان کرتا ہے کیونکہ میرا رب تو قطعی طور پر اور ہر طرح سے بے نیاز اور بڑا ہی کرم والا ہے

۴۱. اس کے بعد سلیمان نے حکم دیا کہ کچھ تبدیلی کر دو اس کی آزمائش کے لیے اس کے تخت میں تاکہ ہم دیکھیں کہ اسے پتہ لگتا ہے یا اس کا شمار ان لوگوں میں ہوتا ہے جنہیں پتہ نہیں لگتا،

۴۲. چنانچہ ایسا ہی کیا گیا پھر جب وہ پہنچ گئی تو اس سے کہا گیا کہ کیا تمہارا تخت بھی ایسا ہی ہے؟ تو اس نے جواب دیا کہ یہ تو گویا وہی ہے اور یہ معجزہ دکھانے کی بھی کوئی ضرورت

نہ تھی کیونکہ ہمیں تو اس سے پہلے ہی اس سب کا علم ہو گیا تھا اور ہم نے سر اطاعت و تسلیم جھکا دیا تھا

۴۳۔ مگر اس قدر عقل مند عورت ہونے کے باوجود اس کو روک رکھا تھا راہ حق و صواب سے اس کے ان خود ساختہ معبودوں نے جن کی وہ پوجا پاٹ کرتی تھی اللہ کے سوا، کہ تھی تو وہ بہر حال ایک کافر قوم ہی میں سے،

۴۴۔ اس کے بعد اس سے کہا گیا کہ داخل ہو جاؤ تم اس محل میں سو اس نے جو اس کے صحن کو دیکھا تو اسے پانی کا ایک حوض سمجھ کر اپنے پائنچے اٹھا لیے، اس پر سلیمان نے فرمایا کہ پائنچے اٹھانے کی ضرورت نہیں کہ یہ پانی نہیں بلکہ یہ تو ایک محل ہے جس کے صحن میں بھی شیشے جڑے ہوئے ہیں تب وہ بے ساختہ پکار اٹھی کے اے میرے رب بیشک میں نے اب تک نور حق و ہدایت سے دور رہ کر بڑا ظلم ڈھایا اپنی جان پر اور اب میں نے سر تسلیم خم کر لیا۔ سلیمان کے ساتھ اللہ کے لیے جو کہ پروردگار ہے سب جہانوں کا

۴۵۔ اور بلاشبہ ہم نے ثمود کی طرف بھی ان کے بھائی صالح کو یہ پیغام دے کر بھیجا کہ تم سب لوگ اللہ ہی کی بندگی کرو تو وہ لوگ یکایک دو گروہ بن کر آپس میں جھگڑنے لگے،

۴۶۔ صالح نے فرمایا اے میری قوم کے لوگو! تم کیوں جلدی مچاتے ہو برائی کے لیے بھلائی سے پہلے، تم لوگ اللہ سے بخشش کیوں نہیں مانگتے؟ تاکہ تم پر رحم کیا جائے؟

۴۷.　ان لوگوں نے کہا ہم تو نحوست کا شکار ہو گئے تمہاری وجہ سے اور ان لوگوں کی وجہ سے جو تمہارے ساتھ ہیں، صالح نے فرمایا کہ تمہاری نحوست تو تمہارے اپنے کفر کی بدولت اللہ کی طرف سے ہے اصل بات یہ ہے کہ تم لوگوں کو آزمائش میں ڈال دیا گیا ہے

۴۸.　اور اس شہر میں تو ایسے سر غنے رہتے تھے جو فساد مچاتے تھے اللہ کی زمین میں اور وہ اصلاح نہیں کرتے تھے

۴۹.　انہوں نے آپس میں اللہ کی قسمیں کھا کر کہا کہ ہم صالح اور اس کے گھر والوں پر شبخون ماریں گے پھر اگر تحقیق کی نوبت آئی تو ہم اس کے وارثوں سے کہہ دیں گے کہ ہم تو اس کے خاندان کی ہلاکت کے موقع پر موجود ہی نہیں تھے اور ہم بالکل سچے ہیں۔

۵۰.　تو انہوں نے ایک سازش کی اور ہم نے ان کی سازش کا توڑ اس طرح پیش کیا کہ انھیں پتہ تک نہ چلا،

۵۱.　سو دیکھو کیسا ہوا انجام ان کی سازش کا، کہ ہم نے تباہ کر کے رکھ دیا ان کو بھی اور ان کی پوری قوم کو بھی سب کو،

۵۲.　سو یہ ہیں ان کے گھر ویران پڑے ہوئے اس ظلم کی پاداش میں جو کہ وہ لوگ کرتے رہے تھے، بلاشبہ اس میں بڑی بھاری نشانی ہے ان لوگوں کے لیے جو علم رکھتے ہیں

۵۲.　اور ہم نے نجات دے دی اپنی رحمت و عنایت سے ان لوگوں کو جو ایمان لائے تھے اور وہ بچتے رہے تھے اپنے رب کی نافرمانی سے

۵۴.	اور لوط کو بھی ہم نے پیغمبر بنا کر بھیجا سو یاد کرو جب کہ انہوں نے اپنی قوم سے فرمایا کہ کیا تم لوگ دیدہ دانستہ اس بے حیائی کا ارتکاب کرتے ہو؟

۵۵.	کیا تم لوگ عورتوں کو چھوڑ کر مردوں کے پاس شہوت رانی کے لیے آتے ہو؟ حقیقت یہ ہے کہ تم لوگ سخت جہالت کا کام کرتے ہو۔

۵۶.	ان کی قوم کا جواب اس کے سوا اور کچھ نہ تھا کہ انہوں نے کہا کہ نکال دو لوط کے ساتھیوں کو اپنی بستی سے یہ لوگ بڑے پاکباز بنتے ہیں،

۵۷.	آخر کار اس قوم پر عذاب نازل ہوا اور ہم نے بچا لیا لوط کو بھی اور ان کے تمام متعلقین کو بھی سوائے ان کی بیوی کے کہ اس لیے ہم نے مقدر کر دیا تھا اس کے کفر و انکار کی بناء پر کہ اس کو بھی رہنا ہے ان لوگوں کے ساتھ جن کو پیچھے رہنا تھا،

۵۸.	اور برسا دی ہم نے ان پر ایک بڑی ہولناک بارش، سو بڑی ہی بری بارش تھی ان لوگوں کی جن کو خبردار کیا جا چکا تھا

۵۹.	کہو سب تعریفیں اللہ ہی کے لیے ہیں اور سلام ہو اس کے ان بندوں پر جن کو اس نے چن لیا اپنی نبوت و رسالت کے لیے، کیا اللہ بہتر ہے یا وہ معبودان باطلہ جنہیں یہ لوگ اس کا شریک ٹھہراتے ہیں؟

۶۰.	بھلا کون ہے وہ جس نے پیدا فرمایا آسمانوں اور زمین کی اس حکمتوں بھری کائنات کو اور اتارا اس نے تمہارے لئے آسمانوں سے پانی پھر اگائے ہم نے اس کے ذریعے طرح طرح کے بارونق باغات تمہارے بس میں تو یہ بھی نہ تھا کہ تم ان کے درختوں کو ہی اگا

سکو تو کیا ایسی ایسی قدرتوں والے اللہ کے ساتھ دوسرا کوئی معبود و شریک ہو سکتا ہے؟ کوئی نہیں بلکہ اصل بات یہ ہے کہ یہ لوگ سیدھے راستے سے ہٹ کر چل رہے ہیں

۶۱. اس کی قدرت کے دلائل مزید سنو بھلا کون ہے وہ جس نے اس زمین کو جائے قرار بنایا اس کے اندر دریا رواں کر دیے اس کے لئے پہاڑوں کے عظیم الشان لنگر بنا دیئے اور (میٹھے و کھاری) پانی کے ان دونوں عظیم الشان ذخیروں کے درمیان آڑ بنا دی کیا ایسی عظیم و بے مثال قدرتوں والے اللہ کے ساتھ کوئی اور معبود شریک ہو سکتا ہے؟ بات دراصل یہ ہے کہ اکثر لوگ علم نہیں رکھتے (حق اور حقیقت کا)

۶۲. بھلا کون ہے وہ جو دعا و پکار سنتا ہے مجبور و لاچار شخص کی جب کہ وہ پکارتا ہے اس وحدہٗ لاشریک کو اور کون اس کی تکلیف کو دور کرتا ہے اور وہ کون ہے جو تمہیں زمین میں نائب بناتا ہے؟ کیا ایسے قادر مطلق اللہ کے ساتھ کوئی اور معبود شریک ہونے کے لائق ہو سکتا ہے؟ بہت ہی کم سبق لیتے اور نصیحت حاصل کرتے ہو تم لوگ

۶۲. اور سنو بھلا کون ہے وہ جو تم کو راستہ دکھاتا ہے خشکی اور تری کے گھٹا ٹوپ اندھیروں میں؟ اور کون ہے وہ جو چلاتا ہے ہواؤں کو اپنی باران رحمت سے پہلے خوشخبری دینے کو؟ کیا اللہ کے ساتھ کوئی دوسرا معبود ایسا ہو سکتا ہے بہت بلند و بالا ہے اللہ اس شرک سے جو یہ لوگ کرتے ہیں

۶۴. بھلا کون ہے وہ جو مخلوق کو پہلی بار پیدا کرتا ہے؟ پھر وہ اس کو دوبارہ پیدا کر دے گا اور کون ہے جو تمہیں روزی دیتا ہے آسمان اور زمین سے؟ کیا اللہ کے ساتھ کوئی اور معبود ایسا ہو سکتا ہے؟ ان سے کہو کہ لاؤ تم لوگ اپنی دلیل اگر تم سچے ہو

۶۵. اپنی شرکیات میں کہو کوئی بھی غیب نہیں جانتا آسمانوں اور زمین میں سوائے ایک اللہ کے اور انھیں تو اس کی بھی خبر نہیں کہ یہ خود کب اٹھائے جائیں گے

۶۶. بلکہ نیست ہو گیا ان کا علم آخرت کی حقیقت اور عظمت شان کے بارے میں بلکہ اس سے بڑھ کر یہ کہ یہ اس کے بارے میں شک میں پڑے ہیں بلکہ اس سے بھی بڑھ کر یہ کہ یہ لوگ اس کے بارے میں اندھے ہیں

۶۷. اور کہتے ہیں وہ لوگ جو اڑے ہوئے ہیں اپنے کفر و باطل پر کہ کیا ہم جب مر کر مٹی ہو جائیں گے ہم بھی اور ہمارے باپ دادا بھی تو کیا واقعی ہمیں پھر زندہ کر کے قبروں سے نکالا جائے گا؟

۶۸. اس کا وعدہ تو ہم سے اور اس سے پہلے ہمارے باپ دادوں سے بھی ہوتا چلا آیا ہے یہ تو محض کہانیاں ہیں پہلے لوگوں کی

۶۹. ان سے کہو کہ تم لوگ چلو پھرو اللہ کی عبرتوں بھری اس زمین میں پھر دیکھو کہ کیسا ہوا انجام مجرموں کا؟

۷۰. اور نہ غم کھاؤ آپ ان لوگوں پر اور نہ کسی تنگی اور گھٹن میں پڑو ان کی ان چال بازیوں کی بناء پر جو یہ لوگ حق اور اہل حق کے خلاف کرتے ہیں اور کہتے ہیں

۷۱. کہ کب پوری ہوگی تمہاری یہ دھمکی اگر تم سچے ہو؟

۷۲. کہو ہو سکتا ہے کہ قریب ہی آلگا کچھ حصہ اس ہولناک انجام وعذاب کا جس کے لئے تم لوگ جلدی مچاتے ہو اور جس کے تم مستحق ہو

۷۳. اور بیشک تمہارا رب بڑا ہی فضل فرمانے والا ہے لوگوں پر لیکن لوگوں کی اکثریت ہے کہ وہ پھر بھی اس کا شکر نہیں ادا کرتے

۷۴. اور بلاشبہ تمہارا رب پوری طرح اور ایک برابر جانتا ہے ان سب باتوں کو جن کو یہ لوگ چھپائے رکھتے ہیں اپنے سینوں میں اور جن کو یہ ظاہر کرتے ہیں

۷۵. اور کوئی چھپی بات ایسی نہیں آسمان اور زمین میں جو ثبت اور مندرج نہ ہو ایک عظیم الشان کھلی کتاب میں

۷۶. بیشک یہ قرآن حقیقت بتاتا ہے بنی اسرائیل کو اکثر ان باتوں کی جن کے بارے میں یہ لوگ خود اختلاف میں پڑے ہوئے ہیں۔

۷۷. اور بلاشبہ یہ قرآن قطعی طور پر عین ہدایت اور سراسر رحمت ہے دولت ایمان رکھنے والوں کے لئے

۷۸. یقیناً تمہارا رب عملی طور پر فیصلہ فرما دے گا ان کے درمیان اپنے حکم سے اور وہی ہے سب پر غالب سب کچھ جانتا

۷۹. بس آپ اللہ ہی پر بھروسہ رکھیں کہ بلاشبہ آپ قطعی طور پر صریح حق پر ہیں

۸۰.	آپ نہ تو مردوں کو کسی قیمت پر سنا سکتے ہیں اور نہ ہی ان بہروں تک اپنی آواز پہنچا سکتے ہیں جو پھر جائیں حق سے پیٹھ دے کر

۸۱.	اور نہ ہی آپ اندھوں کو راہ حق و ہدایت پر پھر لا سکتے ہیں ان کو گمراہی کی دلدل سے نکال کر آپ تو صرف ان ہی لوگوں کو سنا سکتے ہیں جو ایمان رکھتے ہوں ہماری آیتوں پر وہی فرمانبردار ہوں گے اپنے ایمان و یقین کی برکت سے

۸۲.	اور جب پوری ہو جائے گی ان پر ہماری بات تو ہم نکال کھڑا کریں گے ان کے لئے ایک عجیب و غریب قسم کا جانور زمین سے جو ان سے باتیں کرے گا اور ان کو بتائے کہ لوگ ہماری آیتوں پر یقین نہیں کرتے تھے

۸۳.	یاد کرو اس دن کو جس دن ہم گھیر لائیں گے ایک فوج کی فوج ان لوگوں میں سے جو جھٹلاتے تھے ہماری آیتوں کو پھر ان کو روکا جائے گا

۸۴.	یہاں تک کہ جب وہ سب موقف میں آ پہنچیں گے تو ان کا رب ان سے پوچھے گا کہ یا تم نے جھٹلایا تھا میری آیتوں کو حالانکہ تم ان کا کسی طور پر علمی احاطہ بھی نہیں کر سکے تھے؟ یا پھر تم خود ہی بتاؤ کہ اور کیا تھے وہ کام جو تم لوگ کرتے رہے تھے؟

۸۵.	اور وعدہ عذاب کے بارے میں ہماری بات ان پر اس طرح ثابت ہو کر رہے گی ان کی ظلم کے بنا پر کہ وہ کچھ بول بھی نہ سکیں گے

۸۶.	کیا یہ لوگ اس پر غور نہیں کرتے کہ ہم نے کس طرح ان کے لئے رات کو اندھیری بنایا تاکہ یہ اس میں سکون حاصل کر سکیں اور دن کو روشن اور آنکھیں کھولنے والا

تاکہ اس میں یہ کام کر سکیں بلاشبہ اس میں بڑی بھاری نشانیاں ہیں ان لوگوں کے لئے جو ایمان رکھتے ہیں

۸۷۔ اور کیا گزرے گی اس دن جس دن کہ پھونک دیا جائے گا صور میں جسے سے دہل کر رہ جائیں گے وہ سب جو کہ آسمانوں میں ہیں اور وہ سب بھی جو کہ زمین میں ہیں مگر جسے اللہ چاہے اور سب حاضر ہوں گے اس کے حضور حضور بے جھکے

۸۸۔ اور تم دیکھتے ہو ان عظیم الشان پہاڑوں کو اور ان کو خوب جما ہوا سمجھتے ہو حالانکہ یہ رواں دواں ہیں یا رواں دواں ہوں گے اس روز بادلوں کی طرح کارستانی ہے اس اللہ جل جلالہ کی جس نے استوار کیا ہر چیز کو نہایت حکمت اور مضبوطی کے ساتھ بیشک وہ پوری طرح باخبر ہے ان سب کاموں سے جو تم لوگ کرتے ہو

۸۹۔ جو کوئی نیکی لے کر آئے گا اس کو اس سے کہیں بڑھ کر اچھا بدلہ ملے گا اور ایسے لوگ اس دن کے ہول سے امن میں ہوں گے

۹۰۔ اور جو کوئی برائی لے کر آئے گا تو ایسے لوگوں کو اوندھے منہ ڈال دیا جائے گا آگ میں اور ان سے کہا جائے گا کہ تمہیں تو انہی کاموں کا بدلہ دیا جا رہا ہے جو تم خود کرتے رہے تھے

۹۱۔ مجھے تو بس یہی حکم دیا گیا ہے کہ میں بندگی کرتا رہوں اس شہر مکہ کے رب کی جس نے اسے حرمت والا بنایا ہے اور ہر چیز اسی کی ہے اور مجھے حکم دیا گیا ہے اس بات کا کہ میں ہو رہوں فرمانبرداروں میں سے

۹۲.	اور یہ کہ میں پڑھ کر سناتا رہوں یہ قرآن پھر جو کوئی راہ پر آگیا تو وہ اپنے ہی بھلے کے لئے راہ پر آئے گا اور جو کوئی گمراہ ہوا تو یقیناً اس میں میرا کوئی نقصان نہیں کہ میں تو صرف خبر دار کرنے والوں میں سے ہوں اور بس

۹۲.	اور کہو ان سے کہ تعریف اللہ ہی کے لئے ہے وہ عنقریب تمہیں اپنی نشانیاں اس طرح دکھا دے گا کہ تم انھیں خود پہچان لوگے اور تمہارا رب کچھ بے خبر نہیں ہے ان کاموں سے جو تم لوگ کر رہے ہو۔

***

۲۸۔ القصص

بِسْمِ اللّٰهِ الرَّحْمٰنِ الرَّحِيْمِ

اللہ کے نام سے جو رحمان و رحیم ہے

۱.	طٰسٓ میم

۲.	یہ آیتیں ہیں کھول کر بیان کرنے والی اس کتاب عظیم کی

۲.	ہم ٹھیک ٹھیک بتاتے ہیں آپ کو کچھ احوال موسیٰ اور فرعون کی داستان عبرت کا ان لوگوں کی راہنمائی کے لئے جو ایمان رکھتے ہیں

۴.	حقیقت یہ ہے کہ فرعون نے بڑی سرکشی اختیار کرلی تھی اللہ کی اس زمین میں اور اس کے باشندوں کو اس نے مختلف گروہوں میں بانٹ رکھا تھا ان میں سے ایک جماعت کو تو اس نے بری طرح دبا کر رکھا ہوا تھا ان کے لڑکوں کو وہ چن چن کر ذبح کراتا تھا اور ان کی عورتوں کو وہ زندہ رکھ چھوڑتا تا بلاشبہ وہ فساد پھیلانے والے لوگوں میں سے تھا

۵. اور ہم چاہتے تھے کہ ہم احسان و مہربانی کریں ان لوگوں پر جن کو دبا کر اور ذلیل بنا کر رکھا گیا تھا اس ملک میں اور مہربانی بھی اس طرح کہ ان کو ہم پیشوا بنا دیں اور ان کو وارث بنا دیں

۶. (اور پیشوائی و وراثت بھی اسطرح کہ) ان کو حکومت و اقتدار دے دیں زمین میں اور دکھا دیں فرعون اور ہامان اور اس کے لشکروں کو ان مظلوموں کی طرف سے وہی کچھ جس سے وہ لوگ ڈرتے تھے

۷. اور آغاز اس سکیم کا اس طرح ہوا کہ ہم نے موسیٰ کی ماں کو الہام کے ذریعے بتا دیا کہ تم اس کو دودھ پلاتی رہو پھر جب تمہیں اس کی جان کے بارے میں خطرہ محسوس ہونے لگے تو تم اس کو بے کھٹکے دریا میں ڈال دینا اور اس بارہ نہ کوئی خوف رکھنا اور نہ اندیشہ یقیناً ہم اسے واپس لے آئیں گے تمہارے پاس اور اس سے بھی بڑھ کر خوشخبری یہ کہ ہم اسے رسولوں میں سے بنانے والے ہیں

۸. چنانچہ ایسے ہی کیا گیا اور آخر کار اس بچے کو اٹھا لیا فرعون والوں نے تاکہ انجام کار وہ ان کے لئے دشمن اور دائمی غم کا باعث بنے بیشک فرعون ہامان اور ان دونوں کے لشکر سب ہی بڑے خطا کار تھے

۹. اور فرعون کی بیوی نے اس سے کہا کہ یہ تو آنکھوں کی ٹھنڈک ہے میرے لئے بھی اور تیرے لئے بھی اسے کہیں قتل نہیں کر دینا کیا عجب کہ یہ بڑا ہو کر ہمیں فائدہ پہنچائے یا ہم اسے اپنا بیٹا ہی بنا لیں اور وہ لوگ نہیں جانتے تھے

۱۰.	کہ اس کا انجام کیا ہونے والا ہے ادھر موسیٰ کی ماں کا دل اڑا جا رہا تھا اور اس کا پیمانہ صبر لبریز ہو گیا تھا یہاں تک کہ قریب تھا کہ وہ اس کے راز کو فاش کر بیٹھتی اگر ہم نے پختہ اور مضبوط نہ کر دیا ہوتا اس کے دل کو اور اس کی ڈھارس نہ بندھا دی ہوتی تاکہ وہ برقرار رہے ایمان و یقین والوں میں

۱۱.	اور اس نے موسیٰ کی بہن سے کہا کہ تم اس کے پیچھے پیچھے چلی جاؤ اس کا حال جاننے کے لئے چنانچہ وہ چلی گئی اور اس کو دور سے اس طرح دیکھتی رہی کہ ان لوگوں کو پتہ نہ چلنے پائے

۱۲.	اور ہم نے موسیٰ پر دودھ پلانے والیوں کی چھاتیوں کو پہلے ہی حرام کر دیا تھا تو اس کی بہن نے کہا کیا میں تمہیں ایک ایسے گھرانے کا پتہ نہ بتا دوں جو تمہارے لئے اس بچے کی پرورش کریں اور وہ اس کے خیر خواہ بھی ہوں؟

۱۲.	سو اس پُر حکمت طریقے سے ہم نے لوٹا دیا ان کو ان کی والدہ کی طرف تاکہ ٹھنڈی ہو اس کی آنکھ اس کو کوئی اندیشہ نہ رہے اور وہ یقین جان لے کہ اللہ کا وعدہ قطعی طور پر حق اور سچ ہوتا ہے لیکن اکثر لوگ جانتے نہیں حق اور حقیقت کو

۱۴.	اور جب پہنچ گئے موسیٰ اپنی جوانی کی بھرپور قوتوں کو اور برابر ہو گئے وہ عقل و فکر کے توازن و اعتدال کے اعتبار سے تو نواز دیا ہم نے ان کو حکم اور علم کی دولت سے اور ہم اسی طرح نوازتے اور بدلہ دیتے ہیں نیکو کاروں کو

۱۵. اور ایک مرتبہ ایسا ہوا کہ موسیٰ شہر میں ایسے وقت پہنچے کہ اہل شہر غفلت میں پڑے سو رہے تھے تو انہوں نے وہاں دو آدمیوں کو آپس میں لڑتے پایا ایک تو ان کی اپنی جماعت کا تھا اور دوسرا ان کے دشمنوں میں سے سو اس شخص نے جو کہ آپ کی جماعت میں سے تھا آپ کو اس شخص کے خلاف مدد کے لئے پکارا جو کہ اس کے دشمنوں میں سے تھا اس پر موسیٰ نے اس کو ایک ایسا گھونسا رسید کیا کہ اس کا کام تمام کر دیا اس خلاف توقع حادثہ پر موسیٰ نے کہا یہ تو شیطان کی کارستانی سے ہو گیا واقعی وہ بڑا ہی گمراہ کن کھلا دشمن ہے

۱۶. پھر نادم ہو کر آپ نے اپنے رب کی بارگاہ میں عرض کیا کہ اے میرے رب میں نے تو واقعی ظلم کر لیا اپنی جان پر پس مجھے معاف فرما دے تو اس نے اس کو معاف فرما دیا بیشک وہ بڑا ہی بخشنے والا نہایت ہی مہربان ہے

۱۷. موسیٰ نے مزید عرض کیا کہ اے میرے رب! جیسا کہ آپ نے مجھ پر احسان فرمایا میں کبھی بھی مددگار اور پشت پناہ نہیں بنوں گا ظالموں کے لئے

۱۸. پھر دوسرے روز موسیٰ ڈرتے ہوئے اس انتظار میں کہ کیا ہوتا ہے شہر میں داخل ہوئے تو اچانک دیکھتے کیا ہیں وہی شخص جس نے کل ان سے مدد مانگی تھی آج پھر ان سے فریاد کر رہا ہے اس پر موسیٰ نے اس سے کہا کہ تو تو بڑا ہی کوئی بھکا ہوا آدمی ہے

۱۹. اس کے بعد جب موسیٰ نے ہاتھ ڈالنے کا ارادہ کیا اس شخص پر جو کہ دشمن تھا ان دونوں کا تو وہ فوراً بول اٹھا کہ اے موسیٰ کیا تو مجھے بھی اسی طرح قتل کر دینا چاہتا ہے جس

طرح کہ تو کل ایک شخص کو قتل کر چکا ہے تو تو اس ملک میں جبار بن کر رہنا چاہتا ہے اور تو یہ نہیں چاہتا کہ تو اصلاح کرنے والوں میں سے ہو

۲۰۔ اور ایک شخص جو موسیٰ کا خیر خواہ تھا شہر کے پرلے کنارے سے دوڑتا ہوا موسیٰ کے پاس آیا اور کہا اے موسیٰ دربار والے آپ کے بارے میں مشورہ کر رہے ہیں کہ آپ کو قتل کر دیں پس آپ جس قدر جلد ممکن ہو سکے یہاں سے نکل جائیں میں یقینی طور پر آپ کا بڑا خیر خواہ ہوں

۲۱۔ اس پر موسیٰ وہاں یعنی مصر سے نکل پڑے ڈرتے ہوئے اس انتظار میں کہ کیا ہوتا ہے پھر اپنے رب کے حضور عرض کیا اے میرے رب بچا دے مجھے ان ظالم لوگوں سے

۲۲۔ اور مصر سے نکلنے کے بعد جب آپ نے مدین کا رخ کیا تو آپ نے کہا امید ہے کہ میرا رب مجھے سیدھے راستے پر ڈال دے گا

۲۲۔ اور جب آپ مدین کے پانی پر پہنچے تو وہاں لوگوں کی ایک بڑی تعداد کو پانی پلاتے پایا اور ان لوگوں سے ورے دو عورتوں کو پایا وہ دونوں روکے کھڑی ہیں اپنے جانوروں کو موسیٰ نے ان سے پوچھا تمہارا کیا معاملہ ہے انہوں نے جواب میں بتایا کہ ہم اپنے جانوروں کو اس وقت تک پانی نہیں پلا سکتیں جب تک کہ یہ چرواہے اپنے جانوروں کو ہٹا کر نہ لے جائیں اور دوسرا کوئی اس کام کے لئے ہے نہیں کہ ہمارے والد بہت بوڑھے ہیں

۲۴. اس پر موسیٰ نے ترس کھاتے ہوئے ان دونوں کے جانوروں کو پانی پلا دیا پھر آپ ہٹ کر ایک طرف سایہ میں جا بیٹھے پھر اپنے رب کے حضور عرض کیا اے میرے رب آپ جو بھی نعمت مجھے بھیج دیں میں اس کا سخت محتاج ہوں

۲۵. اتنے میں ان ہی دونوں لڑکیوں میں سے ایک شرم و حیا کے ساتھ چلتی ہوئی آپ کے پاس پہنچی کہنے لگی کہ میرے والد آپ کو بلا رہے ہیں تاکہ آپ کو صلہ دیں اس کا جو آپ نے ہمارے لئے پانی پلایا ہمارے جانوروں کو تو آپ چل پڑے پھر جب آپ ان کے پاس پہنچ گے تو ان کو اپنا پورا قصہ سنا دیا تو انھوں نے آپ کو تسلی دیتے ہوئے کہا کہ اب تم کوئی خوف نہ کرو کہ تم بچ گئے ان ظالم لوگوں سے۔

۲۶. ادھر ایک دن ان دونوں لڑکیوں میں سے ایک نے اپنے والد سے کہا کہ ابا جان آپ ان کو اپنا نوکر رکھ لیجئے کیونکہ سب سے اچھا شخص جس کو آپ نوکر رکھنا چاہیں وہی ہو سکتا ہے جو طاقتور بھی ہو اور امانت دار بھی

۲۷. اور ان میں یہ دونوں چیزیں موجود ہیں اس پر اس لڑکی کے باپ نے موسیٰ سے کہا کہ میں چاہتا ہوں کہ اپنی ان دونوں بیٹیوں میں سے ایک کا نکاح تم سے کر دوں اس شرط پر کہ تم آٹھ سال تک میرے یہاں ملازمت کرو اور اگر تم نے دس سال ورے کر دئیے تو یہ تمہاری طرف سے احسان ہو گا میں تم پر کوئی سختی نہیں کرنا چاہتا تم انشاء اللہ مجھے خوش معاملہ لوگوں میں سے پاؤ گے

۲۸.　موسیٰ نے جواب دیا کہ چلو یہ بات میرے اور آپ کے درمیان طے ہو گئی ان دونوں مدتوں میں سے جو بھی میں پوری کر دوں اس کے بعد مجھ پر کوئی زیادتی نہ ہو اور اللہ گواہ ہے اس قول و قرار پر جو ہم کر رہے ہیں

۲۹.　پھر جب موسیٰ نے وہ مدت پوری کر دی اور اپنے گھر والوں کو لے کر چل پڑے تو راستے میں ایک موقع پر ان کو طور کی جانب سے ایک آگ سی دکھائی دی تو آپ نے اپنے گھر والوں سے کہا کہ تم ذرا ٹھہرو میں نے ایک آگ دیکھی ہے شاید میں وہاں سے تمہارے پاس کوئی خبر لے آؤں یا آگ کا کوئی انگارہ تمہارے لئے اٹھا لاؤں جس سے تم تاپ سکو

۳۰.　مگر جب آپ وہاں پہنچے تو اس وادی کی دائیں جانب اس مبارک خطے میں ایک درخت سے آپ کو آواز آئی کہ اے موسیٰ یقینی طور پر میں اللہ ہوں سارے جہانوں کا پروردگار

۳۱.　اور ڈال دو اپنی لاٹھی کو زمین پر اسے موسیٰ! پھر جب موسیٰ نے زمین پر ڈالنے کے بعد اس کو دیکھا تو وہ اس طرح بل کھا رہی تھی جیسے کوئی باریک پھرتیلا سانپ ہو تو آپ مارے خوف کے بھاگ کھڑے ہوئے پیٹھ پھیر کر اور مڑ کر بھی نہ دیکھا ارشاد ہوا اے موسیٰ پلٹ آؤ اور ڈرو مت بیشک تم امن والوں میں سے ہو

۳۲.　اور مزید یہ کہ ڈالو اپنا ہاتھ گریباں میں وہ چمکتا ہوا نکلے گا بغیر کسی بیماری اور عیب کے اور سکیڑ لو اپنا ہاتھ گریباں یا بغل کی طرف خوف کو رفع کرنے کے لئے سو یہ دو بڑی

سندیں ہیں آپ کے رب کی جانب سے فرعون اور اس کے درباریوں کی طرف بیشک وہ بڑے بدکار لوگ ہیں

۲۲۔ (موسیٰ نے عرض کیا میرے مالک حکم سر آنکھوں پر) لیکن میں نے تو ان کا ایک آدمی قتل کیا ہوا ہے جس سے میں ڈرتا ہوں کہ کہیں وہ لوگ مجھے دیکھتے ہی قتل نہ کر دیں

۲۴۔ اور میرے بھائی ہارون مجھ سے زیادہ زبان آور ہیں سو ان کو بھی میرے ساتھ بھیج دیجئے رسول بنا کر میرے مددگار کے طور پر تاکہ وہ میری تصدیق کریں مجھے سخت اندیشہ ہے کہ وہ لوگ مجھے جھٹلا دیں گے

۲۵۔ ارشاد ہوا کہ ہم نے مضبوط کر دیا تمہارے بازو کو تمہارے بھائی کے ذریعے اور ہم تم دونوں کو ایک ایسا غلبہ بھی عطا کئے دیتے ہیں کہ وہ لوگ تمہارے قتل وغیرہ تک پہنچنے بھی نہ پائیں گے ہماری نشانیوں کے سبب یا ہماری نشانیوں کے ساتھ جاؤ تم دونوں فرعونیوں کی طرف غلبہ بہر حال تم دونوں ہی کا اور انہی لوگوں کا رہے گا جو تمہاری پیروی کریں گے

۲۶۔ پھر جب پہنچ گئے موسیٰ ان لوگوں کے پاس ہماری کھلی نشانیوں کے ساتھ تو انہوں نے کہا کہ یہ تو محض ایک جادو ہے گھڑا گھڑایا اور یہ کچھ تو ہم نے اپنے اگلے باپ دادوں کے وقت میں بھی کبھی نہیں سنا

۲۷.　اور موسیٰ نے جواب میں فرمایا کہ میرا رب خوب جانتا ہے کہ کون ہدایت لے کر آیا اس کی طرف سے اور کس کے لئے ہے اچھا انجام آخرت کے اس حقیقی اور ابدی گھر کا یہ امر بہر حال قطعی ہے کہ ظالم فلاح نہیں پا سکیں گے

۲۸.　اور فرعون نے اپنے درباریوں سے کہا اے درباریو میں اپنے سوا تمہارے لئے کسی خدا کو نہیں جانتا پس تم میرے لئے خاص طور پر اینٹیں پکواؤ اے ہامان پھر ان سے میرے لئے ایک ایسا اونچا محل بنواؤ کہ میں اس پر چڑھ کر موسیٰ کے خدا کو خود جھانک کر دیکھ سکوں میں تو اس کو قطعی طور پر جھوٹا سمجھتا ہوں

۲۹.　اور اپنی بڑائی کے گھمنڈ میں بتلا ہوا وہ بھی اور اس کے لشکر بھی اللہ کی زمین میں ناحق طور پر اور وہ اپنی بدبختی کے باعث یہ سمجھ بیٹھے کہ انھیں نے کبھی ہماری طرف لوٹ کر نہیں آنا۔

۴۰.　آخر کار اپنی گرفت میں لے لیا ہم نے اس کو بھی اور اس کے سب لشکروں کو بھی پھر پھینک دیا ہم نے ان سب کو سمندر میں سو دیکھو کیسا ہوا انجام ظالموں کا

۴۱.　اور ہم نے ان کو ان کے اپنے سوء اختیار کی بنا پر ایسے پیشوا بنا دیا جن کا کام ہی دوزخ کی طرف بلانا رہ گیا تھا اور اس کے نتیجے میں ان کو قیامت کے روز کوئی مدد نہیں مل سکے گی

۴۲.　اور ہم نے ان کے پیچھے لگا دی لعنت اس دنیا میں تاکہ قیام قیامت اور قیامت کے روز یہ بڑے ہی بدحال لوگوں میں سے ہوں گے

۴۳. اور بلاشبہ ہم نے موسیٰ کو بھی وہ کتاب دی تھی اس کے بعد کہ ہم نے ہلاک و برباد کر دیا تھا پہلی قوموں کو بصیرتوں کے سامان کے طور پر لوگوں کے لیے اور ہدایت دینے کے لئے اور رحمت کا ذریعہ بنا کر تاکہ وہ لوگ نصیحت حاصل کریں

۴۴. اور آپ اے پیغمبر! اس وقت طور کی مغربی جانب موجود نہ تھے جب کہ ہم نے موسیٰ کی طرف اپنا فرمان بھیجا وحی کے ذریعے اور اپنے احکام کی صورت میں اور نہ ہی آپ سرے سے ان لوگوں میں ہی شامل تھے جو اس زمانے میں موجود تھے

۴۵. لیکن ہم ہی نے اس دوران بہت سی نسلیں پیدا کیں پھر ان پر بھی بہت زمانہ گزر گیا اور نہ ہی آپ مدین والوں میں قیام پذیر تھے کہ ان لوگوں کو ہماری آیتیں ٹھیک ٹھیک سنا رہے ہوتے بلکہ یہ سب کچھ آپ کو ہماری وحی سے معلوم ہوا کہ ہم ہی ہیں پیغمبر بنا کر بھیجنے والے

۴۶. اور نہ ہی آپ طور کی جانب میں موجود تھے اس وقت جب کہ ہم نے موسیٰ کو پکارا تھا لیکن اس سب کا علم بھی آپ کو اپنے رب کی ایک خاص رحمت کے سبب ہوا تاکہ آپ خبردار کریں غفلت میں پڑے ان لوگوں کو جن کے پاس آپ سے پہلے کوئی خبردار کرنے والا نہیں آیا تاکہ وہ نصیحت حاصل کریں

۴۷. اور اگر یہ بات نہ ہوتی کہ ان لوگوں کو آ پہنچتی کوئی مصیبت ان کے اپنے کرتوتوں کے باعث پھر یہ یوں کہتے کہ اے ہمارے رب تو نے کیوں نہ بھیجا ہماری طرف کوئی رسول

کہ ہم پیروی کرتے تیری آیتوں کی اور ہم ہو جاتے ایمانداروں میں سے سو اگر یہ بات نہ ہوتی تو ہم ایسے ناشکرے اور ہٹ دھرموں کے پاس اپنا رسول بھیجتے ہی نہ

۴۸. مگر جب ان کے پاس آ گیا حق ہماری طرف سے تو یہ ناشکرے لوگ اس کو ماننے کی بجائے یوں کہنے لگے کہ ان کو بھی وہی کچھ کیوں نہ دیا گیا جو موسیٰ کو دیا گیا تھا؟ کیا یہ لوگ اس سے پہلے اس کا بھی انکار کر چکے جو کہ موسیٰ کو دیا گیا تھا؟ اور انہوں نے پوری ڈھٹائی سے کہا کہ یہ دونوں جادو ہیں جو ایک دوسرے کی مدد کرتے ہیں اور کہتے ہیں کہ ہم ان دونوں میں سے ہر ایک کے منکر ہیں

۴۹. ان سے کہو کہ اچھا تو تم خود ہی لے آؤ کوئی ایسی کتاب اللہ کے یہاں سے جو ان دونوں سے بڑھ کر ہدایت بخشنے والی ہو میں خود بھی اس کی پیروی کر لوں گا اگر تم سچے ہو

۵۰. پھر اگر یہ لوگ آپ کا یہ مطالبہ پورا نہ کر سکیں تو یقین جان لو کہ یہ لوگ محض اپنی خواہشات کی پیروی کرتے ہیں اور اس سے بڑھ کر گمراہ اور بد بخت اور کون ہو سکتا ہے؟ جو اپنی خواہشات ہی کے پیچھے چلتا ہو؟ بغیر اللہ کی کسی ہدایت کے بیشک اللہ ہدایت کی دولت سے سرفراز نہیں فرماتا ایسے ظالم لوگوں کو۔

۵۱. اور بلاشبہ ہم پے درپے بھیجتے رہے اپنا کلام ان لوگوں کے (بھلے) لئے تاکہ یہ نصیحت حاصل کریں

۵۲. جن لوگوں کو ہم نے اس قرآن سے پہلے کتاب دی ہے وہ اس پر ایمان رکھتے ہیں

۵۳. اور جب یہ ان کو پڑھ کر سنایا جاتا ہے تو وہ کہتے ہیں کہ ہم اس پر ایمان لے آئے یہ تو قطعی طور پر حق ہے ہمارے رب کی طرف ہم تو اسے پہلے ہی مانتے تھے

۵۴. ایسے لوگوں کو ان کا دوہرا اجر دیا جائے گا اس بناء پر کہ انہوں نے صبر و استقامت سے کام لیا اور یہ برائی کا جواب بھلائی سے دیتے ہیں اور جو کچھ ہم نے ان کو دیا ہوتا ہے اس میں سے ہماری رضا کے لئے خرچ کرتے ہیں

۵۵. اور جب بے ہودہ بات کان میں پڑ جائے تو یہ اس سے منہ موڑ لیتے ہیں اور کہتے ہیں کہ ہمارے لئے ہمارے اعمال ہیں اور تمہارے لئے تمہارے اعمال تم کو سلام ہے ہم جاہلوں کو منہ لگانا نہیں چاہتے

۵۶. بیشک آپ اے پیغمبر! ہدایت نہیں دے سکتے جس کو آپ پسند کریں بلکہ اللہ ہی ہدایت کی دولت سے نوازتا ہے جس کو چاہتا ہے اور وہ خوب جانتا ہے ان لوگوں کو جو ہدایت پانے والے ہوتے ہیں

۵۷. اور کہتے ہیں یہ ناشکرے) لوگ کہ اگر ہم نے ہدایت کی پیروی کی آپ کے ساتھ تو اس کے نتیجے میں ہمیں اچک لیا جائے گا اپنی سرزمین سے کیا ہم نے ان کو ٹھکانا نہیں دیا ایسے پر امن حرم میں جس کی طرف کھچے چلے آتے ہیں ہر قسم کے پھل اور پیداواریں اپنی طرف سے خاص روزی سانی کے طور پر ارض حرم کے باشندوں کے لئے لیکن اکثر لوگ جانتے نہیں حق اور حقیقت کو

۵۸. اور کتنی ہی ایسی بستیوں کو ہم نے ہلاک کر کے رکھ دیا جن کے باشندے بڑے نازاں تھے اپنے سامان عیش و عشرت پر سو یہ ہیں ان کے مکان جو کھنڈرات کی صورت میں سامان عبرت بنے ہوئے موجود ہیں جن میں ان کے بعد کوئی رہا بسا نہیں مگر بہت تھوڑا اور آخر کار ہم ہی ان کے وارث ہو کر رہے

۵۹. اور آپ کا رب ایسا نہیں اور یہ اس کی شان نہیں کہ وہ ان بستیوں کو یونہی ہلاک کر دیتا جب تک کہ ان کے مرکز میں کوئی ایسا رسول نہ بھیج دے جو ان کو پڑھ کر سنائے ہماری آیتیں اور احکام اور اس کے بعد بھی فوراً ہی ہم ان بستیوں کو ہلاک کرنے والے نہیں مگر اس حالت میں کہ وہاں کے باشندے ظلم ہی پر کمر بستہ ہو جائیں

۶۰. اور جو بھی کچھ تمہیں دیا گیا ہے اے لوگو! تو وہ سب محض دنیاوی زندگی کا چند روزہ سامان اور اس کی زینت ہے اور بس اور جو کچھ اللہ کے پاس اس جہان میں رکھا ہے وہ اس سے کہیں بڑھ کر اچھا بھی ہے اور ہمیشہ رہنے والا بھی تو کیا تم لوگ عقل سے کام نہیں لیتے؟

۶۱. تو کیا وہ شخص جس سے ہم نے وعدہ کر رکھا ہو عمدہ وعدہ پھر وہ اس کو پانے والا بھی ہو کہیں اس وہ شخص کی طرف ہو سکتا ہے جسے ہم نے صرف دنیاوی زندگی کا سامان دے رکھا ہو پھر قیامت کے روز وہ گرفتار شدہ لوگوں میں سے ہو؟

۶۲. اور یاد کرو لوگوں اس ہولناک دن کو کہ جس دن اللہ ان کو پکارے گا پھر وہ ان سے پوچھے گا کہ کہاں ہیں میرے وہ شریک جن کا تم بڑا دعوی کرتے تھے؟

۶۳. اس پر بول اٹھیں گے وہ لوگ جن پر پکی ہو چکی ہوگی ہماری بات کہ اے ہمارے رب یہی ہیں وہ لوگ جن کو ہم نے گمراہ کیا تھا ہم نے ان کو اسی طرح گمراہ کیا تھا جس طرح کہ ہم خود گمراہ تھے ہم آپ کے سامنے براءت کا اظہار کرتے ہیں یہ لوگ ہماری بندگی نہیں کرتے تھے

۶۴. اور اس کے بعد کہا جائے گا مشرکوں سے ان کی تذلیل کے لئے کہ اب پکار تم اپنے شریکوں کو چنانچہ وہ انھیں پکاریں گے پر وہ ان کو کوئی جواب نہ دیں گے اور یہ لوگ دیکھ لیں گے اس عذاب کو جو ان کو ملنے والا ہوگا اور یہ رہ رہ کر افسوس کریں گے کہ کاش کہ انہوں نے راہ راست کو اپنایا ہوتا

۶۵. اور یاد دہانی کراؤ ان کو اس ہولناک دن کی جس دن کہ وہ ان کو پکارے گا پھر کہے گا ان سے ان کی تذلیل و توبیخ کے لئے کہ کیا جواب دیا تھا تم لوگوں نے میرے بھیجے ہوئے رسولوں کو؟

۶۶. سو اس دن گم ہو کر رہ جائیں گی ان کی یہ تمام سخن سازیاں جن سے یہ لوگ آج کام لے رہے ہیں پھر نہ تو ان کو خود کچھ سوجھے گا اور نہ ہی یہ آپس میں ایک دوسرے سے کچھ پوچھ سکیں گے

۶۷. البتہ جس نے سچی توبہ کی ہوگی اور اس نے صدق دل سے ایمان لا کر کام بھی نیک کئے ہوں تو ایسا شخص امید ہے فلاح پانے والوں میں سے ہوگا

٦٨. اور تمہارا رب پیدا فرماتا ہے جو چاہتا ہے اور چنتا اور برگزیدہ کرتا ہے جس کو چاہتا ہے یہ اختیار ان لوگوں کا کام نہیں اللہ پاک اور برتر ہے اس شرک سے جو یہ لوگ کرتے ہیں

٦٩. اور تمہارا رب خوب اور ایک برابر جانتا ہے وہ سب کچھ جو کہ پوشیدہ ہے ان کے سینوں میں اور وہ سب کچھ جس کو یہ لوگ ظاہر کرتے ہیں

٧٠. یہ اور وہی اللہ ہے جس کے سوا کوئی عبادت کے لائق نہیں اسی کے لئے ہے ہر تعریف دنیا میں بھی اور آخرت میں بھی اس کی حکومت ہے اور اسی کی طرف بہر حال لوٹ کر جانا ہے تم سب کو

٧١. اے لوگو! ان سے کہو کہ کیا تم لوگوں نے کبھی اس پر بھی غور کیا کہ اگر اللہ قیامت تک ہمیشہ کے لئے تم پر رات ہی طاری کر دے تو پھر کون سا معبود ایسا ہو سکتا ہے اللہ کے سوا جو تمہیں روشنی کی ایک کرن لا دے؟ تو کیا تم لوگ سنتے نہیں ہو؟

٧٢. نیز ان سے کہو کہ کیا تم لوگوں نے کبھی اس پر بھی غور کیا کہ اگر اللہ قیامت تک ہمیشہ کے لئے تم پر دن ہی طاری کر دے تو پھر کون سا معبود ایسا ہو سکتا ہے اللہ وحدہٗ لا شریک کے سوا جو لے آئے تمہارے پاس ایسی رات جس میں تم سکون حاصل کر سکو؟ کیا تم لوگوں کو کچھ سوجھتا نہیں؟

٧٢. اور اس نے اپنی رحمت و عنایت سے تمہارے لئے رات بھی بنائی اور دن بھی تاکہ رات کو تو تم آرام کر سکو اور دن کو اپنے رب کا فضل تلاش کر سکو اور تاکہ تم شکر ادا کر سکو اس کی ان نعمتوں کا

۷۴. اور یاد دھانی کراؤ ان کو اس ہولناک دن کہ وہ ان کو پکار کر فرمائے گا کہ کہاں ہیں میرے وہ شریک جن کا تم لوگ دعوی اور گھمنڈ رکھتے تھے؟

۷۵. اور نکال لائیں گے ہم اس روز ہر امت سے ایک گواہ پھر ہم کہیں گے لاؤ تم لوگ اپنی دلیل تب ان کو اچھی طرح معلوم ہو جائے گا کہ حق و قطعی طور پر اللہ ہی کے لئے ہے اور گم ہو کر رہ جائیں گے ان سے وہ سب جھوٹ جو یہ لوگ گھڑا کرتے تھے

۷۶. بیشک قارون بھی موسیٰ کی قوم میں سے تھا مگر اس نے اپنے خبث باطن کی بناء پر ان کے خلاف سر کشی کی اور ہم نے اس کو اتنے خزانے دے رکھے تھے کہ ان کی چابیوں کو بھی ایک طاقتور جماعت کو اٹھانا مشکل ہوتا تھا اور وہ موقع یاد کرنے کے لائق ہے کہ جب اس کی قوم نے اس سے کہا کہ تو اترا نہیں بیشک اللہ پسند نہیں فرماتا اترانے والوں کو

۷۷. اور آخرت کے حقیقی گھر کو بنانے کی فکر کر اس مال و دولت سے جو اللہ نے تجھے دے رکھا ہے اور مت بھول اپنے حصے کو دنیا سے اور بھلائی کر جس طرح کہ اللہ نے بھلائی کی ہے تجھ سے اور تو فساد کے درپے نہ ہو اللہ کی اس زمین میں بیشک اللہ پسند نہیں فرماتا فساد بپا کرنے والوں کو

۷۸. تو اس نے جواب میں اپنے تکبر بھرے انداز میں کہا کہ یہ سب کچھ تو مجھے اس علم کی بنا پر دیا گیا ہے جو مجھے حاصل ہے کیا اس کو یہ معلوم نہیں تھا کہ اللہ اس سے پہلے بہت سی ایسی امتوں کو ہلاک کر چکا ہے جو قوت میں بھی اس سے کہیں زیادہ سخت تھیں اور جمعیت کے

اعتبار سے بھی اس سے کہیں بڑھ کر تھیں اور اللہ تعالیٰ کے یہاں تو مجرم لوگوں سے ان کے گناہوں کے بارے میں پوچھا نہیں جائے گا

۷۹۔   پھر ایک مرتبہ ایسا ہوا کہ وہ اپنی قوم کے سامنے اپنی پوری ٹھاٹھ میں نکلا تو وہ لوگ جو دنیاوی زندگی ہی چاہتے تھے کہنے لگے اے کاش کہ ہمیں بھی وہی کچھ مل جاتا جو کہ قارون کو دیا گیا ہے واقعی یہ شخص بڑے ہی نصیب والا ہے

۸۰۔   اور اس کے برعکس ان لوگوں نے جن کو علم صحیح کی دولت سے نوازا گیا تھا انہوں نے ان سے کہا افسوس ہے تم پر اے کوتاہ نظر لوگو! اللہ کا ثواب تو اس سے کہیں بڑھ کر بہتر ہے ہر اس شخص کے لئے جو ایمان لائے اور عمل بھی نیک کرے اور یہ شرف نصیب نہیں ہوتا مگر صبر کرنے والوں کو

۸۱۔   آخر کار ہم نے دھنسا دیا زمین میں اس کو بھی اور اسے گھر کو بھی پھر نہ تو وہاں کوئی ایسی جماعت تھی جو اللہ کے مقابلے میں اس کی کوئی مدد کرتی اور نہ ہی وہ خود اپنے آپ کو بچا سکا

۸۲۔   اور وہ لوگ جو کل اس کے مرتبے کی تمنا کر رہے تھے پکار اٹھے ارے افسوس ہماری نادانی پر واقعی اللہ اپنے بندوں میں سے جس کے لئے چاہتا ہے رزق کشادہ کر دیتا ہے اور جسے چاہے نپا تلا دیتا ہے اگر اللہ نے ہم پر مہربانی نہ فرمائی ہوتی تو یقیناً وہ ہمیں بھی زمین میں دھنسا دیتا ہائے افسوس ہمیں یہ بھی معلوم نہ رہا کہ کافر لوگ کبھی فلاح نہیں پا سکتے

۸۲.	آخرت کا یہ عظیم الشان گھر ہم ان ہی لوگوں کو دیں گے جو نہ زمین میں اپنی بڑائی اور تکبر چاہتے ہیں اور نہ کسی طرح کا کوئی فساد و بگاڑ اور یہ بہر حال حقیقت ہے کہ کامیابی انجام کار پرہیزگاروں ہی کے لئے ہے

۸۴.	جو کوئی نیکی لے کر آئے گا تو اس کو اس سے کہیں اچھا بدلہ ملے گا اور جو کوئی برائی لے کر آئے گا تو ایسے لوگوں کو جنہوں نے برے عمل کئے ہوں گے اتنا ہی بدلہ ملے گا جتنا کہ وہ عمل کرتے رہے تھے

۸۵.	بیشک جس ذات نے فرض کیا ہے آپ پر اس قرآن کی تعلیم و تبلیغ کو وہ ضرور پہنچاوے گی آپ کو عظیم الشان انجام تک اپنی قدرت کاملہ اور حکمت بالغہ سے کہو کہ میرا رب خوب جانتا ہے کہ کون ہدایت لے کر آیا اور کون ہے وہ جو کھلی گمراہی میں پڑا غوطے کھا رہا ہے

۸۶.	اور آپ تو کوئی امید بھی نہ رکھتے تھے کہ آپ کی طرف اتارا جائے گا اس کتاب عزیز کو مگر اس کا نزول تو محض آپ کے رب کی مہربانی سے ہوا پس آپ اس نعمت لازوال کے بعد کافروں کے لئے پشت پناہ نہیں بن جانا

۸۷.	اور کبھی آپ کو روکنے نہ پائیں یہ لوگ اللہ کی آیتوں کی تعلیم و تبلیغ سے اس کے بعد کہ ان کو اتار دیا گیا آپ کی طرف اور آپ بلاتے رہیں اپنے رب کی راہ حق و صواب کی طرف اور کبھی مشرکوں سے نہیں ہو جانا

۸۸. اور پکارنا نہیں اللہ کے ساتھ کسی بھی اور خود ساختہ معبود کو کوئی معبود نہیں سوائے اس وحدہٗ لاشریک کے ہر چیز نے بہر حال ہلاک اور فنا ہو جانا ہے بجز اس کی ذات اقدس و اعلیٰ کے اسی کے لیے ہے حکم اور اسی کی طرف لوٹایا جائے گا تم سب کو اے لوگو!۔

***

۲۹۔ العنکبوت

بِسۡمِ اللّٰہِ الرَّحۡمٰنِ الرَّحِیۡمِ

اللہ کے نام سے جو رحمان و رحیم ہے

۱. ال م

۲. کیا لوگوں نے یہ سمجھ رکھا ہے کہ ان کو یونہی چھوڑ دیا جائے گا؟ محض اتنا کہہ دینے پر کہ ہم ایمان لائے اور ان کی کوئی آزمائش نہیں ہوگی؟

۳. حالانکہ ہم نے ان لوگوں کی بھی کڑی آزمائشیں کیں جو ان سے پہلے گزر چکے ہیں سو اللہ کو ضرور دیکھنا ہے ان کو جو سچے ہیں ان کو آزمائش کی بھٹی سے گزار کر اور اس نے ضرور دیکھنا ہے ان کو بھی جو جھوٹے ہیں

۴. کیا ان لوگوں نے جو برائیاں کرتے جا رہے ہیں یہ سمجھ رکھا ہے کہ وہ ہمارے قابو سے نکل جائیں گے؟ بڑا برا ہے وہ فیصلہ جو یہ لوگ کر رہے ہیں

۵. جو کوئی اللہ سے ملنے کی توقع رکھتا ہو تو وہ اس کے لئے تیاری کرتا رہے کہ بیشک اللہ کے مقررہ کردہ وقت نے بہر حال پھر آ کر رہنا ہے اور وہی ہے سننے والا ہر کسی کی اور جاننے والا سب کچھ

۶. اور واضح رہے کہ جس نے محنت و مشقت کی تو سوائے اس کے نہیں کہ وہ محنت و مشقت اپنے ہی لئے کرتا ہے ورنہ اللہ تو قطعی طور پر اور ہر لحاظ سے بے نیاز ہے سب جہانوں سے

۷. اور جو لوگ ایمان لائے اور انہوں نے کام بھی نیک کئے تو ہم ضرور مٹا دیں گے ان سے ان کی برائیاں اور ان کو نہایت عمدہ بدلہ دیں گے ان کے ان کاموں کا جو وہ کرتے رہے تھے

۸. دنیا میں اور ہم نے انسان کو تاکیدی حکم دیا ہے اس کے ماں باپ کے ساتھ اچھا سلوک کرنے کا اور ساتھ ہی یہ بھی واضح کر دیا ہے کہ اگر ہو تجھے اس بات پر مجبور کریں کہ تو میرے ساتھ شریک ٹھہرائے کسی ایسی چیز کو جس کے بارے میں تجھے کوئی علم نہیں تو ان کا کہنا نہیں ماننا تم سب کو آخر کار لوٹ کر میری ہی طرف آنا ہے تب میں بتا دوں گا تم کو وہ سب کچھ جو تم لوگ زندگی بھر کرتے رہے تھے

۹. اور جو لوگ ایمان لائے ہوں گے اور انہوں نے کام بھی نیک کئے ہوں گے ان کو ہم ضرور داخل کر دیں گے ان کی شان اور درجہ کے مطابق اپنے قرب خاص کے

۱۰. سزاواروں میں اور کچھ لوگ ایسے ہیں جو زبانی کلامی تو کہتے ہیں کہ ہم ایمان لائے اللہ پر لیکن جب اللہ کی راہ میں کوئی تکلیف پہنچتی ہے تو وہ لوگوں کی اس ایذا رسانی کو اللہ کے عذاب کے برابر قرار دینے لگتے ہیں اور اگر کبھی مسلمانوں کو تیرے رب کی جانب سے کوئی

مدد پہنچ جائے تو وہ زور دے کر کہتے ہیں کہ صاحب! ہم بھی تو تمہارے ساتھ تھے کیا اللہ کو وہ سب کچھ پوری طرح معلوم نہیں جو جہاں والوں کے دلوں میں ہے؟

۱۱. اور اللہ کو تو ضرور دیکھنا ہے ان لوگوں کو جو واقعی ایمان لائے اور اس نے ضرور دیکھنا ہے ان کو بھی جو منافق ہیں ابتلاو آزمائش کے ذریعے

۱۲. اور وہ لوگ جو اڑے ہوئے ہیں اپنے کفر و باطل پر وہ ایمان والوں سے کہتے ہیں کہ تم ہمارے پیچھے چلو ہم تمہاری خطائیں اپنے اوپر لے لیں گے حالانکہ وہ ان کی خطاؤں میں سے کچھ بھی اپنے اوپر لینے والے نہیں وہ قطعی طور پر جھوٹے ہیں

۱۲. ہاں البتہ انھیں اپنے گناہوں کے بوجھ بھی اٹھانے ہوں گے اور کچھ اور بوجھ بھی اپنے گناہوں کے بوجھوں کے ساتھ اور ان سے ضرور پوچھ ہو گی ان کی ان تمام افتراء پردازیوں سے متعلق جو یہ لوگ زندگی میں کرتے رہے تھے

۱۴. اور بلاشبہ ہم ہی نے بھیجا نوح کو ان کی قوم کی طرف رسول بنا کر سو وہ ان کے اندر دعوت و تبلیغ کے کام کے لئے پچاس کم ایک ہزار برس تک رہے مگر ان لوگوں نے پھر بھی نہ مانا آخر کار آ پکڑا ان کو اس ہولناک عذاب نے جو ان کے لئے مقرر ہو چکا تھا اور وہ ظالم تھے

۱۵. پھر بچا لیا ہم نے نوح کو بھی اور کشتی والوں کو بھی اپنی رحمت و عنایت سے اور بنا دیا ہم نے اس کو ایک عظیم الشان نشانی جہاں والوں کے لئے

١٦. اور ابراہیم کو بھی ہم نے پیغمبر بنا کر بھیجا سو یاد کرو جب کہ انہوں نے کہا اپنی قوم سے کہ تم لوگ بندگی کرو ایک اللہ کی اور اسی سے ڈرو یہ بہتر ہے تمہارے لئے اگر تم جانو۔

١٧. اور یاد رکھو کہ جن کی پوجا تم لوگ کرتے ہو اللہ کو چھوڑ کر تو یہ محض کچھ بت ہیں تمہارے خود تراشیدہ اور تم جھوٹ گھڑتے ہو بیشک جن کو تم لوگ پوجتے پکارتے ہو اللہ کے سوا وہ تو تمہارے لئے کسی رزق کا بھی کوئی اختیار نہیں رکھتے پس تم لوگ اللہ ہی سے رزق مانگو اسی کی بندگی کرو اور اسی کا شکر بجا لاؤ اور یہ یاد رکھو کہ اسی کی طر لوٹایا جائے گا آخر کار تم سب کو

١٨. اور اگر تم جھٹلاتے ہی گئے تو حق کی جھٹلانے کی یہ کوئی نئی اور انوکھی مثال نہیں بلکہ تم سے پہلے بھی بہت سی قومیں جھٹلا چکی ہیں حق اور رسول کے ذمے تو بس پہنچا دینا ہے کھول کر حق اور حقیقت کو

١٩. (اور بس آگے منوا دینا نہ ان کے بس میں ہے اور نہ ان کی ذمہ داری) کیا ان لوگوں نے کبھی دیکھا نہیں اور غور نہیں کیا اس امر میں کہ اللہ کس طرح پیدا فرماتا ہے اپنی مخلوق کو پہلی مرتبہ بغیر کسی نمونہ و مثال کے پھر وہی اس کو دوبارہ زندہ کرے گا اپنی قدرت کاملہ اور حکمت بالغہ سے بیشک یہ اللہ کے لئے بہت آسان ہے

٢٠. ان سے کہو کہ تم لوگ چلو پھرو اللہ کی زمین میں پھر دیکھو کہ کیسے پیدا فرمایا اس نے اپنی مخلوق کو پہلی بار پھر وہی ان کو اٹھائے گا دوسری اٹھان میں بیشک اللہ ہر چیز پر پوری قدرت رکھتا ہے

۲۱.	وہ جسے چاہے عذاب دے اور جس پر چاہے رحم فرما دے اور آخر کار تم سب کو بہر حال اسی کی طرف لوٹ کر جانا ہے

۲۲.	اور تمہاری یہ جان نہیں ہے کہ تم لوگ خدا کے قابو سے کہیں نکل جاؤ نہ کہیں زمین میں اور نہ آسمان میں اور اس حال میں کہ تمہارے لئے اللہ کے سوا نہ کوئی یار ہوگا نہ مددگار

۲۲.	اور جن لوگوں نے کفر کیا اللہ کی آیتوں کے ساتھ اور اس کے حضور حاضری کا وہ مایوس ہو گئے میری رحمت و عنایت سے اور ایسے بدبخت لوگوں کے لئے ایک بڑا ہی دردناک اور انتہائی ہولناک عذاب ہے

۲۴.	پھر ابراہیم کی قوم کا جواب اس کے سوا کچھ نہ تھا کہ انہوں نے کہا کہ قتل کر دو اس کو یا جلا ڈالو اسے چنانچہ انہوں نے جلانے کا سامان بھی کر دیا مگر اللہ نے بچا لیا ان کو اس آگ سے اپنی عنایت کاملہ اور رحمت شاملہ سے بیشک اس میں بڑی بھاری نشانیاں ہیں ان لوگوں کے لئے جو ایمان رکھتے ہیں

۲۵.	اور ابراہیم نے ان سے یہ بھی فرمایا کہ آج دنیا کی اس زندگی میں تو تم خود ایک دوسرے کا انکار کرو گے اور ایک دوسرے پر لعنت برساؤ گے تم سب کا ٹھکانا دوزخ ہوگا اور تمہارے لئے کوئی مددگار نہ ہوگا

۲۶.	سو اس سب کے باوجود صرف لوط ہی آپ پر ایمان لائے باقی کسی کو اس کی توفیق نہ ہوئی اور ابراہیم نے کہا میں ہجرت کرتا ہوں اپنے رب کی طرف بیشک وہی ہے سب پر غالب نہایت ہی حکمت والا

۲۷.	اور ہجرت کے بعد ہم نے ان کو اسحاق جیسا بیٹا اور یعقوب جیسا پوتا بھی عنایت فرمایا اور مزید برآں یہ کہ ہم نے نبوت و کتاب انہی کی اولاد میں رکھ دی ہم نے ان کو ان کا صلہ و اجر دنیا میں بھی دیا اور بلاشبہ وہ آخرت میں بھی ہمارے قرب خاص کے سزاواروں میں سے ہیں

۲۸.	اور لوط کو بھی ہم نے پیغمبر بنا کر بھیجا اور یاد کرو کہ جب انہوں نے کہا اپنی قوم سے کہ تم لوگ تو ایسی بے حیائی کا ارتکاب کرتے ہو جو تم سے پہلے دنیا جہاں والوں میں سے کسی نے نہیں کی

۲۹.	کیا تم لوگ مردوں سے شہوت رانی کرتے ہو اور تم خطرات کی راہ مارتے ہو کلبوں اور بھری مجلسوں میں برے کام کرتے ہو پھر ان کی قوم کے پاس بھی اس کے سوا کوئی جواب نہ تھا کہ انہوں نے کہا کہ لے آؤ ہم پر اللہ کا عذاب اگر تم سچے ہو

۳۰.	اس پر لوط نے اپنے رب کے حضور عرض کیا کہ اے میرے رب میری مدد فرما ان فسادی اور سرکش لوگوں کے مقابلے میں

۳۱.	اور جب پہنچ گئے ہمارے بھیجے ہوئے فرشتے ابراہیم کے پاس عطاء فرزند کی خوشخبری کے ساتھ تو ابتدائی گفتگو کے بعد کہا کہ بیشک ہم نے ہلاک کرنا ہے اس بستی کے باشندوں کو کہ بیشک اس کے باشندے بڑے ہی ظالم ہیں

۲۲. ابراہیم نے کہا اس میں تو لوط بھی ہیں فرشتوں نے کہا ہم خوب جانتے ہیں کہ اس میں کون کون ہیں ہم ضرور بچالیں گے لوط کو بھی اوران کے گھر والوں کو بھی سوائے ان کی بیوی کے کہ وہ پیچھے رہ جانے والوں میں ہوگی

۲۲. اور جب ہمارے بھیجے ہوئے یہ فرشتے پہنچ گئے لوط کے پاس تو وہ سخت پریشان ہو گئے ان کے آنے کی وجہ سے اوران کی وجہ سے ان کا دل تنگ ہو گیا اور فرشتوں نے جو یہ دیکھا تو انھوں نے کہا کہ آپ نہ کوئی خوف کھائیں نہ غم کریں ہم کوئی آدمی نہیں بلکہ عذاب کے فرشتے ہیں سو ہم نے بچانا ہے آپ کو بھی اور آپ کے گھر والوں کو بھی بجز آپ کی بیوی کے کہ وہ پیچھے رہ جانے والوں میں ہوگی

۲۴. ہم نے اتارنا ہے اس بستی کے باشندوں پر ایک بڑا ہی ہولناک عذاب آسمان سے ان کی ان بدکاریوں کی بناء پر جو کہ یہ لوگ اب تک کرتے چلے آئے ہیں

۲۵. اور ہم نے اس بستی سے ایک کھلی نشانی چھوڑ دی ان لوگوں کے لئے جو عقل سے کام لیتے ہیں

۲۶. اور مدین کی طرف ان کے بھائی شعیب کو بھی ہم نے رسول بنا کر بھیجا تو انہوں نے بھی اپنی قوم سے کہا کہ اے میری قوم کے لوگو! تم بندگی کرو صرف اللہ کی اور امید رکھو قیامت کے دن کی اور مت پھرو تم زمین میں فساد مچاتے ہوئے

۲۷. مگر ان لوگوں نے جھٹلا دیا شعیب کو سو آ پکڑا ان کو اپنے وقت پر اس زلزلے نے جو ان کے لئے مقرر کر دیا گیا تھا جس سے وہ سب کے سب اوندھے منہ پڑے رہ گئے

۳۸.   اپنے گھروں میں اور عاد اور ثمود کو بھی ہم نے ہلاک کیا اور کھلی پڑی ہے تمہارے سامنے اے لوگو! ان کی تباہی ان کے مکانوں کے ان کھنڈرات سے اور ان کا حال بھی یہی تھا کہ خوشنما بنا رکھا تھا ان کے لئے شیطان نے ان کے کاموں کو اس طرح اس نے روک دیا تھا ان کو راہ حق و صواب سے اور یوں وہ لوگ بڑے ہوشیار تھے

۳۹.   اور قارون، فرعون، اور ہامان کو بھی ہم نے ہلاک کیا اور بلاشبہ ان کے پاس موسیٰ آئے تھے کھلی نشانیاں لے کر مگر ان لوگوں نے اپنی بڑائی کا گھمنڈ کیا اللہ کی زمین میں اور وہ ایسے نہ تھے کہ نکل جائیں ہماری گرفت اور پکڑ

۴۰.   سے آخرکار ہم نے ان میں سے ہر ایک کو پکڑا اس کے گناہ کی بناء پر پھر ان میں سے کسی پر تو ہم نے پتھراؤ کرنے والی ہوا بھیجی کسی کو آدبوچا ہولناک آواز نے اور کسی کو ہم نے دھنسا دیا زمین میں اور کسی کو ہم نے غرق کر ڈالا اور اللہ ایسا نہ تھا کہ ان پر کوئی ظلم کرتا مگر وہ بدبخت اپنی جانوں پر خود ہی ظلم کرتے رہے تھے

۴۱.   مثال ان لوگوں کی جنہوں نے اللہ کے سوا کچھ اور کارساز بنا رکھے ہیں مکڑی کی سی ہے کہ وہ اپنا کوئی گھر بنا لے اور اس میں کوئی شک نہیں کہ گھروں میں سب سے زیادہ کمزور گھر مکڑی ہی کا ہوتا ہے کاش کہ یہ لوگ جان لیتے حق اور حقیقت کو

۴۲.   بیشک اللہ جانتا ہے ہر اس چیز کو جس کو یہ لوگ پوجتے پکارتے ہیں اللہ کے سوا اور وہی ہے سب پر غالب نہایت حکمت والا

۴۳. اور یہ مثالیں یوں تو ہم سب ہی لوگوں کی فہمائش کے لئے بیان کرتے ہیں مگر ان کو سمجھتے وہی لوگ ہیں جو علم حق کی روشنی رکھتی ہیں

۴۴. اللہ ہی نے تن تنہا پیدا فرمایا ہے آسمانوں اور زمین کی اس عظیم الشان کائنات کو حق کے ساتھ بیشک اس میں بڑی بھاری نشانی ہے ایمان والوں کے لئے۔

۴۵. پڑھتے (اور سناتے) جاؤ (اے پیغمبر!) اس (عظیم الشان) کتاب کو جو بذریعہ وحی بھیجی گئی ہے آپ کی طرف اور قائم رکھو نماز کو بیشک نماز روکتی ہے بے حیائی اور برائی سے اور اللہ کی یاد یقیناً سب سے بڑھ کر ہے اور اللہ خوب جانتا ہے وہ سب کچھ جو تم کرتے ہو (اے لوگو!

۴۶. اور جھگڑا مت کرو تم (اے مسلمانو!) اہل کتاب سے مگر اسی طریقے کے ساتھ جو کہ سب سے اچھا ہو سوائے ان لوگوں کے جو ان میں سے ظلم پر ہی کمر بستہ ہوں اور کہو کہ ہم تو بہر حال ایمان رکھتے ہیں اس (کتاب) پر جو اتاری گئی ہماری طرف اور (اس پر بھی) جو اتاری گئی تمہاری طرف اور (حق اور حقیقت بہر حال یہی ہے کہ) ہمارا معبود اور تمہارا معبود ایک ہی معبود ہے اور ہم سب اسی کے فرماں بردار ہیں

۴۷. اور اسی طرح ہم نے اتاری آپ کی طرف (اے پیغمبر!) یہ کتاب سو جن لوگوں کو ہم نے کتاب دی (اس سے پہلے) وہ اس پر بھی ایمان رکھتے ہیں اور ان لوگوں (یعنی اہل مکہ) میں سے بھی کچھ لوگ اس پر ایمان لاتے ہیں اور ہماری آیتوں کا انکار نہیں کرتے مگر وہی لوگ جو منکر (اور ہٹ دھرم) ہیں

۴۸.	اور آپ (اے پیغمبر!) اس سے پہلے نہ تو کوئی کتاب پڑھتے تھے اور نہ ہی آپ اپنے ہاتھ سے کچھ لکھتے تھے اگر کہیں ایسا ہوتا تو یہ باطل پرست شک میں پڑ سکتے تھے (مگر ایسی تو کوئی بات بھی نہیں)

۴۹.	بلکہ یہ (قرآن) تو کھلی آیتیں ہیں ان لوگوں کے سینوں میں جنہیں علم دیا گیا ہے اور ہماری آیتوں کا انکار نہیں کرتے مگر وہی لوگ جو ظالم ہیں

۵۰.	اور کہتے ہیں کہ کیوں نہ اتاری گئیں ان پر نشانیاں ان کے رب کی طرف سے (یعنی ان کی فرمائش کے مطابق سوان سے) کہو کہ نشانیاں تو اللہ ہی کے پاس ہیں اور میں تو صرف خبر دار کرنے والا ہوں کھول کر (حق اور حقیقت کو)

۵۱.	اور کیا ان لوگوں کے لئے یہ نشانی کافی نہیں کہ ہم نے آپ پر یہ (عظیم الشان) کتاب نازل کی جو (دن رات) پڑھ کر سنائی جاتی ہے ان کو بیشک اس میں بڑی بھاری رحمت اور عظیم الشان نصیحت ہے ان لوگوں کے لئے جو ایمان رکھتے ہیں

۵۲.	(ان سے) کہو کہ کافی ہے اللہ میرے درمیان اور تمہارے درمیان گواہی دینے کو وہ جانتا ہے وہ سب کچھ جو کہ آسمانوں اور زمین میں ہے اور جو لوگ ایمان لائے باطل پر اور انہوں نے انکار کیا (حقیقتوں کی حقیقت یعنی) اللہ کا وہی ہیں سراسر خسارے والے

۵۲.	اور یہ لوگ آپ سے (اے پیغمبر!) جلد عذاب لانے کا مطالبہ کرتے ہیں اور اگر (اس کے لئے) ایک مدت مقرر نہ ہوتی تو یقیناً وہ عذاب ان پر کبھی کا آگیا ہوتا اور (وقت آنے پر) وہ یقیناً ان پر ایسا اچانک آکر رہے گا کہ ان کو خبر تک نہ ہوگی

۵۴. آپ سے عذاب جلد لانے کا مطالبہ کرتے حالانکہ جہنم (کے ہولناک عذاب) نے (چاروں طرف سے) گھیرے میں لے رکھا ہے ایسے کافروں کو

۵۵. جس دن کہ ڈھانک رہا ہو گا ان کو وہ عذاب ان کے اوپر سے بھی اور ان کے پاؤں کے نیچے سے بھی اور کہے گا ان سے وہ (اللہ) کہ اب چکھو مزہ اپنے ان کرتوتوں کا جو تم لوگ (زندگی بھر) کرتے رہے تھے

۵۶. اے میرے وہ بندوں جو ایمان لائے ہو! میری زمین بہت وسیع ہے پس تم لوگ (اس حقیقت کو پیش نظر رکھتے ہوئے) ہر حال میں میری ہی بندگی کرو

۵۷. ہر جی کو موت کا مزہ بہر حال چکھنا ہے پھر تم سب کو آخر کار لوٹ کر ہماری ہی طرف آنا ہے

۵۸. اور وہ لوگ جو ایمان لائے اور انہوں نے کام بھی نیک کیئے تو ہم ان کو جنت کی ایسی عالی شان عمارتوں میں جگہ دیں گے جن کے نیچے سے بہہ رہی ہوں گی طرح طرح کی (عظیم الشان) نہریں جہاں ان (خوش نصیبوں) کو ہمیشہ رہنا نصیب ہو گا کیا ہی عمدہ (اور خوب) بدلہ ہے ان عمل کرنے والوں کا

۵۹. جنہوں نے (زندگی بھر) صبر (و استقامت) سے کام لیا اور جو اپنے رب ہی پر بھروسہ کرتے رہے

٦٠. اور کتنے جاندار ایسے ہیں جو اپنی روزی (اپنے ساتھ) اٹھائے نہیں پھرتے اللہ ہی روزی دیتا ہے ان کو بھی اور تم کو بھی (اے لوگو!) اور وہی ہے سننے والا (ہر کسی کی اور) جاننے والا (سب کچھ)

٦١. اور اگر آپ ان سے پوچھیں کہ کس نے پیدا کیا ہے آسمانوں اور زمین (کی اس کائنات) کو؟ اور (تمہارے) کام میں لگا دیا سورج اور چاند (عظیم الشان کروں) کو؟ تو (اس کے جواب میں) یہ سب کے سب ضرور بالضرور یہی کہیں گے کہ اللہ ہی نے پھر کہاں اوندھے کئے جاتے ہیں یہ لوگ؟

٦٢. اللہ ہی روزی کشادہ فرماتا ہے اپنے بندوں میں سے جس کے لئے چاہتا ہے اور وہی تنگ کرتا ہے جس کے لئے چاہتا ہے بیشک اللہ ہر چیز کو پوری طرح جانتا ہے

٦٢. اور اگر آپ ان سے پوچھیں کہ کون ہے وہ جو آسمان سے بارش برساتا ہے پھر اس کے ذریعے وہ زندہ کرتا ہے اس زمین کو اس کے بعد کہ یہ مردہ (اور ویران) پڑی ہوتی ہے؟ تو یہ لوگ ضرور بالضرور یہی جواب دیں گے کہ اللہ ہی (یہ سارے کام کرتا ہے) کہو الحمد اللہ مگر اکثر لوگ (پھر بھی) عقل سے کام نہیں لیتے

٦٤. اور اس دنیا کی زندگی کی حقیقت تو ایک تماشا اور کھیل کے سوا کچھ نہیں اور یہ ایک قطعی حقیقت ہے کہ آخرت کا جو گھر ہے وہی حقیقی زندگی ہے کاش کہ یہ لوگ جان لیتے

۶۵. پھر (یہ بھی دیکھو کہ) جب یہ لوگ کشتی پر سوار ہوتے ہیں تو اللہ ہی کو پکارتے ہیں اسی کے لئے خالص کر کے اپنے دین کو مگر جب وہ انھیں بچا کر خشکی پر لے آتا ہے تو یکایک یہ لوگ شرک کرنے لگتے ہیں

۶۶. تاکہ (اس طرح) یہ لوگ ناشکری کریں ہماری ان نعمتوں کی جن سے ہم نے ان کو نوازا ہوتا ہے اور تاکہ کچھ اور مزے اڑا سکیں یہ لوگ (دنیائے دوں کے) سو عنقریب ان کو خود ہی معلوم ہو جائے گا

۶۷. تو کیا ان لوگوں نے کبھی اس پر غور نہیں کیا کہ ہم نے (ان کے اس شہر کو) ایک عظیم الشان حرم (اور) امن کا گہوارہ بنا دیا جب کہ ان کے آس پاس کے لوگوں کو (ان کے سامنے) اچک لیا جاتا ہے کیا پھر بھی یہ لوگ باطل کو مانتے ہیں اور اللہ کی نعمتوں کا کفر (و انکار) کرتے ہیں

۶۸. اور اس سے بڑھ کر ظالم اور کون ہو سکتا ہے جو جھوٹ باندھے اللہ (پاک) پر جھٹلائے حق کو جب کہ وہ اس کے پاس پہنچ جائے کیا جہنم میں ٹھکانہ نہیں ایسے کافروں کا

۶۹. اور جن لوگوں نے جہاد کیا (اور مشقت اٹھائی) ہماری راہ میں (اور ہماری رضا کے لئے) تو ہم ان کو ضرور نوازیں گے اپنی (رضا اور خوشنودی کی) راہوں سے اور بیشک اللہ یقینی طور پر ساتھ ہے ایسے نیکوکاروں کے

★★★

۳۰۔ الروم

بِسۡمِ اللّٰہِ الرَّحۡمٰنِ الرَّحِیۡمِ

اللہ کے نام سے جو رحمان و رحیم ہے

۱. الٓمٓ

۲. مغلوب ہو گئے رومی

۳. قریب کی سرزمین میں اور وہ اپنی اس مغلوبیت کے بعد عنقریب ہی غالب آ کر رہیں گے

۴. یعنی چند ہی سالوں میں (کہ غلبہ و مغلوبیت سمیت) ہر معاملہ اللہ ہی کے اختیار میں ہے پہلے بھی اور بعد بھی اور اس روز خوش ہو رہے ہوں گے ایمان والے

۵. اللہ کی مدد سے اللہ مدد فرماتا ہے جس کی چاہتا ہے اور وہی ہے (سب پر) غالب انتہائی مہربان

۶. اللہ کا وعدہ ہو چکا اور اللہ کبھی خلاف ورزی نہیں فرماتا اپنے وعدے کی لیکن لوگوں کی اکثریت جانتی نہیں (حق اور حقیقت کو)

۷۔ یہ لوگ تو دنیاوی زندگی کا ایک ہی ظاہری (اور مادی) پہلو جانتے ہیں (اور بس) اور آخرت سے بالکل غافل (و بے خبر) ہیں

۸۔ کیا ان لوگوں نے کبھی غور و فکر سے کام نہیں لیا اپنے دلوں میں کہ اللہ نے نہیں پیدا فرمایا آسمانوں اور زمین اور ان کے درمیان کی کائنات کو مگر حق کے ساتھ اور ایک مقررہ مدت تک کے لئے اور بیشک بہت سے لوگ اپنے رب کی ملاقات (اور اس کے حضور پیشی) کے پکے منکر ہیں

۹۔ کیا یہ لوگ چلے پھرے نہیں (اللہ کی) اس زمین میں تاکہ یہ دیکھ لیتے کہ کیسا ہوا انجام ان لوگوں کا جو ان سے پہلے گزر چکے ہیں وہ لوگ قوت میں ان سے کہیں بڑھ کر سخت تھے انہوں نے (اپنے اغراض و مقاصد کے لئے) ادھیڑ ڈالا تھا زمین کو اور اس کو انہوں نے اس سے کہیں زیادہ آباد کیا تھا جتنا کہ (آج کے) ان لوگوں نے آباد کیا ہے اور ان کے پاس بھی ان کے پیغمبر روشن نشانیاں لے کر آئے تو (انہوں نے اپنی مادی قوت و ترقی کے گھمنڈ میں ان کی تکذیب کی جس پر بالآخر وہ سب پکڑے گئے تو) کہیں اللہ ایسا نہ تھا کہ ان پر کوئی ظلم کرتا مگر وہ لوگ اپنی جانوں پر خود ہی ظلم کر رہے تھے

۱۰۔ آخر کار بڑا ہی برا انجام ہوا ان لوگوں کا جو برائیاں کرتے رہے تھے اس وجہ سے کہ انہوں نے جھٹلایا اللہ کی آیتوں کو اور وہ ان کا مذاق اڑاتے تھے

۱۱۔ اللہ ہی پہلی مرتبہ پیدا فرماتا ہے اپنی مخلوق کو پھر وہی دوبارہ پیدا فرمائے گا اس کو (اپنی قدرت کاملہ اور حکمت بالغہ سے) پھر تم سب لوگوں کو بہر حال اسی کی طرف جانا ہے لوٹ کر

۱۲۔ اور جس دن قیامت قائم ہوگی (اس دن مارے دہشت و حیرت کے) ہک دھک رہ جائیں گے مجرم لوگ

۱۳۔ اور ان کے (من گھڑت) شریکوں میں سے کوئی بھی ان کا سفارشی نہیں بن سکے گا اور خود ہی اپنے ان شریکوں کے منکر ہو جائیں گے

۱۴۔ اور جس روز قیامت قائم ہوگی اس روز لوگ (اپنے اپنے عقیدہ و ایمان کی بناء پر) بٹ جائیں گے

۱۵۔ پھر جو ایمان لائے ہوں گے اور انہوں نے کام بھی نیک کئے ہوں گے تو وہ ایک عظیم الشان اور (بے مثل) باغ میں شاداں و فرحاں ہوں گے

۱۶۔ اور جنہوں نے کفر کیا ہوگا اور انہوں نے جھٹلایا ہوگا ہماری آیتوں کو اور آخرت کی پیشی کو تو ایسے لوگوں کو (پابجولاں) عذاب میں حاضر کیا جائے گا

۱۷۔ بس تم تسبیح کرو اللہ کی جب تم شام کرو اور جب تم صبح کرو

۱۸۔ اور اسی کے لئے ہے تعریف آسمانوں میں بھی اور زمین میں بھی اور (اسی کی تعریف کرو تم لوگ بھی) دن کے پچھلے حصے میں اور جب تم ظہر کے وقت میں داخل ہو جاؤ

۱۹. وہی نکالتا ہے جاندار کو بے جان سے اور بے جان کو جاندار سے اور وہی زندگی بخشتا ہے زمین کو اس کے مر جانے کے بعد اور اسی طرح تم کو بھی نکالا جائے گا (تمہاری قبروں سے)

۲۰. اور اس کی نشانیوں میں سے یہ بھی ہے کہ اس نے پیدا فرمایا تم سب کو (اے لوگو! بے جان) مٹی سے پھر تم یکایک انسان ہو کر (زمین بھر میں) پھیلے پھرتے ہو

۲۱. اور اس کی نشانیوں میں سے (ایک اہم نشانی یہ) ہے کہ اس نے پیدا فرمائیں تمہارے لئے تمہاری بیویاں خود تمہاری ہی جنس سے تاکہ تم ان سے سکون حاصل کر سکو اور اس نے رکھ دی تمہارے درمیان محبت اور رحمت بیشک اس میں بڑی بھاری نشانیاں ہیں ان لوگوں کے لئے جو غور و فکر سے کام لیتے ہیں

۲۲. اور اس کی نشانیوں میں سے (ایک اہم نشانی) آسمان اور زمین (کی اس عظیم الشان کائنات) کا پیدا کرنا بھی ہے اور تمہاری زبانوں اور رنگتوں کا باہم اختلاف بھی بیشک اس میں بھی بڑی بھاری نشانیاں ہیں علم کی (روشنی) رکھنے والوں کے لئے

۲۲. اور اس کی نشانیوں میں (ایک اہم نشانی) تمہارا یہ سونا (جاگنا) بھی ہے رات اور دن (کے مختلف حصوں) میں اور تمہارا تلاش کرنا بھی اس کے فضل سے بلاشبہ اس میں بھی بڑی بھاری نشانیاں ہیں ان لوگوں کے لئے جو سنتے ہیں (گوش ہوش سے)

۲۴. اور اس کی نشانیوں میں سے یہ بھی ہے کہ وہ تمہیں دکھاتا ہے (گرجتی چمکتی) بجلی جس سے تمہیں خوف بھی ہوتا ہے اور امید بھی بندھتی ہے اور وہی آسمان سے پانی برساتا

ہے پھر اس کے ذریعے وہ زندہ کرتا ہے زمین کو اس کے مر چکنے کے بعد بلا شبہ اس میں بھاری نشانیاں ہیں ان لوگوں کے لئے جو عقل سے کام لیتے ہیں

۲۵. اور اس کی نشانیوں میں سے یہ بھی ہے کہ آسمان و زمین قائم ہیں اسی کے حکم (و ارشاد) سے پھر جب وہ تم کو بلائے گا ایک ہی بار زمین سے تو تم سب کے سب یکایک نکل پڑو گے (اپنی اپنی قبروں سے)

۲۶. اور اسی کا ہے وہ سب کچھ جو کہ آسمانوں اور زمین میں ہے سب ہی اس کے حکم کے بندے ہیں

۲۷. اور وہ (اللہ) وہی تو ہے جو پہلی بار پیدا فرماتا ہے اپنی مخلوق کو پھر وہی اس کو دوبارہ پیدا فرمائے گا اور یہ اس کے لئے کہیں زیادہ آسان ہے اور اسی کی شان سب سے بلند ہے آسمانوں اور زمین میں اور وہی ہے سب پر غالب نہایت حکمت والا

۲۸. اس نے تمہارے لئے ایک مثال بیان فرمائی ہے (اے لوگو!) خود تمہارے اپنے ہی حالات سے کہ کیا تمہارے ان غلاموں میں سے جن کے تم مالک ہو کچھ ایسے ہیں جو تمہارے اس مال و دولت میں جو کہ ہم نے تم کو دے رکھا ہے تمہارے اس طرح برابر کے شریک ہوں؟ کہ تم ان سے بھی اسی طرح ڈرو جس طرح کہ اپنے ہمسروں سے ڈرتے ہو؟ اسی طرح ہم کھول کر بیان کرتے ہیں اپنی آیتوں (اور احکام) کو ان لوگوں کے (بھلے اور ان کی فہمائش کے) لئے جو عقل سے کام لیتے ہیں (مگر یہ لوگ ہیں کہ پھر بھی عقل سے کام نہیں لیتے)

۲۹. بلکہ یہ پیچھے لگے ہوئے ہیں اپنی خواہشات (اور نفسانی اغراض) کے بغیر کسی علم (اور دلیل) کے سو اس کو کون ہدایت دے سکتا ہے جس کو اللہ ہی گمراہی میں ڈال دے (اس کی اپنی بدنیتی اور سوء اختیار کی وجہ سے) اور ایسوں کا کوئی مددگار نہیں ہو سکتا

۳۰. سو آپ سیدھا رکھو اپنا رخ دین کے لئے یکسو ہو کر (اور پیروی کرو) اللہ کی (ودیعت فرمودہ) اس فطرت کی جس پر اس نے پیدا فرمایا ہے اپنی مخلوق کو کوئی تبدیلی نہیں اللہ کی پیدائش میں یہی ہے سیدھا (اور درست) دین لیکن اکثر لوگ جانتے نہیں

۳۱. (تم فطرت الٰہیہ کی اتباع کرو) اسی کی طرف رجوع کرتے ہوئے اور اس سے ڈرتے رہو اور نماز قائم کرو اور کبھی ان مشرکوں سے نہیں ہو جانا

۳۲. جنہوں نے ٹکڑے ٹکڑے کر دیا اپنے دین کو اور وہ مختلف گروہ (اور گروپ) بن گئے ہر فرقہ اپنے اسی طریقے پر نازاں (اور اسی میں مست و مگن) ہے جو اس کے پاس ہے

۳۳. اور لوگوں کا حال یہ ہے کہ جب ان کو کوئی تکلیف پہنچتی ہے تو یہ اپنے رب ہی کو پکارتے (بلاتے) ہیں اسی کی طرف رجوع ہو کر پھر جب وہ ان کو چکھا دیتا ہے اپنی طرف سے کوئی رحمت (وعنایت) تو یکایک ان میں کا ایک گروہ اپنے رب کے ساتھ شرک کرنے لگتا ہے

۳۴. تاکہ اس طرح یہ لوگ کفر کریں ان نعمتوں کا جو ہم ہی نے ان کو بخشی ہوتی ہیں اچھا تو تم لوگ کچھ مزے کر لو عنقریب تمہیں (سب کچھ) خود ہی معلوم ہو جائے گا

۲۵. کیا ہم نے ان پر کوئی ایسی سند اتاری ہے جو ان کو اس شرک (کی صحت) کے بارے میں بتا رہی ہو جو یہ لوگ کر رہے ہیں؟

۲۶. اور جب ہم چکھا دیتے ہیں لوگوں کو کوئی رحمت (و عنایت اپنے فضل و کرم سے) تو یہ اس پر پھول جاتے ہیں اور اگر کبھی ان کو کوئی تکلیف (اور مصیبت) پہنچتی ہے ان کے اپنے ان کرتوتوں کی بناء پر جو انہوں نے خود اپنے ہاتھوں آگے بھیجے ہوتے ہیں تو یکایک یہ آس توڑ بیٹھتے ہیں

۲۷. تو کیا انہوں نے کبھی اس (حقیقت) پر غور نہیں کیا کہ اللہ ہی روزی کشادہ کرتا ہے جس کے لئے چاہتا ہے اور وہی تنگ کرتا ہے جس کے لئے چاہتا ہے بلاشبہ اس میں بڑی بھاری نشانیاں ہیں ان لوگوں کے لئے جو ایمان رکھتے ہیں

۲۸. پس تم (خوشی بخوشی) دے دیا کرو رشتہ دار کو اس کا حق اور مسکین اور مسافر کو بھی یہ بہتر ہے ان لوگوں کے لئے جو اللہ کی رضا چاہتے ہیں اور ایسے ہی لوگ ہیں فلاح پانے والے

۲۹. اور جو بھی کوئی زیادتی تم دیتے ہو (اے لوگو!) تاکہ وہ لوگوں کے مالوں میں شامل ہو کر بڑھ جائے تو (یاد رکھو کہ) یہ اللہ کے یہاں نہیں بڑھتی اور (اس کے مقابلے میں) جو زکوٰۃ تم دیتے ہو اللہ کی رضا چاہتے ہوئے تو ایسے ہی لوگ ہیں (حقیقت میں اپنے مالوں کو) بڑھانے والے

۴۰۔ اللہ وہی تو ہے جس نے تمہیں پیدا فرمایا پھر اس نے تمہاری روزی کا بندوبست کیا پھر وہی تم کو موت دیتا ہے (اور دے گا) پھر وہی تم کو زندگی بھی بخشتا ہے (اور بخشے گا) کیا تمہارے ٹھہرائے ہوئے شریکوں میں بھی کوئی ایسا ہے جو ان میں سے کوئی کام بھی کر سکے وہ پاک اور برتر ہے اس شرک سے جو یہ لوگ کرتے ہیں

۴۱۔ ظاہر ہوگیا (اور پھیل گیا) فساد خشکی اور تری میں لوگوں کے ان اعمال کی وجہ سے جو وہ خود اپنے ہاتھوں کرتے ہیں تاکہ اللہ ان کو چکھائے ان کے اعمال کا کچھ مزہ تاکہ یہ لوگ لوٹ آئیں

۴۲۔ (ان سے) کہو کہ تم لوگ چلو پھرو (اللہ کی عبرتوں بھری) اس زمین میں پھر دیکھو کہ کیسا ہوا انجام ان لوگوں کا جو ان سے پہلے گزر چکے ہیں ان میں سے اکثر (باغی اور) مشرک ہی تھے

۴۳۔ پس تم سیدھا رکھو اپنا رخ اس دین قیم (وراست) کی طرف اس سے پہلے کہ آپہنچے وہ دن جس کے ٹالنے (روکنے) کی کوئی صورت نہ ہوگی اللہ (پاک) کی طرف سے اس دن لوگ پھٹ کر ایک دوسرے سے الگ ہو جائیں گے

۴۴۔ جس نے کفر کیا تو اس کے کفر کا وبال اسی پر ہوگا اور جس نے نیک کام کئے تو ایسے لوگ بھی خود اپنے ہی لئے سامان کر رہے ہیں

۴۵۔ تاکہ اللہ بدلہ دے (اپنے کرم اور) اپنی مہربانی سے ان لوگوں کو جو ایمان لائے اور انہوں نے کام بھی نیک کئے بلاشبہ وہ پسند نہیں کرتا کافروں (اور منکروں) کو

۴۶. اور اس کی نشانیوں میں سے یہ بھی ہے کہ وہ ہوائیں بھیجتا ہے خوشخبری سنانے کو (تاکہ تم خوش ہو جاؤ) اور تاکہ وہ چکھائے تم کو اپنی رحمت (و عنایت) سے اور تاکہ کشتیاں چلیں اس کے حکم سے اور تاکہ تم تلاش کرو اس کے فضل (و مہربانی) سے اور تاکہ تم شکر گزار بنو

۴۷. اور بلاشبہ ہم نے آپ سے پہلے بھی بہت سے رسولوں کو بھیجا ان کی قوموں کی طرف سو وہ بھی ان کے پاس کھلی نشانیاں لے کر پہنچے (مگر جنہوں نے نہیں ماننا تھا انہوں نے نہیں مانا) تو آخر کار ہم نے انتقام لیا ان سے جو (تکذیب و مخالفت حق جیسے) جرائم کے مرتکب ہوئے اور ہمارے ذمے لازم ہے ایمان والوں کی مدد کرنا

۴۸. اللہ وہی تو ہے جو ہواؤں کو اس طرح بھیجتا ہے کہ وہ بادل اٹھاتی ہیں پھر اللہ اس (بادل) کو آسمان میں پھیلا دیتا ہے جس طرح چاہتا ہے (اپنی قدرت کاملہ اور حکمت بالغہ سے) اور وہ اس کو تقسیم کر دیتا ہے مختلف ٹکڑیوں کی شکل میں پھر تم دیکھتے ہو کہ بارش اس کے بیچ سے (چھن چھن) کر آ رہی ہوتی ہے پھر وہ جب اس کو اپنے بندوں میں سے جن پر چاہتا ہے پہنچاتا ہے تو وہ خوشی سے اچھلنے لگتے ہیں

۴۹. جب کہ یہ لوگ اس سے پہلے کہ یہ بارش ان پر برسائی جاتی یہ بالکل آس توڑے بیٹھے تھے

۵۰. سو تم دیکھو اللہ کی رحمت کے آثار کو کہ وہ (قادر مطلق اس کے ذریعے) کس طرح زندہ کرتا ہے زمین کو اس کے بعد کہ وہ مر چکی ہوتی ہے بلاشبہ وہی ذات زندہ کرنے والی ہے مردوں کو اور وہی ہے جو ہر چیز پر پوری قدرت رکھتا ہے

۵۱. اور اگر ہم ان پر کوئی ایسی ہوا بھیج دیں جس کے نتیجے میں یہ اپنی کھیتی کو زرد پائیں تو اس کے بعد یہ کفر بکنے لگتے ہیں

۵۲. سو آپ (اے پیغمبر!) نہ تو مردوں کو سنا سکتے ہیں اور نہ ہی آپ بہروں کو اپنی آواز پہنچا سکتے ہیں جب کہ وہ چل دیں پیٹھ پھر کر

۵۲. اور نہ ہی آپ اندھوں کو ان کی گمراہی سے نکال کر سیدھی راہ پر ڈال سکتے ہیں آپ تو صرف انہی لوگوں کو سنا سکتے ہیں جو (سچے دل سے) ایمان رکھتے ہوں ہماری آیتوں پر اور وہ فرمانبردار ہوں

۵۴. اللہ وہی تو ہے جس نے تم سب کو پیدا فرمایا کمزوری (اور ناتوانی) سے پھر اس نے کمزوری کے بعد تم کو قوت بخشی پھر اس قوت کے بعد اس نے تمہارے اندر (ایک تدریج کے ساتھ) کمزوری بھی رکھ دی اور بڑھاپا بھی اور وہ پیدا کرتا ہے جو چاہتا ہے اور وہی ہے سب کچھ جانتا پوری قدرت والا

۵۵. اور جس دن قیامت قائم ہوگی مجرم لوگ قسمیں کھا کھا کر کہیں گے کہ وہ ایک گھڑی بھر سے زیادہ نہیں ٹھہرے تھے اسی طرح (دنیا کی زندگی میں بھی) ان کی مت ماری جا رہی تھی

۵۶. اور جن کو علم اور ایمان کی دولت بخشی گئی ہو گی وہ کہیں گے کہ (غلط کہتے ہو) تم تو اللہ کی کتاب کے مطابق یقیناً حشر کے دن تک رہے ہو سو یہ ہے حشر کا وہ دن (جس کا تم سے وعدہ کیا جاتا تھا) لیکن تم لوگ (اس کو) جانتے (اور مانتے) نہ تھے

۵۷. سو اس دن ظالموں کو نہ تو ان کی معذرت کچھ کام دے سکے گی اور نہ ہی ان سے معافی مانگنے کو کہا جائے گا

۵۸. اور بلاشبہ ہم نے بیان کی لوگوں (کی فہمائش اور بھلائی) کے لئے اس قرآن میں ہر عمدہ مثال اور اگر آپ ان کے پاس کوئی بھی نشانی لے آئیں تو جو لوگ اڑے ہوئے ہیں اپنے کفر (و باطل) پر انہوں نے یقیناً یہی کہنا ہے کہ تم لوگ تو محض باطل پر ہو

۵۹. اسی طرح مہر لگا دیتا ہے اللہ ان لوگوں کے دلوں پر جو جانتے (اور مانتے) نہیں (حق اور حقیقت کو)

۶۰. پس آپ صبر ہی سے کام لیتے رہیں بیشک اللہ کا وعدہ سچا ہے اور ہرگز کبھی آپ کو ہلکا نہ پائیں (اے پیغمبر!) وہ لوگ جو (ایمان و) یقین نہیں رکھتے

***

۲۱۔ لقمان

بِسۡمِ اللّٰہِ الرَّحۡمٰنِ الرَّحِیۡمِ

اللہ کے نام سے جو رحمان و رحیم ہے

۱. الٓمٓ

۲. یہ آیتیں ہیں اس حکمتوں بھری کتاب کی

۲. جسے سراسر ہدایت اور عین رحمت بنا کر بھیجا گیا ہے ان نیکوکاروں کے لئے

۴. جو قائم کرتے ہیں نماز کو اور ادا کرتے ہیں زکوٰۃ اور وہ آخرت پر یقین رکھتے ہیں

۵. یہی لوگ (راہ حق و) ہدایت پر ہیں اپنے رب کی طرف سے اور یہی لوگ ہیں (اصل اور حقیقی) کامیابی پانے والے

۶. اور (اس کے برعکس) کچھ لوگ ایسے ہیں جو غفلت میں ڈالنے کا سامان خریدتے ہیں تاکہ اس طرح وہ بہکا سکیں اللہ کی راہ سے بغیر کسی علم کے اور وہ مذاق اڑاتے ہیں اس (راہ حق) کا ایسوں کے لئے ایک بڑا ہی رسوا کن عذاب ہے

۷۔ اور (ایسے شخص کا حال یہ ہوتا ہے کہ) جب اس کو پڑھ کر سنائی جاتی ہیں ہماری آیتیں تو یہ اپنی بڑائی کے گھمنڈ میں مبتلا ہو کر اس طرح پیٹھ پھیر لیتا ہے کہ گویا کہ اس نے ان کو سنا ہی نہیں جیسے اس کے کانوں میں ڈاٹ (پڑے) ہیں سو خوشخبری سنا دو اس کو ایک بڑے ہی دردناک عذاب کی

۸۔ بیشک جو لوگ ایمان لائے اور انہوں نے کام بھی نیک کئے تو ان کے لئے نعمتوں بھری ایسی (عظیم الشان) جنتیں ہیں

۹۔ جن میں وہ ہمیشہ رہیں گے اللہ کا وعدہ سچا ہے اور وہی ہے (سب پر) غالب بڑا ہی حکمت والا

۱۰۔ اسی نے پیدا فرمایا آسمانوں کو بغیر ایسے ستونوں کے جن کو تم لوگ دیکھ سکو اور اسی نے ڈال دیئے زمین میں (پہاڑوں کے) عظیم الشان لنگر تاکہ وہ تم کو لے کر ڈولنے نہ لگے اور اس نے پھیلا دیئے اس میں ہر قسم کے جانور اور ہم نے آسمان سے پانی برسایا پھر اس کے ذریعے ہم نے اس (زمین) میں اگائیں ہر قسم کی عمدہ چیزیں

۱۱۔ یہ ہے اللہ کی تخلیق سو تم لوگ مجھے ذرا دکھا (اور بتا) دو کہ کیا پیدا کیا ان دوسروں نے (جن کو تم لوگوں نے معبود بنا رکھا ہے؟) اللہ کے سوا (کچھ بھی نہیں) بلکہ ظالم لوگ پڑے ہیں کھلی گمراہی میں

۱۲۔ اور بلاشبہ ہم نے بخشی تھی لقمٰن کو حکمت (و دانائی کی دولت) کہ تم شکر بجا لاؤ اللہ کے لئے اور (حقیقت یہ ہے کہ) جو شکر کرتا ہے تو سوائے اس کے نہیں کہ وہ اپنے ہی

(بھلے کے) لئے شکر کرتا ہے اور جس نے کفر کیا تو (اس سے اللہ کا کچھ نہیں بگڑے گا کہ) بیشک اللہ غنی (و بے نیاز) اور خود ہی تعریفوں والا ہے

۱۳. اور (ان کو وہ بھی یاد کراؤ کہ) جب لقمٰن نے اپنے بیٹے سے نصیحت کرتے ہوئے کہا کہ میرے پیارے بیٹے شرک نہیں کرنا اللہ (وحدہٗ لاشریک) کے ساتھ بیشک شرک بڑا بھاری ظلم ہے

۱۴. اور ہم نے انسان کو تاکیدی حکم دے دیا اس کے والدین کے بارے میں (فرمانبرداری اور حسن سلوک کا) اس کی ماں نے اس کو پیٹ میں رکھا کمزوری پر کمزوری برداشت کر کے اور اس کا دودھ چھڑانا ہوا دو سال میں (سو اس سب کا تقاضا یہ ہے) کہ تو (اے انسان!) شکر بجا لا میرا اور اپنے ماں باپ کا آخرکار لوٹنا بہرحال (سب کو) میری ہی طرف ہے

۱۵. اور اگر وہ تجھے اس بات پر مجبور کریں کہ تو میرے ساتھ شریک ٹھہرائے کسی ایسی چیز کو جس کے بارے میں تیرے پاس کوئی علم (اور سند) نہیں تو ان کا کہنا نہ ماننا ہاں دنیا (کے معاملات) میں ان کے ساتھ نیکی کا برتاؤ کرتے رہنا مگر (دین کے بارے میں) پیروی اسی شخص کے راستے کی کرنا جو میری طرف رجوع کئے رہے پھر تم سب لوگوں کو بہرحال لوٹنا میری ہی طرف ہے تب میں بتا دوں گا تم سب کو وہ سب کچھ جو تم لوگ کرتے رہے تھے

۱۶. (اور لقمٰن نے مزید کہا) اے میرے پیارے بیٹے اگر کوئی عمل رائی کے دانے کے برابر بھی ہو پھر وہ کسی چٹان کے اندر ہو یا کہیں آسمانوں (کی بلندیوں) میں یا زمین (کی تہوں) میں کہیں پوشیدہ ہو پھر بھی اللہ اس کو نکال لائے گا کہ بلاشبہ وہ بڑا باریک بیں انتہائی باخبر ہے

۱۷. بیٹے نماز کی پابندی کرنا نیکی کی تلقین کرنا برائی سے روکتے رہنا اور جو کوئی مصیبت بھی تم پر کبھی آ جائے اس پر تم صبر (و برداشت) ہی سے کام لینا بلاشبہ یہ ہمت کے کاموں میں سے ہے

۱۸. اور لوگوں سے (تکبر کے طور پر) منہ پھیر کے بات نہ کرنا اور نہ ہی اکڑ کر چلنا (اللہ کی) اس زمین میں بیشک اللہ پسند نہیں فرماتا کسی بھی خود پسند شیخی باز کو

۱۹. اور میانہ روی ہی کو اپنائے رکھنا اپنائے رکھنا اپنی چال (ڈھال) میں اور کسی قدر پست رکھنا اپنی آواز کو کہ بیشک آوازوں میں سب سے بری آواز گدھوں کی آواز ہے

۲۰. کیا تم لوگ دیکھتے نہیں ہو کہ اللہ نے (کس پُر حکمت طریقے سے) تمہارے لئے کام میں لگا رکھا ہے وہ سب کچھ جو کہ آسمانوں میں ہے اور وہ سب کچھ بھی جو کہ زمین میں ہے اور اس نے (اپنے کرم بے پایاں سے) پوری کر دیں تم پر اپنی نعمتیں ظاہری بھی اور باطنی بھی (اس کے باوجود) کچھ لوگ ایسے ہیں کہ وہ اللہ ہی کے بارے میں جھگڑتے ہیں بغیر اس کے کہ ان کے پاس کوئی علم ہو یا کوئی ہدایت (وروشنی) یا روشنی دکھانے والی کوئی کتاب

۲۱. اور جب ان سے کہا جاتا ہے کہ پیروی کرو تم لوگ اس چیز کی جس کو اللہ نے اتارا ہے تو یہ کہتے ہیں ہم تو بس اسی کی پیروی کرینگے جس پر ہم نے اپنے باپ دادا کو پایا کیا (یہ انہی کی پیروی کریں گے) اگرچہ شیطان ان کو بلا رہا ہو دہکتی (بھڑکتی ہولناک) آگ کے عذاب کی طرف

۲۲. اور جو کوئی اپنے آپ کو اللہ کے حوالے کر دے اور وہ ہو بھی نیکو کار تو اس نے یقیناً تھام لیا بڑے ہی مضبوط کڑے کو اور اللہ ہی کی طرف ہے انجام تمام کاموں کا

۲۲. اور جس نے کفر کیا تو اس کا کفر آپ ﷺ کے لئے (اے پیغمبر!) غم کا باعث نہیں ہونا چاہیے ان سب کو بالآخر ہماری ہی طرف لوٹ کر آنا ہے پھر ہم خود ہی ان کو وہ سب کچھ بتا دیں گے جو یہ کرتے رہے تھے (دنیا میں) بیشک اللہ دلوں کی باتوں کو بھی پوری طرح جانتا ہے

۲۴. ہم انھیں تھوڑی سی مدت مزے کرنے کا موقع دے رہے ہیں پھر ان کو بے بس کر کے کھینچ لائیں گے ایک بڑے ہی سخت عذاب کی طرف

۲۵. اور اگر آپ ان سے پوچھیں کہ (بتاؤ) کس نے پیدا کیا آسمانوں اور زمین (کی اس عظیم الشان کائنات) کو؟ تو یہ سب کہیں گے اللہ ہی نے کہو الحمد للہ مگر ان کی اکثریت جانتی نہیں

۲۶. اللہ ہی کا ہے وہ سب کچھ جو کہ آسمانوں اور زمین میں ہے بیشک اللہ ہی ہے غنی (و بے نیاز ہر کسی سے اور ہر اعتبار سے اور) ہر خوبی (و کمال) والا

۲۷.	اور اگر وہ سب درخت جو زمین میں پائے جاتے ہیں قلمیں بن جائیں اور یہ سمندر اس کی سیاہی در آنحالیکہ اس میں سات سمندر اور شامل کر دیئے جائیں تب بھی اللہ کی باتیں ختم نہ ہونے پائیں گی بیشک اللہ بڑا ہی زبردست نہایت ہی حکمت والا ہے

۲۸.	تم سب لوگوں کا پیدا کرنا اور دوبارہ زندہ کرنا (اس کے لئے) ایسے ہی ہے جیسے ایک شخص (کو پیدا کرنا اور اسے دوبارہ زندہ کر دینا) بلا شبہ اللہ (ہر کسی کی) سنتا (سب کچھ) دیکھتا ہے

۲۹.	کیا تم نے کبھی اس بات پر غور نہیں کیا کہ اللہ (کس پُر حکمت طریقے سے) داخل فرماتا ہے رات کو دن میں اور داخل فرماتا ہے دن کو رات میں اور اسی نے کام میں لگا رکھا ہے سورج اور چاند (کے ان عظیم الشان کروں) کو ان میں سے ہر ایک چلے جا رہا ہے (پوری باقاعدگی کے ساتھ) ایک مقرر وقت تک اور بیشک اللہ پوری طرح باخبر ہے ان تمام کاموں سے جو تم لوگ کر رہے ہو

۳۰.	یہ سب کچھ اس وجہ سے ہے کہ اللہ ہی حق ہے اور وہ سب چیزیں باطل (اور بے اصل) ہیں جن کو یہ لوگ (پوجتے) پکارتے ہیں اس (وحدہٗ لاشریک) کے سوا اور بیشک کہ اللہ ہی ہے عالی شان سب سے بڑا

۳۱.	کیا تم نے کبھی غور نہیں کیا کہ یہ کشتیاں (اور دیو ہیکل جہاز کس طرح) رواں دواں ہیں سمندر میں اللہ کے فضل (وکرم) سے تاکہ وہ تمہیں دکھائے اپنی کچھ نشانیاں بلاشبہ اس میں بڑی بھاری نشانیاں ہیں ہر اس شخص کے لئے جو بڑا صبر کرنے والا شکر گزار ہے

۲۲. اور جب (سمندری سفر کے دوران) ان پر چھا جاتی ہے کوئی موج سائبانوں کی طرح تو یہ (اپنے تمام بناوٹی سہاروں کو بھول کر) اللہ ہی کو پکارتے ہیں خالص کر کے اس کے لئے اپنے دین کو مگر جب وہ انھیں بچا کر خشکی کی طرف نکال لاتا ہے تو ان لوگوں میں سے کچھ ہی راہ راست پر رہتے ہیں اور ہماری آیتوں کا انکار نہیں کرتا مگر ہر ایسا شخص جو بڑا بدعہد (وبے وفا) اور ناشکرا ہو

۲۲. اے لوگو! بچو تم اپنے رب (کی ناراضگی و نافرمانی سے) اور ڈرو ایک ایسے ہولناک دن سے جس میں نہ کوئی باپ اپنے بیٹے کے کچھ کام آسکے گا اور نہ کوئی بیٹا اپنے باپ کے کچھ کام آسکے گا بلاشبہ اللہ کا وعدہ سچا ہے پس تم کو دھوکے میں نہ ڈالنے پائے دنیاوی زندگی (کی یہ چہل پہل) اور نہ ہی تم دھوکے میں ڈالنے پائے اللہ کے بارے میں وہ بڑا دھوکے باز

۲۴. بلاشبہ اللہ ہی کے پاس ہے علم (قیامت کی) اس گھڑی کا اور وہی بارش برساتا ہے اور وہی جانتا ہے کہ (ماؤں کے) رحموں میں کیا ہے اور کسی شخص کو پتہ نہیں کہ وہ کل کیا کرے گا اور نہ ہی کسی کو یہ پتہ ہے کہ اس کی موت کس دھرتی میں آئے گی بلاشبہ اللہ ہی ہے (سب کچھ) جانتا (ہر چیز سے) پوری طرح باخبر

***

۳۲۔ السجدہ

بِسۡمِ اللّٰہِ الرَّحۡمٰنِ الرَّحِیۡمِ

اللہ کے نام سے جو رحمان و رحیم ہے

۱. الٓمّٓ

۲. یہ سراسر اتاری گئی کتاب ہے اس میں کسی شک کی کوئی گنجائش نہیں یہ پروردگار عالم کی طرف سے

۲. کیا یہ لوگ (پھر بھی) یہ کہتے ہیں کہ اس کو اس شخص نے خود گھڑ لیا ہے (نہیں) بلکہ یہ سراسر حق ہے آپ کے رب کی طرف سے تاکہ آپ خبردار کریں ان لوگوں کو جن کے پاس آپ سے قبل (ماضی قریب میں) کوئی خبردار کرنے والا نہیں آیا تاکہ یہ لوگ راہ راست پاسکیں

۴۔ اللہ وہی تو ہے جس نے پیدا فرمایا آسمانوں اور زمین کو اور ان تمام چیزوں کو جو کہ ان دونوں کے درمیان ہیں چھ دنوں (کی مدت) میں پھر وہ جلوہ افروز ہوا عرش پر اس کے سوا تمہارا نہ کوئی حمایتی (و سرپرست) ہے اور نہ کوئی سفارشی تو کیا تم لوگ سمجھتے نہیں ہو؟

۵۔ وہی تدبیر فرماتا ہے (اپنی قدرت کاملہ اور حکمت بالغہ سے) ہر کام کی آسمان سے زمین تک پھر اسی کی طرف چڑھتا ہے وہ کام ایک ایسے عظیم الشان دن میں جس کی مقدار ہزار برس ہے (ماہ و سال کی) اس گنتی کے اعتبار سے جو تم لوگ کرتے ہو

۶۔ یہ ہے (اللہ) جاننے والا ہر نہاں و عیاں کا (سب پر) غالب انتہائی مہربان (اور کرم فرمانے والا)

۷۔ جس نے نہایت عمدہ بنایا ہر چیز کو جس کو بھی بنایا اور اس نے انسان کی پیدائش کا آغاز فرمایا مٹی سے

۸۔ پھر اس نے رکھ دیا اس کی نسل کو ایک (نہایت ہی پُر حکمت طریقے سے) ایک بے قدرے پانی کے ست میں

۹۔ پھر اس نے برابر کر دیا اس (کے اعضاء و جوارح) کو (رحم مادر کے اندھیرے میں) اور پھونک دیا اس کے اندر اپنی روح میں سے اور اس نے نواز دیا تمہیں کانوں آنکھوں اور دلوں کی (عظیم الشان نعمتوں) سے بہت ہی کم شکر کرتے ہو تم لوگ

۱۰.	اور کہتے ہیں کہ کیا جب ہم (مر کر) زمین میں نیست و نابود ہو جائیں گے تو کیا واقعی ہمیں نئے سرے سے پھر پیدا کیا جائے گا؟ (اور بات صرف تعجب ہی کی نہیں) بلکہ اصل بات یہ ہے کہ یہ لوگ اپنے رب سے ملنے کے ہی منکر ہیں

۱۱.	(ان سے) کہو کہ تمہاری جان پوری کی پوری قبض کرتا ہے موت کا وہ فرشتہ جو تم پر مقرر کیا گیا ہے پھر تم سب کو بہر حال اپنے رب ہی کے حضور لوٹ کر جانا ہے

۱۲.	اور اگر تم (اس وقت کا حال) دیکھ سکو کہ جب مجرم لوگ اپنے رب کے حضور اپنے سروں کو جھکائے (کھڑے) ہوں گے (اور نہایت ہی حسرت و لجاجت کے ساتھ عرض کر رہے ہوں گے کہ) اے ہمارے رب اب ہم نے خود دیکھ اور سن لیا پس تو ہمیں واپس بھیج دے (دنیا میں) تاکہ ہم نیک کام کریں کہ اب ہمیں پورا یقین آ گیا ہے

۱۲.	حالانکہ اگر ہمیں (مشاہدہ اضطرار کا ایسا ایمان) منظور ہوتا تو ہم ہر شخص کو اس کی ہدایت کبھی کے دے چکے ہوتے مگر اب تو (ان پر) پکی ہو گئی میری بات کہ میں نے ضرور بھرنا ہے جہنم کو جنوں اور انسانوں سب سے

۱۴.	سو (اس وقت ایسوں سے کہا جائے گا کہ) اب چکھو تم لوگ مزہ (اس عذاب کا) اس بناء پر کہ تم نے بھلا دیا تھا اپنے اس (عظیم الشان) دن کی پیشی کو اب ہم تمہیں بھلائے دیتے ہیں اور اب تم چکھو عذاب ہمیشہ کا اپنے ان کرتوتوں کی پاداش میں جو تم (زندگی بھر) کرتے رہے تھے

۱۵. ہماری آیتوں پر ایمان تو بس وہی لوگ رکھتے ہیں (جن کی شان یہ ہوتی ہے کہ) جب ان کو نصیحت کی جاتی ہے ان (آیتوں) کے ذریعے تو وہ گر پڑتے ہیں سجدہ ریزہ ہو کر (اپنے رب کے حضور) اور وہ تسبیح کرتے ہیں اپنے رب کی حمد کے ساتھ اور وہ اپنی بڑائی کا گھمنڈ نہیں رکھتے

۱۶. جن کے پہلو دور رہتے ہیں اپنے بستروں سے (اپنے رب کی یاد دلشاد اور اس کی رضا کے لئے اور) وہ پکارتے ہیں اپنے رب کو خوف اور امید کے ساتھ اور جو کچھ ہم نے ان کو دیا ہوتا ہے اس میں سے وہ خرچ کرتے ہیں

۱۷. سو کوئی نہیں جان سکتا کہ ان کے لئے آنکھوں کی ٹھنڈک کا کیا کچھ سامان چھپا کر رکھا گیا ہے ان کے ان اعمال بدلے میں جو وہ (زندگی بھر) کرتے رہے تھے

۱۸. تو کیا جو شخص مومن ہو وہ اس جیسا ہو سکتا ہے جو فاسق ہو یہ دونوں کبھی باہم برابر نہیں ہو سکتے

۱۹. چنانچہ جو لوگ ایمان لائے اور انہوں نے کام بھی نیک کئے تو ان کے لئے راحت کے باغ ہونگے مہمانی کے طور پر ان کے ان اعمال کے بدلے میں جو یہ کرتے رہے تھے (اپنی دنیاوی زندگی میں)

۲۰. اور (اس کے برعکس) جو لوگ اڑے رہے ہوں گے اپنے کفر (و باطل) پر ان کا ٹھکانا دوزخ ہے جب وہ چاہیں گے کہ (کسی طرح) اس سے نکل جائیں تو ان کو اسی میں

دھکیل دیا جائے گا اور ان سے کہا جائے گا کہ اب چکھتے رہو تم لوگ مزہ آگ کے اس عذاب کا جس کو تم جھٹلایا کرتے تھے

۲۱. اور ہم چکھاتے رہیں گے ان کو چھوٹے چھوٹے عذاب اس بڑے عذاب سے پہلے تاکہ یہ لوگ باز آجائیں (اپنی سرکشی سے)

۲۲. اور اس سے بڑھ کر ظالم اور کون ہو گا جس کو نصیحت کی جائے اس کے رب کی آیتوں کے ذریعے پھر وہ ان سے منہ موڑے یقیناً ہم نے انتقام لے کر رہنا ہے ایسے مجرموں سے

۲۲. اور بلاشبہ ہم نے موسیٰ کو بھی (آپ ہی کی طرح) وہ کتاب دی تھی پس آپ کو اس کے ملنے میں کوئی شک نہیں ہونا چاہیے اور ہم نے اس کو ہدایت (و راہنمائی) کا ذریعہ بنایا تھا بنی اسرائیل کے لئے

۲۴. اور ہم نے ان میں سے کچھ کو پیشوا بنایا تھا جو (لوگوں کی) راہنمائی کرتے تھے ہمارے حکم کے مطابق جب کہ انہوں نے صبر سے کام لیا اور وہ ہماری آیتوں پر یقین رکھتے تھے

۲۵. بلاشبہ تمہارا رب (آخری اور عملی) فیصلہ فرمائے گا ان لوگوں کے درمیان قیامت کے روز ان تمام باتوں کا جن کے بارے میں یہ اختلاف کرتے رہے تھے

۲۶۔ کیا ان لوگوں کو اس سے بھی کوئی راہنمائی نہ ملی کہ ہم ان سے پہلے کتنی ہی قوموں کو ہلاک کر چکے ہیں جن کے رہنے کی جگہوں میں آج یہ لوگ چلتے پھرتے ہیں بلاشبہ اس میں بہت بڑی نشانیاں ہیں تو کیا یہ لوگ سنتے نہیں؟

۲۷۔ کیا یہ لوگ اس میں غور نہیں کرتے کہ ہم (کس پُر حکمت طریقے سے) چلاتے ہیں پانی کو خشک پڑی (اور بے آب و گیاہ) زمین کی طرف پھر اس کے ذریعے ہم (طرح طرح کی) ایسی پیداواریں نکالتے ہیں جن سے ان کے جانور بھی کھاتے ہیں اور یہ خود بھی تو کیا ان کو کچھ سوجھتا نہیں؟

۲۸۔ اور کہتے ہیں کہ کب ہوگا یہ فیصلہ اگر تم سچے ہو؟

۲۹۔ کہو کہ فیصلے کے اس دن نہ تو کافروں کو ان کا (اس وقت کا) ایمان کچھ کام آ سکے گا اور نہ ہی ان کو (اس کے بعد) کسی طرح کی کوئی مہلت مل سکے گی

۳۰۔ پس آپ منہ موڑ لیں ان (ہٹ دھرموں) سے اور انتظار کریں (ان کے انجام بد کا کہ) بیشک یہ بھی انتظار میں لگے ہیں

***

۳۳۔ الأحزاب

بِسْمِ اللّٰهِ الرَّحْمٰنِ الرَّحِيْمِ

اللہ کے نام سے جو رحمان و رحیم ہے

۱. اے پیغمبر ڈرتے رہو آپ اللہ سے اور (دین کے بارے میں) کبھی بات نہیں مانئی کافروں اور منافقوں کی بیشک اللہ (سب کچھ) جانتا بڑا ہی حکمت والا ہے

۲. اور پیروی کرتے رہو اس وحی کی جو بھیجی جاتی ہے آپ کی طرف آپ کے رب کی جانب سے بیشک اللہ پوری طرح باخبر ہے ان تمام کاموں سے جو تم لوگ کرتے ہو

۳. اور بھروسہ اللہ ہی پر رکھنا کہ اللہ کافی ہے کارسازی کے لئے

۴. اللہ نے کسی کے دھڑ میں دو دل نہیں رکھے اور نہ ہی اس نے تمہاری ان بیویوں کو جن سے تم لوگ ظہار کر دیتے ہو (تمہارے کہنے سے) تمہاری مائیں بنا دیا اور نہ ہی اس

نے تمہارے منہ بولے بیٹوں کو تمہارا حقیقی بیٹا بنایا ہے یہ سب تمہارے اپنے مونہوں کی باتیں ہیں اور اللہ حق فرماتا ہے اور وہی سیدھی راہ بتاتا ہے

۵. تم لوگ ان (اپنے منہ بولے بیٹوں) کو ان کے اصلی باپوں کی نسبت سے ہی پکارا کرو اللہ کے یہاں یہ پورے انصاف کی بات ہے پھر اگر تم کو ان کے باپ معلوم نہ ہوں تو وہ تمہارے دینی بھائی اور دوست ہیں اور تم پر اس صورت میں کوئی گناہ نہیں کہ تم سے (بھول) چوک ہو جائے لیکن جو بات تم اپنے دل کے ارادہ سے کہو اور اللہ پاک بڑا ہی بخشنے والا انتہائی مہربان ہے

۶. (اور یہ حقیقت واضح رہے کہ) نبی ایمان والوں پر ان کی جانوں سے بھی زیادہ حق رکھتے ہیں اور آپ ﷺ کی بیویاں ان کی مائیں ہیں اور رشتہ دار اللہ کی کتاب کی رو سے آپس میں ایک دوسرے کے زیادہ حق دار ہیں بہ نسبت دوسرے مومنوں اور مہاجروں کے مگر یہ کہ تم لوگ اپنے طور پر اپنے دوستوں کے ساتھ کوئی بھلائی کرنا چاہو (تو کر سکتے ہو) یہ بات اس کتاب لوح محفوظ میں لکھی ہوئی ہے

۷. اور (وہ بھی یاد کرو کہ) جب ہم نے تمام نبیوں سے ان کا عہد لیا اور آپ سے بھی اور نوح ابراہیم موسیٰ اور عیسیٰ بن مریم سے بھی اور ان سب سے ہم نے خوب پختہ عہد لیا

۸. تاکہ وہ (وحدہٗ لاشریک) پوچھے سچوں سے ان کے سچ کے بارے میں (کہ انہوں نے اس کی کہاں تک پابندی کی) اور کافروں کے لئے اس نے ایک بڑا ہی دردناک عذاب تیار کر رکھا ہے

۹.　اے وہ لوگوں جو ایمان لائے ہو یاد کرو تم اللہ کے اس احسان کو جو اس نے تم پر اس وقت فرمایا تھا جب کہ چڑھ آئے تھے تم پر بہت سے لشکر تو آخر کار ہم نے ان پر ایک سخت آندھی بھیج دی تھی اور ایسے بہت سے لشکر بھی (تمہاری مدد کے لئے) جو تمہیں نظر نہیں آرہے تھے اور اللہ پوری طرح دیکھ رہا تھا وہ سب کچھ جو تم لوگ کر رہے تھے

۱۰.　جب کہ چڑھ آئے تھے تم پر وہ لوگ (یعنی تمہارے دشمن) تمہارے اوپر سے اور تمہارے نیچے سے بھی اور جب پتھرا گئی تھیں آنکھیں اور منہ کو آ گئے تھے کلیجے اور تم لوگ اللہ (پاک) کے بارے میں طرح طرح کے گمان کرنے لگ گئے تھے

۱۱.　(سو اس طرح اس) موقع پر خوب آزمائش کی گئی ایمان والوں کی اور ان کو جھنجھوڑ کر رکھ دیا گیا بڑی سختی سے

۱۲.　جب کہ منافق اور وہ لوگ جن کے دلوں میں روگ تھا (کھلم کھلا) کہنے لگے تھے کہ ہم سے وعدہ نہیں کیا اللہ اور اس کے رسول نے مگر دھوکے اور فریب کا

۱۲.　اور (وہ بھی یاد کرنے کے لائق ہے کہ) جب ان میں سے ایک گروہ نے کہا کہ اے یثرب کے لوگو! تمہارے لئے اب یہاں ٹھہرنے کا کوئی موقع نہیں پس تم لوٹ چلو اور ان میں سے ایک اور گروہ نبی سے اجازت مانگ رہا تھا (اس بہانے سے) کہ ہمارے گھر خطرے میں ہیں حالانکہ وہ ایسے کسی خطرے میں نہیں تھے یہ لوگ محض بھاگنا چاہتے تھے

۱۴.   اور (ان کا اندرونی حال یہ ہے کہ) اگر گھس آئے ہوتے ان پر دشمن اطراف مدینہ سے پھر ان کو دعوت دی جاتی فتنہ (وفساد) کی تو یہ (فوراً) اسمیں کود پڑتے اور کچھ بھی توقف نہ کرتے

۱۵.   حالانکہ اس سے پہلے یہ لوگ خود اللہ سے یہ عہد کر چکے تھے کہ یہ پیٹھ نہ پھیریں گے اور اللہ سے کیئے ہوئے عہد کی پوچھ تو بہر حال ہونی ہی تھی

۱۶.   (ان سے) کہو کہ (یاد رکھو کہ) اگر تم بھاگو گے موت یا قتل سے تو تم کو یہ بھاگنا کچھ نفع نہ دے سکے گا اور اس صورت میں بھی تم لوگ زندگی کے مزے لوٹنے کا موقع نہ پا سکو گے مگر تھوڑا ہی عرصہ (یعنی موت تک)

۱۷.   (ان سے) پوچھو بھلا وہ کون ہو سکتا ہے جو تمہیں بچائے اللہ (کی گرفت) سے اگر وہ تمہیں کوئی نقصان پہنچانے پر آ جائے؟ یا (وہ کون ہو سکتا ہے؟ جو اس کی رحمت کو تم سے روک دے) اگر وہ تم پر کوئی مہربانی فرمانا چاہے؟ اور یہ لوگ کبھی نہیں پا سکیں گے اپنے لئے اللہ کے مقابلے میں کوئی حامی اور نہ کوئی مددگار

۱۸.   اللہ پوری طرح جانتا ہے تم میں سے ان لوگوں کو جو رکاوٹیں ڈالتے ہیں (راہ حق و صواب میں) اور جو اپنے بھائیوں سے کہتے ہیں کہ تم ہمارے پاس آ جاؤ اور وہ خود لڑائی میں حصہ نہیں لیتے مگر بالکل تھوڑا (اور محض برائے نام)

۱۹.   تمہارے بارے میں سخت بخل سے کام لیتے ہوئے پھر جب خطرے کا وقت آ جائے تو تم ان کو دیکھو گے کہ یہ (مارے خوف و دہشت کے) تمہاری طرف اس طرح

دیکھتے ہیں کہ چکرا رہی ہوتی ہیں ان کی آنکھیں (ان کے گڑھوں میں) اس شخص کی طرح جس پر غشی طاری ہو رہی ہو موت کی وجہ سے پھر جب خطرہ گزر جاتا ہے تو یہ لوگ تمہارا استقبال کرتے ہیں (قینچی کی طرح چلتی ہوئی) تیز زبانوں کے ساتھ سخت حریص بن کر دنیاوی فوائد (و منافع) پر یہ لوگ سرے سے ایمان لائے ہی نہیں سو اس کے نتیجے میں اللہ نے اکارت کر دیا ان کے اعمال کو اور یہ اللہ کے لئے کچھ مشکل نہیں

۲۰. یہ سمجھ رہے ہیں کہ حملہ آور گروہ ابھی تک گئے نہیں اور اگر وہ لشکر پر حملہ آور ہو جائیں تو ان لوگوں کی خواہش یہ ہوگی کہ کہیں باہر گاؤں میں جا کر دیہاتیوں کے بیچ میں رہیں) اور وہیں سے ہو کر (تمہارے حالات کے بارے میں پوچھتے رہیں اور اگر یہ تمہارے درمیان ہوتے بھی تو لڑائی میں حصہ نہ لیتے مگر بہت کم

۲۱. بلاشبہ تمہارے لئے (اے لوگو!) بڑا ہی عمدہ نمونہ ہے رسول اللہ (کی زندگی) میں یعنی ہر اس شخص کے لئے جو امید رکھتا ہو اللہ (سے ملنے) کی اور وہ ڈرتا ہو قیامت کے دن (کی پیشی) سے اور وہ یاد کرتا ہو اللہ کو کثرت سے

۲۲. اور (اس کے برعکس) جب سچے مومنوں نے دیکھا ان حملہ آور لشکروں کو تو وہ پکار اٹھے کہ اسی کا وعدہ فرمایا تھا ہم سے اللہ نے اور اس کے رسول نے اور بالکل سچ فرمایا تھا اللہ نے اور اس کے رسول نے اور اس سے ان کے ایمان اور جذبۂ تسلیم و (رضا) میں اور اضافہ ہو گیا

۲۳.	ایمان والوں میں سے کچھ لوگ تو ایسے تھے جنہوں نے سچ کر دکھایا تھا اپنے اس عہد و پیمان کو جو انہوں نے اللہ سے کیا تھا پھر ان میں سے کچھ نے تو اپنی نذر پوری کر دی اور کچھ ابھی انتظار میں ہیں اور انہوں نے کسی طرح کی تبدیلی نہیں کی (اپنے جذبہ و رویہ میں (

۲۴.	(اور یہ سب کچھ اس لئے ہوا کہ) تاکہ اللہ بدلے دے سچوں کو ان کے سچ کی بناء پر اور منافقوں کو چاہے تو سزا دے اور چاہے تو ان پر (رحمت اور) توجہ فرما دے بلاشبہ اللہ بڑا ہی بخشنے والا نہایت مہربان ہے

۲۵.	اور اللہ نے لوٹا دیا ان کافروں کو (اپنی قدرت و حکمت سے) ان کے غیظ (و غضب) کے ساتھ (اور اس طرح کہ) وہ کچھ بھی خیر نہ پا سکے اور کافی ہو گیا اللہ ایمان والوں کو اس لڑائی میں اور اللہ بڑا ہی قوت والا انتہائی زبردست ہے

۲۶.	اور اس نے اتار دیا ان اہل کتاب کو ان کے قلعوں سے جنہوں نے پشت پناہی (اور مدد) کی تھی ان (حملہ آوروں) کی اور اس نے ڈال دیا ان کے دلوں میں رعب (جس کے نتیجے میں) تم ان میں سے کچھ کو قتل کر رہے تھے اور کچھ کو قیدی بنا رہے تھے

۲۷.	اور اس (قادر مطلق) نے تمہیں وارث بنا دیا ان کی زمین کا ان کے گھروں کا ان کے مالوں کا اور (اس علاوہ) ایسی زمین کا بھی جس پر تم نے ابھی تک قدم بھی نہیں رکھے اور اللہ ہر چیز پر پوری پوری قدرت رکھتا ہے

۲۸.	اے پیغمبر! کہہ دو اپنی بیویوں سے کہ اگر تم دنیا کی زندگی اور اس کی زیب و زینت چاہتی ہو تو آؤ تاکہ میں تمہیں کچھ دے دلا کر اچھے طریقے سے رخصت کر دوں

۲۹.	اور اگر تم اللہ اس کے رسول اور اور دار آخرت کی طالب ہو تو یقیناً اللہ نے تیار کر رکھا ہے تم میں سے نیکو کاروں کے لئے ایک بہت ہی بڑا اجر

۳۰.	اے نبی کی بیویو! تم میں سے جس کسی نے ارتکاب کیا کسی کھلی بے حیائی کا تو اس کو (عام عورتوں کے مقابلے میں) دوہرا عذاب دیا جائے گا اور ایسا کرنا اللہ کے لئے بڑا آسان ہے

۳۱.	اور جو تم میں سے فرمانبرداری کرے گی اللہ اور اس کے رسول (کی رضا) کے لئے اور وہ کام بھی نیک کرے گی تو اس کو ہم اجر بھی دوہرا (اور دگنا) دیں گے اور اس کے لئے ہم نے ایک بڑی عمدہ (اور عزت کی) روزی بھی تیار کر رکھی ہے

۳۲.	اے نبی کی بیویو! (یاد رکھو) تم عام عورتوں کی طرح نہیں ہو بشرطیکہ تم تقویٰ کو اپنائے رکھو پس تم (کسی نامحرم سے بوقت ضرورت) بات کرنے میں کسی لچک (اور نرمی) سے کام نہ لینا کہ کہیں لالچ میں پڑ جائے کوئی ایسا شخص جس کے دل میں روگ ہو اور (یوں) بات بھلی ہی کہا کرو

۳۳.	اور ٹک کر رہا کرو تم اپنے گھروں میں اور دکھاتی نہ پھرنا اپنا بناؤ سنگار (اور اپنی سج دھج) پہلی جاہلیت کے دکھلاوے کی طرح اور تم نماز قائم رکھو اور زکوٰۃ دیتی رہو اور فرمانبرداری کرتی رہو اللہ اور اس کے رسول کی اللہ تو بس یہ چاہتا ہے کہ وہ دور کر دے تم سے گندگی (اپنی خاص توجہ اور عنایت سے) اے نبی کے گھر والو اور وہ تم کو پاک کر دے خوب اچھی طرح سے

۲۴. اور یاد رکھو اللہ کی ان آیتوں اور حکمت کی ان باتوں کو جو (صبح و شام) پڑھی جاتی ہیں تمہارے گھروں میں بلاشبہ اللہ بڑا ہی باریک بیں نہایت ہی باخبر ہے

۲۵. بیشک مسلمان مردوں اور مسلمان عورتوں ایماندار مردوں اور ایماندار عورتوں اور فرمانبرداری کرنے والے مردوں اور فرمانبرداری کرنے والی عورتوں راستباز مردوں اور راستباز عورتوں صبر کرنے والے مردوں اور صبر کرنے والی عورتوں (اللہ کے آگے) عاجزی کرنے والے مردوں اور عاجزی کرنے والے عورتوں صدقہ کرنے والے مردوں اور صدقہ کرنے والی عورتوں روزہ رکھنے والے مردوں اور روزہ رکھنے والی عورتوں اپنی شرم گاہوں کی حفاظت کرنے والے مردوں اور حفاظت کرنے والی عورتوں اور اللہ کو بہت یاد کرنے والے مردوں اور بہت یاد کرنے والی عورتوں کے لئے اللہ (پاک) نے تیار فرما رکھی ہے ایک عظیم الشان بخشش بھی اور بہت بڑا اجر بھی (اپنے کرم واحسان سے)

۲۶. اور روا نہیں کسی مومن مرد اور مومن عورت کے لئے جب کہ فیصلہ فرما دے اللہ اور اس کا رسول کسی معاملے میں یہ بات کہ ان کو اس کے بعد بھی اختیار حاصل رہے اپنے اس معاملے میں اور جس نے نافرمانی کی اللہ اور اس کے رسول کی تو یقیناً (اس نے اپنا ہی نقصان کیا کہ یقینی طور پر) وہ پڑ گیا کھلی گمراہی میں

۲۷. (اور وہ بھی یاد کرو کہ) جب آپ کہہ رہے تھے (اے پیغمبر!) اس شخص سے جس پر احسان فرمایا تھا اللہ نے اور آپ نے بھی اس پر احسان کیا تھا کہ اپنے عقد زوجیت میں رکھو تم اپنی بیوی کو اور ڈرو اللہ سے اور آپ چھپا رہے تھے اپنے دل میں وہ کچھ جس کو ظاہر کرنا

تھا اللہ نے اور آپ ﷺ ڈر رہے تھے لوگوں سے حالانکہ اللہ زیادہ حقدار ہے اس بات کا کہ آپ ﷺ اسی سے ڈرتے پھر جب پوری کر چکا زید اپنی حاجت اس خاتون سے تو (طلاق و عدت کے بعد) ہم نے اس کا نکاح آپ سے کر دیا تاکہ کوئی حرج (اور تنگی) باقی نہ رہے ایمان والوں پر ان کے منہ بولے بیٹوں کی بیویوں کے بارے میں جب کہ وہ پوری کر چکیں ان سے اپنی حاجت اور اللہ کے اس حکم نے تو بہر حال ہو کر ہی رہنا ہوتا ہے

۳۸. پیغمبر پر کوئی تنگی (اور الزام) نہیں اس بات میں جو کہ اللہ نے مقرر فرما دی ہو ان کے لئے اللہ کے اس دستور (اور سنت) کے مطابق جو کہ رائج (اور مقرر) رہا ان پیغمبروں میں بھی جو کہ گزر چکے ہیں اس سے پہلے اور اللہ کا حکم تو بہر حال ایک مقرر (اور طے شدہ) امر ہوتا ہے

۳۹. (جو کہ اس وصف اور شان کے مالک ہوتے ہیں کہ وہ) پہنچاتے ہیں اللہ کے پیغامات کو (بغیر کسی کمی بیشی کے) اور وہ اسی سے ڈرتے رہتے ہیں اور وہ کسی سے نہیں ڈرتے سوائے ایک اللہ کے اور اللہ کافی ہے حساب لینے کے لئے

۴۰. (لوگو!) محمد تمہارے مردوں میں سے کسی کے باپ نہیں مگر وہ اللہ کے رسول اور سب نبیوں کے خاتم ہیں اور اللہ ہر چیز کو پوری طرح جانتا ہے

۴۱. اے وہ لوگوں جو ایمان لائے ہو یاد کرتے رہا کرو تم اللہ کو بہت کثرت سے

۴۲. اور اس کی تسبیح (و تقدیس) کرتے رہا کرو صبح و شام

۴۳. وہ (ایسا مہربان ہے کہ) تم پر خود بھی رحمت بھیجتا ہے اور اس کے فرشتے بھی تاکہ وہ نکال لائے تم کو (کفر و باطل کے) طرح طرح کے اندھیروں سے (حق و ہدایت کے) نور کی طرف اور وہ بڑا ہی مہربان ہے ایمان والوں پر

۴۴. (اور دنیا کی ان رحمتوں کے علاوہ آخرت میں بھی) جس روز وہ اس سے ملیں گے تو ان کا استقبال سلام سے ہو گا اور اس نے تیار کر رکھا ہے ان (خوش نصیبوں) کے لئے بہت بڑا اجر (و ثواب)

۴۵. اے پیغمبر! ہم نے آپ کو بھیجا ہے گواہ بنا کر خوشخبری دینے والا اور خبردار کرنے والا

۴۶. اور بلانے والا اللہ کی طرف اسی کے حکم سے اور ایک عظیم الشان روشن کرنے والا چراغ بنا کر

۴۷. اور خوشخبری سنا دو ایمان والوں کو اس بات کی کہ ان کے لئے اللہ کی طرف سے ایک بڑا ہی عظیم الشان فضل ہے

۴۸. اور (دین کے بارے میں) کبھی بات نہ ماننا کافروں اور منافقوں کی اور خاطر میں نہیں لانا ان کی ایذاء رسانیوں کو اور بھروسہ ہمیشہ اللہ ہی پر رکھنا اور اللہ کافی ہے کارسازی کے لئے

۴۹. اے وہ لوگو! جو ایمان لائے ہو جب تم نکاح کرو مسلمان عورتوں سے پھر تم انھیں طلاق دے دو قبل اس سے کہ تم نے ان کو چھوا ہو تو تمہارے لئے ان پر کوئی عدت نہیں

ہے جیسے تم شمار کرو پھر (اس صورت میں) تم ان کو کچھ (مال و) متاع دے کر انھیں اچھی طرح سے رخصت کر دیا کرو

۵۰. اے نبی ہم نے آپ کے لئے حلال کر دیں آپ کی وہ بیویاں جن کے مہر آپ نے ادا کر دئیے اور وہ باندیاں بھی جو آپ کی ملکیت میں آ چکی ہوں ان عورتوں میں سے جو اللہ نے آپ کو غنیمت میں عطا فرمائیں ہیں اور آپ کی وہ چچا زاد پھوپھی زاد ماموں زاد خالہ زاد بہنیں بھی جنھوں نے آپ کے ساتھ ہجرت کی ہو اور وہ مومن عورت بھی جو بلا عوض اپنے آپ کو نبی کو دے دے اگر نبی اس کو اپنے نکاح میں لانا چاہیں (یہ سب احکام) خاص آپ ﷺ کے کے لئے ہیں نہ کہ دوسرے مسلمانوں کے لئے ہم خوب جانتے ہیں جو کچھ کہ ہم نے فرض کیا ہے ان (عام مومنوں) پر ان کی بیویوں اور ان کی ان باندیوں کے بارے میں جو کہ ان کی ملکیت میں ہوں (اور آپ کے لئے ایسا اس لئے کیا گیا کہ) تاکہ آپ پر کوئی تنگی نہ رہے اور اللہ بڑا ہی بخشنے والا نہایت ہی مہربان ہے

۵۱. ان میں سے جس کو آپ چاہیں اپنے سے دور کر لیں اور جس کو چاہیں اپنے نزدیک رکھیں اور ان میں سے کہ جن کو آپ نے دور کر دیا ہو جس کو آپ چاہیں پھر طلب کر لیں تو بھی آپ پر کوئی گناہ نہیں یہ اس کے زیادہ قریب ہے کہ اس سے ان کی آنکھیں ٹھنڈی رہیں وہ آزردہ خاطر نہ ہوں اور جو بھی کچھ آپ ان کو دیں اس پر وہ راضی رہیں سب کی سب اور اللہ (پوری طرح) جانتا ہے وہ سب کچھ جو کہ تمہارے دلوں کے اندر ہے اور اللہ بڑا ہی علم والا نہایت ہی بردبار ہے

۵۲. آپ کے لیئے (اے پیغمبر!) اس کے بعد اور عورتیں حلال نہیں اور نہ ہی یہ بات (جائز ہے) کہ آپ ان کی جگہ اور بیویاں لے آئیں اگرچہ آپ کو پسند ہو ان کا حسن مگر وہ لونڈیاں جو آپ کی ملکیت میں ہوں اور اللہ ہر چیز پر نگہبان ہے

۵۳. اے وہ لوگوں جو ایمان لائے ہو تم نبی کے گھروں میں داخل نہ ہوا کرو مگر یہ کہ تم کو اجازت دی جایا کرے کسی کھانے (وغیرہ) کی اور وہ بھی اس طرح نہیں کہ تم اس کی تیاری کے انتظار میں لگے رہو لیکن جب تمہیں دعوت دی تو تم حاضر ہو جایا کرو پھر جب کھانا کھا چکو تو تم اٹھ کر چلے جایا کرو اور بیٹھ نہ جایا کرو باتوں میں دل لگا کر بیشک اس سے نبی کو (تکلیف اور) ناگواری ہوتی ہے مگر وہ تمہارا لحاظ کرتے ہیں اور اللہ حق بات کہنے میں لحاظ نہیں کرتا اور جب تمہیں ان (نبی کی بیویوں) سے کوئی چیز مانگنا (یا کچھ پوچھنا) ہو تو تم پردے کے پیچھے سے مانگا (اور پوچھا) کرو اس میں بڑی پاکیزگی ہے تمہارے دلوں کے لیئے بھی اور ان کے دلوں کے لیئے بھی اور تمہارے لیئے نہ تو یہ بات کسی طرح جائز ہے کہ تم اللہ کے رسول کو کوئی تکلیف پہنچاؤ اور نہ ہی یہ کہ تم ان کی بیویوں سے نکاح کرو ان (کی وفات) کے بعد کبھی بھی بلاشبہ یہ اللہ کے نزدیک بھاری گناہ ہے

۵۴. تم کوئی چیز خواہ ظاہر کرو خواہ اسے چھپا کر رکھو تو اللہ (کو وہ بہر حال معلوم ہے کہ وہ) ہر چیز کو پوری طرح جانتا ہے

۵۵. نبی کی بیویوں پر نہ اپنے باپوں (کے سامنے ہونے) میں کوئی گناہ ہے اور نہ اپنے بیٹوں میں نہ اپنے بھائیوں میں نہ اپنے بھتیجوں میں نہ اپنے بھانجوں میں نہ اپنی (میل جول کی)

عورتوں میں اور نہ ہی اپنی لونڈیوں میں اور ڈرتی رہا کرو تم اللہ سے (اے نبی کی بیویو!) بیشک اللہ ہر چیز پر گواہ ہے

۵۶. بیشک اللہ اور اس کے فرشتے رحمت بھیجتے ہیں پیغمبر پر پس تم بھی اے وہ لوگوں جو ایمان لائے ہو ان پر درود بھی بھیجتے رہا کرو اور خوب سلام بھی

۵۷. بیشک جو لوگ ایذاء پہنچاتے ہیں اللہ کو اور اس کے رسول کو ان پر اللہ کی لعنت (اور پھٹکار) ہے اس دنیا میں بھی اور آخرت (کے اس ابدی جہاں) میں بھی اور اس نے تیار کر رکھا ہے ان کے لئے ایک بڑا ہی رسوا کن عذاب

۵۸. اور جو لوگ ایذاء پہنچاتے ہیں ایماندار مردوں اور ایماندار عورتوں کو بغیر کسی ایسے (جرم و) گناہ کے جس کا ارتکاب انہوں نے کیا ہو تو بلاشبہ انہوں نے بوجھ اٹھایا ایک بہت بڑے بہتان کا اور ارتکاب کیا کھلے (جرم اور) گناہ کا

۵۹. اے پیغمبر! کہو اپنی بیویوں، بیٹیوں اور عام مسلمانوں کی عورتوں سے کہ وہ لٹکا دیا کریں اپنے (چہروں کے) اوپر کچھ حصہ اپنی چادروں کا یہ طریقہ اس کے زیادہ قریب ہے کہ وہ پہچان لی جایا کریں پھر ان کو کوئی ایذاء نہ پہنچنے پائے اور اللہ تو بہر حال بڑا ہی بخشنے والا نہایت مہربان ہے

۶۰. اگر باز نہ آئے منافق لوگ (اپنی بری حرکتوں سے) اور وہ لوگ جن کے دل میں روگ ہے (شہوت پرستی اور چھیڑ خانی کا) اور ہیجان انگیز افواہیں پھیلانے والے مدینے میں

(اگر یہ لوگ باز نہ آئے اپنی ان حرکتوں سے) تو ہم آپ کو ان پر ایسی سختی سے مسلط کر دیں گے کہ پھر یہ لوگ آپ کے ساتھ مدینہ میں رہنے بھی نہ پائیں گے مگر بہت کم

۶۱. اور وہ بھی ایسے پھٹکارے ہوئے کہ (مدت مہلت ختم ہونے پر) جہاں کہیں پائے جائیں گے پکڑے جائیں گے اور چن چن کر قتل کیئے جائیں گے

۶۲. جیسا کہ اللہ کا دستور رہا ہے ان لوگوں میں جو گزر چکے ہیں اس سے پہلے اور تم اللہ کے دستور میں ہرگز کوئی تبدیلی نہ پاؤ گے

۶۳. یہ لوگ آپ سے پوچھتے ہیں (قیامت کی) اس گھڑی کے بارے میں تو کہو کہ اس کا علم تو اللہ ہی کے پاس ہے اور تمہیں کیا پتہ کہ قریب ہی آ لگی ہو وہ گھڑی

۶۴. بیشک اللہ نے لعنت فرما دی کافروں پر اور اس نے تیار کر رکھی ہے ان کے لئے ایک بڑی (ہی ہولناک اور دہکتی) بھڑکتی آگ

۶۵. اس میں ان کو ہمیشہ ہمیشہ رہنا ہو گا اور یہ اپنے لئے نہ کوئی حمایتی پاس کیں گے نہ مددگار

۶۶. جس روز الٹ پلٹ کیا جائے گا ان کے چہروں کو (دوزخ کی دہکتی بھڑکتی) اس آگ میں (اس وقت یہ انتہائی حسرت سے) کہیں گے کہ اے کاش کہ ہم نے کہا مانا ہوتا اللہ کا اور اس کے رسول کا

۶۷. اور کہیں گے اے ہمارے رب ہم تو اپنے سرداروں اور اپنے بڑوں کے کہنے پر چلتے رہے تو ان لوگوں نے (اپنی اغراض و اہواء کی خاطر) ہمیں بہکا دیا سیدھی راہ سے

۶۸. اے ہمارے رب ان کو دوہرا عذاب دے اور ان پر لعنت فرما بہت بڑی لعنت

۶۹. اے وہ لوگوں جو ایمان لائے ہو کہیں تم ان لوگوں کی طرح نہیں ہو جانا جنہوں نے ایذاء (و تکلیف) پہنچائی موسیٰ کو پھر اللہ نے ان کو بری فرما دیا ان تمام باتوں سے جو ان لوگوں نے (ان کے خلاف) بنائی تھیں اور موسیٰ تو اللہ کے یہاں بڑی آبرو والے تھے

۷۰. اے وہ لوگوں جو ایمان لائے ہو ڈرتے رہا کرو تم اللہ سے اور بات ہمیشہ ٹھیک کیا کرو

۷۱. (اس کے صلے میں) اللہ درست فرما دے گا تمہارے اعمال کو اور بخشش فرما دے گا تمہارے گناہوں کی اور جس نے اطاعت (و فرمانبرداری) کی اللہ کی اور اس کے رسول کی تو وہ یقیناً سرفراز ہو گیا بہت بڑی کامیابی سے

۷۲. بیشک ہم نے پیش (اپنی) اس امانت کو آسمانوں زمین اور پہاڑوں پر تو انہوں نے انکار کر دیا اس کے اٹھانے سے اور وہ ڈر گئے اس (کی ذمہ داریوں کو نبھانے) سے مگر اس کو اٹھا لیا اس انسان (ضعیف البنیان) نے بیشک یہ بڑا ہی ظالم اور جاہل ہے

۷۳. تاکہ انجام کار اللہ عذاب دے منافق مردوں اور منافق عورتوں کو اور مشرک مردوں اور مشرک عورتوں کو اور اپنی توجہ (اور عنایت) سے نوازے ایماندار مردوں اور ایماندار عورتوں کو اور اللہ بڑا ہی بخشنے والا انتہائی مہربان ہے

***

۳۴۔ سبا

بِسۡمِ اللّٰہِ الرَّحۡمٰنِ الرَّحِیۡمِ

اللہ کے نام سے جو رحمان و رحیم ہے

۱. سب تعریفیں اللہ ہی کے لئے ہیں جس کے لئے وہ سب کچھ ہے جو کہ آسمانوں میں ہے اور وہ سب کچھ بھی جو کہ زمین میں ہے اور اسی کے لئے ہے ہر تعریف آخرت (کے اس حقیقی اور ابدی جہاں) میں بھی اور وہی ہے حکمت والا پورا باخبر

۲. وہ جانتا ہے وہ سب کچھ جو کہ داخل ہوتا ہے زمین میں اور وہ سب کچھ بھی جو کہ نکلتا ہے اس سے اور جو اترتا ہے آسمان سے اور جو چڑھتا ہے اس میں اور وہی ہے بڑا مہربان انتہائی بخشنے والا

۳. اور کافر لوگ کہتے ہیں کہ ہم پر قیامت نہیں آئے گی کہو کیوں نہیں قسم ہے میرے رب کی جو کہ عالم غیب ہے وہ تم پر ضرور بالضرور آکر رہے گی اس سے ذرہ برابر کوئی چیز پوشید

نہیں نہ آسمانوں (کی بلندیوں) میں اور نہ زمین (کی پستیوں) میں اور نہ اس سے کوئی چھوٹی چیز اور نہ بڑی مگر (یہ سب کچھ) ایک کھلی کتاب میں (ثبت و مندرج) ہے

۴. تاکہ اللہ (تعالیٰ پورا) بدلہ دے ان لوگوں کو جو ایمان لائے اور انہوں نے کام بھی نیک کئے ایسے لوگوں کے لئے ایک بڑی ہی عظیم الشان بخشش بھی ہے اور عزت کی روزی بھی

۵. اور جو لوگ ہماری آیتوں کو نیچا دکھانے کے لیے زور لگاتے رہے ان کے لئے ایک بڑی ہی سختی کا دردناک عذاب ہے

۶. اور وہ لوگ جن کو علم (کی دولت) سے نوازا گیا ہے وہ خوب جانتے ہیں کہ جو کچھ اتارا گیا آپ کی طرف آپ کے رب کی جانب سے وہی حق ہے جو راہنمائی کرتا ہے اس زبردست اور سب خوبیوں کے مالک کے راستے کی طرف

۷. اور کافر لوگ (تعجب اور استہزاء کے طور پر ایک دوسرے سے) کہتے ہیں کہ کیا ہم تم کو ایک ایسے شخص کا پتہ نہ دیں جو تم سے یہ کہتا ہے کہ جب تم (مر کر) بالکل ریزہ ریزہ ہو جاؤ گے تو تم پھر نئے سرے سے پیدا کر دئے جاؤ گے

۸. (نہ معلوم یہ شخص) جان بوجھ کر اللہ پر جھوٹ باندھتا ہے یا اس کو کوئی جنون لاحق ہو گیا ہے (نہیں) بلکہ (اصل حقیقت یہ ہے کہ) جو لوگ ایمان نہیں رکھتے آخرت پر وہ عذاب اور دور کی گمراہی میں (پڑے ہوئے) ہیں

۹. کیا انہوں نے کبھی آسمان اور زمین (کی اس حیرت انگیز کائنات) میں غور نہیں کیا جو ان کے آگے اور پیچھے (ہر طرف پھیلی ہوئی) ہے اگر ہم چاہیں تو ان لوگوں کو دھنسا دیں زمین میں یا ان پر گرا دیں ٹکڑے آسمان سے بلاشبہ اس میں بڑی بھاری نشانی ہے ہر اس شخص کے لئے جو رجوع کرتا ہے (حق اور حقیقت کی طرف (

۱۰. اور بلاشبہ ہم نے داؤد کو بھی اپنی طرف سے بڑی فضیلت بخشی تھی (اور پہاڑوں سے بھی کہہ دیا تھا کہ) اے پہاڑو! تم بھی تسبیح کیا کرو ان کے ساتھ اور پرندوں کو بھی (یہی حکم دیا تھا) اور ہم نے ان کے لئے لوہے کو بھی نرم کر دیا تھا

۱۱. کہ تم زرہیں بناؤ پوری پوری اور ٹھیک اندازہ رکھو ان کی کڑیاں جوڑنے میں اور تم سب لوگ نیک کام کرو بیشک میں پوری طرح دیکھ رہا وہ سب کچھ جو تم لوگ کرتے ہو

۱۲. اور سلیمان کے لئے ہم نے ہوا کو مسخر کر دیا تھا اس کی صبح کی منزل مہینے بھر کی راہ کی تھی اور شام کی بھی مہینے بھر کی راہ کی تھی اور بہا دیا تھا ہم نے ان کے لئے پگھلے ہوئے تانبے کا چشمہ اور جنوں میں سے کچھ ایسے جن بھی ہم نے ان کے تابع کر دیئے تھے جو اپنے رب کے حکم سے ان کے آگے اس طرح کام کرتے تھے کہ ان میں سے جو بھی کوئی ہمارے حکم سے سرتابی کرتا اسے ہم مزہ چکھاتے) دہکتی) بھڑکتی آگ کے عذاب کا

۱۲. وہ ان کے لئے بناتے جو کچھ کہ وہ چاہتے بڑی بڑی عمارتیں تصویریں حوض جیسے بڑے بڑے لگن اور (ایک ہی جگہ) جمی رہنے والی (بڑی بڑی) دیگیں داؤد کے خاندان والو تم

نیک کام کرو شکر کے طور پر (ان عظیم الشان نعمتوں کے بدلے میں) اور کم ہی لوگ ہیں میرے بندوں میں سے جو شکر ادا کرتے ہیں

۱۴. پھر جب ہم نے نافذ کر دیا سلیمان پر موت کا اپنا فیصلہ تو جنوں کو ان کی موت کا کسی نے پتہ نہ دیا سوائے گھن کے اس کیڑے کے جو کھاتا رہا ان کے عصا کو سو (اس کے نتیجے میں) جب گر پڑے سلیمان تو جنوں پر یہ حقیقت کھل گئی کہ اگر وہ غیب جانتے ہوتے تو (اس طرح اور اتنا عرصہ) مبتلا نہ رہتے (ذلت و) خواری کے اس عذاب میں

۱۵. بلاشبہ قوم سبا کے لئے ان کے اپنے وطن میں ہی ایک بڑی نشانی تھی دو رویہ باغ دائیں اور بائیں (اور ساتھ ہی یہ اذن عام بھی کہ) کھاؤ تم لوگ اپنے رب کے دیئے ہوئے میں سے اور شکر بجا لاؤ اس (واہب مطلق) کا ملک پاکیزہ اور رب بخشش فرمانے والا

۱۶. پھر بھی انہوں نے سرتابی سے ہی کام لیا جس کے نتیجے میں (آخر کار) ہم نے چھوڑ دیا ان پر سیلاب اس بند کا اور ہم نے ان کو ان دو رویہ باغوں کے بدلے ایسے اور دو رویہ باغ دے دیئے جن میں بدمزہ پھل جھاؤ کے درخت اور کچھ تھوڑی سی بیریاں تھی

۱۷. یہ بدلہ دیا تھا ہم نے ان کو ان کے کفر کا اور ایسا بدلہ ہم نہیں دیتے مگر ایسے ہی بڑے ناشکرے انسان کو

۱۸. اور ہم نے ان کے اور ان بستیوں کے درمیان جن کو ہم نے برکت عطا کر رکھی تھی ایسی بستیاں بسا دی تھیں جو (اس طویل شاہراہ پر) کھلی نظر آتی تھیں اور ان کے

درمیان کی مسافتیں بھی ہم نے ایک مناسب اندازے پر رکھی تھیں چلو تم لوگ ان میں راتوں اور دنوں میں پورے امن (و سکون) کے ساتھ

۱۹. مگر وہ کہنے لگے کہ اے ہمارے رب دوری ڈال دے ہمارے سفروں کے درمیان اور (اس طرح) انہوں نے ظلم ڈھایا خود اپنی جانوں پر آخرکار ہم نے ان کو (قصے) کہانیاں بنا کر رکھ دیا اور ان کو بالکل پارہ پارہ کر دیا بلاشبہ اس میں بڑی بھاری نشانیاں ہیں ہر اس شخص کے لئے جو بڑا صبر کرنے والا بڑا شکر گزار ہو

۲۰. اور واقعی ابلیس نے سچ کر دکھایا ان لوگوں کے بارے میں اپنا گمان سو یہ سب اس کے پیچھے چل پڑے بجز ایمان والوں کے ایک گروہ کے

۲۱. اور اس کا ان پر کوئی زور نہیں تھا مگر (اغواء اور وسوسہ اندازی کا اور وہ بھی اس لئے کہ) تاکہ ہم دیکھیں کہ کون ایمان رکھتا ہے آخرت پر اور کون اس کے بارے میں شک میں پڑا ہے اور تیرا رب ہر چیز پر نگہبان ہے

۲۲. (ان سے) کہو کہ پکار دیکھو تم لوگ ان کو جن کا تم گھمنڈ رکھتے ہو اللہ کے سوا وہ ذرہ برابر کسی چیز کا کوئی اختیار نہیں رکھتے نہ آسمانوں میں اور نہ زمین میں اور نہ ہی ان کا ان دونوں میں کسی طرح کا کوئی حصہ ہے اور نہ ہی ان میں سے کوئی اس کا (معاون و) مددگار ہے

۲۲. اور اللہ کے یہاں کوئی سفارش کسی کو کام نہیں دے سکے گی بجز اس شخص کے جس کو اللہ خود اجازت دے یہاں تک کہ جب ان کے دلوں سے گھبراہٹ دور کی جائے گی تو

وہ ایک دوسرے سے پوچھیں گے کہ کیا فرمایا آپ کے رب نے ؟ تو وہ کہیں گے کہ حق ہی فرمایا ہے اور وہی ہے بلند شان والا سب سے بڑا

۲۴. (ان سے) پوچھو کہ بھلا کون تم کو روزی دیتا ہے آسمانوں اور زمین سے ؟ (جواب چونکہ متعین ہے اس لئے) آپ خود ہی کہہ دو کہ اللہ اور (یہ کہ) بلاشبہ ہم یا تم یا قطعی طور پر ہدایت پر ہیں یا پڑے ہیں کھلی گمراہی میں

۲۵. (ان سے) کہو کہ نہ تم سے کوئی باز پرس ہو گی ان جرائم کے بارے میں (جو بقول تمہارے) ہم کر رہے ہیں اور نہ ہم سے کوئی باز پرس ہو گی تمہارے ان کاموں کے بارے میں جو تم لوگ کر رہے ہو

۲۶. (نیز ان سے یہ بھی) کہہ دو کہ ہمارا رب جمع فرمائے گا ہم سب کو پھر وہ (آخری اور عملی) فیصلہ فرما دے گا ہمارے درمیان حق کے ساتھ اور وہی ہے سب سے بڑا فیصلہ فرمانے والا سب کچھ جاننے والا

۲۷. (نیز ان سے یہ بھی) کہو کہ ذرہ مجھے دکھا تو دو ان ہستیوں کو جن کو تم لوگوں نے ملا رکھا ہے اس (وحدہٗ لاشریک) کے ساتھ شریک بنا کر ہرگز (اس کا کوئی بھی شریک) نہیں بلکہ وہی اللہ ہے سب پر غالب نہایت حکمت والا

۲۸. اور ہم نے نہیں بھیجا آپ کو (اے پیغمبر!) مگر سب لوگوں کے لئے خوشخبری دینے والا اور خبردار کرنے والا بنا کر لیکن اکثر لوگ جانتے نہیں (حق اور حقیقت کو(

۲۹. اور کہتے ہیں کہ کب پورا ہو گا تمہارا یہ وعدہ اگر تم سچے ہو؟ (اپنے اس وعدہ و عہد میں؟)

۲۰. سو (ان سے) کہو کہ تمہارے لئے ایک ایسے دن کا وعدہ بہر حال مقرر ہے جس سے تم پل بھر کے لئے نہ پیچھے ہو سکتے ہو اور نہ آگے بڑھ سکتے ہو

۲۱. اور کافر لوگ کہتے ہیں کہ ہم نہ تو اس قرآن پہ ایمان لائیں گے اور نہ ہی اس پر جو اس سے آگے ہے اور اگر کسی طرح تم دیکھ سکتے (اس منظر کو) کہ جب (نور حق و ہدایت سے محروم) ان ظالموں کو کھڑا کر دیا گیا ہو گا ان کے رب کے حضور اور یہ آپ میں ایک دوسرے پر بات ڈالتے (اور الزام دھرتے) ہوں گے (تو تم کو ایک بڑا ہی ہولناک منظر نظر آئے جب کہ) وہ لوگ جن کو (دنیا میں) دبا کر رکھا گیا وہ (مارے حسرت و یاس کے چلا چلا کر) ان لوگوں سے کہہ رہے ہوں گے جو کہ دنیا میں بڑے بنے ہوئے تھے کہ اگر تم لوگ نہ ہوتے تو ہم ضرور ایمان لے آتے

۲۲. اس کے جواب میں وہ لوگ جو بڑے بنے ہوئے تھے دبا کر رکھے گئے ان لوگوں سے کہیں گے کہ کیا ہم نے تمہیں روکا تھا ہدایت (کی روشنی) سے جب کہ وہ تمہارے پاس پہنچ چکی تھی؟ نہیں بلکہ تم لوگ خود مجرم تھے

۲۲. اور اس پر دبا کر رکھے جانے والے لوگ اپنی بڑائی کے گھمنڈ میں مبتلا رہنے والے اپنے ان پیشواؤں (اور گروؤں) سے کہیں گے کہ نہیں بلکہ یہ رات اور دن کی تمہاری مکاری تھی جب کہ تم لوگ ہم سے کہا کرتے تھے کہ ہم کفر کریں اللہ کے ساتھ اور اس کے لئے

دوسرے طرح طرح کے شریک (اور ہمسر) ٹھرائیں اور وہ چھپا رہے ہوں گے اپنی ندامت کو (ایک دوسرے سے) جب کہ وہ دیکھیں گے اس عذاب کو (جو ان کے لئے مقدر ہوچکا ہوگا) اور ہم نے ڈال دئے ہیں طوق ان لوگوں کے گلوں میں جو کہ (اکڑے اور) اڑے ہوئے ہیں اپنے کفر (و باطل) پر ان کو بدلہ نہیں دیا جائے گا مگر ان کے انہی کاموں کا جو وہ خود کرتے رہے تھے (اپنی دنیاوی زندگی میں)

۲۴. اور ہم نے کسی بھی بستی میں کوئی خبردار کرنے والا نہیں بھیجا مگر وہاں کے عیش پرست لوگوں نے یہی کہا کہ ہم تو قطعی طور پر منکر ہیں اس چیز کے جس کے ساتھ تم لوگوں کو بھیجا گیا ہے

۲۵. اور یہ کہتے ہیں کہ ہم تو مال و دولت میں بھی تم سے زیادہ ہیں اور اولاد (اور جتھے) کے اعتبار سے بھی تم سے کہیں بڑھ کر ہیں اور ہمیں کوئی عذاب (وغیرہ) نہیں ہونے کا

۲۶. (ان سے) کہو کہ (مال و دولت پر اترانے والو یاد رکھو کہ) بیشک میرا رب کشادہ کرتا ہے روزی جس کے لئے چاہتا ہے اور وہی تنگ کرتا ہے (جس کے لئے چاہتا ہے) لیکن اکثر لوگ جانتے (اور مانتے) نہیں

۲۷. اور یہ (بھی سن لو کہ) تمہارے یہ مال اور تمہاری یہ اولادیں (جن پر تم لوگوں کو اتنا ناز ہے) کوئی ایسی چیزیں نہیں ہیں جو تمہیں ہمارے قریب کر سکیں ہاں مگر جو (سچے دل سے) ایمان لائے اور وہ کام بھی نیک کرے سو ایسے لوگوں کے لئے کئی گنا بدلہ ہے ان

کے ان کاموں کا جو یہ کرتے رہے ہیں اور یہ (جنت کی) ان عالی شان عمارتوں میں امن و سکون کے ساتھ رہیں گے

۳۸. اور جو لوگ ہماری آیتوں کو نیچا دکھانے کی کوشش میں لگے ہوئے ہیں وہ عذاب میں پکڑے ہوئے حاضر کیئے جائیں گے

۳۹. کہو بیشک میرا رب روزی کشادہ کرتا ہے اپنے بندوں میں سے جس کے لئے چاہتا ہے اور جس کے لئے چاہتا ہے تنگ کر دیتا ہے اور جو بھی کچھ تم لوگ خرچ کرتے ہو اس کی جگہ وہ تم کو اور دیتا جاتا ہے اور وہی ہے سب سے بہتر روزی دینے والا

۴۰. اور (وہ دن بھی یاد کرو کہ) جس دن اللہ ان سب کو اکٹھا کر کے لائے گا پھر فرشتوں سے پوچھے گا کہ کیا یہ لوگ تمہاری عبادت کیا کرتے تھے؟

۴۱. وہ جواب میں عرض کریں گے پاک ہے آپ کی ذات ہمارا تعلق تو آپ سے ہے نہ کہ ان لوگوں سے بلکہ یہ لوگ تو (درحقیقت) شیطانوں کی عبادت کرتے تھے (اور) ان میں سے اکثر تو انہی پر اعتقاد رکھتے تھے

۴۲. سو (اس موقع پر ان سے کہا جائے گا کہ) اب نہ تم میں سے کوئی کسی کے نفع کا اختیار رکھتا ہے نہ نقصان کا اور (اس روز) ہم کہیں گے ان لوگوں سے جو (دنیا میں) اڑے رہے ہوں گے اپنے ظلم پر کہ اب چکھو تم مزہ اس آگ کے عذاب کا جس کو تم لوگ (دنیا میں) جھٹلایا کرتے تھے

۴۳.　　اور جب ان کو پڑھ کر سنائی جاتی ہیں ہماری آیتیں کھلی کھلی تو یہ لوگ (پوری ہٹ دھرمی سے) کہتے ہیں کہ اس شخص کا مقصد تو اس کے سوا کچھ نہیں کہ (کسی طرح) تم کو روک دے ان (بتوں کی پوجا) سے جن کی پوجا تمہارے باپ دادا کرتے چلے آئے ہیں اور (قرآن کے بارے میں) کہتے ہیں کہ یہ تو محض ایک جھوٹ ہے گھڑا ہوا اور کافر لوگ حق کے بارے میں کہتے ہیں جب کہ وہ ان کے پاس آگیا کہ یہ کچھ نہیں مگر ایک جادو ہے کھلم کھلا

۴۴.　　اور ہم نے ان لوگوں کو (اس سے پہلے) نہ کوئی ایسی کتاب دی تھی جس کو یہ پڑھتے ہوں اور نہ ہی ہم نے آپ سے پہلے ان کے پاس کوئی خبردار کرنے والا بھیجا تھا

۴۵.　　اور ان لوگوں نے بھی جھٹلایا (حق و صداقت کو) جو کہ گزر چکے

۳۵۔ ہیں ان سے پہلے حالانکہ ان لوگوں کو جو کچھ ہم نے دیا تھا یہ اس کے عشر عشیر کو بھی نہیں پہنچتے مگر انہوں نے جھٹلایا میرے رسولوں کو پھر (دیکھو!) کیسا ہوا میرا عذاب؟

۴۶.　　(ان سے) کہو کہ میں تمہیں ایک بات کی نصیحت کرتا ہوں کہ تم لوگ اٹھ کھڑے ہوؤ اللہ کے لئے ایک ایک اور دو دو ہو کر اور پھر سوچو کہ تمہارے ساتھی میں آخر جنوں کی کون سی بات ہے وہ تو محض ایک خبردار کرنے والا ہے تمہارے لیے ایک بڑے ہی سخت (اور ہولناک) عذاب سے پہلے

۴۷.　　(نیز ان سے) کہو کہ اگر میں نے تم سے کوئی اجر مانگا ہو تو وہ تم ہی کو پہنچا میرا اجر تو بس اللہ کے ذمے ہے اور وہ ہر چیز پر گواہ ہے

۴۸.	(نیز ان سے) کہو کہ میرا رب (بندوں کے دلوں میں) حق ڈالتا ہے وہی ہے جاننے والا سب غیبوں کو

۴۹.	کہو کہ (لوگو!) حق آگیا اور باطل نہ کرنے کا رہا نہ دھرنے کا

۵۰.	کہو کہ اگر (بالفرض) میں گمراہی پر ہوں تو میری گمراہی کا وبال مجھ ہی پر ہوگا اور اگر میں سیدھی راہ پر ہوں تو یہ اس وحی کی بناء پر ہے جو میرا رب میری طرف بھیجتا ہے بلاشبہ وہ سنتا ہے (ہر کسی کی اور) نہایت ہی قریب ہے

۵۱.	اور اگر تم (کسی طرح وہ منظر) دیکھ سکو جب کہ یہ لوگ نہایت ہی گھبراہٹ کے عالم میں ہوں گے پھر بھاگنے کی بھی کوئی صورت نہ ہوگی اور ان کو قریب کی جگہ سے (اور فوراً ہی) پکڑ لیا جائے گا

۵۲.	اور (اس وقت) یہ رہ رہ کر کہیں گے کہ ہم ایمان لے آئے اس (حق) پر مگر کہاں ممکن ہوگا ان کے لئے اس کو پانا اتنی دور سے؟

۵۲.	جب کہ اس سے قبل یہ لوگ (زندگی بھر) اس کا انکار کرتے رہے تھے اور یہ بن دیکھے (اٹکل کے) تیر پھینکتے رہے دور کی جگہ سے

۵۴.	اور آڑ کر دی گئی ہوگی ان کے درمیان اور اس چیز کے درمیان جس کی یہ خواہش کریں گے جیسا کہ ان کے ہم مشربوں کے ساتھ کیا گیا ان سے پہلے بیشک یہ سب پڑے تھے الجھن انگیز شک میں

***

۳۵۔ فاطر

بِسۡمِ اللّٰہِ الرَّحۡمٰنِ الرَّحِیۡمِ

اللہ کے نام سے جو رحمان ور رحیم ہے

ا۔ ہر خوبی (اور تعریف) اللہ ہی کے لئے ہے جو (عدم محض سے) بنا نکالنے والا ہے آسمانوں اور زمین (کی اس عظیم الشان کائنات) کو جو پیغام رساں بنانے والا ہے ایسے فرشتوں کو جو دو دو تین تین اور چار چار پروں والے ہیں وہ اضافہ فرماتا ہے اپنی مخلوق میں جو چاہتا ہے بلاشبہ اللہ کو ہر چیز پر پوری پوری قدرت ہے

۲۔ اللہ اپنے بندوں کے لئے جو بھی کوئی رحمت کھول دے اسے کوئی روکنے والا نہیں اور جسے وہ بند کر دے اسے کوئی کھولنے والا نہیں (اس کے سوا) اور وہی ہے (سب پر) غالب نہایت ہی حکمت والا

۲۔ اے لوگوں یاد کرو تم اللہ کے ان (طرح طرح کے) احسانات کو جو اس نے تم پر فرمائے ہیں کیا اللہ کے سوا اور کوئی خالق ہے جو تمہیں رزق سے نوازتا ہو آسمان اور زمین

سے کوئی بھی عبادت کے لائق نہیں سوائے اس (وحدہٗ لاشریک) کے پھر تم لوگ کہاں (اور کیسے) اوندھے ہوئے جا رہے ہو؟

۴. اور اگر یہ لوگ جھٹلائیں آپ ﷺ کو (اے پیغمبر!) تو (یہ کوئی نئی بات نہیں کہ) بیشک جھٹلایا جا چکا ہے آپ ﷺ سے پہلے بھی بہت سے رسولوں کو اور اللہ ہی کی طرف لوٹائے جاتے ہیں (اور لوٹائے جائیں گے) سب کام

۵. اے لوگوں بیشک اللہ کا وعدہ سچا ہے پس تم کو دھوکے میں نہ ڈالنے پائے دنیاوی زندگی (اور اس کی چمک دمک) اور تم کو دھوکے میں نہ ڈالنے پائے اللہ کے بارے میں وہ بڑا دھوکے باز

۶. بلاشبہ شیطان دشمن ہے تم سب کا (اے لوگو!) پس تم اس کو ہمیشہ اپنا دشمن ہی سمجھنا اس کا کام اس کے سوا کچھ نہیں کہ وہ بلاتا (اور دعوت دیتا) ہے اپنی پارٹی (اور اپنے یاروں) کو تاکہ وہ ہو جائیں (دوزخ کی دہکتی) بھڑکتی آگ کے یاروں میں سے

۷. جو لوگ اڑے رہے اپنے کفر (و باطل) پر ان کے لئے بڑا ہی سخت عذاب ہے اور جو ایمان لائے اور انہوں نے کام بھی نیک کئے انکے لئے عظیم الشان بخشش بھی ہے اور بہت بڑا اجر بھی

۸. بھلا (اس شخص کی محرومی اور بدبختی کا کوئی ٹھکانا ہو سکتا ہے؟) جس کے لئے خوشنما بنا دیا گیا ہو اس کے برے عمل کو (اس کی اپنی بدنیتی اور سوء اختیار کی بناء پر) جس سے وہ اس کو اچھا ہی سمجھے جا رہا ہو؟ سو اللہ گمراہی (کے گڑھے) میں ڈالتا ہے جس کو چاہتا ہے اور

(نور حق و) ہدایت سے نوازتا ہے جس کو چاہتا ہے پس گھلنے نہ پائے آپ کی جان (عزیز اے پیغمبر!) ان (بدبختوں کی حرمان نصیبی) پر افسوس کرتے ہوئے بیشک اللہ پوری طرح جانتا ہے ان سب کاموں کو جو یہ لوگ کر رہے ہیں

۹. اور اللہ وہی تو ہے جو بھیجتا ہے ہواؤں کو (اپنی قدرت کاملہ اور رحمت شاملہ سے) پھر وہ اٹھاتی ہیں بادل کو پھر اس کو ہم ہانک دیتے ہیں کسی مردہ زمین کی طرف پھر اس کے ذریعے ہم زندہ کر دیتے ہیں زمین کو اس کے بعد کہ وہ مر چکی ہوتی ہے اسی طرح ہو گا دوبارہ اٹھایا جانا

۱۰. جو کوئی عزت چاہتا ہو تو (وہ جان لے کہ) عزت تو سب اللہ ہی کے پاس ہے اسی کی طرف چڑھتے ہیں پاکیزہ کلمات اور عمل صالح اس کو اوپر اٹھاتا ہے اور جو لوگ بری چالیں چلتے ہیں (حق کے مقابلے میں) ان کے لئے بڑا سخت عذاب ہے اور ان کی یہ چال بازیاں خود نابود ہو کر رہیں گی

۱۱. اور اللہ ہی نے پیدا فرمایا تم سب کو (اے لوگو!) مٹی سے پھر نطفہ سے پھر اس نے تمہیں کر دیا جوڑے جوڑے اور (اس کے علم کا یہ عالم ہے کہ) نہ کوئی مادہ حاملہ ہوتی ہے اور نہ بچہ جنتی ہے مگر یہ سب کچھ اس کے علم میں ہوتا ہے اور (اسی طرح) نہ کوئی عمر پاتا ہے عمر پانے والا اور نہ کچھ کم کیا جاتا ہے اس کی عمر میں سے مگر یہ کہ یہ سب کچھ (ثبت و مندرج) ہے ایک عظیم الشان کتاب میں بلاشبہ یہ سب کچھ اللہ کے لیے بہت آسان ہے

۱۲.	اور برابر نہیں ہو سکتے پانی کے یہ دونوں عظیم الشان ذخیرے ایک تو میٹھا پیاس بجھانے والا اور خوشگوار (ولذیذ) ہے پینے میں اور دوسرا سخت کھاری حلق چھیل دینے والا اور ہر ایک سے تم لوگ تازہ گوشت بھی کھاتے ہو اور وہ زیور بھی نکالتے ہو جس کو تم پہنتے ہو اور اسی پانی میں تم وہ (دیو پیکر) جہاز بھی چلتے دیکھتے ہو جو اس کو چیرتے ہوئے جاتے ہیں تاکہ تم لوگ تلاش کر سکو اس کے فضل سے (اپنی روزی) اور تاکہ تم شکر گزار بنو

۱۳.	وہ داخل کرتا ہے (حد درجہ پابندی اور باریکی کے ساتھ) رات کو دن میں اور دن کو رات میں اور اسی نے کام میں لگا رکھا ہے سورج اور چاند (کے ان دو عظیم الشان کرّوں) کو ہر ایک چلے جا رہا ہے (پوری پابندی کے ساتھ) ایک وقت مقرر تک یہ ہے اللہ رب تم سب کا (اے دنیا جہاں کے انسانو!) اسی کے لئے ہے بادشاہی اور اس کے سوا جن کو تم لوگ (پوجتے) پکارتے ہو وہ گٹھلی کے چھلکے تک کے بھی مالک نہیں

۱۴.	اگر تم ان کو پکارو تو وہ تمہاری پکار کو سن نہیں سکتے اور اگر (بالفرض) سن بھی لیں تو وہ تمہاری پکار کا کوئی جواب نہیں دے سکتے اور قیامت کے روز وہ صاف طور پر انکار کر دیں گے تمہارے اس شرک کا اور تم کو کوئی خبر نہیں دے سکے گا (حق اور حقیقت کے بارے میں) ایک انتہائی باخبر ہستی کی طرح

۱۵.	اے لوگوں تم سب محتاج ہو اللہ کے اور اللہ ہی ہے جو ہر طرح سے بے نیاز ہر تعریف کا حق دار ہے

۱۶.	وہ اگر چاہے تو لے جائے تم سب کو اور لا بسائے تمہاری جگہ کسی اور نئی مخلوق کو

۱۷.	اور ایسا کرنا اللہ کے لئے کچھ بھی دشوار نہیں

۱۸.	اور کوئی بوجھ اٹھانے والا کسی دوسرے کا بوجھ نہیں اٹھائے گا اور اگر کوئی (گناہ کا) بوجھ لدا ہوا شخص اپنا بوجھ اٹھانے کے لئے کسی کو پکارے گا بھی تب بھی اس کے بوجھ کا کچھ بھی حصہ اٹھانے کے لئے کوئی تیار نہ ہوگا اگرچہ وہ اس کا کوئی (قریبی) رشتہ دار ہی کیوں نہ ہو آپ کے خبر دار کرنے کا اثر تو انہی لوگوں پر ہو سکتا ہے جو ڈرتے ہیں اپنے رب سے بن دیکھے اور وہ نماز قائم کرتے ہیں اور جو کوئی پاکی اختیار کرے گا تو وہ اپنے ہی لئے کرے گا اور اللہ ہی کی طرف لوٹنا ہے (سب کو)

۱۹.	اور آپس میں برابر نہیں ہو سکتے اندھا اور آنکھوں والا

۲۰.	اور نہ ہی اندھیرے اور روشنی

۲۱.	اور نہ ہی سایہ اور دھوپ کی تپش

۲۲.	اور نہ ہی برابر ہو سکتے ہیں زندے اور مردے بلاشبہ اللہ سناتا ہے جسے چاہتا ہے اور آپ (اے پیغمبر!) ان لوگوں کو نہیں سنا سکتے جو قبروں میں (پڑے) ہیں

۲۳.	آپ کا کام تو بس خبر دار کر دینا ہے (برے انجام سے)

۲۴.	بلاشبہ ہم نے بھیجا آپ کو حق کے ساتھ خوشخبری دینے والا اور خبر دار کرنے والا بنا کر (سب لوگوں کے لئے) حق کے ساتھ اور کوئی امت ایسی نہیں ہوئی جس میں کوئی نہ کوئی خبر دار کرنے والا نہ گزرا ہو۔

۲۵۔ اگر یہ لوگ آپ ﷺ کی تکذیب کریں تو (یہ کوئی نئی اور انوکھی بات نہیں کہ) ان سے پہلے گزرے ہوئے لوگ بھی جھٹلا چکے ہیں (حق اور حقیقت کو) ان کے پاس بھی ان کے رسول آئے کھلے دلائل صحیفے اور روشنی بخشنے والی کتابیں لے کر

۲۶۔ مگر ان کی قوموں نے ان کو جھٹلایا پھر آخر کار میں نے پکڑا ان لوگوں کو جو اڑے رہے تھے اپنے کفر (و باطل) پر سو دیکھو کیسا تھا میرا عذاب

۲۷۔ کیا تم نے کبھی اس پر غور نہیں کیا کہ اللہ (کس طرح) اتارتا ہے آسمان سے پانی پھر اس کے ذریعے ہم نکالتے ہیں طرح طرح کے پھل (اور قسما قسم کی پیداواریں) جن کے مختلف رنگ ہوتے ہیں اور پہاڑوں کے بھی مختلف حصے ہیں سفید اور سرخ پھر ان میں بھی مختلف رنگوں والے اور بالکل سیاہ کالے (بھجنگے) بھی

۲۸۔ اور انسانوں جانوروں اور چوپایوں کے بھی اسی طرح مختلف رنگ ہیں اللہ سے تو اس کے وہی بندے ڈرتے ہیں جو علم رکھتے ہیں (حق اور حقیقت کا) بلاشبہ اللہ نہایت ہی زبردست بڑا ہی بخشنے والا ہے

۲۹۔ جو لوگ (صدق دل سے) پڑھتے ہیں اللہ کی کتاب اور وہ نماز قائم کرتے ہیں اور جو کچھ ہم نے انہیں دیا ہوتا ہے اس میں سے وہ خرچ کرتے ہیں (ہماری رضا کے لئے) پوشیدہ طور پر بھی اور کھلے عام بھی وہ بلاشبہ امید رکھتے ہیں ایک ایسی عظیم الشان تجارت کی جس میں ہرگز کوئی خسارہ نہیں

۲۰.	تاکہ اللہ پورے پورے دے ان کو ان کے اجر اور ان کو نوازے اپنے مزید فضل (وکرم) سے بیشک وہ بڑا ہی بخشنے والا انتہائی قدردان ہے

۲۱.	اور جو کتاب ہم نے آپ کی طرف وحی کے ذریعے بھیجی ہے (اے پیغمبر!) وہی حق ہے جو تصدیق کرنے والی ہے ان تمام کتابوں کی جو کہ آ چکی ہیں اس سے پہلے بلا شبہ اللہ اپنے بندوں سے پوری طرح باخبر سب کچھ دیکھتا ہے

۲۲.	پھر ہم نے اپنی اس کتاب کا وارث بنا دیا ان لوگوں کو جن کو ہم نے چن لیا تھا (اس شرف کے لئے) اپنے بندوں میں سے پھر ان میں سے کوئی تو ظلم ڈھانے والا ہے خود اپنی جان پر کوئی میانہ رو ہے اور کوئی سبقت لے جانے والا ہے نیکیوں میں اس کے اذن (و عنایت) سے یہی ہے بڑا فضل

۲۲.	یعنی ہمیشہ رہنے کی وہ جنتیں جن میں یہ لوگ داخل ہوں گے وہاں ان کو آراستہ کیا جائے گا سونے کے کنگنوں سے اور عظیم الشان موتیوں سے اور لباس ان کا وہاں پر ریشم ہو گا

۲۴.	اور یہ (خوش نصیب) لوگ (خوشیوں میں جھوم جھوم کر) کہیں گے کہ شکر ہے اس اللہ کا جس نے دور کر دیا ہم سے غم (اور ہر قسم کا فکر) بلاشبہ ہمارا رب بڑا ہی بخشنے والا انتہائی قدرداں ہے

۲۵.	جس نے اتار دیا ہمیں اپنے فضل (وکرم) سے سدا رہنے کی اس (عظیم الشان) جگہ میں جس میں ہمیں نہ کوئی تکلیف لاحق ہوتی ہے اور نہ کوئی تھکان

۲۶.	اور اس کے بر عکس جو لوگ اڑے رہے ہوں گے اپنے کفر (و باطل) پر ان کے لئے جہنم کی آگ ہے نہ تو ان پر قضاء آئے گی کہ وہ مر ہی جائیں اور نہ ہی کسی طرح ان سے اس کے عذاب میں کوئی تخفیف کی جائے گی (کہ کچھ آرام پا سکیں) اسی طرح ہم بدلہ دیتے ہیں (اور دیں گے) ہر بڑے ناشکرے (کافر) کو

۲۷.	اور وہ اس میں چیخ چیخ کر کہہ رہے ہوں گے کہ اے ہمارے رب ہمیں (ایک بار) نکال دے اس سے تاکہ ہم نیک کام کریں ان کاموں کے خلاف جو کہ ہم (اس سے پہلے) کرتے رہے تھے (جواب ملے گا) کیا ہم نے تمہیں اتنی عمر نہیں دی تھی کہ اس میں سبق لے لیتا جس نے سبق لینا ہوتا اور پہنچ چکا تھا تمہارے پاس ہماری طرف سے خبردار کرنے والا؟ پس اب تم لوگ مزہ چکھتے رہو (اپنے کیئے کا) سو ظالموں کے لئے کوئی مددگار نہیں

۲۸.	بلاشبہ اللہ ہی ہے جاننے والا آسمانوں اور زمین کے غیب کا بلاشبہ وہ پوری طرح جانتا ہے سینوں کے بھیدوں کو

۲۹.	وہ وہی ہے جس نے تم لوگوں کو خلیفہ (اور جانشین) بنایا اپنی زمین میں سو جس نے کفر کیا تو اس کے کفر کا وبال خود اسی پر ہو گا اور کافروں کا کفر ان کے رب کے یہاں ناراضگی ہی میں اضافہ کرتا ہے اور کافروں کے لئے ان کا کفر خسارے (اور گھاٹے) ہی میں اضافے کا باعث ہوتا ہے

۴۰.	(ان سے) کہو کہ کیا تم لوگوں نے کبھی غور (نہیں) کیا اپنے ان خود ساختہ شریکوں کے بارے میں؟ جن کو تم لوگ (پوجتے) پکارتے ہو اللہ (وحدہٗ لاشریک) کے سوا؟ مجھے

دکھاؤ (اور بتاؤ) تو سہی کہ انہوں نے کیا پیدا کیا زمین میں سے یا ان کا کوئی حصہ ہے آسمانوں میں؟ یا ہم نے ان کو کوئی ایسی کتاب دے رکھی ہے جس کی بناء پر یہ لوگ کسی کھلی سند پر قائم ہوں؟ (کچھ بھی نہیں) بلکہ ظالم لوگ ایک دوسرے کو محض دھوکے (کے جھانسے) دیئے چلے جا رہے ہیں

۴۱. بلا شبہ اللہ ہی نے روک (اور تھام) رکھا ہے آسمانوں اور زمین (کی اس عظیم الشان کائنات) کو اس سے کہ یہ دونوں ٹل جائیں اپنی اپنی جگہ سے اور اگر کبھی یہ ٹل جائیں تو پھر کون ہے جو ان کو روک سکے اس کے بعد؟ بیشک وہ بڑا ہی بردبار نہایت ہی (درگزر اور) معاف کرنے والا ہے

۴۲. اور یہ لوگ تو بڑی زور دار قسمیں کھا (کر کہا کرتے) تھے کہ اگر ان کے پاس کوئی خبردار کرنے والا آ گیا تو یہ ضرور بالضرور دوسری ہر امت سے بڑھ کر راست رو ہونگے مگر جب آ پہنچا ان کے پاس ایک عظیم الشان خبردار کرنے والا تو اس کی آمد (اور تشریف آوری) سے ان کی نفرت (اور حق سے فرار) ہی میں اضافہ ہوا

۴۳. اپنی بڑائی کے گھمنڈ کی بناء پر (اللہ کی) اس زمین میں اور اپنی بری چالوں کے نتیجے میں اور بری چالیں اپنے چلنے والوں ہی کو گھیر کر (اور پھانس کر) رہتی ہیں تو کیا یہ لوگ اب اسی برتاؤ (اور انجام) کے منتظر ہیں جو ان سے پہلے لوگوں کے ساتھ ہو چکا ہے؟ تو تم ہرگز اللہ کے قانون میں کوئی تبدیلی نہ پاؤ گے اور تم ہرگز اللہ کے قانون میں کوئی تبدیلی نہ پاؤ گے

۴۴. کیا یہ لوگ چلے پھرے نہیں (عبرتوں بھری) اس زمین میں؟ تاکہ یہ دیکھتے کہ کیسا ہوا انجام ان لوگوں کا جو گزر چکے ہیں ان سے پہلے حالانکہ وہ طاقت میں ان سے کہیں زیادہ بڑھے ہوئے تھے اور اللہ ایسا نہیں کہ کوئی چیز اس کے قابو سے نکل جائے نہ آسمانوں (کی بلندیوں) میں اور نہ زمین (کی پستیوں) میں بیشک وہ سب کچھ جانتا پوری قدرت والا ہے

۴۵. اور اگر کہیں اللہ پکڑنے لگتا لوگوں کو ان کے کیے کرائے پر تو وہ کسی متنفس کو بھی روئے زمین پر (زندہ) نہ چھوڑتا لیکن وہ ان کو ڈھیل دیئے جا رہا ہے ایک وقت مقرر تک پھر جب آپہنچے گا ان کا وہ وقت مقرر تو ان کا حساب پوری طرح چکا دیا جائے گا بیشک اللہ پوری طرح نگاہ رکھے ہوئے ہے اپنے بندوں پر

***

۳۶۔ یٰسٓ

بِسۡمِ اللّٰہِ الرَّحۡمٰنِ الرَّحِیۡمِ

اللہ کے نام سے جو رحمان و رحیم ہے

۱. یٰسٓ

۲. قسم ہے اس حکمتوں بھرے قرآن کی

۲. بلاشبہ آپ (اے پیغمبر) قطعی طور پر رسولوں میں سے ہیں

۴. سیدھی راہ پر ہیں

۵. یہ (قرآن) سراسر اتارا ہوا ہے اس ذات کا جو (سب پر) غالب انتہائی مہربان ہے

۶. تاکہ آپ (اس کے ذریعے) خبردار کریں ایسے لوگوں کو جن کے باپ داداؤں کو خبردار نہیں کیا گیا تھا (عہد قریب میں) جس سے وہ غفلت میں پڑے ہوئے ہیں

۷.	بلاشبہ ان میں سے اکثر پر پکی ہوگئی ہماری بات سو اب یہ ایمان نہیں لائیں گے

۸.	بیشک ہم نے ڈال دئیے ان کی گردنوں میں ایسے بھاری بھر کم طوق جو ان کی ٹھوڑیوں تک پہنچے ہوئے ہیں جن میں یہ (بری طرح) جکڑے ہوئے ہیں

۹.	اور ہم نے ان کے آگے بھی ایک دیوار کھڑی کر دی ہے اور ان کے پیچھے بھی ایک دیوار کھڑی کر دی ہے پھر (اوپر سے بھی) ان کو ایسا ڈھانک دیا ہے کہ انہیں کچھ سوجھ کے ہی نہیں دیتا

۱۰.	اور ان کے حق میں برابر ہے کہ آپ ﷺ ان کو خبر دار کریں یا نہ کریں انہوں نے بہر حال ایمان نہیں لانا

۱۱.	آپ کا خبر دار کرنا تو اسی شخص کو فائدہ دے سکتا ہے جو ڈرتا ہو (خدائے) رحمان سے بن دیکھے سو ایسوں کو خوشخبری سنا دو ایک بڑی بخشش اور عزت والے اجر کی

۱۲.	بلاشبہ ہم زندہ کرتے ہیں (اور کریں گے) مردوں کو اور ہم لکھتے جا رہے ہیں ان کے وہ اعمال بھی جو انہوں نے آگے بھیج دئیے ہیں اور ان کے وہ آثار (اور نشانات) بھی جو انہوں نے اپنے پیچھے چھوڑے ہیں اور (اس سے بھی بہت پہلے) ہم نے ہر چیز کو ضبط کر رکھا ہے ایک واضح کتاب میں

۱۲.	اور سناؤ ان کو قصہ ان بستی والوں کو (عبرت و) مثال کے طور پر جب کہ آئے ان کے پاس رسول

۱۴۔ یعنی جب کہ (شروع میں) ہم نے ان کی طرف دو رسول بھیجے تو ان لوگوں نے صاف طور پر جھٹلا دیا ان دونوں کو پھر ہم نے ان کی تائید (و تقویت) کے لئے ایک تیسرے رسول کو بھیجا تو ان تینوں نے (بستی والوں سے) کہا کہ بلاشبہ ہم تمہاری طرف بھیجے گئے ہیں

۱۵۔ جواب میں بستی والوں نے کہا کہ تم تو ہم ہی جیسے بشر (اور انسان) ہو اور (خدائے) رحمان نے کوئی چیز نہیں اتاری تم تو محض جھوٹ بولتے ہو

۱۶۔ ان رسولوں نے کہا کہ ہمارا رب خوب جانتا ہے کہ ہمیں یقینی طور پر تمہاری طرف بھیجا گیا ہے رسول بنا کر

۱۷۔ اور ہمارے ذمے اس کے سوا کچھ نہیں کہ ہم (پیغام حق) پہنچا دیں کھول کر

۱۸۔ (پھر بھی) بستی والوں نے کہا کہ ہم تمہیں منحوس پاتے ہیں اگر تم باز نہ آئے تو ہم یقیناً سنگسار کر دیں گے تم (تینوں) کو اور تمہیں ضرور پہنچ کر رہے گا ہماری طرف سے ایک درد ناک عذاب

۱۹۔ رسولوں نے جواب دیا کہ تمہاری نحوست تو خود تمہارے اپنے ساتھ لگی ہوئی ہے کیا اگر تمہیں نصیحت کی جائے (تو تم اس کو نحوست سمجھتے ہو، نہیں) بلکہ اصل بات یہ ہے کہ تم لوگ خود حد سے بڑھنے والے لوگ ہو

۲۰۔ ادھر ایک شخص دوڑتا ہوا آیا شہر کے اس (پرلے) کنارے سے (اور اس نے آ کر ان سے) کہا اے میری قوم کے لوگو! تم پیروی کرو رسولوں کی

۲۱.	پیروی کرو تم ان کی جو تم سے کوئی اجر نہیں مانگتے اور وہ ہیں سیدھی راہ پر

۲۲.	اور میرے لئے کیا عذر ہو سکتا ہے کہ میں بندگی نہ کروں اس (معبود برحق) کی جس نے مجھے پیدا فرمایا ہے اور تم سب کو بہر حال اسی کی طرف لوٹ کر جانا ہے

۲۲.	کیا میں اس (وحدہٗ لا شریک) کے سوا ایسے (خود ساختہ اور بے حقیقت) معبودوں کی پوجا کروں کہ اگر (خدائے) رحمان مجھے کوئی تکلیف پہنچانے پہ آجائے تو نہ ان کی سفارش مجھے کچھ کام آ سکے اور نہ ہی وہ مجھے (اس کی گرفت و پکڑ سے) کسی طرح بچا سکیں؟

۲۴.	ایسی صورت میں تو یقیناً میں پڑا ہوں گا کھلی گمراہی میں

۲۵.	یقیناً میں تو (صدق دل سے) ایمان لے آیا تمہارے رب پر پس تم سب میری بات سنو

۲۶.	(مگر ان لوگوں نے اسے شہید کر دیا) اور (شہید ہوتے ہی اس سے کہہ دیا گیا) کہ داخل ہو جا تو جنت میں اس پر اس نے کہا اے کاش کہ میری قوم جان لیتی

۲۷.	(اس بات کو) جس کی بدولت میری بخشش فرما دی میرے رب نے اور مجھے شامل فرما دیا باعزت لوگوں میں

۲۸.	اور اس کے بعد اس کی قوم پر نہ تو ہم نے آسمان سے کوئی لشکر اتارا اور نہ ہمیں لشکر اتارنے کی کوئی ضرورت ہی ہوتی ہے

۲۹.	وہ تو بس ایک ہی ایسی ہولناک آواز تھی جس کے نتیجے میں وہ سب کے سب بجھ کر رہ گئے (ہمیشہ ہمیش کے لئے)

۲۰. افسوس! بندوں کے حال پر کہ ان کے پاس جو بھی کوئی رسول آیا انہوں نے (اس کو جھٹلایا) اور یہ اس کا مذاق ہی اڑاتے رہے

۲۱. کیا ان لوگوں نے کبھی) اس بات پر (غور نہیں کیا کہ ان سے پہلے ہم (اسی جرم میں) کتنی ہی قوموں کو ہلاک کر چکے ہیں کہ اب وہ ان کی طرف کبھی بھی لوٹ کر نہیں آئیں گے

۲۲. ان سب کو بہر حال اکٹھا کر کے ہمارے حضور حاضر کیا جانا ہے

۲۲. اور ان کے لئے ایک عظیم الشان نشانی تو (ان کے پیش پا افتادہ) یہ مردہ زمین بھی ہے جسے ہم زندہ کر کے اس سے نکالتے ہیں طرح طرح کے غلے جس سے یہ لوگ کھاتے ہیں

۲۴. اور اس میں ہم نے طرح طرح کے باغ پیدا کر دیئے کھجوروں اور انگوروں (وغیرہ) کے اور پھوڑ نکالے ہم نے اس میں قسما قسم کے چشمے

۲۵. تاکہ یہ لوگ کھائیں اس کے پھلوں سے اور (یہ سب کچھ ہم نے ہی کیا ورنہ) ان کے ہاتھوں نے اس کو نہیں بنایا تو کیا پھر بھی یہ لوگ شکر ادا نہیں کرتے

۲۶. پاک ہے وہ ذات جس نے پیدا کئے جوڑے ہر قسم کے ان چیزوں میں سے بھی جن کو زمین اگاتی ہے اور خود ان کی اپنی جانوں سے بھی اور ان چیزوں سے بھی جن کو یہ لوگ جانتے تک نہیں

۳۷. اور ایک اور عظیم الشان نشانی ان کے لئے یہ رات بھی ہے جس سے کھینچ نکالتے ہیں ہم (اپنی قدرت کاملہ اور حکمت بالغہ سے) دن کو جس سے یہ لوگ (چمکتی دمکتی روشنی کی بجائے) اندھیرے میں ڈوب کر رہ جاتے ہیں

۳۸. اور سورج بھی جو کہ چلے جا رہا ہے اپنے مقرر ٹھکانے کی طرف یہ اندازہ مقرر کیا ہوا ہے اس ذات کا جو (سب پر) غالب انتہائی علم والی ہے

۳۹. اور چاند کے لئے ہم نے منزلیں مقرر کر دیں یہاں تک کہ وہ (ان سے گزرتا ہوا آخر کار) کھجور کی پرانی شاخ کی طرح ہو کر رہ جاتا ہے

۴۰. نہ سورج کے بس میں ہے کہ وہ چاند کو پکڑے اور نہ ہی رات سبقت لے جا سکتی ہے دن پر ہر ایک تیرے جا رہا ہے اپنے مستقل دائرے میں

۴۱. اور ان کے لئے ایک اور نشانی یہ بھی ہے کہ ہم نے ان کو سوار کیا اس بھری کشتی میں

۴۲. اور ان کے لئے اسی جیسی اور بھی ایسی چیزیں پیدا کیں جن پر یہ سوار ہوتے ہیں

۴۳. اور اگر ہم چاہیں تو ان کو اس طرح غرق کر کے رکھ دیں کہ نہ تو ان کا کوئی فریادرس ہو اور نہ ہی ان کو کسی طرح بچایا جا سکے

۴۴. مگر ہم نے محض اپنی رحمت کی وجہ سے اور ایک مدت تک ان کو فائدہ اٹھانے کا موقع دینے کے لئے (ان کو مہلت دے رکھی ہے)

۴۵۔ اور جب ان لوگوں سے کہا جاتا ہے کہ ڈرو تم اس عذاب سے جو تمہارے سامنے ہے اور جو تمہارے پیچھے آنے والا ہے تاکہ تم پر رحم کیا جائے (تو یہ سنی ان سنی کر دیتے ہیں)

۴۶۔ اور ان کے پاس جو بھی کوئی نشانی ان کے رب کی نشانیوں میں سے آتی ہے تو یہ اس سے اعراض (اور سرتابی) ہی کرتے ہیں

۴۷۔ اور جب ان سے کہا جاتا ہے کہ تم لوگ خرچ کرو اس میں سے جو کہ تم کو اللہ نے بخشا ہے (اپنی رحمت و عنایت سے) تو وہ لوگ جو اڑے ہوئے ہیں اپنے کفر پر ایمان والوں سے کہتے ہیں کہ کیا ہم ان کو کھلائیں جن کو اگر اللہ چاہتا تو خود کھلا دیتا تم لوگ تو صاف طور پر پڑے ہو کھلی گمراہی میں

۴۸۔ اور کہتے ہیں کہ آخر کب پوری ہوگی تمہاری یہ دھمکی اگر تم سچے ہو؟

۴۹۔ یہ لوگ تو بس ایک ایسی ہولناک آواز ہی کی راہ تک رہے ہیں جو ان کو یکایک عین اس وقت آپکڑے گی جب کہ یہ باہم جھگڑ رہے ہوں گے

۵۰۔ اس وقت نہ تو یہ کوئی وصیت کر سکیں گے اور نہ ہی اپنے گھروں کو لوٹ سکیں گے

۵۱۔ اور جب پھونک مار دی جائے گی صور میں (دوسری مرتبہ) تو یہ سب یکایک اپنی قبروں سے نکل نکل کر دوڑے چلے جا رہے ہوں گے اپنے رب کی طرف

۵۲. تب یہ کہیں گے ہائے ہماری کم بختی! کس نے اٹھایا ہمیں ہماری قبروں سے؟ (جواب ملے گا کہ) یہی ہے وہ جس کا وعدہ فرمایا تھا (خدائے) رحمان نے اور سچ کہا تھا اس کے رسولوں نے بھی

۵۲. بس زور کی ایک ایسی آواز ہو گی جس کے نتیجے میں یہ سب کے سب یکایک ہمارے سامنے حاضر کر دیئے جائیں گے

۵۴. سو آج کسی بھی شخص پر کوئی ظلم نہیں کیا جائے گا اور تمہیں تمہارے انہی کاموں کا بدلہ دیا جائے گا جو تم لوگ خود کرتے رہے تھے (اپنی دنیاوی زندگی میں)

۵۵. جنت والے بلاشبہ اس دن دل پسند چیزوں میں خوش ہو رہے ہوں گے

۵۶. وہ اور ان کی بیویاں گھنے سایوں میں اپنی مسندوں پر تکئے لگائے بیٹھے ہوں گے

۵۷. ان کے لئے وہاں ہر قسم کے پھل بھی ہوں گے اور ان کو وہاں ہر وہ چیز ملے گی جس کی وہ طلب کریں گے

۵۸. (مزید ایک اور بڑا انعام ان کے لئے یہ ہو گا کہ) ان کو سلام کہا جائے گا رب رحیم کی طرف سے

۵۹. اور (دوسری طرف دوزخیوں سے کہا جائے گا کہ) الگ ہو جاؤ آج کے دن تم اے مجرمو!

۶۰. کیا میں نے تم کو تاکید نہ کر دی تھی کہ تم شیطان کی بندگی نہ کرنا کہ وہ قطعی طور پر تمہارا کھلا دشمن ہے

۶۱.	اور یہ کہ بندگی صرف میری ہی کرنا کہ یہی ہے سیدھا راستہ ؟

۶۲.	مگر (اس کے باوجود) اس نے گمراہ کر دیا تم میں سے ایک بڑی خلقت کو (طرح طرح کے ہتھکنڈوں سے) تو کیا تم لوگ عقل سے کام نہیں لیتے تھے ؟

۶۳.	یہ ہے وہ جہنم جس سے تم کو ڈرایا جاتا تھا

۶۴.	اب داخل ہو جاؤ تم اس میں اپنے اس کفر (وانکار) کی پاداش میں جس کا ارتکاب تم لوگ (اپنی دنیاوی زندگی میں) کرتے رہے تھے

۶۵.	آج ہم مہر لگا دیں گے ان کے مونہوں پر اور باتیں کریں گے ہم سے ان کے ہاتھ اور گواہی دیں گے ان کے پاؤں ان سب کاموں کی جو یہ لوگ (زندگی بھر) کرتے رہے تھے

۶۶.	اور اگر ہم چاہیں تو (اس دنیا ہی میں) مٹا دیں ان کی آنکھوں کو پھر یہ (اندھے ہو کر) لپکیں راستے کی طرف مگر پھر کہاں (اور کیسے) سوجھ سکے ان کو؟

۶۷.	اور اگر ہم چاہیں تو ان کو ان کی اپنی جگہ پر ہی اس طرح مسخ کر کے رکھ دیں کہ نہ تو یہ آگے چل سکیں اور نہ پیچھے پلٹ سکیں

۶۸.	اور جس کو ہم لمبی عمر دیتے ہیں اس کو ہم الٹا (اور اوندھا) کر دیتے ہیں اس کی خلقت (و پیدائش) میں تو کیا یہ لوگ عقل سے کام نہیں لیتے؟

۶۹.	اور ہم نے پیغمبر کو نہ تو شاعری سکھائی اور نہ ہی یہ آپ کی شان کے لائق تھی یہ (کلام جو آپ سنا رہے ہیں) اس کے سوا کچھ نہیں کہ یہ ایک عظیم الشان نصیحت (و یاددہانی) اور کھول کر بیان کرنے والا قرآن ہے (حق اور حقیقت کو)

۷۰.	تاکہ وہ خبردار کرے ہر اس شخص کو جو زندہ ہو اور تاکہ حجت قائم ہو سکے کافروں (اور منکروں) پر

۷۱.	کیا ان لوگوں نے کبھی اس امر میں غور نہیں کیا کہ (کس رحمت و عنایت کے ساتھ) پیدا کیا ہم نے ان کے لئے ان چیزوں میں سے جن کو ہم نے بنایا اپنے ہاتھوں سے ایسے (عظیم الفوائد) چوپایوں کو جن کے یہ مالک بنے ہوئے ہیں

۷۲.	اور (کس طرح) ہم نے ان کو ان لوگوں کے بس میں کر دیا جس کے نتیجے میں ان میں سے کچھ پر یہ سواری کرتے ہیں اور کچھ سے یہ کھاتے ہیں

۷۳.	اور ان کے لئے ان جانوروں میں اور بھی طرح طرح کے فائدہ بھی ہیں اور قسما قسم کی پینے کی چیزیں بھی تو کیا یہ لوگ شکر نہیں بجالاتے؟

۷۴.	اور انہوں نے (اس سب کے باوجود) طرح طرح کے ایسے (خود ساختہ و من گھڑت) معبود بنا رکھے ہیں کہ شاید (ان کے ذریعے) ان کی کوئی مدد کی جا سکے

۷۵.	وہ ان کی کوئی مدد نہیں کر سکتے بلکہ الٹا یہ لوگ ان کے لئے حاضر باش لشکر بنے ہوتے ہیں

۷۶. پس غم میں نہ ڈالنے پائیں آپ کو (اے پیغمبر!) ان لوگوں کی (بے ہودہ اور دکھ دہ) باتیں ہمیں خوب معلوم ہے وہ سب کچھ جو کہ یہ چھپاتے ہیں اور جو یہ ظاہر کرتے ہیں

۷۷. کیا انسان نے کبھی اس پر غور نہیں کیا کہ ہم ہی نے پیدا کیا اس کو ایک (حقیر و مہین) نطفے سے پھر وہ (حق کے بارے میں ہی) کھلم کھلا جھگڑالو بن کر کھڑا ہو گیا

۷۸. اور وہ ہمارے لئے تو مثالیں بیان کرتا ہے مگر خود اپنی پیدائش کو بھول جاتا ہے کہتا ہے کہ کون زندہ کرے گا ان ہڈیوں کو جب کہ یہ بوسیدہ ہو چکی ہوں گی؟

۷۹. (اس سے) کہو کہ ان کو وہی (قادر مطلق) زندہ کرے گا جس نے ان کو پہلی مرتبہ پیدا کیا ہے (عدم محض سے) اور وہ ہر پیدائش کو پوری طرح جانتا ہے

۸۰. وہ جس نے تمہارے لئے سبز درخت سے آگ پیدا کر دی کہ تم جھٹ پٹ اس سے آگ سلگا لیتے ہو

۸۱. اور کیا جس نے آسمانوں اور زمین (کی اس عظیم الشان کائنات) کو پیدا کیا وہ اس پر قادر نہیں کہ ان جیسوں کو (دوبارہ) پیدا کر دے؟ کیوں نہیں جب کہ وہی ہے اصل پیدا کرنے والا سب کچھ جانتا

۸۲. اس (قادر مطلق) کا معاملہ تو اس کے سوا کچھ نہیں کہ جب وہ کسی چیز کو (وجود میں لانا) چاہتا ہے تو اسے صرف اتنا کہنا ہوتا ہے کہ ہو جا پس وہ کام ہو چکا ہوتا ہے

۸۲. سو پاک ہے وہ ذات جس کے قبضہ قدرت میں ہے پورا اختیار ہر چیز کا اور تم سب کو اے لوگو! بہر حال اسی کی طرف لوٹ کر جانا ہے

★★★

۳۷۔ الصّٰفّٰت

بِسۡمِ اللّٰہِ الرَّحۡمٰنِ الرَّحِیۡمِ

اللہ کے نام سے جو رحمان ور حیم ہے

۱. قسم ہے ان کی جو کھڑے ہوتے ہیں صف باندھ کر

۲. پھر ان کی جو ڈانٹتے ہیں جھڑک کر

۲. پھر ان کی جو تلاوت کرتے ہیں (اللہ کے) ذکر کی

۴. بلاشبہ تمہارا معبود (حقیقی) قطعی طور پر ایک ہی ہے

۵. وہی رب ہے آسمانوں اور زمین اور ان تمام چیزوں کا جو کہ ان دونوں کے درمیان میں ہیں اور وہی ہے رب مشرقوں کا

۶. بلاشبہ ہم ہی نے مزین کیا آسمان دنیا کو ایک خاص زینت یعنی ستاروں سے

۷. اور (اس کو) محفوظ کر دیا ہر شیطان سرکش (کی پہنچ اور دسترس) سے

۸. (جس کے نتیجے میں) وہ عالم بالا کی طرف کان بھی نہیں لگا سکتے اور ان کو دھتکارا جاتا ہے ہر طرف سے

۹. بھگانے کے لئے اور ان کے لئے ایک دائمی عذاب ہے

۱۰. تاہم جو کوئی ان میں سے کچھ لے اڑے تو اس کے پیچھے لگتا ہے ایک دھکتا ہوا انگارا

۱۱. سو پوچھو ان سے کہ کیا ان کا پیدا کرنا زیادہ مشکل ہے یا ہماری پیدا کردہ ان چیزوں کا (جن کا ذکر ابھی گزرا؟) ان کو تو بلاشبہ ہم ہی نے پیدا کیا ایک چپکتے ہوئے (لیس دار) گارے سے

۱۲. بلکہ تم تو تعجب کرتے ہو اور یہ لوگ مذاق اڑا رہے ہیں

۱۲. جب انہیں نصیحت کی جاتی ہے تو یہ قبول نہیں کرتے

۱۴. اور جب کوئی نشانی دیکھتے ہیں تو یہ (اس سے سبق لینے کی بجائے) اس کا مذاق اڑاتے ہیں

۱۵. اور کہتے ہیں کہ یہ تو ایک جادو ہے کھلم کھلا

۱۶. بھلا کہیں ایسا ہو سکتا ہے کہ جب ہم مر کر مٹی اور ہڈیاں ہو جائیں گے تو کیا ہم سب دوبارہ زندہ کر کے اٹھا کھڑے کیئے جائیں گے؟

۱۷. اور کیا ہمارے وہ باپ دادا بھی جو ہم سے بھی پہلے گزر چکے ہیں؟

۱۸. (ان سے) کہو کہ ہاں اور اس حال میں کہ تم لوگ ذلیل (اور بے بس و لاچار) ہوؤ گے

۱۹. وہ تو صرف ایک جھڑکی ہوگی زور کی جس سے یہ سب کے سب یکایک (اس طرح اٹھ کھڑے ہوں گے کہ سب کچھ) اپنی آنکھوں سے دیکھ رہے ہوں گے

۲۰. اور (سراپا حسرت وافسوس بن کر) کہیں گے کہ ہائے ہماری کم بختی ہ تو وہی بدلہ کا دن ہے

۲۱. (آواز آجائے گی کہ ہاں) یہ وہی فیصلے کا دن ہے جس کو تم لوگ جھٹلایا کرتے تھے

۲۲. (حکم ہو گا کہ) اکٹھا کر دو ان سب لوگوں کو جو اڑے رہے تھے اپنے ظلم (و سرکشی) پر ان کو بھی اور ان کے ساتھیوں (اور ہم مشربوں) کو بھی اور (ان کے من گھڑت اور خود ساختہ) ان سب معبودوں کو بھی جن کی یہ پوجا کرتے تھے

۲۲. اللہ کے سوا پھر ڈال دو ان سب کو دوزخ کی راہ پر

۲۴. اور ہاں ذرا ٹھہراؤ ان کو کہ ان سے کچھ پوچھنا ہے

۲۵. کیا ہو گیا تمہیں کہ تم لوگ آپس میں ایک دوسرے کی مدد نہیں کرتے ؟

۲۶. بلکہ (اس دن تو) وہ سب کے سب سر جھکائے کھڑے ہوں گے

۲۷. اور وہ ایک دوسرے کی طرف متوجہ ہو کر باہم تکرار شروع کریں گے

۲۸. (چنانچہ پیروی کرنے والے اپنے پیشواؤں سے) کہیں گے کہ تم تو ہمارے پاس آیا کرتے تھے دائیں طرف سے

۲۹. وہ جواب دیں گے کہ نہیں بلکہ تم خود ہی ایمان لانے والے نہیں تھے

۳۰. اور ہمارا تم پر کوئی زور نہیں تھا بلکہ تم خود ہی سرکش لوگ تھے

۳۱. سو (اب اس تو تکار کا کوئی فائدہ نہیں کیونکہ) اب تو ثابت ہو چکی ہم سب پر بات ہمارے رب کی اب ہمیں بہر حال چکھنا ہے مزہ (اس عذاب کا)

۳۲. سو ہم نے تم کو گمراہ کیا تھا کہ ہم خود گمراہ تھے

۳۳. پس اس دن وہ سب ہی اس عذاب میں مشترک ہوں گے

۳۴. بیشک ہم اسی طرح (کا سلوک) کرتے ہیں مجرموں کے ساتھ

۳۵. یہ وہ لوگ تھے کہ جب ان سے کہا جاتا کہ حقیقت امر میں کوئی معبود نہیں سوائے اللہ (وحدہٗ لاشریک) کے تو یہ بڑائی کے گھمنڈ میں آ (کر بپھر) جاتے

۳۶. اور کہتے کہ کیا ہم چھوڑ دیں گے اپنے معبودوں کو ایک دیوانے شاعر کے کہنے پر؟

۳۷. (نہیں) بلکہ وہ تو ان کے پاس حق لے کر آیا تھا اور اس نے سچا بتایا تھا دوسرے تمام رسولوں کو

۳۸. بہر حال اب تمہیں (ہمیشہ کے لئے) مزہ چکھتے رہنا ہے اس دردناک عذاب کا

۳۹. اور تمہیں بدلہ نہیں دیا جا رہا مگر تمہارے انہی کاموں کا جو تم خود کرتے رہے تھے

۴۰. بجز اللہ کے چنے ہوئے بندوں کے (کہ وہ انجام سے محفوظ رہیں گے)

۴۱. ان کے لئے ایک ایسا رزق ہوگا جو کہ معلوم ہے

۴۲. یعنی لذت کی طرح طرح کی چیزیں اور ان کو عزت سے رکھا جائے گا

۴۳. ان نعمت بھری جنتوں میں

۴۴. آمنے سامنے بیٹھے ہوں گے عظیم الشان تختوں پر

۴۵. ان کے سامنے دور چل رہا ہو گا ایسے عظیم الشان جام ہائے شراب کا جن کو بھر بھر کر لایا جا رہا ہو گا ایک عظیم الشان چشمے سے

۴۶. ایسی شراب جو کہ سفید (اور چمکتی) ہوگی

۴۷. سراسر لذت (و سرور) ہوگی پینے والوں کے لئے نہ تو اس میں کوئی خرابی ہوگی اور نہ ہی اس سے ان میں کسی طرح کا کوئی فتور آئے گا

۴۸. اور ان کے پاس نگاہیں بچانے والی بڑی خوبصورت آنکھوں والی ایسی (عظیم الشان اور بے مثال) عورتیں ہونگی

۴۹. کہ گویا کہ وہ انڈے ہیں پردوں میں رکھے ہوئے

۵۰. پھر وہاں پر وہ ایک دوسرے کی طرف متوجہ ہو کر آپس میں بات چیت کریں گے

۵۱. (اسی دوران) ان میں سے ایک کہے گا (یار دنیا میں) میرا ایک ہم نشین ہوا کرتا تھا

۵۲. جو مجھ سے کہا کرتا تھا کہ کیا تم بھی (مرنے کے بعد جی اٹھنے کی) تصدیق کرتے ہو؟

۵۳. کیا جب ہم مر کر مٹی ہو جائیں گے اور ہڈیوں کا پنجر بن کر رہ جائیں گے تو کیا واقعی ہمیں (دوبارہ زندہ کر کے بدلہ دیا جائے گا؟

۵۴. اس پر حق تعالیٰ ارشاد فرمائے گا کیا تم لوگ اس شخص کو دیکھنا چاہتے

۵۵. پھر وہ جونہی (اس کو دیکھنے کے لئے) جھانکے گا تو اس کو وہ جہنم کی بھڑکتی آگ کے عین درمیان میں دیکھے گا

۵۶. (اور اس کو خطاب کر کے) کہے گا اللہ کی قسم تو تو قریب تھا کہ مجھے ہلاکت میں ڈال دیتا (راہ حق سے بہکا کر)

۵۷. اور اگر میرے رب (مہربان) کا فضل میرے شامل حال نہ ہوتا تو میں بھی یقینی طور پر آج ان لوگوں میں سے ہوتا جو پکڑے ہوئے آئے ہیں

۵۸. (پھر وہ جنتی اپنی کامیابی کو دیکھتے ہوئے ایک کیف کے عالم میں کہے گا کہ) کیا واقعی اب ہمیں موت نہیں آئے گی

۵۹. سوائے ہماری اس پہلی موت کے جو ہمیں دنیا میں آ چکی اور بس اور اب ہمیں کوئی عذاب نہیں ہونے کا؟

۶۰. بلاشبہ یہی ہے وہ سب سے بڑی کامیابی

۶۱. ایسی ہی کامیابی کے لئے کام کرنا چاہیے کام کرنے والوں کو

۶۲. کیا یہ بہتر ہے مہمانی کے لئے یا تھوہر کا وہ درخت

۶۲. بلاشبہ اس کو ہم نے فتنہ (اور آزمائش کا سامان) بنا دیا ہے ظالموں کے لئے

۶۴. وہ ایک ایسا ہولناک درخت ہوگا جو دوزخ کی تہ سے نکلے گا

۶۵. اس کے شگوفے ایسے (ہولناک اور بد منظر) ہوں گے جیسے شیطانوں کے سر

٦٦. سوان لوگوں کواس سے کھانا ہو گا اور (کھانا بھی ایسا کہ) اسی سے ان کو پیٹ بھرنا ہو گا

٦٧. پھر (مزید یہ کہ) ان کے لئے اس پر ملونی ہو گی ایک کھولتے ہوئے (ہولناک) پانی سے

٦٨. پھر ان کی واپسی دوزخ ہی کی اس (بھڑکتی) دہکتی ہولناک آگ کی طرف ہو گی

٦٩. (یہ سب کچھ اس لئے ہو گا کہ) ان لوگوں نے اپنے باپ دادوں کو گمراہ پایا

٧٠. (لیکن) پھر بھی یہ لوگ (حق کو چھوڑ کر) انہی لوگوں کے نقش قدم پر دوڑتے چلے گئے

٧١. اور یقیناً ان سے پہلے لوگوں میں بھی اکثر گمراہ ہی تھے

٧٢. اور بلاشبہ ہم نے ان میں بھی خبردار کرنے والے (رسول) بھیجے تھے

٧٣. سو تم دیکھ لو کہ کیسا ہوا انجام ان لوگوں کا جن کو خبردار کیا گیا تھا؟

٧٤. سوائے اللہ کے ان خاص بندوں کے جن کو چن لیا گیا تھا

٧٥. اور بلاشبہ نوح نے بھی ہم ہی کو پکارا سو ہم کیا ہی خوب فریادرسی کرنے والے ہیں

٧٦. اور ہم ہی نے نجات دی (اور بچا لیا) ان کو بھی اور ان کے تعلق داروں کو بھی اس کرب عظیم سے

٧٧. اور ہم نے ان کی نسل کو ہی کر دیا (ہمیشہ) باقی رہنے والی

۷۸. اور ہم نے (آپ کی تعریف و توصیف اور) آپ کا ذکر خیر چھوڑ دیا پچھلوں میں

۷۹. سلام ہو نوح پر تمام جہاں والوں میں

۸۰. بیشک ہم اسی طرح صلہ (اور بدلہ) دیتے ہیں نیکو کاروں کو

۸۱. بلاشبہ وہ ہمارے ایماندار بندوں میں سے تھے

۸۲. پھر ہم نے غرق کر دیا باقی سب کو

۸۲. اور بلاشبہ انہی کے گروہ میں سے (حضرت) ابراہیم بھی تھے

۸۴. (ان کا وہ وقت بطور خاص یاد کرنے کے لائق ہے کہ) جب وہ حاضر ہوئے اپنے رب کے حضور قلب سلیم کے ساتھ

۸۵. جب کہ انہوں نے اپنے باپ اور اپنی قوم سے (ان کے ضمیروں کو جھنجھوڑتے ہوئے) کہا کہ کیا ہیں یہ چیزیں جن کی پوجا تم لوگ کر رہے ہو؟

۸۶. کیا تم اللہ کے سوا جھوٹے (اور من گھڑت) معبود چاہتے ہو؟

۸۷. آخر کیا گمان ہے تم لوگوں کا پروردگار عالم کے بارے میں؟

۸۸. پھر (ایک موقع پر) انہوں نے ایک (معنی خیز) نظر ڈالی ستاروں میں

۸۹. اور کہا میری طبیعت کچھ خراب ہے

۹۰. اس پر وہ لوگ آپ کے یہاں سے (لاپرواہی کے ساتھ) چلے گئے پیٹھ موڑ کر

۹۱. سو ان کے پیچھے آپ چپکے سے پہنچ گئے ان کے معبودوں کے پاس پھر (ان کی تذلیل و تحقیر کے لئے ان سے) کہا کیا تم کھاتے نہیں ہو؟

۹۲. تمہیں کیا ہو گیا کہ تم بولتے بھی نہیں ہو

۹۲. پھر آپ پل پڑے ان (کے ان ٹھاکروں) پر ضربیں لگاتے ہوئے دائیں ہاتھ سے

۹۴. ادھر وہ لوگ (اپنے معبودوں کا یہ حشر معلوم ہونے پر) آپ کے پاس پہنچ گئے دوڑتے ہوئے

۹۵. تو آپ نے ان سے کہا کہ کیا تم لوگ ان چیزوں کی پوجا (اور بندگی) کرتے ہو جن کو تم خود (اپنے ہاتھوں سے تراش) تراش کر بناتے ہو؟

۹۶. حالانکہ اللہ ہی نے پیدا کیا ہے تم کو بھی اور ان تمام چیزوں کو بھی جن کو تم لوگ بناتے ہو

۹۷. اس پر وہ لوگ (آگ بگولہ ہو کر) بولے کہ بناؤ اس کے لئے ایک آتشکدہ پھر جھونک دو اس کو اس کی دہکتی آگ میں

۹۸. سو انہوں نے تو اس کے خلاف ایک (خطرناک) چال چلی مگر ہم نے ان ہی سب کو نیچ (اور ذلیل) کر دیا

۹۹. اور (ان کی اصلاح سے مایوسی کے بعد) ابراہیم نے کہا کہ اب میں جاتا ہوں اپنے رب کی طرف وہ ضرور میری راہنمائی فرمائے گا

۱۰۰. (اور آپ نے دعاء کی کہ) اے میرے رب عطا فرما دے مجھے ایک صالح (اور نیک) فرزند

۱۰۱. سو ہم نے (ان کی دعاء کو شرف قبولیت سے نوازتے ہوئے) ان کو خوشخبری سنا دی ایک بڑے ہی (ہونہار اور) بردبار بیٹے کی

۱۰۲. پھر جب آپ کا وہ بیٹا دوڑ دھوپ کرنے کی عمر کو پہنچا تو آپ نے (اس سے) کہا کہ میرے پیارے بیٹے میں خواب میں دیکھتا ہوں کہ میں تمہیں ذبح کر رہا ہوں اب دیکھو تمہاری کیا رائے ہے؟ تو اس (ہونہار بچے) نے جواب دیا ابا جان آپ کر گزرئیے جو بھی کچھ حکم آپ کو دیا جا رہا ہے مجھے آپ انشاء اللہ بہر حال صبر کرنے والوں ہی میں سے پائیں گے

۱۰۲. پھر جب وہ دونوں جھک گئے ہمارے حکم کے سامنے (اور انھوں نے سر تسلیم خم کر دیا ہمارے آگے) اور (تعمیل حکم کے لئے) لٹا دیا ابراہیم نے اپنے بیٹے کو پیشانی کے بل

۱۰۴. تو ہم نے پکار کر کہا اے ابراہیم

۱۰۵. بیشک سچ کر دکھایا آپ نے اپنے خواب کو (اور کامیاب ہو گئے آپ اس آزمائش میں) بیشک ہم ایسے ہی (صلہ و) بدلہ دیتے ہیں نیکو کاروں کو

۱۰۶. بلاشبہ یہ ایک (بڑی بھاری اور) کھلی آزمائش تھی

۱۰۷. اور ہم نے ان کو ان کے بیٹے کے عوض ایک بڑی عظیم قربانی سے نواز دیا

۱۰۸. اور ہم نے ان کی تعریف چھوڑ دی (اور ان کا ذکر خیر رکھ دیا) پچھلوں میں

۱۰۹. سلام ہو ابراہیم پر

۱۱۰. ہم اسی طرح بدلہ دیتے ہیں نیکو کاروں کو

۱۱۱. بلاشبہ وہ ہمارے خاص ایماندار بندوں میں سے تھے

۱۱۲. اور (ایک اور انعام ان پر ہم نے یہ کیا کہ) ہم نے ان کو خوشخبری دے دی اسحاق (جیسے بیٹے) کی کہ وہ نبی ہوں گے (ہمارے قرب خاص) کے سزاواروں میں سے

۱۱۳. اور ہم نے برکتیں نازل کیں ان (ابراہیم) پر بھی اور اسحاق پر بھی اور ان دونوں کی نسل میں سے کچھ نیکوکار بھی ہیں اور کچھ ایسے بھی جو اپنی جانوں پر ظلم ڈھا رہے ہیں کھلم کھلا

۱۱۴. اور بلاشبہ ہم نے موسیٰ اور ہارون پر بھی احسان کیا

۱۱۵. اور نجات بخشی ہم نے ان دونوں کو اور ان کی قوم کو اس کرب عظیم سے

۱۱۶. اور ان کی ایسی مدد کی کہ بالآخر وہی غالب ہو کر رہے

۱۱۷. اور ان دونوں کو بھی ہم نے نوازا تھا اس روشن کتاب سے

۱۱۸. اور ان کو ہدایت کی تھی ہم نے سیدھی راہ کی

۱۱۹. اور ان دونوں کے لئے بھی ہم نے ان کا ذکر خیر رکھ دیا تھا پچھلوں میں

۱۲۰. سلام ہو موسیٰ اور ہارون پر

۱۲۱. بلاشبہ ہم ایسے ہی (نوازتے اور) بدلہ دیتے ہیں نیکوکاروں کو

۱۲۲. بلاشبہ وہ دونوں ہمارے خاص ایماندار بندوں میں سے تھے

۱۲۳. اور بلاشبہ الیاس بھی یقینی طور پر رسولوں میں سے تھے

۱۲۴. (ان کا بھی وہ وقت خاص طور پر یاد کرنے کے لائق ہے کہ) جب انہوں نے بھی اپنی قوم سے (دوسرے نبیوں کی طرح) یہی کہا کہ کیا تم لوگ ڈرتے نہیں ہو؟

۱۲۵. کیا تم لوگ بعل (جیسی بے حقیقت چیز) کو پوجتے پکارتے ہو؟ اور چھوڑتے ہو اس کو جو سب سے بہتر خالق ہے؟

۱۲۶. یعنی اس اللہ کو جو رب ہے تمہارا بھی اور تمہارے پہلے باپ دادوں کا بھی؟

۱۲۷. پھر ان لوگوں نے بھی آپ کی تکذیب ہی کی سو ان سب کو بھی پکڑ (اور جکڑ) کر لایا جائے گا (قیامت کے روز عذاب کے لئے)

۱۲۸. سوائے اللہ کے ان بندوں کے جن کو چن لیا گیا

۱۲۹. اور الیاس کے لئے بھی ہم نے ذکر خیر رکھ دیا (رہتی دنیا تک) پچھلی نسلوں میں

۱۳۰. سلام ہو الیاس پر

۱۳۱. بلاشبہ ہم اسی طرح (صلہ و) بدلہ دیتے ہیں نیکوکاروں کو

۱۳۲. بلاشبہ وہ بھی ہمارے خاص ایماندار بندوں میں سے تھے

۱۳۳. اور بلاشبہ لوط بھی پیغمبروں میں سے تھے

۱۳۴. (ان کا وہ وقت یاد کرنے کے لائق ہے کہ) جب ہم نے نجات دے دی ان کو بھی اور ان کے تعلق داروں کو بھی سب کو

۱۳۵. سوائے ایک (بدبخت) بڑھیا کے جو پیچھے رہنے والوں میں تھی

۱۳۶. پھر ہم نے تہس نہس کر کے رکھ دیا باقی سب کو

۱۳۷. اور یقیناً تم لوگ خود ان (کے اجڑے دیار) پر سے گزرتے ہو دن کو بھی

۱۳۸. اور رات کو بھی تو کیا پھر بھی تم لوگ عقل سے کام نہیں لیتے؟

۱۳۹. اور بلاشبہ یونس بھی قطعی طور پر رسولوں میں سے تھے

۱۴۰. (ان کا اس وقت کا قصہ خاص طور پر قابل ذکر ہے کہ) جب وہ بھاگ کر پہنچے اس کشتی تک جو کہ بھری ہوئی تھی

۱۴۱. پھر وہ (اس کی) قرعہ اندازی میں شریک ہوئے تو آخر کار وہی ہو گئے زک اٹھانے والوں میں سے

۱۴۲. پھر نگل لیا ان کو مچھلی نے اس حال میں کہ وہ خود ہی (اپنے آپ کو) ملامت کر رہے تھے

۱۴۳. سو اگر نہ ہوتی یہ بات کہ وہ تسبیح (اور استغفار) کرنے والوں میں سے تھے

۱۴۴. تو یقیناً ان کو اسی (مچھلی) کے پیٹ میں رہنا پڑتا (قیامت کے) اس دن تک جس میں سب لوگوں کو دوبارہ اٹھایا جائے گا

۱۴۵. پھر ہم نے ان کو ڈال دیا ایک چٹیل میدان میں درآنحالیکہ وہ (کمزور اور) بیمار تھے

۱۴۶. اور ہم نے اگا دیا ان پر ایک بیلدار درخت

۱۴۷. اور ہم نے ان کو بھیجا (پیغمبر بنا کر) ایک لاکھ یا اس سے کچھ زیادہ لوگوں کی طرف

۱۴۸. پھر وہ لوگ ایمان لے آئے تو ہم نے انہیں فائدہ اٹھانے دیا ایک خاص وقت تک

۱۴۹. پس آپ ذرا ان لوگوں سے یہ تو پوچھئے کہ کیا (یہ بات ان کے دلوں کو لگتی ہے؟ کہ) آپ کے رب کے لئے تو ہوں بیٹیاں اور خود ان کے لئے بیٹے!

۱۵۰۔ یا واقعہ میں ہم نے فرشتوں کو عورتیں ہی بنایا تھا اور یہ دیکھ رہے تھے؟

۱۵۱۔ خوب سن کہ یہ لوگ محض اپنے من کی گھڑت (اور اختراع) سے یہ بات کہتے ہیں

۱۵۲۔ کہ اللہ کی اولاد ہے اور یہ لوگ قطعی طور پر جھوٹے ہیں

۱۵۳۔ کیا اللہ نے اپنے لئے بیٹوں کے مقابلے میں بیٹیوں کو پسند کیا؟

۱۵۴۔ تمہیں کیا ہوگیا تم لوگ کیسے حکم لگاتے ہو؟

۱۵۵۔ تو کیا تم لوگ غور نہیں کرتے؟

۱۵۶۔ کیا تمہارے پاس کوئی (صاف اور) کھلی سند ہے؟

۱۵۷۔ تو لے آؤ تم اپنی وہ کتاب اگر تم سچے ہو

۱۵۸۔ اور انہوں نے رشتہ داری قائم کر رکھی ہے اللہ اور جنوں کے درمیان حالانکہ جن خود یہ عقیدہ رکھتے ہیں کہ (ان میں سے جو مجرم و بد کردار ہوں گے) وہ پکڑے ہوئے لائے جائیں گے

۱۵۹۔ پاک ہے اللہ ان سب باتوں سے جو یہ لوگ بناتے ہیں

۱۶۰۔ سوائے اللہ کے ان خاص بندوں کے جن کو چن لیا گیا

۱۶۱۔ پس تم اور تمہارے وہ سب معبود بھی جن کی پوجا میں تم لوگ لگے ہوئے ہو

۱۶۲۔ (سب مل کر بھی) اللہ سے کسی کو پھیر نہیں سکتے

۱۶۳۔ سوائے اس کے جس کا جہنم رسید ہونا طے ہو چکا (اس کی اپنی بد نصیبی کے باعث)

۱۶۴۔ اور (ہمارا حال تو یہ ہے کہ) ہم میں سے ہر ایک کا ایک مقام مقرر ہے اور بس

۱۶۵. اور ہمارا کام تو صف بستہ کھڑے رہنا ہے (اس کے حکم کے انتظار میں)

۱۶۶. اور ہمارا کام تو اس کی تسبیح (اور پاکی بیان) کرتے رہنا ہے

۱۶۷. اور یہ لوگ تو (آپ کی بعثت سے قبل) بڑا زور دے کر کہا کرتے تھے

۱۶۸. کہ اگر ہمارے پاس بھی کوئی ذکر ہوتا پہلے لوگوں سے

۱۶۹. تو ہم بھی ضرور اللہ کے چیدہ بندے ہوتے

۱۷۰. پھر بھی (اس عظیم الشان کتاب ہدایت کے آنے پر) انہوں نے اس کا انکار کر دیا سو عنقریب (اس کا انجام) ان کو خود ہی معلوم ہو جائے گا

۱۷۱. اور بلا شبہ پہلے طے ہو چکی ہے بات ہمارے ان خاص بندوں کے لئے جن کو رسول بنا کر بھیجا گیا

۱۷۲. کہ بیشک وہی ہماری مدد پائیں گے

۱۷۲. اور یقیناً ہمارے لشکر ہی نے قطعی طور پر غالب ہو کر رہنا ہے

۱۷۴. پس آپ ان کو ان کے حال پر چھوڑ دیں ایک خاص وقت تک

۱۷۵. اور دیکھتے رہو ان (کے انجام) کو عنقریب یہ خود بھی دیکھ لیں گے (اپنا انجام)

۱۷۶. تو کیا پھر بھی یہ لوگ ہمارے عذاب کے لئے جلدی مچا رہے ہیں؟

۱۷۷. سو جب اتر آئے گا وہ عذاب ان کے صحن میں تو اس وقت بڑا ہی برا وقت ہو گا ان لوگوں کے لئے جن کو پہلے خبردار کیا جا چکا تھا

۱۷۸. اور چھوڑ دو ان لوگوں کو ان کے حال پر ایک وقت تک

۱۷۹۔ اور دیکھتے رہو (ان کے انجام کو) عنقریب یہ خود بھی دیکھ لیں گے (نتیجہ اپنے کئے کرائے کا)

۱۸۰۔ پاک ہے تمہارا رب عزت کا مالک ان تمام باتوں سے جو یہ لوگ بنا رہے ہیں

۱۸۱۔ اور سلام ہو پیغمبروں پر

۱۸۲۔ اور سب تعریفیں اللہ ہی کے لئے ہیں جو کہ پروردگار ہے سب جہانوں کا

***

۳۸۔ ص

بِسۡمِ اللّٰہِ الرَّحۡمٰنِ الرَّحِیۡمِ

اللہ کے نام سے جو رحمان ورحیم ہے

۱. ص قسم ہے اس قرآن ذکر والے کی

۲. (اس میں کسی شک کی کوئی گنجائش نہیں) مگر جو لوگ اڑے ہوئے ہیں اپنے کفر (و باطل) پر وہ تکبر اور ضد (وعناد کی دلدل) میں پڑے ہیں

۲. ان سے پہلے کتنی ہی قوموں کو ہم نے ہلاک کر دیا پھر (شامت آنے پر) انہوں نے بہت کچھ چیخ و پکار کی مگر وہ وقت بچے (اور خلاصی پانے) کا نہیں تھا

۴. اور ان لوگوں کو تعجب ہو رہا ہے اس بات پر کہ ان کے پاس ایک خبردار کرنے والا آگیا خود انہی میں سے اور کافروں نے کہا یہ تو ایک جادوگر ہے بڑا جھوٹا

۵. کیا اس نے ان سارے خداؤں کی جگہ ایک ہی خدا بنا ڈالا؟ یہ تو واقعی ایک بڑی ہی عجیب بات ہے

۶. اور اٹھ کر چل دیئے ان کے سردار (یہ کہتے ہوئے) کہ چلو اور ڈٹے رہو تم لوگ اپنے معبودوں (کی پوجا پاٹ) پر بلاشبہ یہ ایک ایسی بات ہے جس کے پیچھے کوئی اور ہی غرض کارفرما ہے

۷. یہ بات تو ہم نے پچھلے دین میں بھی نہیں سنی یہ تو محض ایک من گھڑت بات ہے

۸. کیا ہم سب میں سے یہ ذکر بس انہی پر اتارا جانا تھا (سو ان لوگوں کا یہ کہنا کسی اتباع کی نیت سے نہ تھا) بلکہ (اصل میں) ان کو تو سرے سے میرے ذکر ہی میں شک ہے (اور وہ کسی دلیل کی بناء پر نہیں) بلکہ اس لئے کہ انہوں نے ابھی تک مزہ نہیں چکھا میرے عذاب کا

۹. کیا ان کے پاس آپ کے رب کی رحمت کے خزانے ہیں؟ جو کہ سب پر غالب سب کو دینے والا ہے

۱۰. یا ان کے لئے بادشاہی ہے آسمانوں اور زمین اور اس (ساری کائنات) کی جو کہ ان دونوں کے درمیان میں ہے؟ تو ان کو چاہیے کہ یہ چڑھ جائیں (آسمان میں) رسیاں تان کر

۱۱. یہ تو ایک ایسا حقیر سا جتھا ہے جس نے شکست کھانی ہے اسی مقام پر (یعنی مکہ میں) منجملہ ان لشکروں کے (جو حق کے منکر اور دشمن رہے ہیں)

۱۲. جھٹلایا ان سے پہلے (حق اور حقیقت کو) قوم نوح عاد اور فرعون میخوں والے نے

۱۲. اور ثمود قوم لوط اور ایکہ والوں نے بھی یہی ہیں وہ جتھے

۱۴. ان میں سے ہر ایک نے جھٹلایا (اپنے تکبر و سرکشی کی بناء پر) میرے رسولوں کو سو آخر کار (ان میں سے ہر ایک پر) چسپاں ہو کر رہا میرا عذاب

۱۵. یہ لوگ تو اب (اپنے آخری انجام کے لئے) ایک ہی مرتبہ کی ایسی ہولناک آواز کی انتظار میں ہیں جس میں دم لینے کی بھی کوئی گنجائش نہیں ہوگی

۱۶. اور یہ کہتے ہیں کہ اے ہمارے رب جلد ہی بھیج دے ہمارے لئے ہمارے حصے کا عذاب یوم حساب سے پہلے

۱۷. (لہٰذا) آپ صبر ہی سے کام لیتے رہیں ایسے (ہٹ دھرم) لوگوں کی ان باتوں پر جو یہ (حق کے خلاف) بناتے ہیں اور یاد کرو ہمارے ایک خاص بندے داؤد (اور ان کی سبق آموز زندگی) کو جو کہ بڑی قوتوں والے تھے بیشک وہ ہمیشہ رجوع رہنے والا شخص تھا (اپنے رب کے حضور)

۱۸. بلاشبہ ہم نے مسخر کر دیا تھا ان کے ساتھ پہاڑوں (جیسی اپنی سخت مخلوق) کو جو (ان کے ساتھ مل کر) تسبیح کرتے تھے صبح و شام (یعنی ہر وقت)

۱۹. اور پرندوں کو بھی جو سمٹ آتے تھے یہ سب اسی (اللہ) کی طرف رجوع کرنے والے تھے

۲۰. اور ہم نے مضبوط کر دیا تھا ان کی بادشاہی کو اور ان کو نواز دیا تھا حکمت (کی دولت) اور فیصلہ کن بات (کے ملکے) سے

۲۱.   اور کیا تمہارے پاس خبر پہنچی مقدمے کے ان دو فریقوں کی جو کہ دیوار پھلانگ کر گھس آئے تھے ان کے عبادت خانے میں ؟

۲۲.   جب کہ وہ پہنچ گئے داؤد کے پاس (ان کے خلوت خانے میں) تو آپ گھبرا اٹھے ان (کے اس طرح آنے) کی وجہ سے جس پر انہوں نے کہا ڈریئے نہیں ہم دو فریق مقدمہ ہیں جن میں سے ایک نے دوسرے پر زیادتی کی ہے پس آپ ہمارے درمیان فیصلہ کر دیجئے حق کے ساتھ اور بے انصافی نہ کیجئے گا اور ہمیں راہنمائی کر دیں سیدھی راہ کی

۲۲.   (پھر ایک نے صورت مقدمہ بیان کرتے ہوئے کہا کہ) یہ میرا بھائی ہے اس کے پاس ننانوے دنبیاں ہیں اور میرے پاس صرف ایک ہی دنبی ہے اب یہ کہتا ہے کہ تو وہ بھی میرے حوالے کر دے اور اس نے مجھے دبا لیا گفتگو میں

۲۴.   داؤد نے کہا کہ بیشک اس شخص نے تیری دنبی کو اپنی دنبیوں میں ملا لینے کا مطالبہ کر کے تجھ پر ظلم کیا ہے اور واقعہ یہ ہے کہ زیادہ تر شریک لوگ ایک دوسرے پر زیادتیاں ہی کرتے ہیں سوائے ان لوگوں کے جو ایمان رکھتے ہیں اور وہ (ایمان کے مطابق) نیک کام بھی کرتے ہیں مگر ایسے لوگ تو بہت تھوڑے ہوتے ہیں اور (یہ بات کرتے کرتے فوراً) داؤد کو خیال آیا کہ یہ تو ہماری طرف سے اس کی آزمائش تھی سو اس پر وہ اپنے رب سے معافی مانگنے لگے سجدے میں گر پڑے اور توبہ کی

۲۵.   سو ہم نے ان کو معاف کر دیا ان کا وہ قصور اور یقیناً ہمارے یہاں تو ان کے لئے ایک خاص مرتبہ بھی ہے اور عمدہ ٹھکانا بھی

۲۶. (ہم نے ان سے کہا) اے داوٗد! بلاشبہ ہم نے آپ کو خلیفہ بنا دیا ہے اپنی زمین میں لہذا آپ فیصلہ کیا کریں لوگوں کے درمیان حق (وانصاف) کے ساتھ اور خواہش نفس کی پیروی نہ کرنا کہ وہ تمہیں بہکا دے گی اللہ کی راہ سے بیشک جو لوگ بھٹک جاتے ہیں اللہ کی راہ سے (والعیاذ باللہ تو) ان کے لئے ایک بڑا ہی سخت عذاب ہے اس بناء پر کہ انہوں نے بھلا دیا حساب کے اس ہولناک دن کو

۲۷. اور ہم نہیں پیدا کیا آسمان وزمین اور ان دونوں کے درمیان کی اس حکمتوں بھری کائنات کو بیکار (وبے مقصد) یہ گمان (باطل اور زعم فاسد) تو ان لوگوں کا ہے جو اڑے ہوئے ہیں اپنے کفر (وباطل) پر سو بڑی ہی خرابی اور ہلاکت ہے ایسے کافروں کے لیے دوزخ (کے عذاب) سے

۲۸. کیا ہم ان لوگوں کو جنہوں نے ایمان لا کر نیک کام کئے ہوں گے ان کی طرح کر دیں گے جو فساد مچانے والے ہیں ہماری زمین میں یا ہم پرہیزگاروں کو کر دیں گے بدکاروں کی طرح؟

۲۹. یہ ایک عظیم الشان اور برکتوں بھری کتاب ہے جسے ہم نے اتارا ہے آپ ﷺ کی طرف (اے پیغمبر!) تاکہ یہ لوگ غور وفکر سے کام لیں اس کی آیتوں میں اور تاکہ یہ سبق لیں (اور نصیحت حاصل کریں) عقل سلیم رکھنے والے

۳۰. اور ہم ہی نے عطا کیا داوٗد کو سلیمان جیسا بیٹا وہ بڑا ہی اچھا بندہ تھا بیشک وہ ہمیشہ رجوع رہنے والا تھا (اپنے رب کے حضور)

۲۱. (چنانچہ ان کا وہ واقعہ یاد کرنے کے لائق ہے کہ) جب ان کے سامنے شام کے وقت پیش کیا گیا اصیل اور تیز رو عمدہ گھوڑوں کو تو

۲۲. آپ نے کہا کہ میں نے دوست رکھا مال کی محبت کو اپنے رب کی یاد سے یہاں تک کہ وہ چھپ گیا اوٹ کے پیچھے

۲۲. (پھر آپ نے کہا) واپس لاؤ ان کو میرے پاس پھر آپ ہاتھ پھیرنے لگے ان کی پنڈلیوں اور گردنوں پر

۲۴. اور بلاشبہ ہم نے آزمائش میں ڈالا سلیمان کو (ایک اور موقع پر) اور ہم نے ڈال دیا ان کی کرسی پر ایک دھڑ پھر انہوں نے رجوع کیا (اپنے رب کے حضور)

۲۵. عرض کیا اے میرے رب میری بخشش فرما دے اور عطا فرما دے مجھے (اپنے کرم سے) ایسی بادشاہی جو میرے بعد کسی کے بھی لائق نہ ہو بیشک تو ہی ہے (اے میرے مالک!) بخشنے والا سب کو اور سب کچھ

۲۶. سو ہم نے ہوا کو بھی ان کا ایسا تابع کر دیا کہ وہ ان کے حکم کے مطابق چلتی تھی بڑی (سہولت اور) نرمی کے ساتھ جہاں بھی ان کو پہنچنا ہوتا

۲۷. اور جنوں کو بھی (ان کے تابع کر دیا تھا) یعنی ہر معمار اور غوطہ خور کو

۲۸. اور دوسروں کو بھی جو جکڑے ہوتے تھے زنجیروں میں

۲۹. (اور یہ سب کچھ دے کر ہم نے ان سے یہ بھی کہہ دیا تھا کہ) یہ ہماری بخشش ہے اب (تمہاری مرضی کہ) تم احسان کرو یا روک رکھو بغیر کسی حساب کے

۴۰. اور (اس بے مثال دنیاوی ساز و سامان کے علاوہ) ان کے لئے ہمارے یہاں ایک خاص مرتبہ بھی ہے اور عمدہ ٹھکانا بھی

۴۱. اور ہمارے بندے ایوب کا بھی ذکر کرو جب کہ انہوں نے پکارا اپنے رب کو (اور عرض کیا) کہ مجھے بتلا کر دیا شیطان نے ایک سخت قسم کی تکلیف اور عذاب میں

۴۲. (اس پر ہم نے ان سے کہا کہ تم) اپنا پاؤں مارو زمین پر (اور لو) یہ ہے ٹھنڈا پانی نہانے کو اور پینے کو

۴۲. اور ہم نے ان کو ان کا کنبہ بھی عطا کیا اور ان ہی کے برابر ان کے ساتھ اور بھی اپنی خاص رحمت سے اور ایک عظیم الشان نصیحت (اور یاد دہانی) کے طور پر عقل سلیم رکھنے والوں کے لئے

۴۴. اور (ہم نے ان سے یہ بھی کہا کہ) لے لو اپنے ہاتھ میں ایک مٹھا (سو) تنکوں کا پھر مارو اس سے (اپنی بیوی کو) اور مت توڑو تم اپنی قسم کو بیشک ہم نے ان کو صابر پایا وہ بڑے ہی اچھے بندے تھے بیشک وہ ہمیشہ رجوع رہنے والے تھے (اپنے رب کے حضور)

۴۵. اور ہمارے بندوں ابراہیم اسحاق اور یعقوب کا بھی ذکر کرو جو کہ بڑی قوتوں والے اور دیدہ ور تھے

۴۶. بلاشبہ ہم نے ان سب کو برگزیدہ کیا تھا ایک خاص صفت یعنی اس گھر کی یاد کے ساتھ

۴۷. اور بلاشبہ یہ سب کے سب ہمارے یہاں برگزیدہ نیک بندوں میں سے تھے

۴۸. اور اسماعیل الیسع اور ذوالکفل کو بھی یاد کرو یہ سب نیک لوگوں میں سے تھے

۴۹. یہ ایک عظیم الشان ذکر (اور یاد دہانی) ہے اور بیشک پرہیزگاروں کے لئے ایک بڑا ہی عمدہ ٹھکانا ہے

۵۰. یعنی ہمیشہ رہنے کی ایسی عظیم الشان جنتیں جن کے دروازے ان (کے استقبال) کے لئے پہلے سے ہی کھول کر رکھے گئے ہوں گے

۵۱. ان میں وہ تکیئے لگائے (نہایت آرام و سکون کے ساتھ) بیٹھے ہوں گے (اور اپنی مرضی و خواہش کے مطابق) طلب کر رہے ہوں گے طرح طرح کے بکثرت پھل اور قسما قسم کے مشروبات

۵۲. اور ان کے پاس نگاہوں کو نیچی رکھنے والی ہم عمر عورتیں بھی ہوں گی

۵۲. یہ ہیں وہ نعمتیں جن کا تم سے وعدہ کیا جاتا ہے حساب کے دن دیئے جانے کا

۵۴. بیشک یہ ہماری وہ بخشش (وعطاء) ہے جس نے کبھی ختم نہیں ہونا

۵۵. یہ (تو ہوا انجام پرہیزگاروں کا) اور سرکشوں کے لئے یقیناً بڑا ہی برا ٹھکانا ہے

۵۶. یعنی جہنم (اور اس کی ہولناکیاں) جہاں ان کو بہر حال داخل ہونا ہوگا سو بڑا ہی برا ٹھکانا ہے وہ

۵۷. یہ ہے (انجام ایسے بدبختوں کا) سو وہ چکھتے رہیں مزہ (اپنے کئے کرائے کا) یعنی کھولتا ہوا پانی اور بہتی ہوئی پیپ

۵۸. اور اسی طرح کی اور بھی کئی قسم کی (تکلیف دہ) چیزیں

۵۹. (وہ اپنے پیروؤں کو جہنم کی طرف آتا دیکھ کر آپس میں کہیں گے کہ لو) یہ ایک اور لشکر ہے جو تمہارے ساتھ گھسنے چلا آ رہا ہے ان پر خدا کی مار انہوں نے بھی اب گھسنا ہے اس آگ میں

۶۰. وہ ان کو جواب دیں گے کہ نہیں بلکہ خدا کی مار تم پر ہو تم ہی نے تو سامان کیا ہے ہمارے لئے اس انجام کا سو بڑا ہی برا ٹھکانا ہو گا وہ

۶۱. (پھر وہ چیلے کہیں گے کہ) اے ہمارے رب جس نے ہمیں اس انجام سے دوچار کیا اس کو تو آج دوگنا عذاب دے (دوزخ کی) اس ہولناک آگ کا

۶۲. اور دوزخی آپس میں کہیں گے کہ کیا بات ہے ہم (یہاں پر) کچھ ایسے لوگوں کو نہیں دیکھ رہے جن کو ہم (دنیا میں) برا سمجھا کرتے تھے

۶۳. کیا ہم یونہی (ناحق طور پر) ان کا مذاق اڑایا کرتے تھے یا (ان کی یہاں موجودگی کے باوجود) ہماری نگاہیں ان سے پھر گئی ہیں ؟

۶۴. بلاشبہ یہ بات یعنی دوزخیوں کا آپس میں لڑنا جھگڑنا قطعی طور پر حق (اور سچ) ہے

۶۵. کہو (ان سے اے پیغمبر) کہ میں تو صرف ایک خبردار کرنے والا ہوں اور کوئی بھی معبود نہیں سوائے اللہ کے جو کہ یکتا (اور) سب پر غالب ہے

۶۶. جو مالک ہے آسمانوں اور زمین کا اور ان تمام چیزوں کا جو کہ ان دونوں کے درمیان ہیں نہایت زبردست انتہائی (درگزر اور) معاف کرنے والا

۶۷. کہو (کہ لوگو! تم مانو یا نہ مانو) یہ بہر حال ایک بہت بڑی خبر ہے

۶۸.	جس سے تم لوگ (اس لاپرواہی کے ساتھ) منہ موڑے ہوئے ہو

۶۹.	(نیز ان سے یہ بھی کہہ دو کہ) مجھے تو عالم بالا کے بارے میں کچھ بھی خبر نہ تھی جب کہ ان کا آپس میں جھگڑا ہو رہا تھا

۷۰.	میری طرف تو (ان باتوں کی) وحی کی جاتی ہے میں تو بس ایک خبردار کرنے والا ہوں کھول کر

۷۱.	(چنانچہ وہ وقت یاد کرنے کے لائق ہے کہ) جب تمہارے رب نے فرشتوں سے فرمایا کہ میں ایک انسان بنانے والا ہوں مٹی (گارے) سے

۷۲.	پھر جب میں اس کو پورے طور پر بنا چکوں اور اس میں پھونک دوں اپنی روح میں سے تو تم سب گر جانا اس کے آگے سجدہ کرتے ہوئے

۷۳.	سو (اس حکم کے مطابق) فرشتے سجدے میں گر گئے سب کے سب ایک ساتھ

۷۴.	مگر ابلیس کہ اس نے گھمنڈ کیا اپنی (من گھڑت اور جھوٹی) بڑائی کا اور (وہ علم الٰہی میں) تھا ہی کافروں میں سے

۷۵.	حق تعالیٰ نے فرمایا اے ابلیس تجھے کس چیز نے روکا اس بات سے کہ تو سجدہ کرے اس (عظیم الشان ہستی) کے آگے جس کو میں نے خود بنایا اپنے دونوں ہاتھوں سے؟ (کیا تو یونہی اپنی بڑائی کے گھمنڈ میں مبتلا ہو گیا یا تو (واقع میں کوئی) بڑے درجہ والوں میں سے ہے؟

۷۶. اس نے جواب میں کہ میں اس سے بہتر ہوں مجھے تو آپ نے آگ سے پیدا کیا ہے اور اس کو مٹی (گارے) سے

۷۷. حکم ہوا کہ پس تو نکل جا یہاں سے کہ تو قطعی طور پر راندہ درگاہ ہو گیا

۷۸. اور تجھ پر میری لعنت ہے قیامت کے دن تک

۷۹. اس نے کہا اے میرے رب پھر مجھے مہلت دے اس دن تک کہ ان سب کو دوبارہ اٹھایا جائے گا

۸۰. ارشاد ہوا جا تجھے مہلت ہے

۸۱. اس دن تک جس کا وقت معلوم ہے (مجھے)

۸۲. اس نے کہا تیری عزت کی قسم میں گمراہ کر کے رہوں گا ان سب کو

۸۲. بجز تیرے ان خاص بندوں کے جن کو تو نے چن لیا ہو گا

۸۴. فرمایا پس حق بات یہ ہے اور میں حق ہی کہا کرتا ہوں

۸۵. کہ میں بھی ضرور بھر کے رہوں گا جہنم کو تجھ سے اور ان سب لوگوں سے جو تیری پیروی کریں گے سب سے

۸۶. (ان سے) کہو کہ میں (تبلیغ حق کے) اس کام پر تم لوگوں سے کوئی اجر نہیں مانگتا اور نہ ہی میں کوئی تکلف (اور بناوٹ) کرنے والے لوگوں میں سے ہوں

۸۷. وہ تو محض ایک نصیحت ہے تمام جہان والوں کے لئے

۸۸. اور تم لوگوں کو اس کی حقیقت خود ہی معلوم ہو جائے گی کچھ ہی عرصہ کے بعد

***

۳۹۔ الزمر

بِسۡمِ اللّٰہِ الرَّحۡمٰنِ الرَّحِیۡمِ

اللہ کے نام سے جو رحمان و رحیم ہے

۱. اتارا گیا ہے اس کتاب (حکیم) کو اللہ کی طرف سے جو سب پر غالب نہایت حکمت والا ہے

۲. بلاشبہ ہم ہی نے اتارا ہے آپ ﷺ کی طرف اس کتاب کو حق کے ساتھ (اے پیغمبر!) پس تم بندگی کرو اللہ کی خالص کرتے ہوئے اس کے لئے دین کو

۳. آگاہ رہو کہ اللہ ہی کے لئے ہے دین خالص اور جن لوگوں نے اس کے سوا اور سرپرست (و کارساز) بنا رکھے ہیں (وہ کہتے ہیں کہ) ہم تو ان کی بندگی و پوجا صرف اس لئے کرتے ہیں کہ یہ رسائی کرا دیں ہماری اللہ تک بیشک اللہ ہی فیصلہ فرمائے گا ان کے (اور اہل حق کے) درمیان ان تمام باتوں کا جن میں یہ باہم اختلاف کرتے ہیں بلاشبہ اللہ ہدایت سے سرفراز نہیں فرماتا کسی ایسے شخص کو جو جھوٹا بڑا ناشکرا ہو

۴.	اگر اللہ اولاد بنانا چاہتا تو اپنی مخلوق میں سے جس کو چاہتا (اس غرض کے لئے) خود ہی چن لیتا پاک ہے وہ وہی ہے اللہ یکتا انتہائی زبردست

۵.	اسی نے (اور تنہا اسی نے) پیدا فرمایا آسمانوں اور زمین (کی اس عظیم الشان کائنات) کو حق کے ساتھ اسی کی ہستی ہے جو رات کو لپیٹ دیتی ہے دن پر اور دن کو رات پر اور اسی نے کام میں لگا رکھا ہے سورج اور چاند (کے ان عظیم الشان کروں) کو ان میں سے ہر ایک چلے جا رہا ہے ایک مقررہ مدت تک آگاہ رہو وہی ہے زبردست انتہائی درگزر کرنے والا

٦.	جس نے پیدا فرمایا تم سب کو ایک ہی جان سے پھر اسی نے بنایا اس جان سے اس کا جوڑا اور اسی نے اتارے تمہارے لئے مویشیوں میں سے (نر و مادہ کے) آٹھ جوڑے وہی تمہیں پیدا فرماتا ہے تمہاری ماؤں کے پیٹوں میں (اس طور پر کہ) وہ تمہیں ایک پر ایک شکل دئیے چلا جاتا ہے تین تاریکیوں میں یہ ہے اللہ رب تم سب کا اسی کی ہے بادشاہی (اور فرمان روائی) کوئی بھی عبادت کے لائق نہیں سوائے اس کے پھر تم لوگ کہاں (اور کیسے) پھر جاتے ہو راہ حق و صواب سے ؟

۷.	اگر تم لوگ کفر کرو گے تو (اس کا کچھ نہیں بگاڑو گے کہ) بیشک اللہ ہر طرح سے غنی (و بے نیاز) ہے تم سب سے (اے لوگو!) مگر وہ پسند نہیں فرماتا اپنے بندوں کے لئے کفر (کی ظلمتوں) کو اور اگر تم شکر کرو گے تو اس کو وہ پسند فرماتا ہے تمہارے لیے (اور یاد رکھو کہ) کوئی بوجھ اٹھانے والا بوجھ نہیں اٹھائے گا کسی دوسرے کا پھر (یہ حقیقت بھی یاد

رکھو کہ) اپنے رب ہی کی طرف بہر حال لوٹ کر جانا ہے تم سب کو تب وہ بتا دے گا تم لوگوں کو وہ سب کچھ جو تم کرتے رہے تھے (اپنی فرصت حیات میں) بیشک وہ پوری طرح جانتا ہے دلوں بھیدوں کو

۸۔ اور انسان کو جب کوئی تکلیف پہنچتی ہے تو وہ (سب فرضی معبودوں کو بھول کر) اپنے رب ہی کو پکارتا ہے اسی کی طرف رجوع ہو کر مگر جب وہ اس کو (تکلیف کی بجائے) نواز دیتا ہے اپنی طرف سے کسی نعمت سے تو یہ بھول جاتا ہے اس (مصیبت و تکلیف) کو جس کی طرف وہ اس کو بلا (اور پکار) رہا تھا اس سے پہلے اور (اس سے بھی بڑھ کر یہ کہ) وہ اللہ کے لئے شریک بنانے لگتا ہے تاکہ (اس طرح) وہ بہکائے اللہ کی راہ سے (دوسروں کو سو ایسوں سے) کہہ دو کہ تم مزے کر لو اپنے کفر کے ساتھ تھوڑا سا عرصہ بلاشبہ (انجام کار) تم دوزخیوں میں سے ہو

۹۔ کیا (یہ شخص اور وہ ایک برابر ہو سکتے ہیں؟) جو فرمانبردار ہو (اپنے رب کا) جو رات کی گھڑیاں (اپنے رب کی رضا کے لئے) سجدے اور قیام کی حالت میں گزارتا ہو جو آخرت سے ڈرتا اور اپنے رب کی رحمت کی امید رکھتا ہو (کیا یہ دونوں برابر ہو سکتے ہیں؟) کہو (اتنا تو سوچو کہ) کیا با ہم برابر ہو سکتے ہیں وہ جو علم رکھتے ہیں اور جو علم نہیں رکھتے؟ (نہیں اور ہرگز نہیں) نصیحت تو وہی قبول کرتے ہیں جو عقل سلیم رکھتے ہیں

۱۰۔ کہہ دو میری طرف سے کہ (اے میرے وہ بندوں جو ایمان لائے ہو ڈرتے رہو تم اپنے رب سے جنہوں نے نیکی) اور اچھائی) کی اس دنیا میں ان کے لئے عظیم الشان

بھلائی ہے اور اللہ کی زمین بڑی فراخ ہے بیشک صبر کرنے والوں کو پورا دیا جائے گا ان کا اجر بغیر کسی حساب کے

۱۱. کہو کہ بیشک مجھے بس تو یہی حکم دیا گیا ہے کہ میں اللہ ہی کی بندگی کروں اسی کے لئے خالص کرتے ہوئے دین کو

۱۲. نیز مجھے یہ حکم ہوا ہے کہ میں سب سے پہلے فرمانبردار بنوں

۱۲. کہو میں تو سخت ڈرتا ہوں اگر میں نافرمانی کروں اپنے رب کی ایک بہت بڑے دن کے عذاب سے

۱۴. کہو کہ (میں تو بہر حال) اللہ ہی کی عبادت (و بندگی) کرتا رہوں گا اسی کے لئے خالص کر کے اپنے دین کو

۱۵. سو (میرا یہ اعلان سننے کے بعد) تمہاری مرضی کہ تم جس کی چاہو عبادت (و بندگی) کرو اس کے سوا کہو کہ حقیقت بہر حال یہی ہے کہ اصل (اور حقیقی) خسارے والے وہی لوگ ہیں جنہوں نے (حق سے منہ موڑ کر) خسارے میں ڈالا ہوگا اپنے آپ کو اور اپنے تعلق داروں کو قیامت کے روز آگاہ رہو کہ یہی ہے کھلا ہوا خسارہ (اور نقصان)

۱۶. ان کے لئے آتش دوزخ کی ہولناک چھتریاں ہوں گی ان کے اوپر سے بھی اور ان کے نیچے سے بھی یہی ہے وہ انجام جس سے اللہ ڈراتا ہے اپنے بندوں کو (اپنی رحمت و عنایت سے) اے میرے بندوں تم مجھ ہی سے ڈرو

۱۷. اور اس کے برعکس جو لوگ بچتے ہیں طاغوت کی پوجا (و بندگی) سے اور وہ (صدق دل سے) رجوع کئے رہتے ہیں اللہ کی طرف ان کے لئے بڑی خوشخبری ہے سو خوشخبری سنا دو میرے ان بندوں کو

۱۸. جو غور سے سنتے ہیں ہماری بات کو پھر وہ پیروی کرتے ہیں اس کے بہترین پہلو کی یہی ہیں وہ لوگ جن کو اللہ نے نوازا ہدایت (کی دولت) سے اور یہی ہیں عقول سلیمہ رکھنے والے (خوش نصیب)

۱۹. کیا جس شخص پر پکی ہو چکی ہو بات عذاب کی تو کیا آپ (اس کو نواز سکتے ہیں ہدایت کی دولت سے ؟ اور کیا آپ) بچا سکتے ہیں اس کو جو پڑا ہو (دوزخ کی) اس ہولناک آگ میں

۲۰. لیکن جو لوگ ڈرتے رہے ہوں گے اپنے رب سے ان کے لئے منزل پر منزل بنی ہوئی ایسی عالی شان عمارتیں ہوں گی جن کے نیچے سے بہہ رہی ہوں گی طرح طرح کی عظیم الشان نہریں اللہ کے فرمائے گئے وعدہ کے مطابق (اور) اللہ کبھی خلاف ورزی نہیں فرماتا اپنے وعدے کی

۲۱. کیا تم دیکھتے نہیں کہ اللہ (کس حیرت انگیز نظام کے تحت) اتارتا ہے آسمان سے پانی پھر اس کو چلا دیتا ہے وہ زمین کے اندر سوتوں چشموں اور دریاؤں کی شکل میں پھر اس کے ذریعے وہ نکالتا ہے (قسما قسم کی) رنگا رنگ کھیتیاں آخر میں وہ (لہلہاتی) کھیتیاں ایسی سوکھ جاتی ہیں کہ تم ان کو زرد پڑی ہوئی دیکھتے ہو آخر کار اللہ تعالیٰ اس کو چورا چورا کر کے

رکھ دیتا ہے بیشک اس میں بڑی بھاری نصیحت (اور یاد دہانی کا سامان) ہے عقول سلیمہ رکھنے والوں کے لئے

۲۲. توکیا جس کا سینہ اللہ نے کھول دیا ہو اسلام (کی حقانیت) کے لئے جس کے باعث وہ ایک عظیم الشان نور پر قائم ہو اپنے رب کی طرف سے (توکیا ایسا شخص اور وہ سنگ دل انسان باہم برابر ہو سکتے ہیں؟ جو اس نور سے محروم ہو؟) سو بڑی خرابی (اور ہلاکت) ہے ان لوگوں کے لئے جن کے دل سخت (اور محروم) ہو گئے اللہ کے ذکر (اور اس کی یاد دلشاد) سے ایسے لوگ پڑے ہیں کھلی گمراہی میں

۲۳. اللہ ہی نے نازل فرمایا ہے سب سے عمدہ کلام ایک ایسی عظیم الشان کتاب کی شکل میں جو باہم ملتی جلتی دوہرے بیان والی ہے. جس سے رونگٹے کھڑے ہو جاتے ہیں ان لوگوں کے جو ڈرتے ہیں اپنے رب سے پھر نرم ہو جاتے ہیں ان کے بدن اور موم ہو کر جھک پڑتے ہیں ان کے دل اللہ کے ذکر کی طرف یہ ہے اللہ کی ہدایت. جس کے ذریعے وہ راہنمائی فرماتا ہے (راہ حق و صواب کی) جس کو وہ چاہتا ہے (اس کی طلب صادق کی بنا پر) اور جس کو اللہ ہی ڈال دے گمراہی میں (اس کے خبث باطن کی بناء پر) تو اس کو کوئی ہدایت نہیں دے سکتا

۲۴. توکیا (اس شخص کی حرمان نصیبی کا اندازہ کیا جا سکتا ہے؟) جو اپنے چہرے کے ذریعے اپنا بچاؤ کرنے پر مجبور ہو گا قیامت کے روز (وہاں کے) اس برے عذاب سے؟ اور

(مزید یہ کہ اس روز) کہا جائے گا ایسے ظالموں سے (ان کی توبیخ و تذلیل کے لئے) کہ اب چکھو مزہ تم لوگ اپنی اس کمائی کا جو تم (زندگی بھر) کرتے رہے تھے

۲۵. ان لوگوں نے بھی جھٹلایا (حق اور ہدایت کو) جو گزر چکے ہیں ان سے پہلے سو (آخر کار) ان پر عذاب وہاں سے آیا جہاں سے ان کو خیال (وگمان) بھی نہ تھا

۲۶. اس طرح اللہ نے چکھا دیا ان لوگوں کو مزہ رسوائی کا دنیا کی زندگی میں اور آخرت کا عذاب تو یقینی طور پر اس سے کہیں بڑھ کر (ہولناک اور رسوا کن) ہو گا کاش کہ یہ لوگ جان لیتے

۲۷. اور بلاشبہ ہم نے بیان کیا لوگوں کے لئے اس قرآن میں ہر عمدہ مضمون تاکہ یہ سبق لیں (اور نصیحت حاصل کریں)

۲۸. ایسے عظیم الشان قرآن کی شکل میں جو کہ عربی زبان میں ہے اور جس میں کوئی کجی نہیں تاکہ یہ لوگ بچ سکیں

۲۹. اللہ تعالیٰ نے (موحد اور مشرک کے بارے میں) ایک مثالی بیان فرمائی ہے کہ ایک شخص تو وہ ہے جس (کی ملکیت) میں کئی ضدی قسم کے مالک شریک ہوں اور ایک پورے کا پورا ایک ہی آقا کا غلام ہو کیا ان دونوں کا حال ایک برابر ہو سکتا ہے؟ الحمد للہ (کہ حق ثابت اور واضح ہو گیا) لیکن اکثر لوگ جانتے نہیں

۲۰. بیشک آپ کو بھی مرنا ہے (اے پیغمبر!) اور ان سب کو بھی بہر حال مرنا ہے

۲۱. پھر یہ بھی ایک قطعی حقیقت ہے کہ قیامت کے روز تم سب (دوبارہ زندہ ہو کر) اپنے رب کے یہاں اپنا مقدمہ پیش کرو گے

۲۲. پھر اس سے بڑھ کر ظالم اور کون ہو سکتا ہے جو جھوٹ باندھے اللہ پر؟ اور وہ جھٹلائے سچائی کو جب کہ وہ پہنچ چکی ہو اس کے پاس کیا جہنم میں (دائمی) ٹھکانہ نہ ہو گا ایسے کافروں کے لئے؟

۲۲. اور جو سچی بات لے کر آیا اور (جنہوں نے) اس کی تصدیق کی تو یہی لوگ ہیں پرہیزگار

۲۴. ان کو اپنے رب کے یہاں وہ سب کچھ ملے گا جس کی وہ خواہش کریں گے یہ صلہ ہے نیکوکاروں کا

۲۵. تاکہ اللہ (اپنے کرم سے) مٹا دے ان سے ان کے وہ برے عمل جو (بتقاضائے بشریت) ان سے سرزد ہو گئے ہونگے اور وہ ان کو بہترین بدلہ دے ان کے ان کاموں کا جو یہ (زندگی بھر) کرتے رہے تھے

۲۶. کیا اللہ کافی نہیں اپنے بندے کو؟ اور یہ لوگ آپ کو ڈراتے ہیں ان (جھوٹے معبودوں) سے جو اس کے سوا (انہوں نے از خود گھڑ رکھے) ہیں اور جس کو اللہ ڈال دے گمراہی (کے گڑھے) میں اس کو کوئی راہ پر نہیں لا سکتا

۲۷. اور جس کو اللہ راہ پر لے آئے اس کو کوئی گمراہ نہیں کر سکتا کیا اللہ سب پر غالب اور بدلہ لینے والا نہیں ہے؟

۲۸. اور اگر آپ ان سے پوچھیں کہ کس نے پیدا کیا آسمانوں اور زمین (کی اس کائنات) کو؟ تو یہ سب کے سب ضرور بالضرور یہی کہیں گے کہ اللہ ہی نے (تو ان سے) کہو

کہ اچھا تو پھر یہ بتاؤ کہ جن کو تم لوگ (پوجتے) پکارتے ہو اللہ کے سوا کیا ان میں اس کی کوئی طاقت ہے کہ اگر اللہ مجھے کوئی تکلیف پہنچانا چاہے تو یہ اس تکلیف کو دور کر سکیں؟ یا وہ اگر مجھ پر کوئی رحمت (اور عنایت) فرمانا چاہے تو کیا یہ (اس بل بوتے کے مالک ہیں کہ یہ) اس کو روک دیں؟ کہو کافی ہے مجھے اللہ اور اسی پر بھروسہ کرتے ہیں بھروسہ کرنے والے

۳۹. کہو (ان سے اے پیغمبر! کہ) اے میری قوم کے لوگوں تم اپنی جگہ کام کیئے جاؤ میں اپنا کام کرتا رہوں گا عنقریب تمہیں خود معلوم ہو جائے گا

۴۰. کہ کس پر آتا ہے وہ عذاب جو اس کو رسوا کر کے رکھ دے اور کس پر اترتا ہے ہمیشہ رہنے والا عذاب

۴۱. بلاشبہ ہم ہی نے اتاری آپ کی طرف (اے پیغمبر!) یہ کتاب سب لوگوں (کی ہدایت) کے لیئے حق کے ساتھ پھر جس نے (اس کے مطابق) راہ راست کو اپنایا تو اس نے اپنا ہی بھلا کیا اور جو بھٹک گیا تو اس کے بھٹکنے کا وبال بھی یقیناً خود اسی کے سر ہو گا اور آپ ان کے کوئی ذمہ دار نہیں ہیں

۴۲. اللہ ہی سب کی روحیں قبض کرتا ہے ان کی موت کے وقت اور ان کی بھی جن کی موت کا وقت ابھی نہیں آیا ہوتا ان کی نیند (کی حالت) میں پھر ان جانوں کو تو وہ روک لیتا ہے جن پر موت کا حکم فرما چکا ہوتا ہے اور دوسری جانوں کو وہ چھوڑ دیتا ہے ایک مقررہ مدت تک بلاشبہ اس میں بڑی بھاری نشانیاں ہیں ان لوگوں کے لیئے جو غور و فکر سے کام لیتے ہیں

۴۳. کیا ان لوگوں نے اللہ کے سوا کچھ اور سفارشی بنا رکھے ہیں (بغیر کسی سند اور دلیل کے؟ تو ان سے) کہو کہ کیا یہ (تمہارے خود ساختہ شفیع و سفارشی) تمہاری سفارش کریں گے اگرچہ یہ نہ کچھ اختیار رکھتے ہوں اور نہ ہی یہ کچھ سمجھتے (بوجھتے) ہوں؟

۴۴. کہو کہ اللہ ہی کے لئے (اور اسی کے قبضہ قدرت و اختیار میں) ہے ہر طرح کی سفارش اسی کے لئے ہے بادشاہی (اور فرمانروائی) آسمانوں اور زمین (کی اس ساری کائنات) کی پھر اسی کی طرف لوٹ کر جانا ہے تم سب لوگوں کو

۴۵. اور جب اکیلے اللہ کا ذکر کیا جاتا ہے تو (شرک کے ماروں کا حال یہ ہوتا ہے کہ) کڑھنے (اور بگڑنے) لگتے ہیں دل ان لوگوں کے جو ایمان (و یقین) نہیں رکھتے آخرت پر اور جب ذکر کیا جاتا ہے اس کے سوا دوسروں کا تو یکایک کھل کھلا اٹھتے ہیں (شرک کے یہ روگی)

۴۶. کہو اے اللہ پیدا کرنے والے آسمانوں اور زمین کے (بغیر کسی سبق مثال کے اور ایک برابر) جاننے والے نہاں و عیاں کے تو ہی (آخری) فیصلہ فرمائے گا اپنے بندوں کے درمیان ان تمام باتوں کا جن کے بارے میں یہ اختلاف کر رہے ہیں

۴۷. اور (اس وقت حال یہ ہو گا کہ) اگر ظالم لوگوں کے لئے وہ سب کچھ بھی ہو جائے جو کہ زمین میں موجود ہے اور اسی کے برابر اس کے ساتھ اور بھی تو یقینی طور پر یہ لوگ قیامت کے دن اس سب کو اس برے عذاب سے بچنے کے لئے دینے کو تیار ہو جائیں گے اور اللہ کی طرف سے انہیں وہ معاملہ پیش آئے گا جس کا انہیں گماں بھی نہ تھا

۴۸.	اور وہاں پر ظاہر ہو چکے ہوں گے ان کے سامنے برے نتائج ان کی اس کمائی کے جو یہ لوگ (زندگی بھر) کرتے رہے تھے اور گھیر لیا ہو گا ان کو اسی چیز (کی اصل حقیقت) نے جس کا یہ مذاق اڑایا کرتے تھے

۴۹.	پھر اس انسان (کی تنگ ظرفی) کا عالم یہ ہے کہ جب اس کو چھو جاتی ہے کوئی تکلیف تو یہ ہم ہی کو پکارتا ہے لیکن جب ہم اس کو عطا کر دیتے ہیں اپنی طرف سے کوئی نعمت تو یہ (اکڑ کر اور بپھر کر) کہتا ہے کہ یہ تو مجھے اپنے علم (و ہنر) کی بناء پر ملی ہے (نہیں) بلکہ یہ تو ایک آزمائش ہے لیکن اکثر لوگ جانتے نہیں

۵۰.	یہی بات ان لوگوں نے بھی کہی جو ان سے پہلے گزر چکے ہیں مگر (شامت آنے پر) ان کے کچھ کام نہ آ سکی ان کی وہ کمائی جو وہ کرتے رہے تھے

۵۱.	سو ان کو پہنچ کر رہے برے نتائج ان کی اس کمائی کے جو وہ کرتے رہے تھے اور ان لوگوں میں سے جو اڑے رہیں گے اپنے ظلم (و باطل) پر ان کو بھی پہنچ کر رہیں گے برے نتائج ان کی اس کمائی کے جو یہ کیئے جا رہے ہیں اور یہ اس بل بوتے کے مالک نہیں کہ عاجز کر دیں (ہم کو اپنی گرفت و پکڑ سے)

۵۲.	اور کیا ان لوگوں کو اس حقیقت کا علم نہیں ہوا کہ اللہ ہی روزی کشادہ فرماتا ہے جس کے لئے چاہتا ہے اور وہی تنگ فرماتا ہے (جس کے لئے چاہتا ہے اپنے علم و حکمت کی بناء پر؟ بلاشبہ اس میں بڑی بھاری نشانیاں ہیں ان لوگوں کے لئے جو ایمان رکھتے ہیں

۵۳. کہو (ان سے میری طرف سے کہ) اے میرے وہ بندو! جنہوں نے زیادتی کی اپنی جانوں پر کہ مایوس نہ ہوؤ تم اللہ کی رحمت سے بیشک اللہ (اپنے کرم و عنایت سے) بخشش فرماتا ہے سب گناہوں کی بیشک وہ بڑا ہی بخشنے والا انتہائی مہربان ہے

۵۴. اور رجوع کرو تم لوگ اپنے رب کی طرف اور اسی کے حوالے کر دو اپنے آپ کو اس سے پہلے کہ آپہنچے تم کو اس کا عذاب پھر تمہیں (کہیں سے بھی) کوئی مدد نہ مل سکے

۵۵. اور پیروی کرو تم سب اس سب سے عمدہ کتاب کی جو اتاری گئی ہے تمہاری طرف تمہارے رب کی جانب سے اس سے پہلے کہ آپہنچے تم پر اس کا عذاب ایسا اچانک کہ تم کو اس کا خیال (وگمان) بھی نہ ہو

۵۶. (اور ہر وقت اس کے لئے تیار رہا کرو تاکہ) کہیں کوئی شخص یوں نہ کہنے لگے کہ ہائے افسوس میری اس کوتاہی پر جو میں نے اللہ (پاک) کی جناب میں کی اور میں (غفلت میں پڑا) مذاق ہی اڑاتا رہ گیا

۵۷. یا کوئی یوں کہنے لگے کہ اگر اللہ نے مجھے (نور) ہدایت سے نوازا ہوتا تو یقیناً میں بھی ہو جاتا پرہیزگاروں میں سے

۵۸. یا کوئی عذاب کو دیکھ کر یوں کہنے لگے کہ اے کاش اگر مجھے ایک مرتبہ پھر لوٹ کر جانے کا موقع مل جائے تو میں بھی ہو جاؤں نیکوکاروں (اور فرمانبرداروں) میں سے

۵۹. (اور اس وقت اس کو یہ جواب ملے کہ) کیوں نہیں یقیناً آئیں تیرے پاس میری آیتیں مگر تو نے ان کو جھٹلایا اور تو اپنی (جھوٹی) بڑائی کے گھمنڈ میں ہی بمتلا رہا اور تو کافروں ہی میں شامل رہا

۶۰. اور قیامت کے دن تم دیکھو گے ان لوگوں کو کہ جنہوں نے (دنیا میں) جھوٹ باندھا ہو گا اللہ پر کہ ان کے چہرے سیاہ ہوں گے کیا جہنم میں ٹھکانہ نہیں ایسے متکبروں کا؟

۶۱. اور (اس کے بر عکس) اللہ نجات دے دے گا ان (خوش نصیبوں) کو جنہوں نے تقوی (و پرہیزگاری) کی زندگی گزاری ہو گی ان کی کامیابی کی بناء پر نہ تو ان کو وہاں کوئی تکلیف پہنچے گی اور نہ ہی وہ غمگین ہوں گے

۶۲. اللہ ہی ہے پیدا کرنے والا ہر چیز کا اور وہی ہے ہر چیز پر نگہبان

۶۲. اسی کے پاس ہیں کنجیاں آسمانوں کی اور زمین کی اور جو لوگ کفر کرتے ہیں اللہ کی آیتوں کے ساتھ وہی ہیں خسارے والے

۶۴. کہو کیا پھر بھی تم لوگ مجھے کہتے (اور مجھ سے یہ توقع رکھتے) ہو کہ میں اللہ کے سوا کسی اور کی بندگی کروں؟ اے جہالت کے مارو؟

۶۵. اور بلاشبہ وحی کی گئی آپ کی طرف (اے پیغمبر!) اور ان (تمام انبیاء کرام) کی طرف بھی جو آپ سے پہلے گزر چکے ہیں کہ اگر تم نے بھی (بالفرض) شرک کا ارتکاب کر لیا تو یقیناً اکارت چلے جائیں گے تمہارے سب عمل اور یقیناً تم ہو جاؤ گے (ہمیشہ کے لئے) خسارہ اٹھانے والوں میں سے

۶۶. (پس تم کبھی شرک نہیں کرنا) بلکہ اللہ ہی کی بندگی کرتے رہنا اور ہمیشہ اس کے شکر گزار بندوں میں سے ہونا

۶۷. اور انہوں نے قدر نہیں پہچانی اللہ کی جیسا کہ اس کی قدر پہچاننے کا حق ہے حالانکہ (اس کی قدر و عظمت کا عالم یہ ہے کہ) زمین ساری کی ساری اس کی مٹھی میں ہو گی قیامت کے دن اور آسمان (تمام کے تمام) لپیٹے ہوئے ہوں گے اس کے داہنے ہاتھ میں پاک اور برتر ہے وہ ہر اس شرک سے جو یہ لوگ کرتے ہیں

۶۸. اور پھونک ماردی جائے گی صور میں جس کے نتیجے میں بے ہوش ہو کر گر پڑیں گے وہ سب جو کہ آسمانوں میں ہیں اور وہ سب بھی جو کہ زمین میں ہیں مگر جسے اللہ چاہے پھر ایک اور مرتبہ صور پھونکا جائے گا جس کے باعث یہ سب کے سب یکایک کھڑے دیکھ رہے ہوں گے

۶۹. اور جگمگا اٹھے گی زمین اپنے رب کے نور (بے کیف) سے اور (ہر ایک کے سامنے) رکھ دیا جائے گا اس کے نامہ اعمال کو اور لا حاضر کیا جائے گا تمام نبیوں اور گواہوں کو اور فیصلہ کر دیا جائے گا سب لوگوں کے درمیان (ٹھیک ٹھیک) حق (وانصاف) کے عین مطابق اور ان پر (کسی طرح کا) کوئی ظلم نہیں ہو گا

۷۰. اور پورا پورا بدلہ دے دیا جائے گا ہر کسی کو اس کے (زندگی بھر کے) کئے (کرائے) کا اور وہ (وحدہٗ لاشریک) پوری طرح جانتا ہے ان کے ان تمام کاموں کو جو یہ لوگ کرتے رہے تھے (اپنی دنیاوی زندگی میں)

۷۱. اور ہانک کر لے جایا جائے گا دوزخ کی طرف ان لوگوں کو جو اڑے رہے تھے (دنیا میں) اپنے کفر (و باطل) پر گروہ در گروہ کر کے یہاں تک کہ جب یہ (بدبخت) اس کے پاس پہنچ جائیں گے تو کھول دیئے جائیں گے (ان کے لئے) اس کے دروازے اور اس کے کارندے ان (کی توبیخ و تقریع کے لئے ان) سے کہیں گے کہ کیا نہیں آئے تھے تمہارے پاس ایسے رسول جو خود تم ہی میں سے تھے؟ اور جو تم کو (پڑھ) پڑھ کر سنایا کرتے تھے تمہارے رب کی آیتیں؟ اور تمہیں (ڈراتے اور) خبردار کیا کرتے تھے تمہارے اس (ہولناک) دن (کے آنے اور اس) کی پیشی سے؟ تو اس کے جواب میں وہ کہیں گے کہ ہاں (یہ سب کچھ ضرور ہوا تھا) لیکن پکی ہو چکی تھی عذاب کی بات (ہم جیسے) تمام کافروں پر

۷۲. کہا جائے گا کہ اب داخل ہو جاؤ تم سب دوزخ کے دروازوں میں جہاں تمہیں ہمیشہ رہنا ہوگا پس بڑا ہی برا ٹھکانا ہوگا وہ متکبر لوگوں کے لئے

۷۳. ادھر (اعزاز و اکرام کے ساتھ) لے جایا جائے گا ان لوگوں کو جو ڈرتے رہے تھے اپنے رب سے (اپنی دنیاوی زندگی میں) جنت کی طرف گروہ در گروہ کر کے یہاں تک کہ جب وہ اس کے پاس پہنچ جائیں گے تو اس کے دروازے کھلے ہوئے ہوں گے اور وہاں کے محافظ ان سے کہیں گے کہ سلام ہو تم پر بہت اچھے رہے تم پس داخل ہو جاؤ اب تم اس میں ہمیشہ رہنے کے لئے

۷۴. اور وہ (فرط مسرت میں) کہیں گے کہ شکر ہے اس اللہ کا جس نے سچ کر دکھایا ہم سے اپنا وعدہ اور ہم کو وارث بنا دیا (جنت کی) اس سرزمین کا جس میں ہم جہاں چاہیں اپنا ٹھکانا بنا سکتے ہیں سو کیا ہی عمدہ بدلہ ہو گا کام کرنے والوں کا

۷۵. اور فرشتوں کو تم وہاں دیکھو گے اس حال میں کہ وہ گھیرا ڈالے ہوں گے عرش کے گرد تسبیح کرتے ہوئے اپنے رب کی حمد (و ثنا) کے ساتھ اور فیصلہ کر دیا جائے گا تمام لوگوں کے درمیان بالکل حق (و انصاف) کے ساتھ اور صدا بلند ہو گی کہ سب تعریفیں اللہ ہی کے لئے ہیں جو کہ پروردگار ہے سب جہانوں کا

***

۴۰۔ غافر

بِسۡمِ اللّٰہِ الرَّحۡمٰنِ الرَّحِیۡمِ

اللہ کے نام سے جو رحمان و رحیم ہے

۱.	حٰمٓ

۲.	یہ کتاب محض اتاری ہوئی ہے اللہ کی طرف سے جو کہ بڑا ہی زبردست نہایت ہی علم والا ہے

۳.	گناہ بخشنے والا توبہ قبول کرنے والا سخت عذاب دینے والا بڑا ہی فضل والا ہے کوئی بھی عبادت کے لائق نہیں سوائے اس (وحدہٗ لاشریک) کے اسی کی طرف بہر حال لوٹنا ہے سب کو

۴.	اللہ کی آیتوں میں جھگڑا نہیں کرتے مگر وہی لوگ جو اڑے ہوتے ہیں اپنے کفر (و باطل) پر سو (ان کو اس کا بھگتان بہر حال بھگتنا ہو گا پس) تم کو کہیں دھوکے میں نہ ڈالنے پائے ان لوگوں کا چلنا پھرنا مختلف شہروں (اور ملکوں) میں

۵.	ان سے پہلے قوم نوح نے بھی جھٹلایا (حق اور حقیقت کو) اور ان کے بعد کی کئی جماعتوں نے بھی ہر امت نے اپنے پیغمبر کو پکڑنے (اور قتل کر ڈالنے تک کا خبیث) ارادہ

کیا اور انہوں نے باطل (کے طرح طرح ہتھیاروں) سے کام لیا تاکہ اس طرح وہ نیچا دکھا سکیں حق کو آخر کار میں نے پکڑا ان سب کو (اس عذاب میں جس کا مستحق انہوں نے اپنے آپ کو بنا لیا تھا) سو (دیکھ لو) کیسا تھا میرا عذاب؟

٦. اور اسی طرح پکی (اور ثابت) ہو گئی (آپ کی قوم کے ان) کافروں کے بارے میں آپ کے رب کی یہ بات کہ یقینی طور پر یہ بھی دوزخی ہیں

٧. جو فرشتے اٹھائے ہوئے ہیں عرش (خداوندی) کو اور جو اس کے ارد گرد ہیں وہ سب کے سب تسبیح کرتے ہیں اپنے رب کی حمد و (ثناء) کے ساتھ اور وہ اس پر ایمان رکھتے ہیں اور وہ بخشش کی دعا مانگتے ہیں ایمان والوں کے لئے (اور کہتے ہیں کہ) اے ہمارے رب تیری رحمت بھی ہر چیز پر چھائی ہوئی ہے اور تیرا علم بھی ہر چیز پر حاوی ہے پس تو معاف فرما دے ان سب لوگوں کو جنہوں نے توبہ کی اور انہوں نے (صدق دل سے) پیروی کی تیرے راستے کی اور بچا دے تو ان کو دوزخ کے عذاب سے

٨. اے ہمارے رب اور تو داخل فرما دے ان کو ہمیشہ رہنے کی ان جنتوں میں جن کا تو نے ان سے وعدہ فرما رکھا ہے ان کو بھی اور ان کے ماں باپ کو بھی اور ان کی بیویوں اور ان کی اولادوں میں سے بھی ان سب کو جو اس کے لائق ہوں بلاشبہ تو ہی ہے (اے ہمارے مالک!) سب پر غالب نہایت ہی حکمت والا

۹. اور بچا دے تو (اے ہمارے مالک!) ان کو ان کی برائیوں سے اور جس کو تو نے بچا لیا اس کی برائیوں سے اس دن تو یقیناً اس پر تو نے بڑی ہی مہربانی فرما دی اور یہی ہے (اصل حقیقی اور سب سے) بڑی کامیابی

۱۰. بیشک جو لوگ (زندگی بھر) اڑے رہے ہوں گے اپنے کفر (و باطل) پر ان سے (قیامت کے روز) کہا جائے گا کہ جتنا غصہ تمہیں آج اپنے اوپر آ رہا ہے اس سے کہیں بڑھ کر غصہ اللہ کو تم پر اس وقت آیا کرتا تھا جب کہ (دنیا میں) تمہیں ایمان کی طرف بلایا جاتا تھا مگر تم لوگ کفر ہی کیا کرتے تھے

۱۱. وہ کہیں گے اے ہمارے رب واقعی تو نے ہم کو دو مرتبہ موت بھی دے دی اور دو مرتبہ زندگی بھی بخش دی سو ہم نے اعتراف (و اقرار) کر لیا اپنے گناہوں کا تو کیا اب نکلنے کی کوئی صورت ہو سکتی ہے؟

۱۲. (جواب ملے گا نہیں اور) یہ اس لئے کہ جب اکیلے اللہ کی طرف بلایا جاتا تھا تو تم لوگ انکار کر دیا کرتے تھے اور اگر اس کے ساتھ (دوسروں کو) شریک کر لیا جاتا تو تم مان لیتے تھے سو اب فیصلہ اللہ ہی کے ہاتھ میں ہے جو بڑی شان والا بڑے ہی بلند مرتبے والا ہے

۱۲. وہ وہی ہے جو دکھاتا ہے تمہیں اپنی نشانیاں اور وہ اتارتا ہے تمہارے لئے آسمان سے روزی اور سبق نہیں لیتا مگر وہی جو رجوع کرتا ہے (سچے دل سے)

۱۴. پس تم لوگ اللہ ہی کو پکارو اسی کے لئے خالص کرتے ہوئے اپنے دین کو اگرچہ یہ برا لگے کافروں (اور منکروں) کو

۱۵۔ وہ بلند درجوں والا عرش کا مالک اتارتا ہے روح (یعنی اپنی وحی) اپنے حکم سے اپنے بندوں میں سے جس پر چاہتا ہے تاکہ وہ خبردار کرے ملاقات کے (اس ہولناک) دن سے

۱۶۔ جس دن وہ سب بالکل سامنے آ موجود ہوں گے (اور اس طرح کہ) اللہ پر ان کی کوئی بات بھی چھپی نہ رہے گی (جب کہ پوچھا جائے گا کہ) کس کی بادشاہی ہے آج کے دن؟ (تو سارا عالم پکار اٹھے گا کہ) اکیلے اللہ ہی کی جو کہ سب پر غالب ہے

۱۷۔ (پھر کہا جائے گا کہ) آج کے دن ہر شخص کو پورا بدلہ دیا جائے گا اس کی (زندگی بھر کی) کمائی کا آج کے دن کوئی ظلم نہ ہوگا بلاشبہ اللہ بہت جلد حساب لینے والا ہے

۱۸۔ اور خبردار کر دو ان کو اس قریب آ لگنے والی (ہولناک آفت) سے جب کہ (مارے خوف کے) کلیجے منہ کو آ رہے ہوں گے اور لوگ غم میں گھٹے کھڑے ہوں گے (اس روز) ظالموں کے لئے نہ تو کوئی ہمدرد دوست ہو گا اور نہ ہی کوئی ایسا سفارشی جس کی بات مانی جائے

۱۹۔ اللہ خوب جانتا ہے آنکھوں کی (چوری اور) خیانت کو بھی اور دلوں میں چھپے رازوں کو بھی

۲۰۔ اور اللہ ہی فیصلہ فرماتا ہے حق (اور انصاف) کے ساتھ اور اس کے سوا جن کو یہ لوگ پکارتے ہیں وہ کسی بھی چیز کا فیصلہ نہیں کر سکتے بلاشبہ اللہ ہی ہے ہر کسی کی سنتا (سب کچھ) دیکھتا

۲۱.	کیا یہ لوگ چلے پھرے نہیں (عبرتوں بھری) اس زمین میں؟ تاکہ یہ خود دیکھ لیتے کہ کیسا ہوا انجام ان لوگوں کا جو گزر چکے ہیں ان سے پہلے وہ ان سے کہیں زیادہ سخت تھے قوت کے اعتبار سے بھی اور زمین میں اپنے آثار (و نشانات) کے لحاظ سے بھی مگر آخر کار اللہ نے پکڑا ان سب کو ان کے گناہوں کی پاداش میں اور کوئی نہیں تھا ان کے لئے اللہ سے بچانے والا

۲۲.	یہ اس لئے کہ ان کے پاس ان کے رسول آتے تھے کھلے دلائل کے ساتھ مگر وہ (بدبخت) لوگ انکار ہی کرتے گئے سو آخر کار اللہ نے پکڑا ان سب کو (ان کے کفر و انکار کی پاداش میں) بیشک وہ بڑا ہی قوت والا سخت عذاب دینے والا ہے

۲۲.	اور بلاشبہ ہم ہی نے بھیجا موسیٰ کو اپنی نشانیوں اور ایک کھلی سند کے ساتھ

۲۴.	فرعون ہامان اور قارون کی طرف مگر انہوں نے کہا کہ یہ تو ایک جادوگر ہے بڑا جھوٹا

۲۵.	پھر جب وہ پہنچ گئے ان کے پاس حق کے ساتھ ہماری طرف سے تو ان لوگوں نے کہا قتل کر دو ان لوگوں کے بیٹوں کو جو ایمان لائے ہیں اس کے ساتھ اور زندہ رکھو ان کی عورتوں کو اور کافروں کی چال (ہلاکت و) بربادی کے سوا کچھ نہیں

۲۶.	اور فرعون نے کہا کہ چھوڑو مجھے میں قتل کرتا ہوں موسیٰ کو، اور یہ بلا دیکھے اپنے رب کو، مجھے سخت اندیشہ ہے اس بات کا کہ یہ شخص بدل دے گا تمہارے دین کو، یا یہ فساد برپا کر دے گا اس سرزمین میں

۲۷.	اور (اس کے جواب میں) موسیٰ نے کہا میں پناہ مانگتا ہوں اس کی جو رب ہے میرا بھی اور تمہارا بھی ہر ایسے متکبر (کے شر) سے جو ایمان نہیں رکھتا حساب کے دن پر

۲۸.	اور (تائید غیبی کے طور پر اسی موقع پر) بول اٹھا آل فرعون ہی کا ایک ایسا مرد مومن جو چھپائے ہوئے تھا اپنے ایمان (و یقین کی دولت) کو کیا تم لوگ محض اس بناء پر ایک شریف آدمی کے قتل کے درپے ہو کہ وہ کہتا ہے کہ میرا رب اللہ ہے؟ جب کہ وہ کھلے دلائل (اور براہین) لے کر آیا ہے تمہارے رب کی طرف سے اور اگر (بفرض محال) وہ جھوٹا بھی ہو تو اس کا جھوٹ اسی پر پڑے گا اور اگر وہ سچا ہے (جیسا کہ وہ واقع میں ہے) تو پھر تمہیں اس انجام میں سے کچھ نہ کچھ پہنچ کر رہے گا جس سے وہ تمہیں ڈرا رہا ہے بیشک اللہ ہدایت (کی دولت) سے نہیں نوازتا کسی بھی ایسے شخص کو جو حد سے بڑھنے والا بڑا جھوٹا ہو

۲۹.	اے میری قوم کے لوگو! (ٹھیک ہے) آج تو بادشاہی بھی تمہاری ہے اور اس ملک میں غالب بھی تم ہی ہو لیکن (مجھے تو یہ بتاؤ کہ کل) اگر اللہ کا عذاب ہم پر آ گیا تو کون ہے جو اس کے مقابلے میں ہماری مدد کر سکے؟ (بیچ میں اس رجل مومن کی بات کاٹتے ہوئے) فرعون بولا کہ میں تو بہر حال تم لوگوں کو وہی رائے دے رہا ہوں جس کو میں مناسب سمجھتا ہو اور میں تمہیں بھلائی کا راستہ ہی بتاتا ہوں

۲۰.	مگر اس شخص نے جو ایمان سے سرشار ہو چکا تھا (اپنی تقریر جاری رکھتے ہوئے) کہا کہ اے میری قوم کے لوگو! مجھے تو تمہارے بارے میں شدت سے اندیشہ ہو رہا ہے پہلی قوموں کے جیسے دن کا

۲۱.	جیسا کہ قوم نوح عاد ثمود اور ان لوگوں کا حال ہوا ہے جو ان سے بعد گزرے ہیں اور اللہ تو اپنے بندوں پر کسی طرح کا کوئی ظلم نہیں کرنا چاہتا

۲۲.	اور میری قوم مجھے سخت اندیشہ ہے تمہارے بارے میں چیخ و پکار کے اس دن (کے ہولناک عذاب) کا

۲۳.	جس دن تم پیٹھ دے کر بھاگے جا رہے ہو گے مگر تمہارے لئے کوئی بچانے والا نہیں ہو گا اللہ (کی گرفت و پکڑ) سے اور جس کو اللہ ڈال دے گمراہی (کے گڑھے) میں (اس کے سوء اختیار اور خبث باطن کی بناء پر) تو اس کو کوئی بھی ہدایت نہیں دے سکتا

۲۴.	اور یقیناً تمہارے پاس اس سے پہلے یوسف بھی آ چکے ہیں کھلے دلائل (و براہین) کے ساتھ مگر تم لوگ اس پیغام کے بارے میں بھی شک ہی میں پڑے رہے جس کے ساتھ وہ تشریف لائے تھے یہاں تک کہ جب وہ فوت ہو گئے تو تم نے کہا (بس جی) اب تو ان کے بعد اللہ کبھی کوئی رسول بھیجے گا ہی نہیں اسی طرح اللہ گمراہی (کے گڑھے) میں ڈال دیتا ہے ہر اس شخص کو جو حد سے بڑھنے والا شک (و ریب کی دلدل) میں پڑا ہوتا ہے

۲۵.	جو کہ جھگڑتے (اور بحثیں کرتے) ہیں اللہ کی آیتوں کے بارے میں بغیر کسی ایسی سند کے جو ان کے پاس آئی ہو بڑے ہی غصے اور نفرت کی بات ہے یہ اللہ کے یہاں بھی اور ان لوگوں کے یہاں بھی جو ایمان رکھتے ہیں اللہ اسی طرح (محرومی اور بدبختی کا) ٹھپہ لگا دیتا ہے ہر متکبر اور جبار کے پورے دل پر

۳۶.   اور فرعون نے (اس لاجواب تقریر سے کھسیانہ ہونے کے بعد) کہا اے ہامان بنوا دو میرے لئے ایک بلند و بالا عمارت تاکہ (اس کے ذریعے) میں پہنچ سکوں ان راستوں تک

۳۷.   یعنی آسمانوں کے راستوں تک تاکہ وہاں سے میں جھانک کر دیکھ سکوں موسیٰ کے خدا کو میں تو اسے قطعی طور پر جھوٹا ہی سمجھتا ہوں اور اس طرح خوشنما بنا دیا گیا فرعون کے لئے اس کے برے عملوں کو اور روک دیا گیا اس کو راہ (حق و صواب) سے اور فرعون کی ساری چالبازی کچھ نہ تھی سوائے اس کی (اپنی ہلاکت و) تباہی کے

۳۸.   اور اس شخص نے جو کہ ایمان لا چکا تھا مزید کہا کہ اے میری قوم کے لوگو! تم میری پیروی کرو میں تم کو صحیح راستہ بتا تا ہوں

۳۹.   اے میری قوم یہ دنیا تو محض (چند روزہ) فائدے کا سامان ہے اور بلاشبہ آخرت ہی ہمیشہ ٹھہرنے کی جگہ ہے

۴۰.   جس نے کوئی برائی کی تو اس کو اسی کے برابر سزا ملے گی اور جس نے کوئی نیک کام کیا خواہ وہ کوئی مرد ہو یا عورت بشرطیکہ وہ ایمان (و یقین کی دولت) سے سرشار ہو تو ایسے لوگ داخل ہوں گے (سدا بہار اور ابدی نعمتوں والی) اس جنت میں جہاں ان کو رزق دیا جائے گا بغیر کسی حساب (و گمان) کے

۴۱.   اور اے میری قوم یہ کیا ماجرا ہے کہ میں تم کو بلا رہا ہوں نجات (کے راستے) کی طرف اور تم مجھے بلا رہے ہو (دوزخ کی ہولناک) آگ کی طرف؟

۴۲. تم لوگ مجھے اس بات کی طرف بلا رہے ہو کہ میں کفر کروں اللہ کے ساتھ اور اس کے ساتھ شریک ٹھہراؤں ایسی چیزوں کو جن (کی شرکت) کے بارے میں میرے پاس کوئی علم نہیں درآنحالیکہ میں تم کو بلا رہا ہوں اس (معبود برحق) کی طرف جو سب پر غالب انتہائی بخشنے والا ہے

۴۲. یقینی بات ہے کہ جن کی طرف تم لوگ مجھے بلا رہے ہو ان کے لئے نہ تو اس دنیا میں کوئی دعوت ہے نہ آخرت میں اور اس میں بھی کوئی شک نہیں کہ ہم سب کو بہر حال اللہ ہی کی طرف لوٹ کر جانا ہے اور یہ بھی حقیقت ہے کہ جو لوگ حد سے بڑھنے والے ہیں وہ سب دوزخی ہیں

۴۴. پھر عنقریب وہ وقت بھی آئے گا جب کہ تمہیں (رہ رہ کر) وہ سب کچھ یاد آئے گا جو میں (آج) تم سے کہہ رہا ہوں اور میں اپنا معاملہ اللہ کے سپرد کرتا ہوں بلاشبہ وہ پوری طرح دیکھتا ہے اپنے بندوں (کے احوال) کو

۴۵. آخر کار اللہ نے اس کو بچا لیا ان تمام بری چالوں سے جو ان لوگوں نے اس کے خلاف چلی تھیں اور گھیر لیا فرعون والوں کو اس برے عذاب نے (جو ان کا مقدر بن چکا تھا)

۴۶. یعنی (دوزخ کی) اس ہولناک آگ نے جس پر (زمانہ برزخ میں) ان کو پیش کیا جاتا رہے گا صبح و شام اور جس روز قیامت قائم ہوگی (اس روز حکم ہوگا کہ) داخل کر دو فرعون والوں کو سخت ترین عذاب میں

۴۷.	اور (ان کو ذرا وہ بھی بتا اور سنا دو کہ) جب یہ لوگ دوزخ میں آپس میں جھگڑ رہے ہوں گے چنانچہ کمزور لوگ ان لوگوں سے کہیں گے جو دنیا میں بڑے بنے ہوئے تھے کہ ہم تو تمہارے تابع تھے تو کیا اب تم لوگ ہم سے اس (دہکتی بھڑکتی) آگ کا کوئی حصہ ہٹا سکو گے؟

۴۸.	اس پر وہ لوگ جو (دنیا میں) بڑے بنے ہوئے تھے کہیں گے (کہ تمہارے کام کیا آتے) ہم تو خود سب کے سب اسی میں پڑے ہوئے ہیں بیشک اللہ نے قطعی (اور آخری) فیصلہ صادر فرما دیا اپنے بندوں کے درمیان

۴۹.	اور دوزخی جہنم کے اہل کاروں سے کہیں گے کہ تم دعاء (و درخواست) کرو اپنے رب کے حضور کہ ایک دن ہلکا کر دے وہ ہم سے ہمارے عذاب کو

۵۰.	وہ (اس کے جواب میں ان سے) کہیں گے کہ کیا تمہارے پاس رسول نہیں آیا کرتے تھے کھلے دلائل کے ساتھ؟ وہ کہیں گے ہاں اس پر دوزخ کے وہ اہلکاران سے کہیں گے کہ پھر تم خود ہی دعاء (و درخواست) کرلو مگر (یاد رہے کہ) کافروں کی (درخواست و) پکار بے سود محض ہے

۵۱.	بلاشبہ ہم ضرور مدد کرتے ہیں اپنے رسولوں کی اور ان تمام لوگوں کی جو (سچے دل سے ان پر) ایمان لے آئے اس دنیا کی زندگی میں بھی اور اس دن بھی جب کہ گواہ کھڑے ہوں گے

۵۲. جس دن کہ ظالموں کو کچھ کام نہ آ سکے گی ان کی معذرت ان کے لئے لعنت ہو گی اور ان کے لئے بڑا ہی برا گھر ہو گا

۵۲. اور بلاشبہ ہم نے موسیٰ کو بھی وہ ہدایت نامہ عطا فرمایا تھا اور ہم نے وارث بنا دیا تھا بنی اسرائیل کو اس کتاب کا

۵۴. جو کہ سراسر ہدایت اور ایک عظیم الشان نصیحت (و یاددہانی) تھی عقل سلیم رکھنے والوں کے لئے

۵۵. پس آپ صبر سے ہی کام لیتے رہیں یقیناً اللہ کا وعدہ سچا ہے اور معافی مانگو اپنے گناہ کی اور تسبیح کرتے رہو اپنے رب کی حمد کے ساتھ صبح و شام

۵٦. بیشک جو لوگ جھگڑتے ہیں اللہ کی آیتوں کے بارے میں بغیر ایسی کسی سند کے جو ان کے پاس آئی ہو ان کے دلوں میں ایسی بڑائی (کا گھمنڈ) ہے جس کو وہ کبھی پہنچ نہیں سکتے سو (ایسوں کے مقابلے میں) پناہ مانگو تم اللہ کی بیشک وہی ہے سنتا (ہر کسی کی) دیکھتا (سب کچھ)

۵۷. بلاشبہ آسمانوں اور زمین کا پیدا کرنا انسانوں کے پیدا کرنے کے مقابلہ میں کہیں بڑا کام ہے لیکن اکثر لوگ جانتے نہیں

۵۸. اور برابر نہیں ہو سکتے اندھا اور دیکھنے والا اور نہ ہی وہ لوگ جو ایمان لا کر نیک کام کرتے رہے ہوں اور بدکار آپس میں برابر ہو سکتے ہیں تم لوگ کم ہی سبق لیتے (اور عبرت پکڑتے) ہو

۵۹. بیشک (قیامت کی) اس (ہولناک) گھڑی نے بہر حال (اپنے وقت پر) آ کر رہنا ہے اس میں کوئی شک نہیں لیکن اکثر لوگ ایمان نہیں رکھتے

۶۰. اور فرمایا تمہارے رب نے کہ تم لوگ مجھ ہی کو پکارو میں تمہاری پکار کو سنوں گا بیشک جو لوگ اپنی بڑائی کے گھمنڈ میں میری عبادت سے منہ موڑتے ہیں ان کو عنقریب ہی داخل ہونا ہوگا جہنم میں ذلیل و خوار ہو کر

۶۱. اللہ وہ ہے جس نے بنایا تمہارے لیے رات کو ایسا کہ تم اس میں (آرام و) سکون پا سکو اور دن کو بنایا روشن (تاکہ اس میں تم لوگ اپنی روزی روٹی کا کام کر سکو) بیشک اللہ بڑا ہی فضل فرمانے والا ہے لوگوں پر لیکن اکثر لوگ شکر نہیں ادا کرتے (اس مہربان مطلق کا)

۶۲. یہ ہے اللہ رب تم سب کا پیدا کرنے والا ہر چیز کا کوئی بھی عبادت کے لائق نہیں سوائے اس کے پھر تم لوگ کہاں اوندھے کیے جاتے ہو؟ (اور تمہاری مت کہاں ماری جاتی ہے؟)

۶۲. اسی طرح اوندھے کیے جاتے رہے وہ لوگ جو اللہ کی آیتوں کا انکار کرتے تھے

۶۴. اللہ وہی ہے جس نے تمہارے لئے زمین (کے اس عظیم الشان کرے) کو آرام گاہ بنا دیا اور آسمان کو ایک عظیم الشان چھت اور اسی نے صورت گری فرمائی تم سب کی سو اس نے کیا ہی عمدہ صورتیں بخشیں تمہیں اور اسی نے طرح طرح کی پاکیزہ چیزوں سے تمہاری روزی کا سامان کیا یہ ہے اللہ رب تم سب کا سو بڑی ہی برکت والا ہے اللہ پروردگار سب جہانوں کا

٦٥. وہی (اور صرف وہی) ہے زندہ کوئی معبود نہیں سوائے اس کے پس تم سب اسی کو پکارو اسی کے لئے خالص کرتے ہوئے اپنے دین (و اعتقاد) کو سب تعریفیں اللہ ہی کے لئے ہیں جو پالنے والا ہے سب جہانوں کا

٦٦. (ان سے صاف) کہہ دو کہ مجھے تو بہر حال اس سے منع کیا گیا ہے کہ میں عبادت (و بندگی) کروں ان ہستیوں کی جن کو تم لوگ (پوجتے) پکارتے ہو اللہ کے سوا جب کہ پہنچ چکے میرے پاس روشن دلائل میرے رب کی جانب سے اور مجھے یہ حکم دیا گیا ہے کہ میں سر تسلیم خم کردوں پروردگار عالم کے آگے

٦٧. وہ (اللہ) وہی تو ہے جس نے پیدا فرمایا تم سب کو مٹی سے پھر نطفے سے پھر خون کے لوتھڑے سے پھر وہی تمہیں نکالتا ہے (تمہاری ماؤں کے پیٹوں سے) ایک کامل بچے کی شکل میں پھر (وہ تمہیں بڑھاتا پالتا جاتا ہے) تاکہ تم لوگ پہنچ جاؤ اپنی (جوانی کی) بھرپور قوتوں کو (پھر وہ تم کو اور موقع دیتا ہے کہ) تاکہ تم پہنچ جاؤ اپنے بڑھاپے کی عمر کو اور تم میں سے کوئی اس سے پہلے مر جاتا ہے (یہ سب کچھ اس لئے کہ) تاکہ تم پہنچ جاؤ مقررہ مدت کو اور تاکہ تم لوگ کام لو اپنی عقل (و فکر) سے

٦٨. وہی زندگی بخشتا ہے اور وہی موت دیتا ہے پھر جب وہ کسی کام کا فیصلہ کر لیتا ہے تو اس کو صرف اتنا کہنا ہوتا ہے کہ ہو جا پس وہ ہو چکا ہوتا ہے

٦٩. کیا تم نے ان لوگوں کو نہیں دیکھا جو جھگڑا کرتے ہیں اللہ کی آیتوں کے بارے میں کہاں (اور کیسے) پھیرے جاتے ہیں یہ لوگ (حق اور حقیقت سے)؟

۷۰.	جن لوگوں نے جھٹلایا ہماری اس کتاب کو اور ان تعلیمات کو جن کے ساتھ ہم نے بھیجا اپنے رسولوں کو وہ عنقریب خود ہی جان لیں گے (اپنے کئے کرائے کے نتیجہ و انجام کو)

۷۱.	جب کہ طوق پڑے ہوں گے ان کی گردنوں میں اور زنجیریں (ان کے پاؤں میں اور) انہیں گھسیٹا جا رہا ہو گا

۷۲.	کھولتے پانی میں پھر ان کو جھونک دیا جائے گا (دوزخ کی دہکتی بڑھتی) اس آگ میں

۷۳.	پھر ان سے کہا جائے گا کہ کہاں ہیں وہ جن کو تم لوگ شریک ٹھہرایا کرتے تھے

۷۴.	اللہ کے سوا؟ وہ کہیں گے کہ وہ سب کھو گئے ہم سے بلکہ ہم تو اس سے پہلے کسی چیز کو (سرے سے) پکارتے ہی نہیں تھے اسی طرح اللہ گمراہی (کے گڑھے) میں ڈالتا ہے کافروں کو

۷۵.	(ان سے کہا جائے گا کہ) یہ بدلہ ہے اس کا جو تم اترایا کرتے تھے زمین میں ناحق طور پر اور اس کا جو تم اکڑا کرتے تھے (وہاں)

۷۶.	اب داخل ہو جاؤ تم سب جہنم کے دروازوں میں جہاں تم کو ہمیشہ رہنا ہے سو بڑا ہی برا ٹھکانا ہے تکبر کرنے والوں کا

۷۷.	پس آپ صبر ہی سے کام لیتے رہیں یقیناً اللہ کا وعدہ سچا ہے پھر اگر ہم دکھا دیں آپ کو (اے پیغمبر!) کچھ حصہ اس عذاب کا جس سے ہم ان لوگوں کو ڈرا رہے ہیں یا آپ کو

اس سے پہلے ہی دنیا سے اٹھالیں تو (اس سے کیا فرق پڑتا ہے کہ) ان سب نے تو بہر حال ہماری ہی طرف لوٹ کر آنا ہے

۷۸. اور بلاشبہ ہم آپ سے پہلے بھی بہت سے رسول بھیج چکے ہیں ان میں سے کچھ کے حالات تو ہم نے آپ کو بتا دیئے ہیں اور کچھ کے نہیں بتائے اور کسی رسول کے بس میں نہیں تھا کہ وہ کوئی معجزہ پیش کر سکے مگر اللہ کے اذن کے ساتھ پھر جب آ پہنچا اللہ کا حکم تو فیصلہ کر دیا گیا حق (اور انصاف) کے ساتھ اور سخت خسارے میں پڑ گئے اس موقع پر باطل پرست

۷۹. اللہ وہی ہے جس نے بنائے تمہارے (بھلے اور فائدے کے) لئے چوپائے تاکہ تم لوگ ان میں سے کسی پر سواری کرو اور انہی میں سے تم کھاتے (اور روزی بھی حاصل کرتے) رہو

۸۰. اور تمہارے لئے ان میں اور بھی طرح طرح کے (فوائد و) منافع ہیں اور (یہ اس لئے پیدا کئے کہ) تاکہ ان پر سوار ہو کر تم لوگ اپنی کسی بھی ایسی حاجت کو پہنچ سکو جو تمہارے دلوں میں ہو اور ان پر اور کشتیوں اور جہازوں پر بھی تم لوگ سوار کئے جاتے ہو اور (اس کے علاوہ بھی)

۸۱. وہ تم کو دکھاتا ہے اپنی طرح طرح کی نشانیاں پھر تم لوگ اللہ کی کون کون سی نشانیوں کا انکار کرو گے؟

۸۲. توکیا یہ لوگ چلے پھرے نہیں (عبرتوں بھری) اس زمین میں تاکہ یہ خود دیکھ لیتے کہ کیسا ہوا انجام ان لوگوں کا جو ان سے پہلے تھے وہ (گنتی اور) تعداد کے لحاظ سے بھی ان سے کہیں زیادہ تھے اور قوت (و طاقت) کے اعتبار سے بھی وہ ان سے کہیں زیادہ سخت تھے اور زمین میں چھوڑے جانے والے آثار (اور نشانات) کے اعتبار سے بھی وہ ان سے کہیں بڑھ کر تھے پھر (وقت پڑنے پر) ان کے کچھ کام نہ آسکی ان کی وہ کمائی جو وہ کرتے رہے تھے

۸۲. چنانچہ جب ان کے پاس ان کے رسول (حق و صداقت کے) کھلے دلائل لے کر آئے تو یہ (اس سے لاپرواہ ہو کر مست و) مگن رہے اپنے اس علم (و فن) کی بناء پر جو کہ ان کے پاس تھا اور (آخر کار) ان کو گھیر لیا اسی چیز نے جس کا یہ مذاق اڑاتے رہے تھے

۸۴. پھر جب انہوں نے دیکھا ہمارے عذاب کو تو وہ (چیخ چیخ کر) کہنے لگے کہ ہم ایمان لے آئے اکیلے اللہ پر اور انکار کر دیا ہم نے ان سب چیزوں کا جن کو ہم (اس سے پہلے) اس کا شریک ٹھہراتے رہے تھے

۸۵. مگر (اس وقت کا) ان کا یہ ایمان ایسا نہیں تھا کہ ان کو کچھ نفع دے سکے (اور فائدہ پہنچا سکے) جب کہ انہوں نے دیکھ لیا تھا ہمارے عذاب کو اللہ کے اس دستور کے مطابق جو کہ پہلے سے چلا آیا ہے اس کے بندوں میں اور اس موقع پر (دائمی) خسارے میں پڑے گئے ایسے کافر (و منکر) لوگ

***

۴۱۔ فصلت

بِسۡمِ اللّٰہِ الرَّحۡمٰنِ الرَّحِیۡمِ

اللہ کے نام سے جو رحمان ور حیم ہے

حٰمٓ

(یہ کتاب) اتاری گئی ہے اس ذات کی طرف سے جو بڑی ہی مہربان نہایت ہی رحم والی ہے

یہ ایک ایسی عظیم الشان کتاب ہے جس کی آیتوں کو خوب کھول کر بیان کر دیا گیا ایک عظیم الشان عربی زبان کے قرآن کی صورت میں ان لوگوں کے لئے جو علم رکھتے ہیں

خوشخبری دینے والا اور خبردار کرنے والا پھر بھی اکثر لوگوں نے اس سے ایسا منہ موڑا کہ وہ سن کر ہی نہیں دیتے

اور کہتے ہیں کہ ہمارے دل پردوں میں ہیں اس چیز سے جس کی طرف آپ ہمیں بلاتے ہیں ہمارے کانوں میں ڈاٹ ہیں اور ہمارے اور آپ کے درمیان ایک حجاب ہے پس آپ اپنا کام کیئے جائیں ہم اپنا کام کرتے رہیں گے

(ان سے) کہو کہ سوائے اس کے نہیں کہ میں تو ایک بشر ہوں تم ہی جیسا (البتہ) میری طرف وحی کی جاتی ہے کہ معبود تم سب کا بہر حال ایک ہی معبود ہے پس تم لوگ سیدھے اسی کا رخ اختیار کر لو اور اس سے معافی مانگو اور بڑی خرابی ہے ان مشرکوں کے لئے

جو زکوٰۃ نہیں دیتے اور وہ آخرت کے انکار پر ہی کمر بستہ ہیں

(اس کے بر عکس) جو لوگ ایمان لے آئے اور انہوں نے کام بھی نیک کئے تو ان کے لئے ایک ایسا عظیم الشان اجر ہے جو کبھی ختم ہونے والا نہیں

(ان سے) کہو کہ کیا تم لوگ اسی (ذات اقدس و اعلیٰ) کے ساتھ کفر کرتے ہو اور اس کے لئے (من گھڑت) شریک ٹھہراتے ہو؟ جس نے پیدا فرمایا زمین (کے اس عظیم الشان کرے) کو دو دونوں میں؟ یہ ہے پروردگار سارے جہانوں کا

اور اسی نے رکھ دیئے اس زمین میں اس کے اوپر سے (پہاڑوں کے) عظیم الشان لنگر اور اس میں رکھ دیں (برکتوں پر) برکتیں اور اس نے مقدر فرما دیں اس میں (اپنی قدرت کاملہ اور حکمت بالغہ سے زمینی مخلوق کے لئے) طرح طرح کی خوراکیں (اور مہیا فرما دیئے ان کے لئے قسما قسم کے اسباب) ہر ایک کی طلب و حاجت کے مطابق (اور یہ سب کچھ صرف) چار دن میں

پھر اس نے آسمان کی طرف توجہ فرمائی جب کہ وہ ایک دھوئیں کی شکل میں تھا تو اس نے اس سے اور زمین سے فرمایا کہ تم دونوں (وجود میں) آ جاؤ خوشی سے یا زبردستی سے تو ان دونوں نے عرض کیا کہ ہم دونوں خوشی سے آ (موجود ہو) گئے ہیں

سواس نے بنا دئیے سات آسمان دو دو نوں میں اور ہر آسمان میں اس کے مناسب حکم بھیج دیا اور ہم نے آراستہ کیا قریب کے آسمان کو عظیم الشان چراغوں سے اور اسے اچھی طرح سے محفوظ بھی کر دیا یہ سب کچھ تجویز (اور منصوبہ بندی) ہے اس ذات کی طرف سے جو سب پر غالب نہایت ہی علم والی ہے

پھر بھی اگر یہ لوگ (نہ مانیں اور) منہ موڑے ہی رہیں تو (ان سے) کہو کہ میں نے تو تم کو خبر دار کر دیا عاد اور ثمود پر اچانک ٹوٹ پڑنے والے جیسے ہولناک عذاب سے

جب کہ ان کے پاس ان کے رسول آئے ان کے آگے سے بھی اور ان کے پیچھے سے بھی (اور سب نے یہی کہا کہ لوگو!) تم لوگ بندگی نہ کرو مگر صرف ایک اللہ کی تو انہوں نے کہا کہ اگر ہمارا رب چاہتا تو بھیج دیتا کچھ فرشتوں کو (رسول بنا کر) لہذا ہم اس چیز کے قطعی طور پر منکر ہیں جس کے ساتھ تم کو بھیجا گیا ہے

پھر جو عاد کے لوگ تھے وہ اپنی بڑائی کے گھمنڈ میں بتلا ہوئے (اللہ کی) اس زمین میں ناحق طور پر اور انہوں نے (مست ہو کر) کہا کہ کون ہے جو ہم سے بڑھ کر زور آور ہو؟ کیا انہوں نے اتنا بھی نہ دیکھا کہ جس خدا نے ان کو پیدا کیا وہ بہر حال ان سے کہیں بڑھ کر (زورو) قوت والا ہے بہر حال وہ لوگ ہماری آیتوں کا انکار ہی کرتے چلے گئے

تو آخر کار ہم نے بھیج دی ان پر ایک سخت زور کی (ہولناک) ہوا چند منحوس دنوں میں تاکہ ہم ان کو مزہ چکھا دیں (ذلت و) رسوائی کے عذاب کا اسی دنیاوی زندگی میں اور آخرت کا عذاب

تو یقینی طور پر اس سے بھی کہیں بڑھ کر رسوا کن ہے اور وہاں ان کی (کہیں سے) کوئی مدد بھی نہ کی جائے گی

رہے ثمود تو ان کو بھی ہم نے راستہ دکھایا مگر انہوں نے بھی راہ راست کے مقابلہ میں اندھے پن ہی کو پسند کیا آخر کار ان کو بھی آ پکڑا ذلت (و رسوائی) والے عذاب کے ایک کڑکے نے ان کے اپنے ان اعمال کے سبب جو وہ خود کرتے چلے آ رہے تھے

اور ہم نے بچا لیا ان لوگوں کو جو ایمان لائے تھے اور وہ ڈرتے (اور بچتے) رہے تھے (ہماری ناراضگی سے)

اور (یاد کرو اس ہولناک دن کو) جس دن کہ گھیر لایا جائے گا اللہ کے دشمنوں کو دوزخ کی طرف پھر ان کو روک دیا جائے گا ان کے پچھلوں کے آنے تک

یہاں تک کہ جب وہ سب دوزخ کے نزدیک پہنچ جائیں گے تو (حساب شروع ہونے پر) ان کے خلاف گواہی دینے لگیں گے ان کے کان ان کی آنکھیں اور ان کے جسموں کی کھالیں ان تمام کاموں کی جو وہ (زندگی بھر) کرتے رہے تھے

اور یہ اپنی کھالوں سے کہیں گے کہ تم نے ہمارے خلاف گواہی کیوں دی؟ وہ (اعضاء وغیرہ) جواب دیں گے کہ ہمیں اسی اللہ نے گویائی بخشی ہے جس نے ہر چیز کو گویا کیا ہے اور اسی نے پیدا فرمایا تم سب کو پہلی مرتبہ اور اسی کی طرف اب تم کو لوٹایا جا رہا ہے (دوبارہ زندہ کر کے)

اور (اس وقت ان سے کہا جائے گا کہ) تم لوگ اس سے بہر حال چھپ (اور بچ) نہیں سکتے تھے کہ تمہارے اپنے ہی کان آنکھیں اور کھالیں تمہارے خلاف گواہی دیں مگر تم لوگوں نے (اپنی بد نصیبی سے) یہ سمجھ رکھا تھا کہ اللہ نہیں جانتا تمہارے بہت سے ان کاموں کو جو تم لوگ (چھپ چھپا کر) کرتے ہو

پس تمہارے اسی گمان نے جو کہ تم نے اپنے رب کے بارے میں قائم رکھا تھا تم کو تباہ کر کے رکھ دیا جس کی وجہ سے تم ہو گئے (ابدی) خسارے والوں میں سے

پھر اگر وہ لوگ (اس حالت پر) صبر کریں تو بھی آگ ہی ان کا ٹھکانا ہے اور اگر وہ معافی چاہیں گے تو بھی ان کو کوئی معافی نہیں دی جائے گی

اور ہم نے مقرر کر دئیے تھے ان لوگوں پر (ان کے اپنے سوء اختیار اور خبث باطن کی بنا پر) ایسے ساتھی جنہوں نے مزین (وخوشنما) بنا دیا تھا ان کے لئے وہ سب کچھ جو کہ ان کے آگے تھا اور جو ان کے پیچھے تھا اور پکی ہو گئی ان پر (وعدہ عذاب سے متعلق) ہماری وہ بات جو کہ پکی ہو گئی تھی جنوں اور انسانوں کے ان گروہوں کے بارے میں جو کہ گزر چکے ہیں ان سے پہلے بیشک یہ سب لوگ قطعی طور پر خسارے والے تھے

اور کافر لوگ (آپس میں) کہتے ہیں کہ مت سنو تم اس قرآن کو اور تم شور مچاؤ اس میں (جب کہ یہ سنایا جائے) شاید کہ اس طرح تم غالب آجاؤ

سو ہم ضرور مزہ چکھا کر رہیں گے کافروں کو ایک بڑے سخت عذاب کا اور ہم ضرور بدلہ دے کر رہیں گے ان کو ان کے ان برے کاموں کا جو یہ کرتے رہے تھے

یہ بدلہ ہے اللہ کے دشمنوں کا یعنی وہ دوزخ جس میں ان کے لئے ہمیشہ رہنے کا گھر ہوگا اس جرم کے بدلے میں کہ وہ ہماری آیتوں کا انکار کرتے رہے تھے

اور (وہاں پہنچ کر) کافر لوگ کہیں گے کہ اے ہمارے رب ہمیں ذرا دکھا دے ان جنوں اور انسانوں کو جنہوں نے ہمیں گمراہ کیا تھا کہ ہم ان کو ڈال دیں اپنے قدموں کے نیچے (روندنے کو) تاکہ وہ سب سے نیچے (اور خوب ذلیل و خوار) ہوجائیں

(اس کے برعکس) جن لوگوں نے (صدق دل سے) کہا کہ ہمارا رب اللہ ہے پھر وہ اس پر ثابت قدم رہے تو ان پر اترتے ہیں (رحمت و بشارت کے) فرشتے (اس خوشخبری کے ساتھ) کہ نہ تم ڈرو نہ غم کھاؤ اور خوش ہوجاؤ تم اس جنت (کے ملنے) سے جس کا تم سے وعدہ کیا جاتا ہے

ہم تمہارے ساتھی (اور دوست) ہیں دنیا کی اس (عارضی) زندگی میں بھی اور آخرت کی اس (حقیقی اور ابدی) زندگی میں بھی اور تمہارے لئے وہاں وہ سب کچھ ہوگا جو تمہارے جی چاہیں گے اور وہاں تمہیں ہر وہ چیز ملے گی جس کی تم (طلب و) تمنا کرو گے

(ضیافت و) مہمانی کے طور پر بڑے بخشنے والے انتہائی مہربان (رب) کی طرف سے

اور اس سے بڑھ کر اچھی بات اور کس کی ہوسکتی ہے جو (لوگوں کو) بلائے اللہ کی طرف اور وہ خود نیک عمل بھی کرے اور (اظہار اطاعت و بندگی کے لئے) وہ کہے کہ بیشک میں فرمانبرداروں میں سے ہوں

اور (یادرکھو کہ) نیکی اور بدی آپس میں کبھی برابر نہیں ہو سکتیں پس تم برائی کو دفع کیا کرو اس نیکی کے ساتھ جو سب سے اچھی ہو پھر (تم دیکھو گے کہ) وہ شخص کہ تمہارے اور اس کے درمیان سخت دشمنی تھی ایسا ہو جائے گا جیسا کہ کوئی جگری دوست ہو

اور یہ دولت نصیب نہیں ہوتی مگر انہی لوگوں کو جو صبر (وضبط) سے کام لیتے ہیں اور یہ مقام نہیں ملتا مگر اسی کو جو بڑے نصیبے والا ہوتا ہے

اور اگر تمہیں شیطان کی طرف سے کوئی اکساہٹ پہنچ جایا کرے تو (فوراً) اللہ کی پناہ مانگ لیا کرو بلاشبہ وہی ہے (ہر کسی) کی سنتا (سب کچھ) جانتا

اور اس کی (قدرت کی) نشانیوں میں سے یہ رات و دن اور سورج و چاند بھی ہیں پس تم نہ تو سورج کو سجدہ کرو نہ چاند کو بلکہ تم سجدہ اس اللہ (وحدہٗ لاشریک) ہی کے لئے کرو جس نے ان سب کو پیدا فرمایا ہے اگر تم لوگ واقعی اسی کی بندگی کرتے ہو

پھر اگر یہ لوگ اپنی بڑائی کے گھمنڈ میں ہی رہیں تو (رہتے رہیں) وہ فرشتے جو تمہارے رب کے پاس ہیں وہ بہر حال رات اور دن اس کی تسبیح کرتے ہیں اور وہ کبھی تھکتے نہیں

اور اس کی نشانیوں میں سے یہ بھی ہے کہ تم اس زمین کو سونی پڑی ہوئی دیکھتے ہو پھر جونہی ہم اس پر پانی برساتے ہیں تو یہ ابھر اٹھتی ہے اور پھول پڑتی ہے بلاشبہ جو اس مری ہوئی زمین کو جلا اٹھاتا ہے وہ قطعی طور پر مردوں کو بھی زندگی بخشنے والا ہے بلاشبہ اس کو ہر چیز پر پوری پوری قدرت ہے

بلاشبہ جو لوگ ہماری آیتوں میں کجروی اختیار کرتے ہیں وہ ہم سے کچھ چھپے ہوئے نہیں ہیں تو کیا جس کو پھینک دیا جائے گا (دوزخ کی دہکتی بھڑکتی) اس ہولناک آگ میں وہ بہتر ہے یا وہ جو قیامت کے روز آئے گا امن (وامان) کے ساتھ؟ (اب تمہاری مرضی) جو چاہو عمل کرو (پر یہ یاد رہے کہ) وہ یقیناً دیکھ رہا ہے تمہارے ان تمام عملوں کو جو تم لوگ کر رہے ہو

بلاشبہ جن لوگوں نے کفر کیا (ہمارے نازل کردہ) اس ذکر کے ساتھ جب کہ وہ ان کے پاس پہنچ گیا (یقیناً وہ اپنے کئے کرائے کا بھگتان بھگت کر رہیں گے) اور بلاشبہ یہ ایک ایسی عظیم الشان عزت (اور غلبے) والی کتاب ہے

جس پر باطل نہ اس کے آگے سے آ سکتا ہے نہ پیچھے سے یہ سراسر اتارا ہوا کلام ہے اس (ذات اقدس واعلیٰ) کی طرف سے جو نہایت ہی حکمت والی اور ہر خوبی کی سزاوار ہے

آپ کو (اے پیغمبر!) نہیں کہا جا رہا مگر وہی کچھ جو کہ آپ سے پہلے دوسرے رسولوں کو کہا گیا ہے بلاشبہ آپ کا رب بڑا ہی درگزر کرنے والا بھی ہے اور وہ بڑا ہی دردناک عذاب دینے والا بھی ہے

اور اگر ہم اس کو کوئی عجمی قرآن بنا دیتے تو اس وقت یہ لوگ یوں کہتے کیوں نہ کھول کر بیان کر دی گئیں اس کی آیتیں بھلا یہ کوئی بات ہوئی کہ کتاب تو عجمی ہو اور رسول عربی؟ (ان سے) کہو کہ یہ قرآن ان لوگوں کے لئے تو سراسر ہدایت اور عین شفاء ہے جو ایمان رکھتے ہیں اور جو لوگ ایمان (کی دولت) نہیں رکھتے ان کے کانوں میں یہ ایک ڈاٹ ہے اور (ان کی

آنکھوں) پر ایک اندھاپا اور ہولناک سیاہ پٹی) اور ان لوگوں کا حال (ان کے عناد اور ہٹ دھرمی کی وجہ سے) یہ ہے کہ گویا کہ ان کو پکارا جا رہا ہے کسی دور دراز مقام سے

اور یقیناً ہم نے موسیٰ کو بھی کتاب دی سو اس میں بھی اختلاف کیا گیا اور اگر آپ کے رب کی جانب سے ایک بات پہلے سے طے نہ ہو چکی ہوتی تو یقیناً ان لوگوں کے درمیان فیصلہ کبھی کا کر دیا گیا ہوتا اور یہ لوگ یقینی طور پر اس (قرآن) کی بناء پر ایک سخت اضطراب انگیز شک میں پڑے ہوئے ہیں

(بہر حال) جس نے بھی کوئی نیک عمل کیا تو وہ اپنے ہی لئے کرے گا اور جس نے کوئی برائی کی تو اس کا وبال بھی خود اسی پر ہوگا اور آپ کا رب ایسا نہیں کہ کوئی ظلم کرے اپنے بندوں پر

اسی کی طرف لوٹایا جاتا ہے قیامت کا علم اور نہیں نکلتا کوئی پھل اپنے شگوفے سے اور نہ حاملہ ہوتی ہے کوئی مادہ اور نہ ہی وہ بچہ جنتی ہے مگر یہ سب کچھ اس کے علم سے ہوتا ہے اور جس دن وہ ان کو پکار کر کہے گا کہ کہاں ہیں میرے وہ شریک (جو تم لوگوں نے از خود ٹھہرا رکھے تھے)؟ تو یہ (اس کے جواب میں سراپا خجل و ندامت بن کر) کہیں گے کہ ہم تو آپ کی بارگاہ میں عرض کر چکے کہ ہم میں سے کوئی بھی اس کا اقراری نہیں

اور کھو چکے ہوں گے ان سے وہ سب (معبودان باطلہ) جن کو یہ لوگ اس سے پہلے (پوجا) پکارا کرتے تھے اور ان کو یقین ہو چکا ہوگا کہ اب ان کے لئے کسی بھی طرح کا کوئی چھٹکارا نہیں

انسان بھلائی مانگتے نہیں تھکتا اور اگر اسے کوئی تکلیف پہنچ جائے تو یہ بالکل مایوس اور ناامید ہوجاتا ہے

اور اگر ہم اسے اپنی طرف سے کسی رحمت (و مہربانی) کا کوئی مزہ چکھا دیں اس تکلیف کے بعد جو اس کو پہنچ چکی ہوتی ہے تو یہ (ب پھر کر) کہنے لگتا ہے کہ یہ تو میرے ہی لئے ہے میں نہیں سمجھتا کہ قیامت آنے والی ہے اور اگر کہیں واقعۃً مجھے اپنے رب کی طرف لوٹنا بھی پڑ گیا تو یقیناً وہاں بھی میرے لئے بھلائی ہی ہوگی اور ہم ضرور بتا دیں گے کافروں کو ان کے وہ سب کام جو انہوں نے (زندگی بھر) کئے ہوں گے اور ہم ان کو ضرور مزہ چکھا کر رہیں گے ایک بڑے ہی سخت عذاب کا

اور جب ہم انسان کو کوئی نعمت دیتے ہیں تو وہ منہ موڑ لیتا ہے اور اکڑ جاتا ہے اور جب اسے کوئی تکلیف پہنچتی ہے تو وہ لمبی چوڑی دعائیں کرنے لگتا ہے

(ان سے) کہو کہ تم اتنا تو سوچو کہ اگر یہ (قرآن) اللہ ہی کی طرف سے ہو تو پھر بھی اگر تم لوگ اس کا انکار ہی کرتے رہے تو اس سے بڑھ کر گمراہ اور کون ہوگا جو اس کی مخالفت میں دور نکل گیا ہو؟

ہم ان کو اپنی نشانیاں دکھاتے جائیں گے آفاق میں بھی اور خود ان کی اپنی جانوں میں بھی یہاں تک کہ ان کے سامنے یہ حقیقت پوری طرح کھل جائے کہ یہ (قرآن) قطعی طور پر حق ہے کیا یہ بات کافی نہیں کہ تمہارا رب ہر چیز پر گواہ ہے؟

آگاہ رہو کہ یہ لوگ اپنے رب کی ملاقات (اور اس کے حضور پیشی) کے بارے میں شک میں پڑے ہیں آگاہ رہو کہ وہ ہر چیز کا پوری طرح احاطہ کیئے ہوئے ہے

★★★

۴۲۔ الشوریٰ

بِسْمِ اللّٰهِ الرَّحْمٰنِ الرَّحِيْمِ

اللہ کے نام سے جو رحمان و رحیم ہے

۱. حٰمٓ

۲. عٓسٓقٓ

۲. اسی طرح وحی بھیجتا ہے اللہ آپ کی طرف (اے پیغمبر!) اور ان سب (حضرات) کی طرف جو کہ گزر چکے ہیں آپ سے پہلے جو کہ بڑا ہی زبردست نہایت حکمت والا ہے

۴. اسی کا ہے وہ سب کچھ جو کہ آسمانوں میں ہے اور وہ سب کچھ بھی جو کہ زمین میں ہے اور وہی ہے بلند مرتبہ بڑی ہی عظمتوں والا

۵. قریب ہے کہ پھٹ پڑیں آسمان اپنے اوپر سے اور فرشتے تسبیح کرتے ہیں اپنے رب کی حمد کے ساتھ اور وہ بخشش مانگتے ہیں ان (ایماندار) لوگوں کے لئے جو کہ زمین میں (رہتے) ہیں آگاہ رہو کہ بلاشبہ اللہ بڑا ہی بخشنے والا انتہائی مہربان ہے

۶. اور جن لوگوں نے اللہ کے سوا اور سرپرست (اور کارساز) بنا رکھے ہیں وہ سب اللہ کی نگاہ میں ہیں اور آپ ان کے ذمہ دار نہیں ہیں

۷. اور یہاں اسی طرح ہم نے وحی کی آپ ﷺ کی طرف (اے پیغمبر!) عربی زبان کے ایک عظیم الشان قرآن کی صورت میں تاکہ آپ ﷺ خبردار کریں بستیوں کے مرکز (مکہ مکرمہ کے باشندوں) کو اور ان سب کو جو اس کے اردگرد (پورے عالم میں پھیلے) ہیں اور (ان کو) خبردار کریں جمع ہونے کے اس (ہولناک) دن سے جس کے آنے میں کوئی شک نہیں (جس دن کہ) ایک گروہ جنت میں ہوگا اور ایک دوزخ میں

۸. اور اگر اللہ چاہتا تو ان سب کو ایک ہی امت بنا دیتا لیکن وہ داخل فرماتا ہے اپنی رحمت میں جس کو چاہتا ہے اور ظالموں کا نہ کوئی یار ہے نہ مددگار

۹. کیا ان لوگوں نے اللہ کے سوا اور کارساز بنا رکھے ہیں؟ سو (واضح رہے کہ) کارساز تو اصل میں اللہ ہی ہے وہی زندہ کرتا ہے مردوں کو اور وہ ہر چیز پر پوری قدرت رکھتا ہے

۱۰. اور (ان کو یہ بھی بتا دو کہ) جس چیز کے بارے میں بھی تمہارے درمیان اختلاف واقع ہو جائے تو اس کا فیصلہ کرنا اللہ ہی کا کام ہے یہ ہے اللہ میرا رب میں نے اسی پر بھروسہ کر رکھا ہے اور میں اسی کی طرف رجوع کرتا ہوں

۱۱. وہ بنانے والا ہے آسمانوں اور زمین (کی اس عظیم الشان کائنات) کا اور اسی نے بنائے تمہارے لئے خود تمہاری ہی جنس سے عظیم الشان جوڑے (اپنی قدرت کاملہ اور حکمت بالغہ سے) اور چوپایوں میں سے بھی (اسی طرح انہی کی جنس سے) جوڑے بنائے

اس طریقہ سے وہ تمہاری نسلیں پھیلاتا ہے اس جیسی کوئی چیز نہیں اور وہی ہے ہر کسی کی سنتا سب کچھ دیکھتا

۱۲. اسی کے پاس ہیں کنجیاں آسمانوں اور زمین (کے تمام خزانوں) کی وہ روزی کشادہ فرماتا ہے جس کے لئے چاہتا ہے اور جس کو چاہتا ہے (حساب کی اور) نپی تلی دیتا ہے بیشک وہ ہر چیز کو پوری طرح جانتا ہے

۱۲. اسی نے مقرر فرمایا تمہارے لئے (سعادت دارین سے سرفرازی کے لئے) دین کا وہی طریقہ جس کا حکم وہ (اس سے پہلے حضرت) نوح کو دے چکا ہے اور جس کی وحی اب ہم آپ کی طرف کر رہے ہیں اور جس کا حکم ہم (اس سے پہلے) ابراہیم موسیٰ اور عیسیٰ کو دے چکے ہیں (اس تاکید کے ساتھ) کہ قائم کرو تم اس دین کو اور اس میں پھوٹ نہیں ڈالنا بڑی بھاری ہے مشرکوں پر وہ بات جس کی طرف آپ ان کو بلا رہے ہیں اللہ چن لیتا اپنی طرف جس کو چاہتا ہے اور وہ راہ دیتا ہے اپنی طرف اس کو جو رجوع کرتا ہے (اس وحدہٗ لا شریک کی طرف)

۱۴. اور یہ لوگ آپس میں ٹکڑے ٹکڑے نہیں ہوئے مگر اس کے بعد کہ ان کے پاس پہنچ گیا علم (حق اور حقیقت کا) محض آپس کی ضد (اور حسد) کی وجہ سے اور اگر آپ کے رب کی طرف سے ایک وقت مقرر تک (ڈھیل دینے کی) ایک بات پہلے سے طے نہ ہو چکی ہوتی تو یقیناً ان لوگوں کے درمیان (اس جرم شدید کے عذاب کا) فیصلہ کبھی کا چکا دیا گیا ہوتا اور جن

لوگوں کو وارث بنایا گیا اس کتاب (ہدایت) کا ان کے اگلوں کے بعد تو وہ یقیناً اس کے بارے میں ایک بڑے ہی اضطراب انگیز شک میں پڑے ہیں

۱۵۔ سو آپ ﷺ (اے پیغمبر!) بلاتے رہیں اسی (دین حق) کی طرف اور مستقیم (و ثابت قدم) رہو جیسا کہ آپ کو حکم دیا گیا ہے اور کبھی پیروی نہیں کرنا ان لوگوں کی خواہشات کی اور (ان سے) کہو کہ میں ایمان لایا ہوں اس کتاب پر جس کو اللہ نے اتارا ہے اور مجھے حکم دیا گیا ہے کہ میں انصاف کروں تمہارے درمیان اور اللہ ہی رب ہے ہمارا اور وہی رب ہے تمہارا ہمارے لئے ہمارے اعمال ہیں اور تمہارے لئے تمہارے اعمال کوئی جھگڑا نہیں ہمارے اور تمہارے درمیان اللہ اکٹھا کرے گا ہم سب کو (قیامت کے دن) اور اسی کی طرف لوٹنا ہے سب کو

۱۶۔ اور جو لوگ جھگڑے کرتے ہیں اللہ (کے دین) کے بارے میں اس کے بعد کہ اس کو قبول کر لیا گیا تو ان کی حجت بازی باطل ہے ان کے رب کے نزدیک ان پر اس کا بھاری غضب ہے اور ان کے لئے بڑا ہی سخت عذاب ہے

۱۷۔ اللہ وہی ہے جس نے اتارا اس کتاب کو حق کے ساتھ اور میزان کو بھی اور تمہیں کیا خبر کہ شاید (فیصلے کی) وہ گھڑی قریب ہی آ لگی ہو

۱۸۔ اس کے بارے میں جلدی وہی لوگ مچاتے ہیں جو اس پر ایمان نہیں رکھتے اور جو ایمان رکھتے ہیں وہ اس سے ڈرتے رہتے ہیں اور وہ جانتے ہیں کہ یہ قطعی طور پر حق ہے آگاہ

رہو کہ جو لوگ قیامت کے بارے میں شک ڈالنے والی بحثیں کرتے ہیں وہ یقینی طور پر بتلا ہیں پرلے درجے کی گمراہی میں

۱۹. اللہ بڑا ہی مہربان ہے اپنے بندوں پر وہ جسے (جو کچھ) چاہتا ہے عطا فرماتا ہے اور وہی ہے قوت والا سب پر غالب

۲۰. جو کوئی آخرت کی کھیتی چاہتا ہے ہم اس کے لئے افزونی دیتے ہیں اس کی کھیتی میں اور جو کوئی دنیا کی کھیتی چاہتا ہے اس کو ہم اسی میں سے (جو چاہتے ہیں) دے دیتے ہیں مگر آخرت میں اس کا کوئی حصہ نہیں ہوگا

۲۱. کیا ان لوگوں کے کچھ ایسے شریک ہیں جنہوں نے ان کے لئے دین کا وہ طریقہ نکال لیا ہے جس کی اجازت اللہ نے نہیں دی اور اگر فیصلے کی بات پہلے سے طے نہ ہو چکی ہوتی تو یقیناً ان کے درمیان کبھی کا فیصلہ کر دیا گیا ہوتا اور اس حقیقت میں کوئی شک نہیں کہ ظالموں کے لئے ایک بڑا ہی دردناک عذاب ہے

۲۲. تم دیکھو گے کہ (اس دن) یہ ظالم سہمے ہوئے ہوں گے اپنی اس کمائی کی بناء پر جو انہوں نے (زندگی بھر) کی تھی مگر وہ بہر حال ان پر آ کر رہے گا اور جنہوں نے ایمان لایا ہوگا اور انہوں نے کام بھی نیک کئے ہوں گے وہ بہشت کے عظیم الشان باغوں میں ہوں گے اور ان کو اپنے رب کے یہاں ہر وہ چیز ملے گی جو وہ چاہیں گے یہی ہے وہ بڑا فضل

۲۲. یہ ہے وہ چیز جس کی خوشخبری دیتا ہے اللہ اپنے ان بندوں کو جو ایمان لائے اور انہوں نے (ایمان کے مطابق) نیک کام بھی کئے (ان سے) کہہ دو کہ میں (تبلیغ حق کے)

اس کام پر تم سے کوئی اجر نہیں مانگتا بجز رشتہ داری کی محبت کے اور جو کوئی بھلائی کمائے گا تو ہم اس کے لئے اس بھلائی کی خوبی کو اور بڑھاتے جائیں گے بلاشبہ اللہ بڑا ہی درگزر کرنے والا انتہائی قدرداں ہے

۲۴. کیا یہ لوگ کہتے ہیں کہ اس شخص نے جھوٹ باندھا ہے اللہ پر؟ سو (ان کا یہ کہنا سراسر باطل و مردود ہے ورنہ) اگر اللہ چاہتا تو مہر لگا دیتا آپ صلی اللہ علیہ وآلہ وسلم کے دل پر اور اللہ مٹا دیتا ہے باطل کو اور حق کر دکھاتا ہے حق کو اپنے فرامین (اور ارشادات) کے ذریعے بیشک وہ پوری طرح جانتا ہے دلوں کے رازوں کو

۲۵. اور وہی ہے جو توبہ قبول فرماتا ہے اپنے بندوں سے اور وہ درگزر فرماتا ہے ان کی (خطاؤں اور) برائیوں سے اور وہ جانتا ہے وہ سب کچھ جو تم لوگ کرتے ہو

۲۶. اور وہ قبول فرماتا ہے دعاء (و عبادت) ان لوگوں کی جو ایمان لائے اور انہوں نے کام بھی نیک کئے اور ان کو اور زیادہ دیتا ہے اپنے فضل (و کرم) سے اور جو لوگ اڑے ہوئے ہیں اپنے کفر (و باطل) پر ان کے لئے بڑا ہی سخت (اور ہولناک) عذاب ہے

۲۷. اور اگر اللہ روزی کشادہ کر دیتا اپنے بندوں کے لئے تو یقیناً یہ بغاوت (و سرکشی) کا طوفان کھڑا کر دیتے اس کی زمین میں مگر وہ اتارتا ہے ایک (نہایت ہی مناسب) اندازے سے جتنی چاہتا ہے (اور جس کے لئے چاہتا ہے) بلاشبہ وہ اپنے بندوں سے پوری طرح باخبر اور ان کی ہر حالت پر نگاہ رکھنے والا ہے

۲۸. اور وہ وہی ہے جو اتارتا ہے بارش کو اس کے بعد کہ لوگ (ناامید و) مایوس ہو چکے ہوتے ہیں اور وہ (ہر طرف) پھیلا دیتا ہے اپنی رحمت (اور اس کے آثار و نتائج) اور وہی ہے کارساز اور ہر تعریف کے لائق

۲۹. اور اس کی (قدرت کی) نشانیوں میں سے ہے آسمانوں اور زمین (کی اس عظیم الشان کائنات) کا پیدا کرنا اور وہ تمام جاندار مخلوق جس کو اس نے پھیلا دیا ہے (اپنی قدرت کاملہ اور حکمت بالغہ سے) ان دونوں میں اور وہ جب چاہے ان کو اکٹھا کرنے پر پوری قدرت رکھتا ہے

۲۰. اور جو بھی کوئی مصیبت پہنچتی ہے تم کو (اے لوگو!) وہ خود تمہاری اپنی اس کمائی کا نتیجہ ہوتی ہے جو تم نے اپنے ہاتھوں سے کی ہوتی ہے اور بہت سے (گناہوں سے) تو وہ درگزر فرما دیتا ہے

۲۱. اور تم ایسے نہیں ہو کہ عاجز کر دو (اپنے رب کو اس کی) زمین میں اور اللہ کے مقابلے میں نہ تمہارا کوئی یار ہو سکتا ہے نہ مددگار

۲۲. اور اس کی نشانیوں میں پہاڑوں جیسے وہ (عظیم الشان) جہاز بھی ہیں جو چلتے ہیں سمندر میں

۲۲. اگر وہ چاہے تو ساکن کر دے ہوا کو جس کے نتیجے میں یہ سب کھڑے کے کھڑے رہ جائیں سمندر کی پیٹھ پر بیشک اس میں بڑی بھاری نشانیاں ہیں ہر اس شخص کے لئے جو کمال درجے کا صابر اور شاکر ہو

۳۴. یا وہ ہلاک کر دے ان (پر سوار ہونے والوں) کو ان کے کرتوتوں کی پاداش میں اور بہتوں سے وہ درگزر فرماتا ہے

۳۵. اور (اس وقت) معلوم ہو جائے ان لوگوں کو جو جھگڑتے ہیں ہماری آیتوں میں کہ ان کے لئے کوئی پناہ گاہ نہیں

۳۶. سو (واضح رہے کہ) جو کچھ تمہیں دیا گیا ہے (اے لوگو!) وہ سب چند روزہ سامان ہے اس دنیاوی زندگی کا (اور بس) جب کہ جو کچھ اللہ کے پاس ہے وہ اس سے کہیں بہتر بھی ہے اور کہیں زیادہ پائیدار بھی ان (خوش نصیبوں) کے لئے جو ایمان لائے اور وہ اپنے رب ہی پر بھروسہ رکھتے ہیں

۳۷. جو بچتے (اور دور رہتے) ہیں بڑے گناہوں اور بے حیائی کے کاموں سے اور جب ان کو غصہ آجائے تو وہ (عفوو) درگزر سے کام لیتے ہیں

۳۸. جو حکم مانتے ہیں اپنے رب کا اور قائم رکھتے ہیں (فریضہ) نماز کو اور جو اپنے (اہم) معاملات باہمی مشورے سے چلاتے ہیں اور وہ خرچ کرتے ہیں (ہماری رضاء و خوشنودی کے لئے) اس میں سے جو ہم نے ان کو دیا ہوتا ہے

۳۹. اور جب ان سے کوئی (ظلم اور) زیادتی کی جاتی ہے تو وہ اس کا (مقابلہ کرتے اور) بدلہ لیتے ہیں

۴۰. اور برائی کا بدلہ ویسی ہی برائی ہے پھر جو کوئی معاف کر دے اور اصلاح کر لے تو اس کا اجر اللہ کے ذمے ہے بیشک وہ پسند نہیں کرتا ظالموں کو

۴۱.	اور جو بدلہ لیں اس کے بعد کہ ان پر ظلم کیا گیا تو ایسے لوگوں پر کوئی الزام نہیں

۴۲.	الزام تو بس ان لوگوں پر ہے جو دوسروں پر ظلم کرتے ہیں اور وہ ناحق طور پر زیادتیاں کرتے ہیں اللہ کی زمین میں ایسے لوگوں کے لئے ایک بڑا ہی دردناک عذاب ہے

۴۲.	البتہ جو کوئی صبر سے کام لے اور درگزر کرے تو بلاشبہ یہ بڑے ہمت کے کاموں میں سے ہے

۴۴.	اور جس کو اللہ ہی گمراہ کر دے (اس کے خبث باطن کی بناء پر) تو اس کے لئے اس کے بعد کوئی چارہ ساز نہیں اور (کل قیامت میں) تم دیکھو گے کہ یہ ظالم لوگ جب اس عذاب کو خود دیکھ لیں گے تو کہیں گے (ہائے افسوس) کیا اب واپس جانے کی کوئی بھی صورت ہو سکتی ہے؟

۴۵.	اور تم ان کو دیکھو گے کہ جب ان کو دوزخ کے سامنے لایا جائے گا تو وہ ذلت کے مارے جھکے جا رہے ہوں گے اور اس کو نظریں بچا بچا کر کن اکھیوں سے دیکھ رہے ہوں گے اور (اس وقت) وہ لوگ جو کہ ایمان سے مشرف رہے ہوں گے کہیں گے بلاشبہ خسارے والے وہی لوگ ہیں جنہوں نے خسارے میں ڈال دیا اپنے آپ کو اور اپنے تعلق داروں کو آج قیامت کے دن آگاہ رہو کہ ظالم لوگ دائمی عذاب میں ہوں گے

۴۶.	اور وہاں ان کے لئے نہ کوئی ایسے حامی ہوں گے (نہ مددگار) جو ان کی کوئی مدد کر سکیں اللہ کے مقابلے میں اور جس کو اللہ ہی ڈال دے گمراہی (کے ہولناک گڑھے) میں پھر اس کے لئے (نجات کی) کوئی سبیل ممکن نہیں

۴۷. بات مان لو اپنے رب کی (اے لوگو!) قبل اس سے کہ آپہنچے ایک ایسا (ہولناک) دن جس کے لئے ٹلنے کی پھر کوئی صورت نہ ہوگی اللہ کی طرف سے اس دن نہ تو تمہارے لئے کوئی پناہ کی جگہ ہوگی اور نہ ہی تمہارے لئے کسی انکار کی کوئی گنجائش

۴۸. پھر بھی اگر یہ لوگ منہ موڑے ہی رہیں تو (آپ ان کی فکر نہ کریں کہ) ہم نے آپ کو ان پر کوئی نگہبان بنا کر نہیں بھیجا آپ کے ذمے تو صرف (پیغام) پہنچا دینا ہے (اور بس) اور جب ہم چکھا دیتے ہیں اس (تنگ ظرف) انسان کو اپنی طرف سے کوئی رحمت تو یہ پھول جاتا ہے اور اگر کبھی ان کو کوئی تکلیف پہنچ جائے ان کے اپنے ان اعمال (اور کرتوتوں) کی بناء پر جو انہوں نے خود اپنے ہاتھوں انجام دئیے ہوتے ہیں تو اس وقت یہ انسان بڑا ناشکرا ہوتا ہے

۴۹. اللہ ہی کے لئے ہے بادشاہت آسمانوں کی اور زمین کی وہ پیدا فرماتا ہے جو چاہتا ہے جسے چاہتا ہے لڑکیاں دیتا ہے اور جسے چاہتا ہے لڑکے عطاء کرتا ہے

۵۰. یا ان کو لڑکوں اور لڑکیوں دونوں سے نواز دیتا ہے اور جسے چاہتا ہے بانجھ کر دیتا ہے بلاشبہ وہ سب کچھ جانتا پوری قدرت والا ہے

۵۱. کسی بشر کا یہ مقام نہیں کہ اللہ اس سے کلام کرے مگر یا تو وحی کے طور پر یا پردے پیچھے سے یا وہ کوئی فرشتہ بھیج دے پھر وہ اس کے حکم سے القاء کرے جو کچھ کہ وہ چاہے بلاشبہ وہ بڑی ہی بلند شان والا بڑا ہی حکمت والا ہے

۵۲. اور اسی طرح ہم نے آپ ﷺ کی طرف (اے پیغمبر!) وحی کی ایک عظیم الشان روح کی اپنے حکم سے (ورنہ) آپ ﷺ نہ تو یہ جانتے تھے کہ کتاب کیا ہوتی ہے اور نہ ہی ایمان (کی تفصیلات) کو مگر ہم نے بنا دیا اس روح کو ایک ایسا عظیم الشان نور جس کے ذریعے ہم ہدایت سے نوازتے ہیں اپنے بندوں میں سے جس کو چاہتے ہیں اور بلاشبہ آپ (اے پیغمبر!) راہنمائی کرتے ہیں سیدھے راستے کی

۵۲. یعنی اس اللہ کے راستے کی طرف. جس کے لئے وہ سب کچھ ہے جو کہ آسمانوں میں ہے اور وہ سب کچھ بھی جو کہ زمین میں ہے آگاہ رہو کہ اللہ ہی کی طرف لوٹتے ہیں سب کام

***

www.ingramcontent.com/pod-product-compliance
Lightning Source LLC
LaVergne TN
LVHW010218070526
838199LV00062B/4642
9789358720136

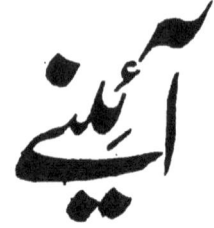

آئینے

(مزاحیہ طنزیہ مضامین)

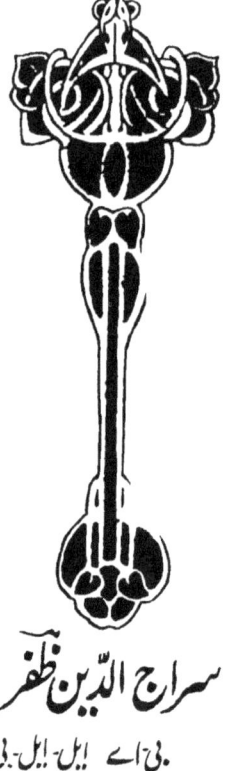

سراج الدین ظفر

بی اے ایل-ایل-بی

© Taemeer Publications
Aainey *(Short stories)*
by: Sirajuddin Zafar
Edition: May '2023
Publisher & Printer:
Taemeer Publications, Hyderabad.

ISBN 978-93-5872-013-6

مصنف یا ناشر کی پیشگی اجازت کے بغیر اس کتاب کا کوئی بھی حصہ کسی بھی شکل میں بشمول ویب سائٹ پر اَپ لوڈنگ کے لیے استعمال نہ کیا جائے۔ نیز اس کتاب پر کسی بھی قسم کے تنازع کو نمٹانے کا اختیار صرف حیدرآباد (تلنگانہ) کی عدلیہ کو ہو گا۔

© تعمیر پبلی کیشنز

کتاب	:	**آئینے** (مزاحیہ طنزیہ مضامین)
مصنف	:	**سراج الدین ظفر**
صنف	:	طنز و مزاح
ناشر	:	تعمیر پبلی کیشنز (حیدرآباد، انڈیا)
زیر اہتمام	:	تعمیر ویب ڈیولپمنٹ، حیدرآباد
سالِ اشاعت	:	۲۰۲۳ء
تعداد	:	(پرنٹ آن ڈیمانڈ)
طابع	:	تعمیر پبلی کیشنز، حیدرآباد ۔۲۴
صفحات	:	۱۶۰
سرورق ڈیزائن	:	تعمیر ویب ڈیزائن

اُس خرابیِ دماغ کے نام جس کا نتیجہ
یہ افسانے ہیں

اچھا ہے دِل کے پاس رہے پاسبانِ عقل
لیکن کبھی کبھی اِسے تنہا بھی چھوڑ دے

فہرستِ مضامین

نمبر شمار	مضمون	صفحہ
۱	مقدمہ	9
۲	تنازعہ	27
۳	مولانا	42
۴	شکاری کتّا	62
۵	شاعر	81
۶	قاضی	96
۷	ہندوستان زندہ باد	104
۸	اپنا اپنا ظرف	126
۹	راکھشش	136

سراج الدّین ظفر

مقدّمہ

شوکت تھانوی

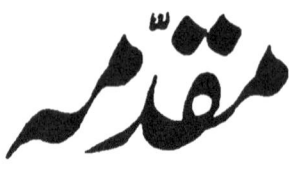

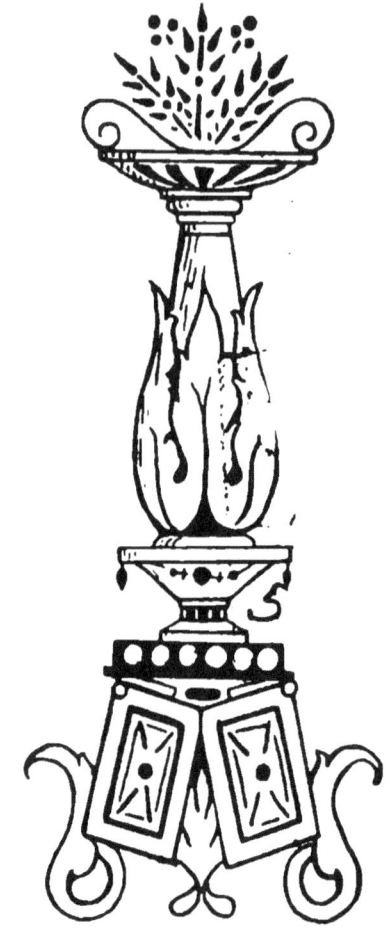

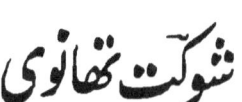

مقدّمہ

میری بہت سی کمزوریوں میں سے ایک توانا قسم کی کمزوری یہ بھی ہے کہ مَیں مقدّمہ بازی سے ہمیشہ گھبرایا ہوں۔ خواہ وہ فوجداری قسم کے مقدّمے ہوں یا از قسمِ دیوانی۔ اِس کمزوری کا ایک احسان یہ تو ضرور ہؤا ہے کہ مجھ میں جرائم پیشہ بننے کی جرأتِ رندانہ کبھی پَیدا نہیں ہوئی۔ حالانکہ ضرورتوں نے اکثر جرائم کی ترغیب بھی دی اور خُود جرائم نہایت دل آویز صورتوں میں اس طرح میرے پاس آئے، جیسے کنواں پیاسے کے پاس پہنچ جائے۔ لیکن ہر مرتبہ مقدّمہ بازی کے ہولناک تصوّر سے مَیں کانپ اُٹھا اور نہایت بُزدلی کے ساتھ ارتکابِ جرم سے اپنے کو بچا کر بَیٹھ رہا۔ لیکن بہت سے مقدّمے ایسے ہوتے ہَیں جو بغیر کسی جُرم کے چل جایا کرتے ہیں۔ بلکہ مقدّموں کی ایک آدھ قِسم تو ایسی ہَے جو محض شرفاء کے لئے مخصوص ہَے۔ مثلاً انکم ٹیکس کا مقدّمہ،

یا قرض کے سلسلہ میں کوئی دعویٰ وغیرہ - اِس قسم کے مقدّموں سے اُس وقت تک نجات ممکن نہیں ، جب تک کسبِ معاش کے شریفانہ اُور غیر شریفانہ ، جائز اُور ناجائز طریقوں کا امتیاز موجُود ہے - لیکن اِس قسم کے مقدّموں سے بھی ہمیشہ یوں نجات حاصِل کی کہ ڈگری مع خرچہ اپنے سر اوڑھ لی وکیل صاحب کو شکرانہ دے کر خُدا کا شکر ادا کیا ؎

لیکن آج ایک ایسے مقدّمہ میں ماخوذ ہیں کہ نہ تعزیراتِ ہند کی کوئی دفعہ ہمارے حق میں ہے ، نہ ضابطۂ فوجداری میں کوئی گوشۂ عافیت - نہ کوئی وکیل وکالت کر سکتا ہے نہ گواہی کے لئے کسی گواہ کا امکان - یہ مقدّمہ دائر کیا ہُوا ہے سراج الدّین صاحب ظفر کا - اُور رُودادِ مقدّمہ یہ ہے کہ اُن کے فکاہی مضامین کا مجمُوعہ پیشِ نظر ہے ، جو بقول اُن کے اُس وقت تک طبع ہی نہیں ہو سکتا ، جب تک مَیں اُس پر ایک مقدّمہ لِکھ کر اپنی تباہی مول نہ لُوں - سراج الدّین صاحب خُود وکیل تھے اُور باوجُود یہ مشغلہ ترک کر دینے کے اب تک ایل - ایل - بی ہیں - لہٰذا مقدّموں سے اُن کو اگر دلچسپی ہے تو یہ کوئی تعجب کی بات نہیں - مگر اِس خاکسار کا قصور تو صرف اِسی قدر تھا کہ ظفر صاحب کے دو ایک مضامین پڑھ کر دلچسپی کا اظہار کر دیا -

کیا خبر تھی یہی دلچسپی قابلِ دست اندازی پولیس قسم کا جُرم بن سکتی ہے۔ چُنانچہ ملاحظہ فرمائیے کہ مبتلا ہیں اِس مقدمہ میں ؎

مقدمے کے تیور پَیدا کرنے سے پہلے میں چاہتا ہُوں کہ ایک لطیفہ پیش کر دُوں۔ ممکن ہَے کہ یہ لطیفہ یہاں کچُھ بے محل سا معلوم ہو۔ مگر میری رائے میں اگر لطیفہ کامیاب ہے تو وہ بے محل سے بے محل حالات میں بامحل محسُوس ہونے لگتا ہَے اَور اگر لطیفہ ہی ناکام ہے تو اپنے ساتھ ہی محل کو بھی لے ڈوبتا ہَے۔ یعنی پھر بھی بے محل نہیں ہونے پاتا تو وہ لطیفہ یہ ہے کہ سراج الدّین صاحب ظَفر کو مَیں بحیثیت شاعر کے جانتا تھا اَور سراج الدّین صاحب ظَفر مجھ کو بحیثیت ایک مزاح نگار کے جانتے تھے۔ یہ قصّہ ہَے اُس وقت کا جب وہ لاہور میں تھے اَور مَیں لکھنؤ میں۔ لاہور آکر اَور قریب سے مل کر ہم دونوں پر عجیب راز منکشف ہُوئے۔ یعنی اُنھوں نے مجھ کو اپنے مزاحیہ مضامین سُنائے۔ مَیں نے اُن کو اپنے شعر۔ اس معاصرانہ تبادلہ کا نتیجہ یہ ہُوا کہ وہ تو میرے اشعار پر "واہ" کرکے رہ گئے اَور "آہ" مجھ کو یہ مقدمہ لِکھنا پڑا۔

سراج الدّین صاحِب ظَفر نے اپنی شاعری سے اُکتا کر یا محض "مزہ مُنہ کا بدلنے کے لئے" نثر لکھنا

شروع کی ۔ بہت اچھا کیا۔ مگر ان کی دشوار پسندی نے نثر نگاری میں بھی ایک نہایت خطرناک وادی میں قدم رکھا ہے ۔ خدا خیر کرے ۔ مزاح نگاری کو مذاق سمجھ لینا بجائے خود ایک عبرت انگیز لطیفہ ہے۔ اِس وادیٔ پُر خار میں بہت سے مُسافروں کا گزر ہوا ہے ۔ کچھ اپنے دامن یہیں چھوڑ کر اَور جان بچا کر بھاگے ، کچھ دامن بچاتے ہوئے چُپ چپاتے گزر گئے اَور بہت کم ایسے تھے جو اِن کانٹوں سے اُلجھ کر خندۂ گُل کا درس دے سکے ۔ طنز نگاری ادب کی ایک حیثیت سے آخری منزل ہے ۔ سراج الدین صاحب ظفرؔ نے "تمت بالخیر" سے "بسم اللہ" فرمائی ہے ۔ انجام سے آغاز کا کام لیا ہے ۔ اس جراٗتِ رندانہ پر ہنسنے کے بجائے ہم کو اِس کا جائزہ لینا چاہیئے ۔ کیا عجب ہے کہ " دریں گرد سوارے باشد" اَور کیا تعجب ہے کہ ظفرؔ صاحب نے اِس نکتہ کو پا لیا ہو کہ شاعری کی طرح مزاح نگاری بھی اکتسابی فن ہونے سے کہیں زیادہ عطیۂ فطرت ہے ۔ جس طرح شاعر بنتا نہیں بلکہ پیدا ہوتا ہے ۔ اِسی طرح مزاح نگاری بھی کہیں سے حاصِل نہیں کی جاتی ، بلکہ مزاح نگار کو اپنی ہی رُوح میں ملتی ہے ۔ بلکہ وہ مزاح نگار جن کی رُوح کے دروازے اِس باب میں بند ہیں اَور قلم

مزاح نگاری میں مصروف، شاعر تو نہیں البتہ متشاعر کہے جا سکتے ہیں۔ ان میں اور فطری مزاح نگاروں میں وہی فرق ہوتا ہے جو اصلی اور کاغذی پھولوں میں نظر آتا ہے۔ وہ مزاح نگار نہیں ہوتے، بلکہ مزاح نگار کی تمثیل ضرور پیش کرتے ہیں اور اُن کا آرٹ آمد سے زیادہ آورد کے بل بوتے پر ایک ڈھونگ سا رچا کر خود اُن کو ایک غلط فہمی میں اور ادب کو ایک عجیب عذاب میں مبتلا کر دیتا ہے۔ فطری مزاح نگار اپنے آرٹ سے دنیا کو شگفتگی بخشتا ہے۔ اس کا پیغام تازگی اور زندگی لاتا ہے۔ وہ نہایت سنجیدگی سے دُوسروں کو ہنسا دیتا ہے اور غیر فطری مزاح نگار خود ہنستا ہے۔ خواہ دُوسرے ہنسیں یا حیرت سے اُس کا منہ دیکھتے رہیں۔ بلکہ سلیقہ تو یہ کہتا ہے کہ اُن کے اس ہنسنے پر خدا توفیق دے تو رو دینا ہی مذاقِ سلیم کی صحت کا پتہ دے سکتا ہے۔

ادب اُردو نے شاعروں کی طرح مزاح نگار بھی کثرت سے پیدا کئے۔ جن میں سے کچھ خود تھک گئے۔ کچھ نے دُوسروں کو اپنے آرٹ سے بہت جلد تھکا دیا۔ کچھ ایک آدھ جلوہ دکھا کر رُو پوش ہو گئے اور آخر کار مزاح نگاروں کی اس ریل پیل میں صرف چند ہی ایسے بچے، جن پر دنیا کی نظریں ٹھہر سکیں اور جو

خود بھی ان نظروں کے سامنے ٹھہرنے ہیں کامیاب ہو سکے۔ مگر اس کے باوجود مَیں ادبِ اُردو کے اِس شعبہ کی طرف سے کبھی اِس قدر مایوس نہیں ہوُا کہ اپنے ادب کی طرف سے مُنہ موڑ کر اسکر وائلڈ، چسٹرٹن، اَور برنارڈ شا کو گھبرا گھبرا کر یاد کرنا شروع کر دُوں۔ اُردو کی بساط کے مطابق اس کا سرمایۂ مزاح یقیناً ہلکا نہیں ہَے اَور اگر اُردو عہدِ جدید کی ویسی ہی شاہی زبان ہوتی جیسی انگریزی ہَے تو پطرس، عظیم بیگ چغتائی اَور فرحت اللہ بیگ وغیرہ کے حوالے شاید خُود اسکر وائلڈ، چسٹرٹن اَور برنارڈ شا کو دینا پڑتے۔ اپنے ادب کو ترقی دینے کے بجائے دُوسرے ادب کی ترقیاں دیکھ کر اپنی ترقی سے مایوس ہو جانے کا اصُول آج تک میری سمجھ میں نہیں آیا ہَے۔ ہم اکبر الٰہ آبادی، منشی سجّاد حسین، ظریف لکھنوی اَور عہدِ حاضر کے دُوسرے مزاح نگاروں کے کارناموں پر فخر کرنے کے بجائے فیشن کے طور پر رُوسی، فرانسیسی اَور انگریز مزاح نگاروں کی طرف رشک سے دیکھتے ہیں اَور اُن کے مقابلہ میں اپنی کمتری کا احساس دُوسروں میں پیدا کرلتے ہیں۔ مَیں تو اِس طریقہ کو صرف یہی سمجھتا ہوں کہ یہ بھی ایک ذریعہ ہَے خُود اپنے وسیع مطالعہ کا سکّہ جملنے کا۔ مطالعہ ضرور کیا جائے، مگر اُس کے

غیر ضروری اظہار سے اپنے ادب کو نقصان پہنچانے کی کوشش کیوں کی جائے۔ خصوصًا ایسی حالت میں جبکہ ادب کے دُوسرے شعبوں سے کہیں زیادہ مزاح پر اپنے ذاتی ماحول کا اثر ہونا چاہئے۔ انگریز بہُت سی ایسی باتوں پر ہنس سکتے ہیں، جن پر ہندوستانیوں کو ہنسی نہیں آتی، بلکہ حیرت ہوتی ہے کہ اِس میں ہنسی کی کیا بات تھی؟ اِسی طرح رُوسی اُور فرانسیسی مزاح ہمارے مزاح، ہماری معاشرت اُور ہمارے ماحول سے میل نہیں کھاتا۔ ہمارا مذاق ہی الگ ہے اُور ہم کو اپنے ہی حالات سے اُور اپنے ہی مزاج کے مطابق مزاح سے شگفتگی حاصِل ہو سکتی ہے اُور سچ پُوچھئے تو بے ساختگی جو مزاح کی رُوح ہے، وہ تقلید سے کبھی پَیدا ہی نہیں ہو سکتی۔

مجھے بڑی خوُشی ہے کہ سراج الدّین صاحب ظؔفر نے اُردو میں رُوسی۔ فرانسیسی یا انگریزی مزاح پیش کرنے کی کوشِش نہیں کی ہے۔ حالانکہ ان کے ایک یا دو مضامین پر مجھے ترجمہ کا شبہ ہُوا تھا، مگر بعد میں یہ شبہ غلط نِکلا۔ میرے اِس شبہ کی ذمہ داری مجھ سے زیادہ ظؔفر صاحِب پر عائد ہوتی ہے۔ اِس لئے کہ مزاح کے لئے آپ نے جو اسلوب اختیار کیا ہے۔ وہ اگر یوروپین نہیں تو یوروشین ضرور محسوس ہوتا ہے۔

یہ نتیجہ ہو سکتا ہے یوروپین لٹریچر کے مطالعہ کا۔ مگر اس کے باوجود ظفر صاحب کے مزاح کی روح خالص ہندوستانی ہے اور اُن پر سوائے ایک مضمون کے یہ اعتراض کہیں وارد نہیں ہو سکتا کہ اُردو زبان میں انگریزی بولنے کی کوشش کی ہے۔ جس ایک مضمون کا میں ذکر کر رہا ہوں، اُس کا عنوان ہے "مولانا"

مولانا کی تمام عمر مسجد کی امامت میں گزری تھی۔ محلہ بھر میں اُن کے زہد کی دھوم تھی۔ پچھلی جمعرات کو ایک مرید کے ہاں مدعو تھے۔ کچھ زیادہ کھا گئے اور ہیضہ میں مبتلا ہو کر واصل بحق ہو گئے۔ ظفر صاحب نے اِن ہی مولانا کا سفرِ آخرت اور جنت میں مولانا کے خیر مقدم اور قیام وغیرہ کے مناظر پیش کئے ہیں۔ جن کے اِدھر اُدھر سے کچھ حصے پیش کئے جاتے ہیں:-

"جیسے ہی خویش و اقارب انہیں دفنا کر لوٹے، آسمانی ٹرانسپورٹ ڈیپارٹمنٹ (محکمۂ رسل و رسائل) نے انہیں جنت میل میں سوار کر دیا"

"ایک لڑکی قریب آ کر مولانا سے ــــ مولانا آپ ہی کا اسمِ گرامی ہے؟

جی ہاں! اسی نیاز مند کو مولانا کہتے ہیں +

میں ری سپشن کمیٹی (مجلسِ استقبالیہ) کی سیکرٹری

ہوں ۔ تشریف لائیے ۔ آج آپ ریسٹ کیمپ میں رہینگے"۔

مولانا نے دریافت کیا ۔" آپ کب سے جنت میں ہیں"۔
لڑکی نے جواب دیا ۔" یہی کوئی دس کروڑ برس سے"۔

"دس کروڑ برس ۔ دس کروڑ برس" مولانا نے حیران ہو کر دریافت کیا ۔" تو کیا آپ بوڑھی ہیں؟"

"نہیں" حور نے مسکرا کر کہا ۔" یہاں کی آب و ہوا زندگی پر اثر انداز نہیں ہوتی ۔ اس کے علاوہ یہاں کا پبلک ہیلتھ ڈیپارٹمنٹ ہر پچاس سال کے بعد آپریشن کے ذریعہ ساکنانِ جنت کے مردہ غدود نکال کر اُن کی جگہ بندروں کے تازہ غدود داخل کر دیتا ہے۔ جن سے جوانی برقرار رہتی ہے"۔

دوسرے دن پبلک ہیلتھ ڈیپارٹمنٹ کا ایک فرشتہ ایمبولنس کار لے کر آ گیا۔

مولانا کا محل ریسٹ کیمپ کی عمارت سے کئی گنا خوبصورت تھا ۔ ان کی سیکرٹری نے جو بے انتہا خوبصورت حور تھی ، اُن کے عملہ سے جو کئی خوبصورت حوروں ، اور غلمانوں پر مشتمل تھا ، اُن کا تعارف کرایا اور مولانا

شام تک بیٹھے حسین کنیزوں سے تبادلۂ خیالات کرتے رہے۔ آخر جب ڈنر کا وقت آگیا تو سیکرٹری کو تنہائی کا موقع مِلا۔

"کیا آپ کو یہاں کی زندگی کا پروگرام معلوم ہے؟" اُس نے کہا۔

"نہیں تو۔"

"صبح آپ کو بڈ ٹی کِس وقت چاہیئے؟"

"غسل کے بعد"

"غسل کے بعد" سیکرٹری نے حیرت سے کہا۔"وہ تو برک فاسٹ کا وقت ہے۔"

اِن چند اقتباسات سے اِس مضمون کا شاید وہ پہلو سامنے آسکے گا جو مَیں نمایاں کرنا چاہتا ہوں۔ مولانا بے چارے کو تو در اصل اِسی بات پر حیران ہونا چاہیئے کہ برک فاسٹ کھائیں یا ایمبولنس کار۔ مجھے اس مضمون پر اگر اعتراض ہے تو صرف یہ کہ مولانا شاید کسی غلط ٹرین پر بیٹھ کر بجائے جنّت کے PARADISE میں پہنچ گئے ہیں۔

اِس مضمون سے اِس اختلاف کے بعد مجھ کو اُن کے دُوسرے مضامین میں جو برجستگی، جو تازگی اور جو بے قرار شوخی نظر آتی ہے۔ اُس کو دیکھ کر تو مَیں

حیران ہوں کہ ظفر صاحب اپنی اس صلاحیت کو اب تک کیوں چھپائے رہے اور نمایاں بھی ہوئے تو کہاں؟ کراچی کے ایک غیر معروف رسالہ ہندوستانی میں۔ گویا ؎

آئے بھی تو وہ سر کو جھکائے مرے آگے
اِس طور سے آئے کہ نہ آئے مرے آگے

اگر ان کے یہی مضامین لاہور، دہلی یا لکھنؤ کے کسی معیاری رسالے میں شائع ہوئے ہوتے تو آج مجھ کو اس تعارف کی ضرورت بھی پیش نہ آتی۔ وہ خود ہی اپنے نام کے ساتھ اُچھل چکے ہوتے۔ بجائے اِس کے کہ اب دنیا اِن کا نام اس حیثیت سے سُن کر اچھل پڑے۔

ظفر صاحب کے یہاں زبان کی غلطیاں ممکن ہیں۔ اِس لئے کہ نہ وہ اہلِ زبان ہیں نہ اِس سلسلہ میں زبان درازی کے مدعی۔ مگر ان کے طرزِ تحریر کی شگفتگی، برجستگی اور مزاحیہ سلیقہ سے انکار ممکن نہیں۔ ؎

کیا لطف جو غیر پردہ کھولے
جادُو وُہ جو سر پہ چڑھ کے بولے

ان کے چند مضامین کے اقتباس پیش کرتا ہوں۔ معلوم نہیں، اِس میں اپنے خُوش مذاق ہونے کے جذبے کی نمائش مقصُود ہے یا ظفر صاحب کے اسلوب کی

خصوصیت کا اظہار۔ جو کچھ بھی ہو، مگر میں داد طلب نہیں ہوں۔ داد کے مستحق ظفر صاحب ہیں +

شکاری کُتا کے عنوان سے ایک تمثیل ہے۔ ذرا مکالمہ ملاحظہ ہو:۔

چنبیلی:۔ "سرکار! جاوید میاں آئے ہیں"+

نجمہ (چونکتی ہوکر) "یہ جاوید میاں کون ہیں؟"

زاہدہ:۔ "سب سے بڑے بُدھو+"

نجمہ (رسالہ ایک طرف رکھ کر حیرت سے) "سب سے بڑے بُدھو؟"

زاہدہ:۔ "ہاں! آپ یہاں کے رئیس زادے ہیں اور.... اور میری محبت کا دم بھرتے ہیں"+

نجمہ:۔ "اوہو! میں سمجھی"+

زاہدہ (چنبیلی سے) "کہ دو میں مصروف ہوں میری ایک سہیلی آئی ہوئی ہے"+

چنبیلی:۔ "انھوں نے کہا ہے کہ اگر آج بھی ملاقات نہ ہوئی تو وہ کچھ کھا کر خودکشی کر لیں گے"+

زاہدہ:۔ "ایک بار نہیں سو بار خودکشی کرے۔ میں نے کہ دیا ہے کہ میں نہیں مل سکتی...... نہیں مل سکتی"+

چنبیلی:۔ "سرکار! پرسوں بھی آپ نے اُن سے مُلاقات

نہیں کی تھی اور انہوں نے چھوٹے میاں کے
بادامی بوٹ پالش کی ڈبیہ کی ڈبیہ کھا لی تھی"۔

زاہدہ :- "میں ان باتوں کی پروا نہیں کرتی"۔

چنبیلی :- "آپ پروا کریں یا نہ کریں، لیکن چھوٹے میاں تو کرتے ہیں۔ وہ آج میرے سر ہو رہے تھے"۔

زاہدہ :- "میں چھوٹے بھائی جان کو آج ایک درجن بوٹ پالش لا دوں گی۔ تاکہ آئندہ اگر کبھی جاوید طبع آزمائی کرنا چاہے تو کافی مقدار میسّر آسکے"۔

چنبیلی :- "آپ شاید ایک چاکولیٹ کا ڈبّہ آج برآمدے میں بھول آئی ہیں"۔

زاہدہ :- "ہاں! وہ میں اپنے لئے آج ہی بازار سے لائی ہوں"۔

چنبیلی :- "جاوید میاں مجھ سے پوچھ رہے تھے کہ ایک تندرست آدمی کو خودکشی کے لئے کتنی مقدار میں چاکولیٹ کھانے کی ضرورت پڑے گی"۔

"ہندوستان زندہ باد" کے نام سے جو کامیاب طنز ہے جس کو میں اس مجموعہ کی جان سمجھتا ہوں۔ اس طنز کا لطف پورا مضمون پڑھنے میں ہے۔ اقتباس دے کر اس طنز کی قیامت کا اندازہ کرانا ممکن نہیں۔

"تنازعہ" کے زیرِ عنوان ظفر صاحب نے جو شرارتیں سنجیدگی کے ساتھ پیش کی ہیں۔ اُن کا کچھ لطف تو یہیں حاصل کر لیجئے۔ فرماتے ہیں:-

"شاعر کو سیٹھ ...... کی لڑکی کی ملازمت میں بیسواں روز تھا۔ لیکن ابھی تک اُس کی کوئی مراد بر نہ آئی تھی۔ بر آتی بھی کیونکر؟ عرضِ محبت کے خیال سے ہی اُس کا دل اِس طرح دھڑکنے لگتا، جیسے انجن چل رہا ہو۔ بس وہ آتا۔ گھڑی دو گھڑی اُسے کوئی کتاب پڑھاتا اور بے نیل مرام لوٹ جاتا۔ آج وُہ بڑا مغموم تھا۔ اُسے کامیابی کا کوئی راستہ نظر نہ آتا تھا۔

"کیا آپ شاعری بھی کرتے ہیں؟" دوشیزہ نے دورانِ گفتگو میں دریافت کیا۔

"ہاں کبھی کبھی وارداتِ قلبی کو شعر کی صورت دے دیتا ہوں"۔

"مجھے شاعری سے بے حد محبت ہے بے حد"۔

"یہ آپ کے ذوقِ سلیم کی دلیل ہے"۔

"کیا میں شاعرہ ہو سکتی ہوں"؟

"کیوں نہیں۔ کوشش کیجئے"۔

"لیکن۔ لیکن میں نے سُنا ہے۔ شاعر جب تک کسی کے عشق میں مبتلا نہ ہو، اُس کے شعر نہیں ہوتے"۔

شاعر کا دل کم بخت زور زور سے دھڑک رہا تھا۔

"بجا ارشاد ہے"۔

وہ کھلکھلا کر ہنس پڑی۔

"کیا آپ کو بھی کسی سے عشق ہے؟"

شاعر کا رنگ زرد پڑ گیا۔ کیا وہ عرضِ محبت کر دے۔ نہیں نہیں۔ اِس وقت تو اُس سے بات بھی نہیں کی جائے گی۔

"آج مجھے ذرا دردِ سر کی شکایت ہے۔" اُس نے گھبرا کر کہا۔ "کل حاضر ہوں گا"۔

"آپ نے اپنا کلام تو سُنایا ہی نہیں"۔

"کل ..... کل میں آپ کو اپنی وہ غزل سُناؤں گا جس پر مجھے آل انڈیا موچی کانفرنس نے چمڑے کا میڈل پیش کیا تھا"۔

"تو کل وہ میڈل بھی ساتھ لائیے گا"۔

"میڈل۔ میڈل ..... تو اب میرے پاس نہیں ہے"۔

"کیوں؟"

"ذرا ..... ذرا ایک مرتبہ میرے جُوتے کی ایڑی ٹوٹ گئی تھی تو ...."

"راکھشش" کے نام سے ایک عجیب افسانہ میں ظفر صاحب نے تمام دُوسرے افسانہ نگاروں اور مزاح

نگاروں سے ہٹ کر اپنے لئے ایک نئی اور نہایت کامیاب راہ نکالی ہے۔ اگر اسی راستہ سے ظفر صاحب منزل سر کر لیں تو اُن کی انفرادیّت میں کسی کو کوئی شُبہ باقی نہ رہے گا۔ ذرا اِس افسانہ کی اُٹھان ملاحظہ فرمائیے :-

"ایک ہزار راتوں کے بعد جب پھر رات آئی تو شہر زاد نے کہا :-

" بادشاہ سلامت ! اسمبلی کے اُمید وار نے جولاہے کو بُلا کر ایک پیالی چائے اُور نمکین بسکٹ سے اس کی تواضع کی۔ جب جولاہا فارغ ہؤا تو اسمبلی کے امّیدوار نے کہا۔ اَے جولاہے ! آج تُو نے میرا نمک کھایا ہے۔ اب اگر تُو نے مجھے ووٹ نہ دیا تو تُو نمک حرام کہلائے گا'۔ جولاہے نے ہاتھ جوڑ کر کہا۔ میرے ساتھ وہی سلوک نہ کیجئے، جو زمیندار نے پٹواری کے ساتھ کیا تھا"۔

بادشاہ سلامت مونگ پھلی کھاتے کھاتے رُک گئے۔

" زمیندار نے پٹواری کے ساتھ کیا سلوک کیا تھا؟ اُنھوں نے بڑے شوق سے دریافت کیا۔

" جو درزی نے بنئے کی بیوی کے ساتھ کیا تھا"۔ شہر زاد نے جواب دیا۔

"اچھی شہرزاد آ تجھے مونگ پھلی دوں"۔ بادشاہ سلامت نے دو دانے اُس کی طرف بڑھاتے ہوئے کہا۔ "اور اگر تُو مجھے بتا دے کہ درزی نے بنئے کی بیوی کے ساتھ کیا کیا تھا۔ تو کل میں قرض اُٹھا کر بھی تجھے سٹنڈرڈ کلاتھ کا پاجامہ، کُرتہ سلوا دوں گا"۔

"درزی نے بنئے کی بیوی کے ساتھ وہی سلوک کیا تھا، جو راکھشش نے پری کے ساتھ کیا تھا"۔ شہرزاد نے مسکرا کر کہا۔

"شہرزاد! خدا کے لئے بتا، راکھشش نے پری کے ساتھ کیا کیا تھا"۔ بادشاہ سلامت نے بےتابانہ التجا کی۔ "میں تجھے کُرتے، پاجامے کے علاوہ وہ سوا روپے والا سلیپر بھی لا دوں گا، جو اُس روز تُو نے شیخ کی دکان پر پسند کیا تھا"۔

"کیا یہ سچا وعدہ ہے؟" شہرزاد نے پُوچھا۔

"ہاں ہاں بالکل سچا"۔ بادشاہ سلامت نے جواب دیا۔

اِس قسم کے خدا جانے کتنے پھڑکتے ہوئے شعر اس مجموعہ میں آپ کو نظر آئینگے اَور آپ میرے اِس فخر کو حق بجانب سمجھیں گے کہ میں ایک جدید مزاح نگار سے ادب اَور ادب نوازوں کو متعارف کر رہا ہوں۔

لاہور۔ ۴۔ ستمبر ۱۹۴۳ء

شوکت تھانوی

تنازعہ

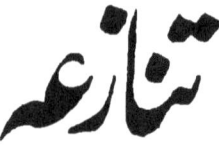

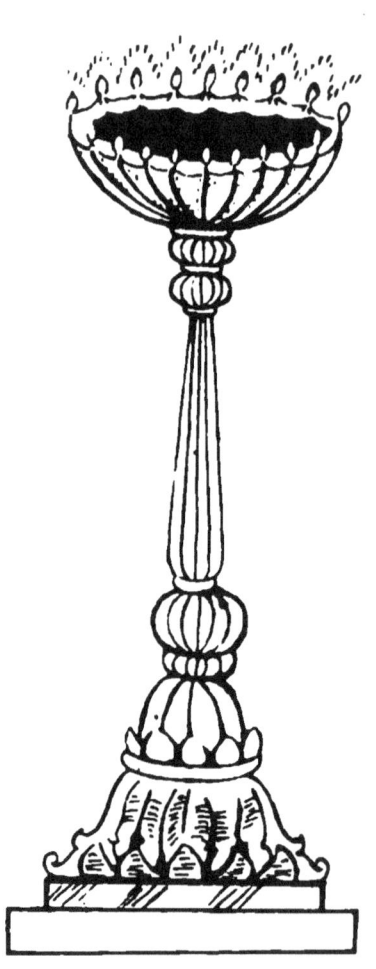

تنازعہ

"آج میری طبیعت اچھی نہیں"۔ کبوتری نے دلبرانہ انداز سے پَر پھڑپھڑا کر کہا۔

"کیوں خیر تو ہے۔ ڈاکٹر بُلا لاؤں؟" کبوتر نے محبت سے اُس کی گردن پر چونچ مار کر دریافت کیا۔

"مَیں مَروں یا جیوں، تمہاری بلا سے۔ تم دن بھر دُوسروں کی بیویوں کے پیچھے پھرو"۔

"تمہیں تو نوک جھونک میں مزہ آتا ہے۔ مَیں نے کبھی کسی دُوسری کبوتری سے بات بھی کی ہے"؟

"جھوٹا کہیں کا۔ جاؤ مَیں نہیں بولتی تم سے۔ ابھی تو مَیں نے کل تمہیں اُس سُنہری پروں والی کے ہاں جاتے دیکھا ہے۔ مَیں نے خیال کیا۔ نر کی ذات ہے۔ اب اِسے کیا کہوں۔ ورنہ میری جگہ کوئی اور ہوتی تو فوراً میکے چلی جاتی"۔

"وہ تو مَیں تمہارے ہی لئے ینگ وِمن کبوتر ایسوسی ایشن کے قواعد و ضوابط دریافت کرنے گیا تھا۔ بڑی

سمجھ دار ہو! کیا نتیجہ اخذ کیا ہے؟
"نر بڑے فربہی ہوتے ہیں"۔
"اور مادہ؟"
"مادہ بے چاری معصوم ہے۔ جب ہی تو نر کے دام میں آ جاتی ہے"۔
"تو کیا تم اُسی حوّا کی صنف سے نہیں ہو۔ جس کے دام میں آکر آدم جنّت بدر ہوا تھا"؟
"یہ بھی نردوں ہی کی شرارت ہے۔ شروع ہی سے ہمارے متعلق جھوٹی سچی ایک کہانی مشہور کر دی۔ تاکہ مادہ ہمیشہ کے لئے دبی رہے"۔
"مادہ اور معصوم...... اچھا سیٹھ...... کی لڑکی کو جانتی ہو؟"
"ہاں!"
"وہ اپنے شوفر سے محبت کرتی ہے۔ کل اُس کے گلے میں رومال ڈالے کھڑی تھی"۔
"جھوٹ۔ بالکل جھوٹ۔ وہ تو بڑی باحیا لڑکی ہے کہاں وُہ اور کہاں مؤا شوفر"۔
"عورت اور پھر امیر زادی۔ خدا بچائے...... تم اپنی صنف کی فطرت سے خود ہی آگاہ نہیں ہو۔ اور پھر مرد کی شرافت یہ ہے کہ شوفر اپنے آقا کی عزت کے خیال سے نوکری ہی چھوڑ آیا ہے"۔

"آج کہیں سے پی کر تو نہیں آئے؟ کیسی بہکی بہکی باتیں کر رہے ہو"۔

"تم کس طرح باور کرو گی؟ ماوہ ہونا .... اور ہاں اب وہ کسی ادیب کی جستجو میں ہے۔ اُسے اُردو کا بے انتہا شوق ہے۔ بس جو بھی اُسے پسند آ گیا۔ اُس کے پو بارہ ہیں"۔

~~~~~~

دونوں کبوتر شاعر کی ٹوٹی ہوئی کھاٹ سے کوئی دو گز دُور روشن دان میں بیٹھے تھے۔ شاعر کا دو دن سے فاقہ تھا۔ محنت مزدوری اُس کے بس کی بات نہیں تھی۔ شعر گوئی، مے گساری اور بُت پرستی کے سوا بے چارہ کوئی کام نہیں جانتا تھا۔

سیٹھ ...... کی لڑکی کے تذکرے پر وہ چونک اُٹھا ...... اُردو ...... اُردو ...... صرف یہی ایک چیز تھی، جس پر اُسے قدرت حاصل تھی۔

"میں سیٹھ کی لڑکی کو اُردو پڑھاؤں گا"۔ اُس نے جوش میں آکر کہا اور اُسے ایسا معلوم ہُوا کہ جیسے اُس کی کامگاری کا زمانہ آ پہنچا ہے۔

دُوسرے دن وہ سیٹھ ...... کی کوٹھی پر جا پہنچا۔ مُلازم اُسے ڈرائنگ رُوم میں لے گیا۔ بیش قیمت قالین۔ اعلیٰ صوفے اور ریشمی پردے دیکھ کر اُس نے
~~~~~~

اپنی مَیل سے چکٹی ہوئی بوسیدہ اچکن اُور کینوس کے ٹوٹے ہوئے جُوتوں پر نظر ڈالی۔ اُس کو جرأت نہ ہوئی کہ وہ صوفے پر بیٹھ جائے ۔

یکایک سامنے کے پردے کو جنبش ہوئی۔ اُس نے نظر اُٹھا کر دیکھا۔ ایک دوشیزہ جس کی جوانی زرق برق ساڑھی سے پھوٹی پڑتی تھی۔ مسکراتی ہوئی اندر داخل ہوئی۔ اُس کے آتے ہی ڈرائنگ رُوم انگریزی سینٹ کی کیف آور خوش بُو سے معطّر ہو گیا ۔

"آداب عرض ہے"۔ اُس نے آتے ہی کہا ۔

"آداب عرض!"

ابھی دو دن پہلے شاعر نے کس بے باکی کے ساتھ نانبائی کی لڑکی کے ساتھ رسم و راہ پیدا کی تھی اُور آج اُسی صنف کے دُوسرے نمونے کے سامنے اُس کا دل نہ جانے کیوں بے طرح دھڑک رہا تھا ۔

"آپ کھڑے کیوں ہیں۔ بیٹھیے نا"۔ دوشیزہ نے صوفے پر بیٹھتے ہوئے کہا ۔

"شکریہ" شاعر دُور پڑی ہوئی ایک کُرسی کی طرف لپکا ۔

"نہیں! اتنی دُور نہیں۔ یہاں بیٹھیے"۔ اُس نے اپنے صوفے کی طرف اشارہ کر کے کہا ۔

شاعر سہم کر صوفے کے دُوسرے سرے پر بیٹھ گیا ۔

"مَیں آپ کی کیا خدمت کر سکتی ہوں"؟

"آپ کو ایک ادیب کی ضرورت ہے"؟

"جی ہاں! مَیں نے ..... آبزرور میں اس کے متعلق اِشتہار بھی دیا ہے"؟

"میں اسی اسامی کے سلسلے میں حاضر ہُوا ہوں"۔

"اِس اسامی کے لئے کئی ادیب آئے۔ لیکن وہ سب پست طبقے کے لوگ تھے۔ مَیں نے انہیں صاف جواب دے دیا"۔

"میرے حسب نسب سے آپ مطمئن رہیں۔ مَیں مغل ہوں اور میرے خاندان کو اب تک سرکار عالیہ سے ڈیڑھ آنہ ماہوار پنشن ملتی ہے"۔ شاعر نے اکڑ کر کہا اِس کے علاوہ ہندوستانی تہذیب ہماری خدمات کو کبھی نہیں بھول سکتی۔ میرے پردادا واجد علی شاہ کے زمانے کے مشہور پتنگ باز تھے"۔

"کیوں نہیں۔ آپ کی شکل و صورت ہی آپ کی شرافتِ نسلی کی دلیل ہے ...... کیا آپ کو سو روپیہ ماہوار منظور ہے"؟

"میری اِس سے زیادہ خوش قسمتی کیا ہو گی کہ مَیں آپ کی کوئی خدمت کر سکوں۔ مجھے روپے وغیرہ کی پروا نہیں"۔

"تو کل سے شام کو چھ بجے آ جایا کیجئے"۔

گھر پہنچ کر جب شاعر کو اپنی ٹوٹی ہوئی کھاٹ کی رفاقت پھر حاصل ہوئی تو وہ اِس ملاقات پر نظرِ ثانی کرنے لگا :۔ آہ ! کِس قدر لذیذ چھوکری تھی اور کس قدر محبت سے پیش آئی ۔ بس ذرا سی کوشش سے دام میں آ جائے گی اور پھر...... لیکن ذرا تحمل سے قدم آگے بڑھانا چاہیئے ۔ کہیں کھیل بگڑ نہ جائے ۔"

رات کو اُس نے شمع کے اُجالے میں بیٹھ کر ایک نظم لکھی :۔

"میری محبوب ناشپاتی کے درخت کی طرح ہے"۔
"مَیں نیچے کھڑا حسرت بھری نگاہوں سے اُس کی ثمر دار شاخوں کو دیکھ رہا ہوں"۔
"لیکن ٹھہرو ۔ نسیمِ بہار آنے والی ہے"۔
"شاید وہ اُسے جھنجھوڑتی ہوئی یہاں سے گزرے"۔
"اور کوئی ناشپاتی میری گود میں آ گرے"۔

"شاعر سیٹھ ...... کے ہاں سے آ کر کوئی سَو مرتبہ آئینے میں اپنی صورت دیکھ چُکا ہے" کبوتری نے ہنس کر کہا ۔ "یہ ہے مرد کی فطرت ۔ بس جہاں کوئی عورت دیکھی ، مُنہ سے رال ٹپک پڑی ۔ سیٹھ ...... کی لڑکی اُسی سے تو محبت کرے گی ۔ اور کوئی ہے جو نہیں ۔ ذرا شکل تو دیکھو ، چوسے ہوئے آم کی طرح"۔

"کیوں اُس کی شکل کو کیا ہے؟ بانکا سجیلا جوان ہے۔ عورت کو اور کیا چاہیئے۔ یہ تو فاقوں سے بیچارے کے گال پچک گئے ہیں" نر نے کہا۔

"عورت تو کوئی اُس کی طرف تھوکے گی بھی نہیں"

"وقت آنے پر معلوم ہو جائے گا۔ ذرا سیٹھ..... کی لڑکی کے دِل سے تو پُوچھو"۔

"سیٹھ کی لڑکی کو تو ایسے ویسوں کی پروہ ہی نہیں"۔

"اور اسے بڑی پروہ ہے"؟

"یہ تو ریشہ خطمی ہو رہا ہے، چور کہیں کا۔ مرد اور پھر عورت کو دیکھ کر اُس کے دل میں بُرا خیال نہ آئے۔ یہ تو عورت کا ہی حوصلہ ہے کہ پانی میں رہ کر بھی دامن تر نہیں ہونے دیتی"۔

"ذرا آہستہ بولو۔ اگر شاعر کے کان میں آواز جا پڑی تو شامت آ جائے گی"۔

شاعر کو سیٹھ..... کی لڑکی کی ملازمت میں بیسواں روز تھا۔ لیکن ابھی تک اُس کی کوئی مراد بر نہ آئی تھی۔ بر آتی بھی کیونکر؟ غرض محبت کے خیال سے ہی اُس کا دل اس طرح دھڑکنے لگتا، جیسے انجن چل رہا ہو۔ بس وہ آتا، گھڑی دو گھڑی اُسے کوئی کتاب پڑھاتا۔

اُور بے نیل مرام لوٹ جاتا۔ آج وہ بڑا مغموم تھا۔ اُسے کامیابی کا کوئی راستہ نظر نہ آتا تھا۔

"کیا آپ شاعری بھی کرتے ہیں؟" دوشیزہ نے دورانِ گفتگو میں دریافت کیا۔

"ہاں کبھی کبھی وارداتِ قلبی کو شعر کی صُورت دے دیتا ہوں"۔

"مجھے شاعری سے بے حد محبت ہے بے حد"۔

"یہ آپ کے ذوقِ سلیم کی دلیل ہے"۔

"کیا مَیں شاعرہ ہو سکتی ہوں"؟

"کیوں نہیں۔کوشش کیجئے"۔

"لیکن لیکن مَیں نے سُنا ہے، شاعر جب تک کِسی کے عشق میں مُبتلا نہ ہو، اُس کے شعر شعر نہیں ہوتے"۔

شاعر کا دل کم بخت زور زور سے دھڑک رہا تھا۔

"بجا ارشاد ہے"۔

وہ کھلکھلا کر ہنس پڑی۔

"کیا آپ کو بھی کِسی سے عشق ہے"؟

"شاعر کا رنگ زرد پڑ گیا۔کیا وہ عرضِ محبت کر دے۔نہیں نہیں۔اِس وقت تو اُس سے بات بھی نہیں کی جائے گی۔

"آج مجھے ذرا دردِ سر کی شکایت ہے"۔ اُس نے

گھبرا کر کہا" کل حاضر ہوں گا"۔

"آپ نے اپنا کلام تو سُنایا ہی نہیں"۔

"کل ..... کل مَیں آپ کو اپنی وہ غزل سُناؤں گا۔ جس پر مجھے آل انڈیا موچی کانفرنس نے چمڑے کا میڈل پیش کیا تھا"۔

"تو کل وہ میڈل بھی ساتھ لائیے گا"۔

"میڈل ۔ میڈل .... تو اب میرے پاس نہیں ہے"۔

"کیوں ؟"

"ذرا .... ذرا ایک مرتبہ میرے جُوتے کی ایڑی ٹوٹ گئی تھی تو ...."۔

گھر پہنچ کر شاعر اپنی ٹوٹی ہوئی کھاٹ پر جا گِرا۔ اُس کا دل ابھی تک دھڑک رہا تھا۔ اُف! کِس قدر شریر لڑکی ہے۔ آج اگر ذرا بھی جرأت کرتا تو وُہ آغوش میں آ گرتی۔ اِس کم بخت دل کا بُرا ہو کہ کچھ کرنے ہی نہیں دیتا۔ کل ذرا جرأت سے کام لونگا۔ چاہے دل دھڑک کر رُک ہی کیوں نہ جائے .... ہاں ہاں ..... کل ضرور"۔

آج رات اُس نے پھر شمع کے اُجالے میں بیٹھ کر ایک نظم لِکھی :-

"اُس کی زلفِ سیاہ! بادل کی طرح ہوا کے دوش پر اُڑ رہی ہے"۔

"اُس کی آنکھیں شراب سے لبریز دو پیمانے لیئے میری منتظر ہیں"۔
"اُس کے گلابی ہونٹ میرے ہونٹوں کو ترس رہے ہیں"۔
"اے زنداں کی دیوارو! میرے راستے سے ہٹ جاؤ"۔
"مجھے جانے دو"۔

"دیکھی مرد کی فطرت" کبوتر نے کہا۔"سیٹھ کی لڑکی نے کس طریقے سے شاعر کو دام میں لانا چاہا تھا۔ لیکن واہ رے بے نیازی، وہ اسی وقت اُٹھ کر چلا آیا"۔
"واہ! یہ بھی کوئی بات ہے"۔ مادہ نے کہا۔"شاعر کے اپنے دل میں چور تھا، جو دُم دبا کر وہاں سے بھاگ آیا"۔
"حُسن و عشق کے تذکرے عورت کرے اور چور پھر بھی مرد کے دل میں ہے۔ ذرا انصاف تو کرو"۔
"یہ تو عورت کی معصومیت اور سادہ لوحی ہے کہ اُس نے بے باکی سے ایک بات کہ دی اور مرد کی ذہنیت ملاحظہ ہو کہ اس کا کچھ کا کچھ سمجھا۔ یہی کہا تھا نا اُس نے "کیا آپ کو بھی کسی سے عشق ہے"؟
"تمہارے خیال میں یہ کوئی بات ہی نہ ہوئی"؟
"بات کیا خاک ہوئی...... جس کے دل میں چور

ہو، وہ چاہے کچھ سمجھے"۔

دُوسرے دن شاعر دوشیزہ سے عروض پر بحث کر رہا تھا۔

"کل آپ نے اپنا کلام سُنانے کا وعدہ کیا تھا"۔ یکایک دوشیزہ نے کہا۔

"اجی..... کیا مَیں اَور کیا میرا کلام۔ جو دِل پر گزرتی ہے لِکھ دیتا ہوں"۔

"اوہو! آپ شاعرانہ تکلف برت رہے ہیں"۔

"تکلّف کی بات نہیں۔ سچ عرض کر رہا ہوں"۔

"تو پھر ہو جائے کوئی غزل۔ مَیں بھی تو دیکھوں، آج کل آپ کے دل پر کیا گزر رہی ہے"۔

اب موقع تھا۔

"میرے دِل پر جو گزرتی ہے آپ کو اُس سے کیا غرض"؟

"میری معلومات میں اضافہ ہی سہی"۔ اُس نے ہنس کر کہا۔

شاعر کا دل پھر دھک دھک کرنے لگا۔ سانس رُک رُک کر آنے لگی۔

"خیریت تو ہے۔ کیا پھر دردِ سر کی شکایت تو نہیں ہو گئی"۔ دوشیزہ نے اُس کا اُڑتا ہوا رنگ دیکھ کر

محبّت سے دریافت کیا۔
"نہیں۔ نہیں"۔
"نہیں۔ آپ کو ضرور کوئی تکلیف ہے"۔ اُس نے اپنا ہاتھ اُس کے ہاتھ پر رکھ کر کہا۔
"میں ..... میں کچھ عرض کرنا چاہتا ہوں"۔
اُف! اُس کی گویائی جواب دے رہی تھی۔
"کیا آپ کو پیشگی روپے کی ضرورت ہے"؟ اُس نے اپنا بٹوہ نکال کر کہا۔
"نہیں۔ نہیں..... مجھے ــــ"
"کیا آپ تنخواہ میں ترقی چاہتے ہیں؟"
"نہیں۔ مجھے آپ سے ......"
ایسا معلوم ہو رہا تھا، جیسے اُس کا دل آخری بار دھڑک کر بند ہو جائے گا۔
"ہاں ہاں! ارشاد کیجئے"۔
"مجھے .... مجھے آپ سے محبّت ہے"۔
دوشیزہ کا رنگ انار کی طرح سُرخ ہو گیا۔
"یہ جُرأت"۔ وہ تڑپ کر اُٹھ بیٹھی۔ نمک حرام۔ پاجی"۔ شاعر کے خواب و خیال میں بھی نہیں تھا کہ معاملہ یہ رنگ اختیار کرے گا۔ وہ لڑکھڑا کر اُٹھ بیٹھا۔
"میری ہمدردی کا یہ فائدہ اُٹھایا تم نے"۔ دوشیزہ نے اُس کی گردن میں اپنا ریشمی رومال ڈال کر مروڑتے

ہوئے کہا: ”اب جاتے کہاں ہو؟ میں تمہاری زبان کاٹ کے رہوں گی“

”اُف! میں مرگیا“

”رذیل کتّے بھی کہیں مرتے ہیں“

اُس کی آنکھوں سے آگ برس رہی تھی

”خدا کے لئے..... اوہ..... خدا کے لئے“

شاعر اپنے کینوس کے ٹوٹے ہوئے جوتوں کا ایک پاؤں وہیں چھوڑ کر بھاگ آیا۔ رات بھر وہ درد سے کراہتا رہا۔ سب معاملہ اُس کے لئے ایک معمّہ تھا۔ کیا دوشیزہ اُس سے زیادہ موردِ الزام نہیں تھی؟ کیا اُس نے اُس کے ساتھ محبّت بھری باتیں کرکے اُسے اُکسایا نہیں تھا؟ اِس کے بعد اگر کوئی مرد آپے سے باہر ہو جائے تو کیا واقعی وہ سزا کا مستوجب ہے؟

”میں سچّا تھا نا!“ دُوسرے دن کبوتر نے کبوتری سے کہا

کبوتری نے حیا سے نظر نیچی کر لی

”اب بولتی کیوں نہیں؟ دیکھا کل سیٹھ کی لڑکی کس محبّت سے شاعر کی گردن میں رُومال ڈالے کھڑی تھی“

”لیکن پیارے وہ کچھ خفا سی معلوم ہوتی تھی“

"جب کسی عورت کی محبّت ٹھکرا دی جائے تو وہ لازمًا چڑ چڑا پن دکھائے گی۔" نر نے کہا۔ "یہ ہے تمہاری صنف کی کرتُوت۔ اب بتاؤ عورت معصُوم ہے یا مرد۔ ہم ذرا دُور بیٹھے تھے، ورنہ بڑا مزہ آتا دونوں کی گفتگو سُن کر۔"

بے چارے شاعر نے بھی اُس شوفر کی طرح ملازمت چھوڑ دی ہے۔" کبوتری نے کہا اور ندامت سے چونچ پروں میں لے لی۔

شاعر نے آگ بگولہ ہوکر اپنے ٹوٹے ہوئے کینوس کے جُوتے کا دُوسرا پاؤں اُن کی طرف کھینچ مارا۔

مولانا

اس افسانے میں جس جنّت کا منظر پیش کیا گیا ہے
وہ ایک ہوس پرست اِنسان کی ذہنی تخلیق ہے۔
اسے جنّت کے اسلامی تخیّل پر طنز نہ سمجھا جائے۔

مولانا

جنّت میل عرشِ بریں کی طرف فراٹے بھرتی جا رہی تھی۔ مولانا فرسٹ کلاس کے ایک ڈبّے میں بیٹھے حورانِ جنّت کے خیال میں مست تھے۔ اُن کی داڑھی اُن کے دلولوں کے ساتھ ساتھ ہوا میں اُڑ رہی تھی ٭

مولانا کی تمام عمر مسجد کی امامت میں گزری۔ محلّے بھر میں اُن کے زُہد کی دُھوم تھی۔ پچھلی جمعرات کو ایک مرید کے ہاں مدعو تھے۔ دعوت پر تکلف تھی۔ لیکن اُنہیں اِس سے کیا؟ صرف مُرید کی حوصلہ افزائی کے خیال سے ذرا دو نوالے زیادہ اُٹھا لئے۔ گھر لوٹے تو معدہ میں درد سا معلوم ہُوا۔ مریدوں کی تعداد زیادہ ہونے کی وجہ سے اکثر اس قسم کی مشکلات کا سامنا ہوتا رہتا تھا۔ چنانچہ اُنھوں نے ایک معجونِ ہاضمہ دہلی کے کسی یونانی دوا خانے سے خاص طور پر بنوا کر رکھ چھوڑی تھی۔ اس کا اِستعمال کیا۔ لیکن کوئی افاقہ نہ ہُوا رات جُوں تُوں کرکے کاٹی۔ صبح ہوئی تو تکلیف اَور

بڑھ گئی - حکیم صاحب آئے - انہوں نے نبض دیکھی - زبان کا ملاحظہ کیا اور رائے دی کہ ہیضہ معلوم ہوتا ہے -اب تو ہر کوئی متفکر نظر آنے لگا- سول سرجن کو بلایا گیا -مسجد میں دعا ہوئی - خیرات بٹی ، لیکن بیسود مرض زور پکڑتا گیا اور آخر شام کو مولانا اپنے اکیس بچوں اور ساتویں تیرہ سالہ بیوی کو بے یار و مددگار چھوڑ کر چل بسے +

احکام صادر ہو چکے تھے - چنانچہ جیسے ہی خویش و اقارب انہیں دفنا کر لوٹے ، آسمانی ٹرانسپورٹ ڈیپارٹمنٹ (محکمۂ رسل و رسائل) نے انہیں جنت میل میں سوار کرا دیا +

اس شخص کے ولولوں کا اندازہ کیجئے ، جس نے ساٹھ برس تک دنیاوی خواہشات کے طوفان کو اس لئے روکے رکھا ہو کہ وہ جنت میں بطرزِ احسن دل کی حسرتیں نکال سکے - جنت کے خیال سے مولانا کے دل میں بتاشے پھوٹ رہے تھے اور وہ جنت کی زندگی کا پروگرام مرتب کرنے میں اس طرح محو تھے کہ وقت گزرتا ہوا معلوم نہ ہوا - خدا جانے کتنی مدت کے سفر کے بعد گاڑی یکایک رکی +

"جنت ٹرمینس - جنت ٹرمینس" باہر سے آواز آئی" مولانا کا سلسلۂ خیالات ٹوٹ گیا -انہوں نے کھڑکی

میں سے دیکھا۔ گاڑی ایک عالی شان اسٹیشن پر کھڑی تھی۔ سونے اور چاندی کے پلیٹ فارم پر جواہرات سے مینا کاری کی گئی تھی۔ زہرہ جبین کنواریاں اور خوش اندام چھوکرے آہوؤں کی طرح اِدھر اُدھر طرارے بھر رہے تھے۔

"آداب عرض ہے"۔ ایک لڑکی نے قریب آکر مولانا سے کہا۔

"اوہو! آداب عرض۔ آداب عرض"۔ مولانا کے منہ سے رال ٹپک پڑی۔

"مولانا آپ ہی کا اسم گرامی ہے"؟

"جی ہاں! اِسی نیازمند کو مولانا کہتے ہیں"۔

"میں ری سیپشن کمیٹی (مجلس استقبالیہ) کی سکرٹری ہوں۔ تشریف لایئے۔ آج آپ ریسٹ کیمپ میں رہیں گے"۔

"سمجھا۔ سمجھا"۔ مولانا نے گاڑی سے اُترتے ہوئے کہا۔

لڑکی نے اپنی نازک اور لمبی اُنگلیوں والے خوش نما ہاتھ سے مولانا کو سہارا دے کر نیچے اُتارا۔ گرم و گداز ہاتھ کے چھونے سے اُن کے بوڑھے جھرّی دار جسم میں جوانی دوڑنے لگی۔ لڑکی اُسی طرح سہارا دیئے ہوئے انہیں باہر لائی۔ سامنے ایک بیش قیمت کار کھڑی تھی۔ دونوں اُس میں جا بیٹھے۔

"ریسٹ کیمپ" لڑکی نے شوفر سے کہا اور کار ہوا سے باتیں کرنے لگی۔

"کیا آپ حورانِ جنّت میں سے ہیں؟" مولانا نے لڑکی سے دریافت کیا۔

"ہاں میں حور ہوں"۔

"خوب! خوب!! اور یہ شوفر؟"

"یہ فرشتہ ہے"۔

"آپ کب سے جنّت میں ہیں؟"

"یہی کوئی دس کروڑ برس سے"۔

"دس کروڑ برس ..... دس کروڑ برس" مولانا نے حیران ہوکر دریافت کیا۔ "تو کیا آپ بوڑھی ہیں؟"

"نہیں" حور نے مسکرا کر کہا۔ "یہاں کی آب و ہوا زندگی پر اثر انداز نہیں ہوتی۔ اِس کے علاوہ یہاں کا پبلک ہیلتھ ڈیپارٹمنٹ (محکمۂ حفظانِ صحت) ہر پچاس سال کے بعد آپریشن کے ذریعہ ساکنانِ جنّت کی مردہ غددیں نکال کر اُن کی جگہ بندروں کی تازہ غدُودیں داخل کر دیتا ہے۔ جن سے جوانی برقرار رہتی ہے۔ جنّت میں نئے داخل ہونے والوں کا بھی اِسی طرح آپریشن ہوتا ہے۔ آپ کو بھی کل ہاسپٹل میں داخل کر دیا جائے گا"۔

ریسٹ کیمپ پہنچ کر رات کو دیر تک وُہ ری سیپشن

کمیٹی کی سرکردہ حُور کے ساتھ دریچے میں بیٹھ کر باتیں کرتے رہے۔ دریچہ سے مُلحقہ باغ کا منظر نہایت خوشگوار تھا۔

"آہ! کس قدر پُر فضا مقام ہے"۔ مولانا نے کہا۔

"ابھی آپ نے جنّت تو دیکھی ہی نہیں"۔ حُور نے جواب دیا۔ "یہ جگہ تو اُس کے مضافات میں ہے"۔

"تو کیا جنّت اِس سے بھی زیادہ دلکش ہے"؟

"اِس سے بھی زیادہ"۔

"آپ سے زیادہ تو نہیں"؟ مولانا نے جرأتِ رندانہ کی سعی کرتے ہوئے کہا۔

حُور نے حیا سے سر جھکا لیا اَور دُزدیدہ نظر سے اُن کی داڑھی کی طرف دیکھ کر مسکرائی۔

"یہاں میرا قیام کب تک رہے گا؟" مولانا نے دریافت کیا۔

"صبح تک .... کل آپ کو جنرل ہاسپٹل جانا ہوگا"۔

"کیا مَیں ایک دو دن اَور آپ کے ساتھ نہیں رہ سکتا"؟ مولانا نے حریص نگاہوں سے حُور کی طرف دیکھا۔

"آج کل جنگ کے باعث کرۂ ارض سے مُسافر زیادہ تعداد میں آ رہے ہَیں اَور ہمارے پاس اکاموڈیشن (جگہ) تھوڑی ہَے"۔

ڈوسرے دِن صبح پبلک ہیلتھ ڈیپارٹمنٹ سے ایک فرشتہ ایمبولینس کار لے کر آ گیا اور مولانا کو ہاسپٹل میں پہنچا دیا گیا۔ جہاں اُسی دن آپریشن سے بندر کی تازہ غدودیں اُن میں داخل کر دی گئیں۔ وہ تقریباً ایک ہفتہ ہاسپٹل میں رہے، جہاں نرس حُوروں نے اُن کی خدمت کی۔ اِس اثنا میں جنّت کے بارک ماسٹر نے اُن کے مستقل قیام کے لئے ایک محل آراستہ کر دیا اور آخر ایک خوبصورت کار میں جو مستقل طور پر انہیں استعمال کے لیئے ملی تھی، وہاں پہنچا دیا گیا۔ .... مولانا اب ساٹھ برس کے بوڑھے نہیں، بلکہ بیس برس کے جوان معلوم ہوتے تھے۔

مولانا کا محل ریسٹ کیمپ کی عمارت سے کئی گنا خوبصورت تھا۔ ان کی سیکرٹری نے جو ایک بے انتہا خوبصورت حُور تھی، اُن کے عملے سے جو کئی خوبصورت حُوروں اور غلمانوں پر مشتمل تھا، اُن کا تعارف کرایا اور مولانا شام تک ڈرائنگ رُوم میں بیٹھے حسین کنیزوں سے تبادلۂ خیالات کرتے رہے۔ آخر جب ڈنر کا وقت قریب آ گیا تو سکرٹری کو تنہائی کا موقع مِلا۔

"کیا آپ کو یہاں کی زندگی کا پروگرام معلوم ہے؟" اُس نے دریافت کیا۔

"نہیں تو"

"صبح آپ کو بیڈ ٹی کس وقت چاہیئے"؟

"غسل کے بعد"۔

"غسل کے بعد" سیکرٹری نے حیرت سے کہا۔

"وہ تو بریک فاسٹ کا وقت ہے"۔

"تو کیا میں بغیر مسواک کئے چائے پیوں گا"؟

"بیڈ ٹی صبح سویرے بستر پر ہی پی جاتی ہے"۔ اس نے کہا۔ "میں کل آپ کے لئے پیرا ڈائیز اٹیکٹیس پر کسی مستند مصنّف کی کتاب خرید لاؤں گی۔ اُس کا مطالعہ ضرور کیجئے"۔

"لیکن بغیر مسواک کئے کھانا پینا تو ناجائز ہے"۔

"جنّت میں جائز اور ناجائز کا کوئی امتیاز نہیں"۔

"اچھا تو جب چاہے بھجوا دیجئے..... ہاں مگر بالائی والی چائے ہوگی نا..... کشمیری..... اور باقر خانی بھی"؟

"سپلائی ڈیپارٹمنٹ صرف کالی چائے بھیجتا ہے اور باقر خانی وغیرہ بھی نہیں ہوگی۔ بیڈ ٹی صرف معدہ صاف کرنے کے لئے ہوتی ہے۔ بریک فاسٹ آپ کو نو بجے کھانا ہوگا"۔

"جو آپ کی مرضی"۔

"اچھا تو پالر میڈ صبح سات بجے آپ کے لئے بیڈ ٹی لے آیا کرے گی"۔

"کیا میں سات بجے تک بستر پر ہی رہوں گا......

اُور عبادت"؟

"جنّت میں رہنا ہی عبادت ہے"۔ اُس نے کہا۔

"بیڈ ٹی کے بعد شیو (حجامت) کے لئے پانی بھیج دیا جائیگا"۔

"شیو! کیسی شیو؟" مولانا نے حیران ہو کر دریافت کیا۔

"حوریں ذرا داڑھی کو پسند نہیں کرتیں"۔

"ہوں!" مولانا نے اپنی ریشِ دراز پر ہاتھ پھیرتے ہوئے کہا"۔ پھر تو شیو کرنی ہی پڑے گی۔ لیکن معاف کیجئے گا۔ کیا دُنیا اُور کیا جنّت، عورتوں کی فطرت ہر جگہ ایک سی ہے۔ ابھی کوئی دو برس کی بات ہے۔ مَیں نے اپنے شہر کی ایک طوائف شمشاد کو نِکاح کا پیغام بھیجا تھا۔ کہاں مَیں اُور کہاں دنیاوی خواہشات، صرف اُسے گُناہ کی زندگی سے بچانا منظور تھا۔ لیکن اُس احسان فراموش نے میرے ایثار کی ذرّہ بھر پروانہ کرتے ہوئے کہلا بھیجا کہ مَیں داڑھی والے سے شادی نہیں کرتی"۔

"اِس کے بعد غسل کرکے ڈریس کر لیجئے گا"۔

"ہاں .... ہاں۔ لیکن شیروانی حیدر آبادی ہونی چاہیئے۔ .... اُور پاجامہ بھی ذرا اونچا ہو"۔

"یہاں آپ کو سُوٹ اِستعمال کرنا ہوگا۔ شیروانی وغیرہ نہیں ملے گی۔ یہاں یہ عزّت کی نظر سے نہیں دیکھی جاتی"۔

"پھر وہی دنیا کی سی بات ...... میرے محلے میں ایک آوارہ مزاج امیر زادہ رہا کرتا تھا۔ اُسے ہزار مرتبہ سمجھایا کہ کوٹ پتلون کافروں کا لباس ہے۔ لیکن کم بخت ہمیشہ یہی کہتا کہ مولانا سوسائٹی میں اِس کے بغیر عزّت نہیں"+

"اچھا تو اِس کے بعد بریک فاسٹ کھائیے گا اور پھر اگر مطالعہ کرنا چاہیں یا کسی فنِ لطیف پر کسی حُور کے ساتھ تبادلۂ خیال کرنا چاہیں تو لائبریری میں بیٹھئے گا ورنہ کار تیار رہے گی۔ بازار میں جائیے گا یا کسی ہمسائے سے ملیئے گا۔ آپ کی مرضی ہے"۔

"میرے ہمسائے کون کون سے ہیں"؟

"میرے خیال میں آپ اپنے شہر کے لوگوں سے مل کر زیادہ خوش ہوں گے ..... یہ صوفی ..... آپ کے شہر کے ہیں"۔ حور نے "ہوز ہو" دیکھ کر کہا۔

"صوفی ..... نام نہ لیجئے اِس خبیث کا۔ میرے ایک مرید نے مرتے وقت اپنا کچھ روپیہ میرے پاس امانت رکھ دیا تھا کہ اُس کا لڑکا جب بڑا ہو تو اُسے دے دوں۔ لڑکا بڑا ہو کر آوارہ ہو گیا۔ میں نے یہ سمجھ کر کہ یہ عیش و عشرت میں اُڑا دے گا اور باپ کی رُوح خواہ مخواہ عذاب میں مبتلا ہو جائے گی، سب روپیہ کارِ خیر میں لگا دیا اور زمانے کی ناقدر دانی ملاحظہ ہو .....

صوفی ..... نے مشہور کر دیا کہ مولانا نے یتیم کا مال ہضم کر لیا ہے"۔

"یہ حافظ ..... بھی آپ کے شہر کے ہیں"۔

"حافظ ..... یہ صوفی ..... سے بھی زیادہ مردود ہے۔ میں اپنے مریدوں کی بیویوں سے جن کو وہ لاوارث چھوڑ کر مر جاتے تھے، شادی کر لیتا تھا کہ کہیں یہ بُرے راستے پر نہ لگ جائیں۔ حافظ ..... نے محلے بھر میں کہہ دیا کہ مولانا شریعت کے پردے میں رنڈی بازی کرتے ہیں"۔

"اچھا تو یہ قاضی ..... بھی آپ کے شہر کے ہیں"۔

"قاضی ..... دُور کیجئے۔ یہ ان دونوں سے بڑھ کر حرام زادہ ہے۔ میرے لڑکے کے متعلق کہا کہ شرابی ہے۔ رنڈی باز ہے اور وُہ اتنا معصوم کہ دُنیا کی خبر ہی نہیں۔ مَیں تو حیران ہُوں، ایسے لوگ جنّت میں کس طرح آگئے۔ مَیں تو کہیں آنے جانے کا نہیں۔ میرے لئے آپ کی صحبت غنیمت ہے"۔

"خیر تو ایک بجے لنچ ہُوا کرے گا۔ اِس کے بعد ۴ بجے تک آرام کیجئے۔ چار بجے ٹی ہُوا کرے گی۔ ٹی پی کر ٹینس کھیلئے یا میونسپل گارڈن کی سیر کیجئے۔ وہاں سے لوٹ کر آپ کو ڈنر کے لئے ڈریس کرنا ہوگا اور ہاں ڈنر پر آپ کونسی وِسکی پئیں گے؟"

"وسکی" مولانا نے حیران ہو کر کہا "جنت میں تو شراب طہور ملتی ہے"

"جی ہاں" سیکرٹری نے کہا "لیکن چیز ایک ہے۔ آپ جس نام سے چاہیں پکاریں"

"اچھا تو پھر جو آپ پلائیں گی، پی لوں گا۔ میرا اپنا تجربہ تو اس معاملے میں صفر کے برابر ہے"

"ڈنر کے بعد حوروں کے ساتھ برج کھیلئے یا کسی تفریح گاہ میں چلے جائیے۔ یہاں بیشمار سنیما ہیں، تھیئٹر ہیں، ڈانس ہال ہیں۔ آپ کو اپنا ذوق دیکھنا ہوگا"

"اس زندگی سے مجھے کچھ اجنبیت کی بو آتی ہے۔ لیکن کوئی پروا نہیں۔ آپ کی عنایت شامل حال رہی تو آہستہ آہستہ یہ اجنبیت جاتی رہے گی۔ اگر دنیا میں مجھے تھوڑی سی مدت کے لئے بھی اس پیمانے کی زندگی بسر کرنے کی اجازت ہوتی تو یہاں ان دشواریوں کا سامنا نہ ہوتا"

"آپ بجا ارشاد فرماتے ہیں" حور نے کہا "میں کئی کروڑ برس سے جنت میں ہوں اور ابھی تک یہ معمہ حل نہیں کر سکی کہ فطرت ایسے لوگوں کو جو دنیا میں اعلیٰ پیمانے کی زندگی بسر کرنے کی وجہ سے حقیقی معنوں میں جنت کی زندگی کے قابل ہیں، کیوں جہنم میں جھونک دیتی ہے اور ایسے لوگوں کو جو اعلیٰ زندگی کے اصولوں کو جانتے تک

نہیں، کیوں یہاں بھیج دیتی ہے۔ اس سے نہ صرف جنّت کے ڈسپلن میں فرق آتا ہے۔ بلکہ جنّت کے عملے کو ایسے لوگوں کی ٹریننگ کے لئے بے شمار دشواریوں کا سامنا کرنا پڑتا ہے۔ معاف کیجئے، مَیں کسی کی ذات پر حملہ نہیں کر رہی"۔

"ارے ارے ..... نہیں نہیں"۔ مولانا نے کھسیانے ہو کر کہا +

" ایک دفعہ دو آدم خور قبیلوں میں جنگ کے دَوران میں فطرت نے پانچ سَو کے قریب آدم خوروں کو جنّت میں داخل کر دیا۔ انہوں نے آتے ہی حُوروں کے مُنہ بھنبھوڑ کھائے۔ سیکڑوں حُوروں کو ہاسپٹل بھیجنا پڑا۔ جنّت میں عام ہڑتال ہوگئی۔ لیکن پولیس نے اُلٹا حوروں پر جبر و تشدّد کر کے معاملے کو دبا دیا۔ ہم حُوروں کی حیثیت یہاں غلاموں سے بھی بدتر ہے۔ خطا کسی کی ہو، ملزم ہم گردانے جاتے ہیں۔ پچھلے سال ایک شیخ صاحب جنّت میں آئے۔ اُن کے منہ سے ایسی بدبُو آتی تھی کہ کئی نازک مزاج حوروں کو قے ہوگئی۔ چنانچہ ایک حُور نے اُن کے پاس رہنے سے اِنکار کر دیا۔ شیخ صاحب کی رپورٹ پر اُس بے چاری کو پولیس کے حوالے کر دیا گیا اَور عدالت سے اُسے سات سال کی قید ہو گئی ......
ہاں تو اب ڈنر کی گھنٹی ہونے والی ہے۔ ڈریس کر لیجئے۔

مَیں کسی میڈ سرونٹ کو آپ کی اِمداد کے لئے بھیجتی ہوں"۔
ڈنر کی گھنٹی پر مولانا ڈرائنگ رُوم میں جا پہنچے۔ سیکرٹری اَور ایک اسسٹنٹ حُور پہلے سے وہاں موجود تھیں تینوں میز کے گرد بیٹھ گئے۔ پارلرمیڈ وِسکی کا فلاسک لے کر لپکی اَور مولانا کے آگے دھرا ہُوا گلاس پُر کرنے لگی۔
مولانا نے کانپتے ہوئے ہاتھوں سے گلاس اُٹھا کر ایک گھونٹ پیا۔ شراب کی کڑواہٹ پر مُنہ بنایا اَور پھر آنکھیں بند کرکے غٹا غٹ پُورا گلاس چڑھا گئے۔
"اب مَیں سمجھا"۔ مولانا نے کہا۔ "ذرا اِس گلاس کو پھر بھر دینا"۔
پارلرمیڈ نے گلاس دوبارہ بھر دیا۔
"کیا کہا آپ نے"؟ سیکرٹری نے دریافت کیا۔
"اب مَیں سمجھا"۔ مولانا نے سُرور میں آکر جھُومتے ہوئے کہا اَور دوسرا گلاس خالی کر دیا۔
"کیا"؟ سیکرٹری نے دریافت کیا۔
"شراب کا مزہ" مولانا نے زیادہ سرور میں آ کر پیلے پیلے دانت نکال کر کہا۔ "شرراب کا مزہ .... کلیوں کی آنکھوں میں لَا لَا لَا لَا"۔
"آپ کو سرور ذرا زیادہ ہوگیا ہے"۔ سیکرٹری نے کہا۔
"سُرور ..... سُرور ..... سُرور ..... پنچھی جا ..... پیچھے

رہا ہے ہاں ہاں پیچھے بچپن میرا ..... اُس کو جا کر ...... ایک اَور گلاس لا "۔

"میرے خیال میں آپ کو پہلے دن اِتنی شراب نہیں پینی چاہئے ۔ نقصان کرے گی"۔

"نہیں پینی چاہئے .... نہیں پینی چاہئے ... پینی چاہئے .... پینی چاہئے ..... ہم کو ہیں پیاری ہماری گلیاں ..... ہماری گلیاں ..... ہماری گلیاں ..... نہیں پینی چاہئے۔ پھر کہو نہیں پینی چاہئے ..... بڑی خوبصورت ہو ...... موتی چُور کا لڈّو..... برفی کی ڈلی ... لاؤ تو ایک بوسہ بالم آؤ بسو مورے من میں ..... بالم آؤ بسو ووو "۔

مولانا جھومتے ہوئے اُٹھے اَور بھوکے گیدڑ کی طرح اسسٹنٹ سیکرٹری پر جھپٹے ۔ بے چاری حُور کے منہ پر ہوائیاں اُڑنے لگیں ۔

"گلاس اِن کے سامنے سے اُٹھا دو"۔ سیکرٹری نے پارلرمیڈ سے کہا " اَور دوڑ کر سرکہ لے آؤ "۔

"لاؤ لاؤ ، سرکہ لاؤ ۔ پلاؤ پلاؤ پلاؤ ..... پی لے ۔ پی لے ..... ہاں ہاں ..... پی لے ، پی لے ، جوانیاں ..... ہا ہا ہا تم بالکل میرے ایک مرید کی لڑکی کی طرح ہو۔ (اسسٹنٹ کی طرف اشارہ کرکے) اوہو... ہو... ہو... ہو میں نے ایک دن برکت دیتے ہوئے اُس کا سینہ جو ٹٹولا تو اوہو ہو ہو..... چل چل رے نوجوان ..... چل

چل رے نوجوان"۔

پارلر میڈ سرکہ لے کر آن پہنچی۔ سیکریٹری نے زبردستی تھوڑا سا گلاس میں ڈال کر مولانا کو پلا دیا ..... اُن کا نشہ ذرا کم ہوُا تو ڈنر شروع ہو گیا۔ لیکن بھوک کسے تھی۔ کسی نے دو چار سے زیادہ لقمے نہ اُٹھائے۔

"مولانا! اب آپ کو آرام کرنا چاہیئے"۔ ڈنر برخاست ہونے پر سیکرٹری نے کہا۔ "جو لوگ شراب کے عادی نہیں اُن کو اِس کے بعد کے اثرات ذرا تکلیف دیتے ہیں"۔

"میرے ساتھ وہ جائے گی"۔ مولانا نے اسسٹنٹ کی طرف اشارہ کرتے ہوئے کہا۔

"ہاں ہاں" سیکرٹری نے حُور کو کہا۔ "تم اِن کے ساتھ جاؤ"۔

اسسٹنٹ کا چہرہ اُتر گیا۔ لیکن حکمِ حاکم مرگِ مفاجات چُپ چاپ مولانا کے ساتھ ہو لی۔ مولانا نے بیڈ رُوم میں پہنچ کر اندر سے دروازہ مقفل کر دیا۔

"آؤ پیاری!" مولانا نے اسسٹنٹ کی طرف ہاتھ بڑھا کر کہا اور للچائی ہوئی نگاہوں سے اُس کی طرف دیکھا۔

"مولانا! مجھے معاف کر دیجئے"۔ حُور نے سہم کر ملتجیانہ انداز میں کہا۔

"ہاہاہاہا .... معافی کیسی؟ ..... اِدھر آؤ"۔

"بس بس دُور رہیئے گا۔" حُور نے بھڑک کر کہا۔

"یہ بات ہے؟" مولانا نے ہنس کر کہا اور زبردستی اُس سے چمٹ گئے۔

"چھوڑ دو مجھے۔ چھوڑ دو مجھے۔" حُور نے مولانا کے منہ پر طمانچے مارتے ہوئے کہا۔

"یہ دلیری... خبیث کہیں کی..... مردُود...... یزید کی بچّی! اگر تجھے سات سال کے لئے جیل نہ بھجوایا تو

مولانا نے حُور کو چھوڑ دیا اور وہ ہانپتی ہوئی ایک آرام کُرسی پر جا گری۔

"مَیں ابھی پولیس کو فون کرتا ہوں۔" مولانا نے ٹیلیفون کا رسیور اُٹھاتے ہوئے کہا۔ "تمہیں آٹے دال کا بھاؤ معلوم ہو جائے گا۔"

حُور دونوں ہاتھوں سے اپنا منہ ڈھانپ کر رونے لگی۔

"خُدا کے لئے ایسا نہ کیجئے۔" اُس نے سِسکیاں بھرتے ہوئے کہا۔

مولانا نے ٹیلیفون کا رسیور ہاتھ سے رکھ دیا۔ یُوں بھی ٹیلیفون کرنا تو آتا ہی نہیں تھا۔ سستے چھوٹے۔

"آؤ تو اپنی مرضی سے گلے لگ جاؤ۔"

"خدا کے لئے مجھے چھوڑ دیجئے۔" اُس نے زیادہ زور سے سِسکیاں بھرتے ہوئے التجا کی۔

"آتی ہو یا کروں ٹیلی فون"؟

"اوہ! نہیں نہیں"۔

"تو پھر آؤ"۔

حُور با دلِ ناخواستہ اُٹھی، وہ برابر رو رہی تھی۔

"آخر تم روتی کیوں ہو؟" اُنہوں نے اُس کے گلے میں باہیں ڈال کر کہا۔ وہ ریشہ خطمی ہوکر ذرا نرم پڑ گئے تھے۔

"کچھ نہیں"۔ حُور نے سِسکیاں بھرتے ہوئے جواب دیا۔

"نہیں کچھ تو ہے"۔ مولانا نے ذرا نرمی سے دریافت کیا۔ "کیا تمہیں کسی اَور سے محبت ہے؟"

حور خاموش رہی۔

"بتاؤ بھی خاموش کیوں ہو؟"

"ہاں" حُور نے شرما کر دبی زبان سے کہا۔

"کون ہے وہ"؟

"کوئی نہیں"۔

"تمہیں بتانا پڑے گا"۔ مولانا نے کہا۔ "کیا وُہ کوئی فرشتہ ہے؟"

"نہیں وہ ایک نوجوان ہے..... دُنیا سے آیا ہے"۔

"رہتا کہاں ہے وُہ"؟

"جہنّم میں"۔

"جہنّم میں۔ جہنّم میں"۔ مولانا نے حیران ہو کر کہا۔

"جی ہاں" حور پھر منہ ڈھانپ کر رونے لگی۔

"تمہیں اُس سے بڑی محبّت ہے"؟

"جی ہاں!

خدا جانے کیوں عمر بھر میں پہلی مرتبہ مولانا کا دل پسیج گیا۔

"روؤ نہیں۔ تم جا سکتی ہو"۔ اُنہوں نے کہا۔

"شکریہ" حور نے کہا۔

اُس کی موٹی موٹی آنکھوں میں آنسو موتیوں کی طرح جھلملا رہے تھے۔

"کیا آپ کو کسی اَور چیز کی ضرورت ہے"؟

"نہیں"۔ مولانا نے سرد آہ بھر کر کہا۔" ارے ہاں ..... دو تین اسفنجے کے ڈھیلے ضرور میز پر رکھ دینا"۔

شکاری کُتّا

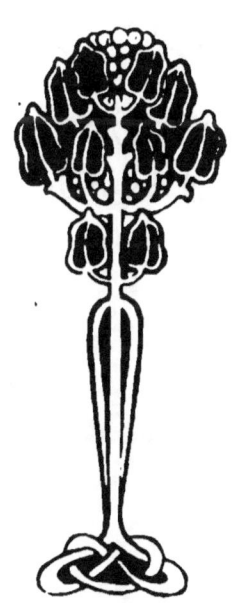

شکاری کُتّا

افراد

زاہدہ ——— حوّا کی ایک بیٹی
نجمہ ——— حوّا کی دُوسری بیٹی
جاوید ——— حضرت آدمؑ کے ایک نورِ نظر
چنبیلی ——— ایک کنیز
سوسن ——— ایک اَور کنیز

منظرِ اوّل

سہ پہر کا وقت، زاہدہ کا ڈرائنگ رُوم جیسا کہ ایک ڈرائنگ رُوم ہوتا ہے۔ زاہدہ دیوار پر ایک تصویر کی طرف دیکھ رہی ہے۔ نجمہ ایک صوفے پر نیم دراز ایک رسالے کا مطالعہ کر رہی ہے۔

زاہدہ (تیوری چڑھا کر) "اونہہ"

نجمہ (رسالے سے نظر اُٹھائے بغیر) "ہوں"

زاہدہ (نجمہ کی طرف دیکھ کر) "کیا؟"

نجمہ (زاہدہ کی طرف دیکھ کر) "کیا؟"
زاہدہ (تصویر کی طرف اشارہ کرکے) "اِس نے "بانکے سنوریا" میں کام کیا ہے"۔
نجمہ (پھر مطالعے میں مصروف ہوکر) "ہاں"۔
زاہدہ (تیوری چڑھا کر) "اونہہ"۔
نجمہ۔ "کیا؟"
زاہدہ۔ "یہ ڈائریکٹر لوگ بھی نہ جانے کس دساور سے پارسل ہوکر آتے ہیں"۔
نجمہ۔ "کیوں"؟
زاہدہ (پھر تصویر کی طرف اِشارہ کرکے) یہ بھی کسی ڈائریکٹر ہی کا انتخاب ہے نا۔ ذرا صُورت تو دیکھو اِس کی"۔
نجمہ (بے نیازی سے) "ہوں"۔
زاہدہ۔ "ساڑھی باندھنے کا بھی تو سلیقہ نہیں ہے بائی جی کو"۔
نجمہ۔ "ہوں"۔
زاہدہ۔ "اِس قِسم کا بلاؤز بھی کبھی اِس ساڑھی پر سج سکتا ہے"؟
نجمہ (مطالعے میں محو) "ہاں ..... نہیں"۔
زاہدہ۔ "بلاؤز فِٹ بھی تو نہیں ہے"۔
نجمہ (بغیر نظر اُٹھائے) "ہاں"۔
زاہدہ۔ "ایسا معلوم ہوتا ہے کہ کسی موچی سے سلوا رکھا ہے"! (خوُد

بخُود ہنس دیتی ہے)"چھوٹے بھائیُ جان فدا ہو ہو جاتے ہیں اِس تصویر پر۔ اُنہیں کی خاطر یہ ابھی تک یہاں موجُود ہے۔ ورنہ مَیں نے تو اُتار کر کبھی کی پھینک دی ہوتی کھڑکی کے باہر۔"

نجمہ (کسی اور خیال میں) "ضرور ضرور"۔

زاہدہ ـ" یہ مردوئے بھی گدھے ہوتے ہیں بدّھو کہیں کے"

(چنبیلی اندر آتی ہے)

چنبیلی ـ" سرکار! جاوید میاں آئے ہیں"۔

نجمہ (چونکتی ہو کر)"یہ جاوید میاں کون ہیں؟

زاہدہ ـ" سب سے بڑے بُدّھو"۔

نجمہ (رسالہ ایک طرف رکھ کر حیرت سے) "سب سے بڑے بُدّھو؟"

زاہدہ ـ" ہاں! آپ یہاں کے رئیس زادے ہیں اور... اور میری محبّت کا دم بھرتے ہیں"۔

نجمہ ـ" اوہو! مَیں سمجھی"۔

زاہدہ (چنبیلی سے) کہ دو مَیں مصروف ہوں۔ میری ایک سہیلی آئی ہوئی ہے"۔

چنبیلی ـ" انہوں نے کہا ہے، اگر آج بھی ملاقات نہ ہوئی تو وہ کچھ کھا کر خودکشی کر لیں گے"۔

زاہدہ ـ" ایک بار نہیں سَو بار خودکشی کرے۔ مَیں نے کہ دیا ہے کہ مَیں نہیں مل سکتی ... نہیں مل سکتی"۔

چنبیلی:۔ سرکار! پرسوں بھی آپ نے اُن سے مُلاقات نہیں کی تھی اور اُنھوں نے چھوٹے میاں کے بادامی بوٹ پالش کی ڈبیہ کی کھا لی تھی"۔

زاہدہ:۔"مَیں اِن باتوں کی پروا نہیں کرتی"۔

چنبیلی:۔"آپ پروا کریں یا نہ کریں۔ لیکن چھوٹے میاں تو کرتے ہیں۔ وہ آج میرے سر ہو رہے تھے"۔

زاہدہ ۔مَیں چھوٹے بھائی جان کو آج ایک درجن بُوٹ پالش لا دوں گی ۔تاکہ آئندہ اگر کبھی جاوید طبع آزمائی کرنا چاہے تو کافی مقدار میسّر آ سکے"۔

چنبیلی:۔"آپ شاید ایک چاکولیٹ کا ڈبّہ آج باہر برآمدے میں بھول آئی ہیں"؟

زاہدہ:۔"ہاں! وہ مَیں اپنے لئے آج ہی بازار سے لائی ہوں"۔

چنبیلی:۔ جاوید میاں مجھ سے پوچھ رہے تھے کہ ایک تندرُست آدمی کو خوُدکشی کے لئے کتنی مقدار میں چاکولیٹ کھانے کی ضرورت ہے"۔

زاہدہ (گھبرا کر)"اوہ! چنبیلی! جلدی جاؤ، اُس ڈبّے کو مقفل کر دو، ورنہ وہ بیل کی طرح سارے کا سارا چر جائے گا"۔

(نجمہ ہنستی ہے)

نجمہ:۔ بڑے مزے کا آدمی ہے، اُسے بُلا ہی کیوں نہ

لیا جائے؟ خودکشی کی نوبت ہی نہیں آئے گی"۔
زاہدہ:"میں تو اُسے دیکھنے کی بھی روا دار نہیں۔ کون اپنا
دماغ خراب کرے۔ اُسے سوائے محبّت محبّت کی رٹ کے
کسی اور بات کا سلیقہ بھی تو نہیں ہے اَور پھر
بیٹھے گا تو شام تک بیٹھا رہے گا۔ نہ اپنے وقت کا
خیال نہ میرے وقت کا ..... اَور ہاں! میں نے جو
تم سے کہا تھا کہ جب بھی جاوید آئے، اُس سے کہہ دو
کہ مس صاحبہ موجود نہیں ہیں"۔
چنبیلی:"میں نے کہا تو تھا"۔
زاہدہ:"تو پھر"؟
چنبیلی:"اُنہوں نے کہا۔ تم آوا گون کی قائل ہو؟"
نجمہ(ہنس کر)"ارے!"
چنبیلی:"میں نے کہا۔ نہیں۔ اُنہوں نے کہا۔ خیر تمہارا
اعتقاد جو ہے سو ہو۔ لیکن میں آوا گون کا قائل ہوں
اَور تمہاری معلومات میں اضافہ کے لئے تمہیں بتاتا
ہوں کہ میں پہلے جنم میں شکاری کتّا تھا"۔
(نجمہ ہنستے ہنستے لوٹ ہو جاتی ہے)
زاہدہ:"اب تم ہی بتاؤ، ہے نہ دیوانہ؟ (چنبیلی سے)
اس سے کہہ دیا ہوتا کہ اِس جنم میں بھی جناب نے
کوئی خاص ترقّی نہیں کی"۔
نجمہ(ہنستی ہوئی)"اری زاہدہ! اُسے ذرا بُلا تو سہی۔

یہ تو کوئی بڑا دلچسپ آدمی معلوم ہوتا ہے "
چنبیلی :- "سرکار! مجھے بات تو پوری کرنے دیجئے۔ ہاں تو میں نے کہا۔ اس سے آپ کا مطلب"؟ انہوں نے کہا۔ مجھے زاہدہ کی خوشبو آ رہی ہے۔ وہ ضرور ڈرائنگ روم میں موجود ہے"۔
زاہدہ (جھرجھری لے کر) "اُف خدا کی پناہ!"
نجمہ (پھریری لے کر) "شاباش! شاباش!!"
چنبیلی :- "اور پھر چاکولیٹ کے ڈبے سے دو چاکولیٹ اٹھا کر مجھے دیئے اور کہا۔ اچھی چنبیلی! جاؤ۔ مجھے قسمت آزمائی تو کرنے دو۔ میں مجبور ہو گئی"
زاہدہ :- "ارے میرے چاکولیٹ۔ اب تو مارکیٹ میں ویسے چاکولیٹ مل ہی نہیں سکتے"۔
چنبیلی :- "اور سرکار! کچھ چاکولیٹ انہوں نے اپنے لئے بھی اٹھا لئے"۔
زاہدہ :- "اری بلا لا اُس کم بخت کو، ورنہ ڈبہ خالی ہو جائے گا"۔

(چنبیلی باہر جاتی ہے)

نجمہ :- "بھئی! سچ پوچھو تو ایسے شخص کو ٹھکرانا سخت غلطی ہے"
زاہدہ :- "تمہیں پسند آئے تو مبارک۔ تمہیں تو کتّوں کا شوق بھی ہے"

(جاوید داخل ہوتا ہے)

جاوید۔"آداب عرض ہے"۔

زاہدہ (منہ بنا کر) فرمائیے کیا ارشاد ہے؟"

نجمہ۔"آئیے آئیے تشریف لائیے۔ بھئی زاہدہ! تعارف تو کرا دیا ہوتا"۔

زاہدہ (اُسی طرح منہ بنائے ہوئے) یہ ہیں میری سہیلی مس نجمہ اور آپ مسٹر جاوید"۔

(دونوں مصافحہ کرتے ہیں)

جاوید۔"بڑی مسرّت ہوئی آپ سے مل کر"۔

نجمہ۔"بڑی عنایت ہے آپ کی"۔

(جاوید قریب ایک کرسی پر بیٹھ کر جیب سے چاکولیٹ نکالتا ہے۔ زاہدہ ہونٹ چبا کر رہ جاتی ہے)

جاوید (نجمہ کی طرف چاکولیٹ بڑھاتے ہوئے)"شوق فرمائیں گی"؟

(نجمہ مسکرا کر ایک چاکولیٹ اٹھا لیتی ہے)

نجمہ۔"شکریہ!"

جاوید (زاہدہ کی طرف چاکولیٹ بڑھاتے ہوئے)" اور آپ؟"

زاہدہ (جل کر)"آپ نے یہ چاکولیٹ کس کی اجازت سے اُٹھائے"؟

جاوید (مُسکرا کر)"جی چاہا، اُٹھا لئے"۔

زاہدہ (بپھر کر) "یہ میرے ہیں"۔

جاوید۔" جب آپ خُود میری ہیں تو یہاں میرے تیرے کا سوال ہی کیا؟"

زاہدہ (اَور جل کر) بس زیادہ بکواس نہ کیجئے۔ آپ میری سہیلی کے سامنے میری بے عزّتی کر رہے ہیں"۔

جاوید (نجمہ سے) شاید آپ کو معلوم نہیں کہ عنقریب زاہدہ سے میری شادی ہونے والی ہے"۔

نجمہ (ہنسی سے لوٹ پوٹ ہوکر) "اری تم نے مجھے یہ تو بتایا ہی نہیں میسنی بلی!"

زاہدہ۔" میری جوتی کرتی ہے اس سے شادی۔ اِس حیوان کے سوا مجھے کوئی ملتا جو نہیں"۔

جاوید۔" دیکھئے جناب! مَیں پُرانی قِسم کے شوہروں میں سے ہوں۔ مَیں بیوی کی زبان درازی برداشت نہیں کر سکتا"۔

زاہدہ۔" مسٹر جاوید! خیریت اسی میں کہ یہاں سے ابھی تشریف لے جائیے۔ ورنہ مَیں مُلازموں کو بلاتی ہُوں"۔

جاوید (مسکرا کر) اگر آپ نے کوئی ایسی ناشائستہ حرکت کی تو مَیں آپ کے منہ میں کپڑا ٹھونس کر آپ کو کرُسی سے باندھ دُوں گا"۔

(زاہدہ غیظ و غضب میں آکر اُٹھ کھڑی ہوتی ہے)

زاہدہ۔" مجھے ہاتھ لگا کر تو دیکھو"۔

جاوید (کھڑے ہوتے ہوئے) "یہ بات ہے"؟

(نجمہ بیچ میں آکر کھڑی ہو جاتی ہے)

نجمہ :" جاوید صاحب ! آپ بیٹھ جائیے ..... اور تم بھی"

(دونوں بیٹھ جاتے ہیں) "زاہدہ ! تم بگڑتی کیوں ہو ؟ محبت کرنا کوئی جرم تو نہیں"۔

جاوید (نرم پڑتے ہوئے) "آہ مس نجمہ ! آپ نہیں جانتیں ، مجھے اِن سے کس قدر محبت ہے - اِن کے سوا مَیں نے آج تک کسی سے محبت نہیں کی"

نجمہ :" زاہدہ کم بخت ! کیا تمہارے سینے میں دل نہیں ہے ؟"

زاہدہ :" مجھے اس کی محبت کی پروا نہیں"۔

جاوید :" مس نجمہ ! مَیں نے درجنوں لڑکیوں سے کہا ہوگا کہ تمہارے سوا آج تک کسی سے محبت نہیں کی۔ لیکن واہ ری قِسمت ہمیشہ ٹیڑھا ہی جواب ملا"۔

(آہ بھرتا ہے)

نجمہ (ہنسی سے لوٹ پوٹ ہوکر) "چپ رہ مسخرے"۔

زاہدہ (طعن سے) "بس ہوگئی تسلی"؟

نجمہ :" اری بے دقوف ! تجھ کو بنا رہے ہیں - اتنا بھی نہیں سمجھتی"۔

زاہدہ :" اچھا جاوید صاحب ! اب تشریف لے جائیے - ہمیں کہیں چائے پر جانا ہے"۔

جاوید ـ" دیکھئے مس صاحبہ! جب تک یہ وعدہ نہ ہوگا کہ آئندہ جب بھی میں آؤں ، آپ ملاقات میں پس وپیش نہیں کریں گی۔ میں یہاں سے جانے کا نہیں۔ میں تو آج سنتیہ گرہ کرنے آیا ہوں"۔

نجمہ ـ" ہاں ہاں! ملاقات کیوں نہ ہوگی"۔

جاوید ـ" معاف کیجئے گا، میں زاہدہ سے وعدہ چاہتا ہوں"۔

زاہدہ ـ" میری جوتی کرتی ہے وعدہ"۔

جاوید ـ" تو بس میں یہاں بیٹھا ہوں، چاہے ایک سال ہی کیوں نہ بیٹھنا پڑے"۔

نجمہ ـ" اری! وعدہ کیوں نہیں کر لیتی ، دیر ہو رہی ہے"۔

زاہدہ ـ" اِن کو یہیں بیٹھا رہنے دو۔ ہم چلتے ہیں"۔

جاوید ـ" میری موجودگی میں آپ دروازے سے قدم باہر نہیں نکال سکتیں"۔

زاہدہ ـ" کیا آپ کو ایسی باتیں کرتے ہوئے شرم نہیں آتی ؟"

جاوید ـ" ہرگز نہیں۔ بالکل نہیں"۔

نجمہ ـ" زاہدہ! وعدہ کر بھی لو ، دیر ہو رہی ہے"۔

زاہدہ (دق ہو کر) "اچھا میں وعدہ کرتی ہوں۔ اب آپ تشریف لے جائیے"۔

جاوید (مسکرا کر) "شکریہ! شکریہ!! خدا حافظ۔"
نجمہ: "خدا حافظ"۔

(جاوید باہر چلا جاتا ہے)

زاہدہ: "بد ذات سمجھتا ہوگا کہ میں اپنے وعدے پر قائم رہوں گی"۔
نجمہ: "تو کیا تم اپنے وعدے پر قائم نہیں رہو گی"؟
زاہدہ: "نہیں"۔
نجمہ: "کیوں؟"
زاہدہ: "میں اِس منحوس کی صُورت سے جلتی ہوں"۔
نجمہ: "اتنا سجیلا جوان ہے اَور تم اس کی صُورت سے جلتی ہو"؟
زاہدہ: "صورت کو کوئی کیا کرے۔ سیرت بھی تو ہو"۔
نجمہ: "اس کی سیرت بھی تو بُری نہیں"۔
زاہدہ: "اِس سے زیادہ اَور بُری سیرت کیا ہو، جس سے محبّت کا دعویٰ، اُسی سے ایسا سلوک، جیسے اُس کے باپ کی لونڈی ہے"۔
نجمہ: "اچھّا تو تم چاہتی ہو کہ تمہارا شیدائی جب آئے تمہیں سات سلام کرے اَور پھر بھیگی بلّی کی طرح تمہارے قدموں میں آ بیٹھے"۔
زاہدہ: "خواہ مخواہ وقت ضائع کر رہی ہو۔ اب اُٹھ بیٹھو، دیر ہو رہی ہے"۔

نجمہ :۔ "اچھا چلو، پھر کبھی اس معاملے پر بحث کرونگی"+
(دونوں اٹھ کھڑی ہوتی ہیں - پردہ گرتا ہے)

منظرِ دوم

نجمہ کا ڈرائنگ رُوم - نجمہ تنہا ایک صوفے پر بیٹھی بے چینی سے کسی کا انتظار کر رہی ہے
وقت سہ پہر +

(سوسن اندر آتی ہے)

سوسن :۔ "کوئی صاحب آپ سے ملنا چاہتے ہیں - جاوید نام ہے اُن کا"+

نجمہ :۔ "ہاں ہاں! مَیں اُن کا اِنتظار کر رہی ہوں - جلدی بھیج دو اندر!"

(سوسن جاتی ہے - کچھ وقفے کے بعد جاوید داخل ہے) +

جاوید :۔ "آداب عرض ہے مس نجمہ!"

نجمہ :۔ "آداب عرض! آئیے (ایک کرسی کی طرف اِشارہ کرکے) تشریف رکھئے - آپ کو میرا رُقعہ مِل گیا ہوگا"+

جاوید :۔ "کہیئے کوئی بُری خبر تو نہیں"؟

نجمہ :۔ "اجی! ذرا دم تو لیجئے، سب کچھ بتائے دیتی ہوں - آپ حیران تو ہوں گے کہ مَیں نے آپ کا

پتہ کِس طرح دریافت کیا"؟

جاوید۔"زاہدہ سے پوچھا ہوگا"۔

نجمہ۔"ہاں! لیکن اِس ڈھب سے کہ بے چاری کو خبر بھی نہیں ہوئی"۔

جاوید۔"لیکن یہ رازداری کیوں"؟

نجمہ۔"میں ایک تجربہ کرنا چاہتی ہوں"۔

جاوید۔"کیسا تجربہ؟

نجمہ۔"آپ کو زاہدہ سے محبّت ہے نا؟"

جاوید۔"ہے تو سہی"۔

نجمہ (مسکراکر)"تو پھر میں آپ کی امداد کرنا چاہتی ہوں۔ میں اُسے راضی کرنے کا ایک گُر جانتی ہوں"۔

جاوید۔"وہ کیا ہے؟"

نجمہ۔"جلاپا"۔

جاوید۔"جلاپا؟"

نجمہ۔"اُس کی طبیعت میں جلاپا بہت ہے"۔

جاوید۔"تو پھر؟"

نجمہ۔"دیکھئے! آج میرا زاہدہ سے سینما کا وعدہ ہے۔ وہ ابھی آیا ہی چاہتی ہے۔ اگر اس کے سامنے ہم دونوں ایک دُوسرے سے محبّت ظاہر کریں۔ تو اس کا فطری جلاپا اُسے آپ کے قدموں پر گرا دے گا"۔

جاوید (نجمہ کو سر سے پاؤں تک دیکھ کر مُسکراتے ہوئے) "....... آپ سے محبّت .... ہوں ...... خیال تو بُرا نہیں ہے"۔

نجمہ (مسکرا کر) "اجی! رہنے دیجئے اِس تمسخر کو.... مَیں آپ کی امداد صرف اِس لئے کرنا چاہتی ہوں کہ... آپ بڑے اچھّے آدمی ہَیں اور زاہدہ کی عادات سنوارنے کے لئے آپ جیسے ہی شوہر کی ضرورت ہَے"۔

جاوید "۔ بڑی عنایت ہَے آپ کی ... لیکن آپ میری باتوں کو تمسخر کیوں سمجھتی ہیں۔ یہ آہُو کی سی موٹی موٹی آنکھیں، یہ خنجر کے سے نوک دار ابرُو، یہ سوسن کا سا دہن، یہ چنبیلی کا سا رنگ ...... آپ سے محبّت کرنے کو کِس کا دل نہ چاہے گا؟"

نجمہ (ہنس کر) "ارے توبہ! آپ تو......"

(سوسن داخل ہوتی ہَے)

سوسن "۔ مس صاحبہ! مس زاہدہ تشریف لائی ہَیں"۔

جاوید "۔ کہ دو۔ مس نجمہ مصروف ہَیں۔ مسٹر جاوید اُن کے پاس بیٹھے ہَیں"۔

نجمہ "۔ ارے نہیں..... سوسن"!

جاوید (نجمہ کا ہاتھ زور سے دباتے ہوئے) "ذرا ٹھہریے تو (پھر سوسن کو ڈانٹ کر) "سُنا نہیں، میں نے

کیا کہا ہے"؟

(سوسن باہر چلی جاتی ہے)

نجمہ:" آپ نے ستم کر دیا۔ اب زاہدہ مجھ سے کبھی نہ بولے گی"۔

جاوید:" دیکھئے! اِس وقت جو مَیں کہوں، آپ کو کرنا ہو گا۔ ورنہ..... مَیں زاہدہ کے سامنے چٹ سے آپ کا مُنہ چُوم لُوں گا"۔

نجمہ:" ارے خدا کے لئے نہیں.... اُف!"

(زاہدہ آگ بگولا ہو کر اندر داخل ہوتی ہے)

زاہدہ:" یہ کیا بے ہُودہ حرکت ہے"؟

جاوید:" آپ کس کی اجازت سے اندر آئی ہیں؟"

زاہدہ (تیز ہو کر)" آپ کون ہوتے ہیں مجھے ٹوکنے والے۔ مَیں نجمہ کے پاس آئی ہوں"۔

جاوید:" آپ کو شاید معلوم نہیں کہ نجمہ میری ہیں۔ ہمیں ابھی ابھی احساس ہؤا ہے کہ ہم ایک دوسرے سے محبت کرتے ہیں..... کیوں نجمہ!"

(نجمہ خاموش رہتی ہے۔ اُس کے منہ پر ہوائیاں چھُوٹ رہی ہیں۔ جاوید اپنے ہونٹوں کو بوسے کی شکل دے کر اُسے ڈراتا ہے)۔

جاوید:" آپ شرماتی کیوں ہیں؟ کیا آپ کو مجھ سے محبت نہیں ہے؟"

نجمہ (مری ہوئی آواز سے) "ہے"!

زاہدہ (تڑپ کر) "تمہیں جاوید سے محبّت کرنے کا کوئی حق نہیں، وہ مجھے چاہتا ہے"!

(نجمہ خاموش ہے۔ جاوید پھر ہونٹوں کو بوسے کی شکل دے کر ڈراتا ہے)۔

نجمہ (عرق عرق ہو کر) "تم.... تم.... نے تو اُن کی محبّت کو ٹھکرا دیا تھا؟"

زاہدہ (طعن سے) "اور تم نے موقع غنیمت جانا۔ بے حیا۔ بے شرم!"

جاوید۔ "مس زاہدہ!.... نجمہ کو گالی دینے کا آپ کو کوئی حق نہیں"!

زاہدہ۔ "تو کیا آپ بھی مجھ سے پھر گئے ہیں؟"

جاوید۔ "کیا میں نے کہا نہیں کہ مجھے نجمہ سے محبّت ہے؟"

زاہدہ (بھرّائی ہوئی آواز میں) مجھے آپ سے بے وفائی کی امید نہ تھی"!

جاوید۔ "یہ آپ کی بے وقوفی تھی"!

زاہدہ۔ "اگر آپ نجمہ سے محبّت کریں گے تو میں خودکشی کر لوں گی"!

جاوید۔ "بخوشی..... چشمِ ما روشن، دلِ ما شاد۔ اگر کہیں تو بوٹ پالش کی ڈبیہ منگوا دوں"!

زاہدہ (غصّے سے زمین پر پاؤں مار کر) "وحشی ۔ خونخوار ..... درندہ ..... پاجی ..... رذیل ..... مَیں اب عمر بھر تجھے مُنہ نہ لگاؤں گی — اَور نجمہ تم بھی مجھے پھر کبھی اپنی منحوس شکل نہ دکھانا"۔

(سسکیاں بھرتی ہوئی چلی جاتی ہے) +

جاوید (نجمہ کا ہاتھ اپنے ہاتھ میں لے کر مسکراتے ہوئے) "آپ کا تجربہ تو توقع سے بھی زیادہ کامیاب ہوا ہے"۔

نجمہ ـ "اوہ جاوید! یہ آپ نے کیا کر دیا۔ جائیے اب بھی اُسے واپس بُلا لیجئے۔ آہ! میری پیاری سہیلی زاہدہ!"

جاوید ـ "واپس بُلا لوں، کیوں"؟

نجمہ ـ "آپ کو تو اُس سے محبّت ہے"۔

جاوید ـ "ہے ۔ نہیں ۔ تھی"۔

نجمہ ـ "وہ کیسے؟"

جاوید ـ "کیونکہ اب تو مجھے آپ سے محبّت ہے"۔

نجمہ ـ "جاوید صاحب! زیادہ مذاق اچھا نہیں ۔ پہلے ہی آپ کے تمسخر نے بنا بنایا کھیل خراب کر دیا ہے"۔

جاوید ـ "مذاق کہہ کر میری محبّت کی توہین نہ کیجئے۔ آج سے مَیں آپ کا ہوں ۔ کیونکہ مَیں آپ میں زاہدہ

سے زیادہ وفا کی بُو پاتا ہوں۔ شاید آپ کو معلوم
نہیں کہ مَیں پہلے جنم میں شکاری کتّا تھا۔"

(نجمہ دونوں ہاتھوں سے منہ ڈھانپ کے اپنا سر
جاوید کے شانے پر رکھ دیتی ہے)

نجمہ "اوہ پیارے جاوید! مجھے شکاری کُتّوں کا بڑا
شوق ہے۔"

(پردہ گرتا ہے)

شاعر

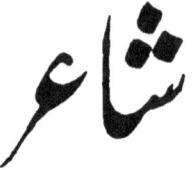

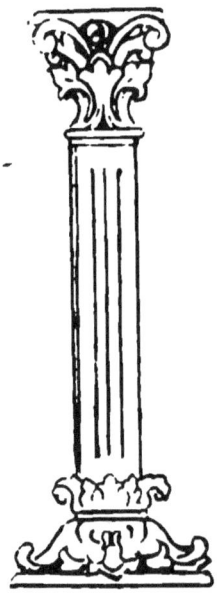

شاعر

یکایک سیسموگراف کی پنسل نے تیزی سے حرکت کی۔ آبزرور (مشاہدہ کرنے والا) کا کلیجہ دھک سے رہ گیا۔

دس میل کے اندر کہیں زلزلہ آ رہا تھا۔

بے انتہا شدید زلزلہ۔

آبزرور پندرہ برس سے اِس مشاہدہ گاہ میں ملازم تھا۔ لیکن اُس نے آج تک پنسل اِس تیزی سے حرکت کرتی نہ دیکھی تھی۔

"قیامت... قیامت!" وہ بے اختیار چیخ اُٹھا۔ "ہماری زمین سے کوئی ستارہ متصادم ہو گیا ہے"۔

زلزلہ واقعی آیا.... بے انتہا شدید زلزلہ... لیکن ایک ذاتی نوعیت کا۔

بات یہ ہوئی کہ شاعر کی بیوی کو آلو چھیلتے چھیلتے خیال آیا کہ آٹا تو ہے ہی نہیں۔ بس پھر کیا تھا، اُسی طرح چھری ہاتھ میں لئے مردانے کی طرف لپکی۔

کل شاعر کو ایک روپیہ دیا تھا۔ لیکن معلوم ہوتا ہے کہ سارا روپیہ تاڑی کی نذر ہو گیا ہے۔ جب ہی تو آج صبح سے کم بخت سرور میں ہے ... خدا غارت کرے اِس مردوئے کو... نگوڑا مرتا بھی نہیں، جو اِس عذاب سے جان چھوٹے... جب سے یہاں آئی ہوں، پل بھر آرام نہیں دیکھا... اُس باپ کو کیا کہوں جس نے مجھے اِس آگ میں جھونک دیا۔ ایسے سُہاگ سے تو رنڈاپا اچھا ہے... کوئی ایسا بھی ناکارہ نہ ہو.... خُدا کی پناہ!... اب ایک کوڑی بھی تو نہیں، جو آٹا آئے... تین دن متواتر کروشیئے کا کام کیا تھا، جب جا کر کہیں ایک روپے کا مُنہ دیکھا۔

ابھی دروازے پر بھی نہیں پہنچی تھی کہ رُک گئی۔

"شاعر صاحب.... شاعر صاحب!" ڈیوڑھی سے کسی نے آواز دی۔

شاعر ایک بوسیدہ بوریئے پر بیٹھا فکرِ شعر کر رہا تھا۔ آنکھوں کی سُرخی سے معلوم ہوتا تھا کہ سُرور میں ہے۔

"شاعر صاحب.... شاعر صاحب!" دوبارہ آواز آئی۔

"کون ہے؟" شاعر نے اِنتہائی بے نیازی سے دریافت کیا۔

"مَیں ہوں کریموں۔"

کریموں محلے میں پان سگرٹ کی دکان کرتا تھا۔

کوئی دس برس پیشتر شاعر نے اُس سے آٹھ آنے کا سودا خریدا تھا اَور یہ آٹھ آنے ابھی تک اُس کے ذمّے تھے۔ اِس خیال سے کہ کہیں تقاضا کرنے نہ آیا ہو، وہ چوکنا ہو گیا۔

"آئیے.... آئیے سیٹھ صاحب!" اُس نے جھوٹی تواضع سے کہا، جو مقروض اپنے قرض خواہوں سے برتا کرتے ہیں۔

"آداب عرض ہے.... یہ میرے والد صاحب ہیں۔" پنواڑی نے ایک بُوڑھے کی طرف اِشارہ کرکے کہا۔ جو اُس کے پیچھے پیچھے لکڑی ٹیکتا ہُوا آ رہا تھا۔

"آئیے.... بیٹھیے"۔

"چچا! یہ ہیں شاعِر صاحب"۔

"کہاں؟" چچا نے کوئی پندرہ بیس منٹ شاعر کا معائنہ کرکے کہا۔" یہ تو لونڈا سا ہے"۔

"بڑے مشہور ہیں یہ"۔

"ارے یہ کیا بیت بازی کرے گا۔" چچا نے کھانستے ہوئے کہا۔" ہمارے محلّے میں ایک چھوٹے خاں ہوتے تھے۔ سجن تخلّص تھا اَور کنجڑے کی دکان کرتے تھے.... مگر واہ رے ظالم اِس ٹھاٹ کی بیت بازی کرتے کہ مزہ آ جاتا۔ بیسیوں تو شاگرد تھے۔ کیا نانوُ حجام اَور کیا گھسیٹا نانبائی، سب اُن کے آگے پانی بھرتے تھے۔ مَیں ایک

دفعہ اُن کی دکان پر موجود تھا۔ گلابو موہن کدو خرید رہی تھی ... میری بھی جوانی تھی ... میں نے کہا۔ اُستاد ہو جائے نا کوئی بیت۔ اُستاد نے ایک بیت جو کہی۔ گلابو موہن کلیجہ پکڑ کر رہ گئی۔ بیت بازی کی قدر بھی پرانے لوگ ہی کرتے تھے۔ اُس وقت کوئی ساٹھ برس کی ہو گی وہ۔ اسی برس میں اِنتقال کیا۔ لیکن مرتے دم تک اُستاد کی ہو کر رہی"۔

"شاعر تو یہ بھی زبردست ہیں دادا!" پنواڑی نے کہا۔"نکٹی طوائف کو جانتے ہو نا۔ ننھو کی شادی پر اُس نے ان کی غزل گائی تھی"۔

"ارے رہنے دے نکٹی بھی کوئی طوائف ہے۔ خچر کی طرح ہنہنا تو وہ بھی لے گی، لیکن گانا کوئی اَور ہی چیز ہے۔ خدا مغفرت کرے اسی نکٹی کی ماں کے ہاں ہمارا آنا جانا تھا۔ یہ اُس وقت پیدا بھی نہ ہوئی تھی۔ ... واہ رے واہ! کیا بانکی آواز تھی اُس کی' اَور جب دلارے خاں طبلچی اَور اُستاد غلام محمد ستار نواز بھی اُس کے ساتھ اپنا جوہر دکھاتے تو زندگی کا مزہ آ جاتا"۔

"چچا اب جس غرض کے لئے آئے ہو کہہ دو نا۔ سردارے کو دکان پر بٹھا کر آیا ہوں۔ وہ بچہ ہے۔ مجھے جلدی جانا ہے"۔

"ہاں! کل میرے پوتے کی ختنہ ہے۔ ایک سہرا

لِکھ دو۔ یہ پانچ روپے تمہاری نذر ہیں"۔ چچا نے شاعر سے کہا۔

"سہرا" شاعر نے حیران ہو کر دریافت کیا۔

وہ جدید اسکول کا شاعر تھا۔ شاعری اُس کے لئے الہام تھی۔ یہ انسانی دماغ کی ایک سعی تھی۔ رازِ درون پردہ تک پہنچنے کی۔ فطرت کے اِس عطیے کو سہرے اور قصیدے لِکھ کر ناجائز استِعمال کرنا اُس کے نزدیک گناہِ کبیرہ تھا۔ اگر اُس نے کریموں کے آٹھ آنے نہ دینے ہوتے تو اِس گستاخی پر دونوں کو اُسی وقت گھر سے نکال دیتا۔

"ہاں سہرا" چچا نے کہا "اگر اُستاد چھوٹے خاں سجن زندہ ہوتے تو اب تک کئی سہرے میرے ہاں پہنچ جاتے لیکن اب تو ویسے زندہ دل کہیں نظر ہی نہیں آتے"۔

"معاف کیجئے۔ مَیں نے کبھی کسی کا سہرا نہیں لِکھا"۔

"کریموں! ..... تم تو کہتے تھے، یہ بڑا زبردست شاعر ہے۔ یہ تو سہرا بھی نہیں لِکھ سکتا"۔

"بڑے میاں! لِکھ سکنے کا سوال نہیں" شاعر نے قرض کی پروا نہ کرتے ہوئے جھنجھلا کر کہا "سوال یہ ہے کہ کیا سہرے لِکھنا شاعر کے شایانِ شان بھی ہے یا نہیں"۔

"شاعری کا اور مقصد ہی کیا ہے؟ معشوق کی تعریف کر دی۔ دشمن کی ہجو لکھ دی۔کسی کی شادی پر دو ایک بیت بول دیے۔کسی بڑے آدمی کی آمد پر قصیدہ پڑھ دیا اور یار لوگوں میں دل لگی رہی۔آج کل کے لونڈوں کا تو دماغ ہی خراب ہے"۔

"بڑے میاں! شاعر شاعر ہے، میراسی نہیں"۔ شاعر نے جوش میں آکر کہا۔"سہرے اور قصیدے میراسیوں کو ہی زیب دیتے ہیں۔ شاعری ارتقائے ذہنی کا وسیلہ ہے۔یہ جذباتِ لطیف کی نشو و نما کرتی ہے۔ میں اس آسمانی شئے کو قصیدے لکھ کر ملوث نہیں کرونگا"۔

"کیا تمہارے خیال میں جو قصیدے لکھتا ہے، وہ میراسی ہے شاعر نہیں"۔

"جی ہاں!"

"کچھ معلوم بھی ہے تمہیں، بڑے بڑے استاد قصیدہ گوئی کرتے تھے"۔

ذلیل لوگ پیٹ بھرنے کے لئے کیا کیا نہیں کرتے اگر کوئی خودِدار ہوتا تو ڈوب مرتا"۔

"اور تم بڑے خودِدار ہو"۔

"آخر اس بحث سے فائدہ ہی کیا ہے۔میں نے کہ دیا ہے۔میں سہرا نہیں لکھوں گا"۔

"کریموں!... یہ تو سڑی معلوم ہوتا ہے"۔ چچا نے

حقارت سے شاعر کی طرف دیکھ کر کہا "نہیں کہا بھی تھا کہ رمضان والے مکان کی رجسٹری کے کاغذوں میں اُستاد چھوٹے خاں کا لکھا ہُوا کوئی نہ کوئی سہرا ضرور پڑا ہوگا اور اُسی میں نام وغیرہ تبدیل ہو جائے گا۔ مجھے فیضو کے ہاں جانا تھا۔ اُس نے ابھی کل ہی ایک نیا بٹیر خریدا ہے۔ یہاں لا کر تم نے میرا بھی وقت ضائع کیا۔"

"چچا! اِن کی خُود داری تو یہ ہے کہ دس برس ہوئے، میرے آٹھ آنے ادا نہیں کر سکے۔"

"تم بھی بالکل بُدّھو ہو۔ آج کل کے زمانے میں شرافت سے کہیں کام چلتا ہے۔ احمدو نے میرا ایک آنہ دینا تھا۔ کئی دن ہو گئے کمبخت ہاتھ ہی نہ آیا۔ آخر ایک روز جو مل گیا۔ مَیں نے بھرے بازار میں ٹوپی اُتار لی۔ شام کو پورا ایک آنہ میرے ہاں آکر دے گیا۔"

"مَیں نے شریف آدمی سمجھ کر کبھی سختی سے تقاضا ہی نہیں کیا۔ ورنہ مَیں وصُولی کے اَور بھی ڈھنگ جانتا ہوں۔"

"آپ اپنے آٹھ آنے بنک میں خیال کیجئے۔ مَیں ایک دو روز میں خُود دکان پر پہنچا آؤں گا۔"

"خیر اب دیکھا جائے گا۔" پنواڑی نے جاتے ہوئے کہا۔

بس اُدھر اِن دونوں نے دروازے سے باہر قدم رکھا اُور اِدھر زلزلہ آگیا +

شاعر کی بیوی بگولے کی طرح اندر داخل ہوئی۔ اُور برق کی طرح ٹوٹ پڑی +

"تمہیں سانپ ڈسے .... تمہارا گوشت چیل کوّے کھائیں .... کُتّے کی موت مرو .... جس طرح میری زندگی خراب کی ہَے، تمہیں بھی کبھی چین نہ آئے ......"

پہلے شاعر بے چارے پر چھری پھینکی گئی۔ اس کے بعد اُگالدان، اس کے بعد گلاس، اس کے بعد ایک خالی بوتل، اس کے بعد تکیہ، اُس کے بعد لحاف، اس کے بعد چادر، اس کے بعد چارپائی، اس کے بعد ایک کتاب، اُس کے بعد دوات، اس کے بعد ایک بوسیدہ سی میز اس کے بعد ایک ٹوٹی ہوئی کُرسی، اس کے بعد ایک ٹین کی صندوقچی، اس کے بعد ملکا تالا، اس کے بعد سائیکل کا ایک پُرانا ٹائر، اس کے بعد اپنا جُوتا، اس کے بعد اپنا دوپٹہ اُور اس کے بعد ایک چیخ مار کر اپنے آپ کو شاعر پر لے جا پھینکا +

اُور اِس طرح یہ زلزلہ ترتیبِ اشیاء اُور اطمینانِ شاعر کو درہم برہم کرکے آخر کار دھیما پڑ گیا +

شاعر حواس باختہ بوریئے پر بیٹھا تھا۔ اُس کی کنپٹی سے خون جاری تھا۔ آنکھوں سے خوف اُور پریشانی

ٹپک رہی تھی۔ شاعر کی بیوی زمین پر۔پڑی زور زور سے سِسکیاں بھر رہی تھی۔

عورت چاہے کتنی ہی زیادتی کیوں نہ کرے۔ لیکن جب وہ سِسکیاں بھرنے کی اسٹیج پر آ جائے تو مرد فطرتاً اُسے دلاسا دے گا۔ چنانچہ شاعر پھینکی ہوئی چیزوں کے انبار کو ہٹا کر اُٹھ کھڑا ہوا۔

"اُٹھو پیاری!" اُس نے اُس پر جُھک کر محبّت سے کہا۔

"ہٹو، دُور رہو، مجھے ہاتھ نہ لگاؤ"۔

وُہ اَور زور سے سِسکیاں بھرنے لگی۔

"آخر بات کیا ہے؟"

شاعر بے چارے کو ابھی تک زلزلے کی وجہ معلوم نہ ہوئی تھی۔

"بس مَیں اب یہاں نہیں ٹھہر سکتی"۔

وہ تڑپ کر اُٹھی اَور دوڑ کر اپنا بُرقع اُٹھا لائی۔

"ہَے ہَے بیوی! کیا ستم کرتی ہو، خدا کے لئے جانے بھی دو"۔

شاعر نے اُس کا بُرقع پکڑ لیا۔

"اب تو مَیں اپنے باپ کی نہیں، کسی پرائے کی ہوں گی جو یہاں رہوں گی"۔

"آخر اِس ناراضگی کی وجہ کیا ہے؟"

"کل مَیں نے آٹا لانے کے لئے روپیہ دیا تھا۔ لائے ہو آٹا؟"

"اوہو! وہ تو مَیں تاڑی خرید لایا تھا"۔

"تو بس بیٹھ کر تاڑی پیو، میں جاتی ہوں"۔

"بیوی! ایک روپے کی تاڑی کے فیض سے وہ غزل ہوئی ہے کہ دولتِ ہفت اقلیم ہیچ ہے اُس کے آگے"۔

"بس اب اُس غزل سے ہی پیٹ بھرنا"۔

"بیوی! تمہاری ذہنیت بے انتہا پست ہے۔ انسان کو زندہ رہنے کے لئے کھانا چاہئے اَور تم کھانے کے لئے زندہ رہتی ہو"۔

"اگر تم اسی طرح ہاتھ پر ہاتھ دھرے بیٹھے رہے تو ضرور زندہ رہنے کے لئے کھانا ملے گا"۔

"کیا مَیں ہاتھ پر ہاتھ دھرے بیٹھے رہتا ہُوں؟ مَیں جس کی شاعری ارتقائے ذہنی کی اجارہ دار ہے؟"

"آگ لگے اَیسی شاعری کو۔ اَور اَیسی ارتقائے ذہنی کی اجارہ داری کو، جس کے لئے بھُوکوں مرنا پڑے"۔

"بیوی! دُنیا نا قدر شناس ہے۔ ورنہ مَیں موتیوں میں تولا جاتا"۔

"بس اِسی شیخی نے تو تمہیں برباد کیا ہے۔ آج تھوڑے سے کام کے لئے پانچ روپے مل رہے تھے۔ اور لاٹ صاحب نے واپس کر دئے کہ میری شان میں فرق آتا ہے"۔

"تو کیا تم چاہتی ہو کہ میں قصیدہ گوئی کی حد تک اپنے آپ کو گرا دوں"۔

"شاعری آخر کِس مرض کی دوا ہے۔ قصیدہ گو بھی تو شاعر ہی ہوتے ہیں"۔

"لیکن پیاری! اُن کی نظر زمین پر ہے اور میری آسمان پر"۔

"بس آسمان کی طرف ہی دیکھتے رہو۔ اگر فاقوں سے مر گئے تو جلدی وہاں پہنچ بھی جاؤگے"۔

"میری شاعری نے مجھے زندہ جاوید بنا دیا ہے۔ مَیں مر نہیں سکتا"۔

"تمہیں اتنے بڑے بڑے دعوے باندھتے شرم بھی نہیں آتی۔ بس ایک بے پَر کی اُڑا دی اور زندگیٔ جاوید کا پروانہ حاصل کر لیا۔ کیا سستا سودا ہے۔ منہ دھو رکھو، دُنیا کِسی دیوانے کے لئے خود دیوانی نہیں ہوتی۔ تمہاری شمع اس کے لئے کڑوے تیل کا دِیا ہی رہے گی۔ جس کی سڑاند سے دماغ خراب ہو جاتا ہے۔ تمہارے پروانے برساتی کیڑے

ہی رہیں گے، جو گرمیوں کی شام کو کھانے ہیں پڑ جاتے ہیں۔ تمہاری برسات کیچڑ اور پانی ہی نظر آئیگی اور تمہارے سبزۂ روئیدہ کو گدھوں کے لوٹنے کی جگہ ہی کہا جائے گا"۔

"بیوی! تم قیامت تک میری شاعری کا مرتبہ نہ سمجھ سکوگی"۔

"اچھا تم اپنا مرتبہ بیٹھے چاٹا کرو، مَیں میکے جاتی ہوں"۔

"شاعر صاحب!..... شاعر صاحب!" کسی نے باہر سے آواز دی۔

"کوئی ملنے آیا ہَے"۔ شاعر نے کہا۔ "اب خُدا کے لئے اِس ہٹ کو چھوڑو اور اندر جاکر بیٹھو۔ کیوں دُنیا کے سامنے میری ناک کٹواتی ہو"۔

"شاعر صاحب! شاعر صاحب!" پھر کسی نے آواز دی۔

"کوئی آیا ہوگا تاڑی پینے"۔ شاعر کی بیوی نے تیوری چڑھا کر کہا اور پھر خُود بخُود اندر لوٹ گئی۔

"کون ہَے؟" شاعر نے دریافت کیا۔

"مَیں ہوں نتھُو"۔

"آ جاؤ"۔

نتھُو ایک زمیندار کا مزارع تھا۔

"آداب عرض شاعر صاحب!"
"کہو کس طرح آئے نتھو میاں!"
"آپ سے ایک کام تھا۔"
"کیا؟"
"کل پٹواری صاحب زمین کی حد بندی کے لئے آ رہے ہیں۔ ہمارا مدت سے سلطانے کے ساتھ زمین کا تنازعہ چلا آتا ہے۔ اگر پٹواری صاحب کسی طرح خوش ہو گئے تو ہمارے حق میں فیصلہ ہو جائے گا۔"
"تو پھر کیا چاہتے ہو؟"
"کچھ بیت لکھ دیجئے اُن کی تعریف میں۔"
"چار آنے فی شعر اُجرت لوں گا۔"
"توبہ توبہ" نتھو نے کان کو ہاتھ لگا کر کہا۔"میں غریب آدمی ہوں۔ اتنی اُجرت کہاں سے دوں۔"
"اچھا تو دو آنے فی شعر دے دینا۔"
"رُلدو کے لونڈے کو آپ شاید جانتے ہونگے۔ وہ یوسف زلیخا بڑے مزے سے پڑھتا ہے۔ سب زبانی یاد ہے کم بخت کو۔ اُسے کہتا تو دو آنے میں بیسیوں بیت لکھ دیتا۔ لیکن آپ ذرا دو کتابیں زیادہ پڑھے ہوئے ہیں۔ اِس لئے آپ ہی سے عرض کرنا مناسب سمجھا۔"
"پھر کیا اُجرت دینا چاہتے؟"

"ایک پیسہ فی بیت لے لیجئے"۔

"اچھا جو تمہاری مرضی"۔ شاعر نے آہِ سرد بھر کر کہا "اور ہاں اُجرت مجھے اِسی وقت ملنی چاہیئے"۔

"یہ بات غلط ہے شاعر صاحِب! میں اُجرت ابھی نہیں دے سکتا۔ غریب آدمی ہُوں۔ دو ماہ تک فصل کاٹوں گا تو ادا کر دُوں گا۔ لیکن خیال رہے کہ پٹواری صاحب بڑے آدمی ہیں۔ آخر افسر ٹھہرے۔ بیت اُن کی شان کے مطابق ہوں"۔

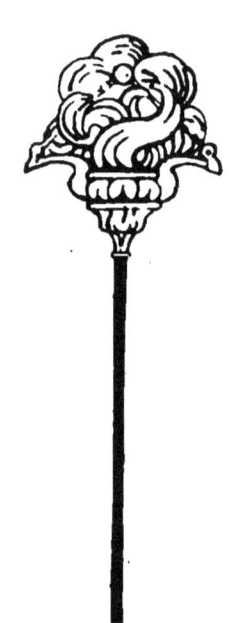

قاضی

قاضی

بادلوں کا دیوتا اپنی پُرہیبت رتھ پر سوار کائنات کی طرف لپکا ۔

کڑڑڑڑ........ کڑڑ ڑڑ ....

رتھ کے آگے جُتتے ہوئے اژدروں پر اُس کا آتشیں کوڑا پڑا ۔ آسمان پر سُرخ سُرخ شرارے اُڑنے لگے ۔ جیسے کوئی ہوائی چھوٹی ۔ فطرت نے ڈر کر رُوئے زمین پر تاریکی کی سیاہ چادر ڈال دی ۔

"عدالت کے سب دریچے بند کر دو" دیوتائے اِنصاف نے آستین سے ناک صاف کرتے ہوئے کہا ۔

"آپ کو شاید زکام کی شکایت ہوگئی ہے ؟" اہلکار نے دریافت کیا ۔

"ہاں ! آج ہوا ذرا زیادہ سرد ہے ..... کوئی اور مُلزم ؟"

"ہاں سرکار !"

طوق و سلاسل میں جکڑے ہُوئے قاضی کو پیش

کیا گیا۔

"یہ کون ہے؟"

"اِسے دنیا میں قاضی بنا کر بھیجا گیا تھا۔"

"اِس کا جُرم؟"

"اِس نے اپنے اختیارات کا بے جا استعمال کیا۔"

"آچھیں..... آچھیں..... آچھیں.....!"

دیوتائے انصاف کو مسلسل چھینکیں آنے لگیں۔

"میرا زکام زیادہ ہو رہا ہے۔ آج میں عدالت نہیں کروں گا۔"

"کیا مُلزم کو واپس حوالات میں بھیج دیا جائے؟"

"ذرا ٹھہرو۔ مُلزم قاضی تھا؟"

"ہاں سرکار!"

"اور اِس نے اپنے اختیارات کا بے جا اِستعمال کیا۔"

"ہاں سرکار!"

"اچھا میں اِسے اپنے اِختیارات کے بجا استعمال کا آخری موقع دیتا ہوں۔"

"وہ کِس طرح؟" ملازمانِ عدالت نے حیران ہو کر دریافت کیا۔

"یہ کرسیِ عدالت پر بیٹھ کر اپنی سزا و جزا کا

خود فیصلہ کرے گا"۔

دیوتائے انصاف اُٹھ کر خواب گاہ میں چلا گیا۔ قاضی کی زنجیریں کھول دی گئیں اور وہ مسکراتا ہوا کرسی عدالت پر جا بیٹھا۔

"اگر ارشاد ہو تو عدالت کی کارروائی شروع کی جائے؟" اہلکارِ عدالت نے کہا۔

"ضرور۔ ضرور"۔

پہلے اُس نے ایک آنکھ میچ کر لیڈی ٹائپسٹ کی طرف دیکھا اور پھر سٹیٹ ایکسپریس کا سگریٹ سُلگا کر دھوئیں سے دائرے بنانے لگا۔

خواب گاہ سے خرّاٹوں کی آواز آنے لگی۔ دیوتائے انصاف سو رہا تھا۔

"مستغیث کون ہے؟" قاضی نے دریافت کیا۔

"میں" بائیں کاندھے کے فرشتے نے کہا۔

"اور صفائی کا گواہ؟"

"میں" دائیں کاندھے کے فرشتے نے کہا۔

"تمہارا کیا بیان ہے؟" اُس نے مستغیث سے دریافت کیا۔

"سرکار! ملزم کو دُنیا میں انصاف کے لئے بھیجا گیا تھا۔ لیکن اُس نے بے گناہوں کو سزا دی۔ اُن کی عورتوں کی عصمت دری کی اور اُن سے رشوت

وصُول کی ۔ اُس نے ہمیشہ بد لوگوں کو اپنا رفیق بنایا۔ اُور نیکی کے مقابلے میں بدی کی طرف جُھکا رہا ۔

"تمہارے پاس اِس کا کوئی جواب ہے ؟" قاضی نے صفائی کے گواہ سے دریافت کیا ۔

"اِس معاملہ میں ملزم موردِ الزام نہیں ہے ۔ دُنیا کے قوانین ہی غلط ہیں ۔ جہاں صرف کاغذی کارروائی سے ہی غرض ہو ، وہاں معاملے کی تہ کو پہنچنے کی سعی کیوں کی جائے ؟"

"لیکن دُنیا کا کوئی قانون رشوت کو جائز قرار نہیں دیتا ۔"

"ہاں ! براہِ راست بالکل نہیں ۔ لیکن ملازموں کے قلیل مشاہرے خوُد رشوت ستانی کی تحریک ہیں ۔"

"اُور یہ عورتوں کی عصمت دری کا کیا معاملہ ہے ؟" قاضی نے دوبارہ ایک آنکھ میچ کر لیڈی ٹائپسٹ کی طرف دیکھتے ہوئے کہا ۔

"اِس جُرم کا امر زیر بحث سے کوئی واسطہ نہیں ۔" عدالت نے تو صرف یہ فیصلہ کرنا ہے کہ مُلزم نے قاضی کی حیثیت سے اپنے اختیارات کا بجا اِستعمال کیا یا بے جا ۔ صفائی کے فرشتے نے کہا ۔

"آسمانی عدالت کے اختیارات وسیع ہیں ۔ اِسے صرف کاغذی کارروائی پر ہی عمل نہیں کرنا چاہیئے ۔"

مستغیث نے جواب دیا ۔

"عدالت نکتہ چینی برداشت نہیں کر سکتی"۔

ملازمانِ عدالت نے حوصلہ ہار دیا ۔ آج اوّل مرتبہ آسمانی عدالت میں نا انصافی ہونے والی تھی ۔

"مقدمہ پایۂ ثبوت کو نہیں پہنچ سکا"۔ قاضی نے پھر کہا ۔

اِس وقت عدالت میں صرف مستغیث کے حواس بجا تھے ۔ اُس نے استغاثہ کو کامیاب بنانے کے لئے اپنے دماغ پر انتہائی زور ڈالا ۔

"کیا عدالت اُن لوگوں کی آہوں کی پروا نہیں کرے گی ، جن کی زندگی ملزم نے برباد کی"۔ اُس نے کہا ۔

"دُنیا میں آہیں بھرنے کی عادت وبا کی طرح پھیلی ہوئی ہے ۔ عدالت کو اِس کی پروا نہیں"۔

مستغیث نے دماغ پر اَور زیادہ زور ڈالا ۔

"کیا عدالت ایسے شخص کی بیخ کنی نہ کرے گی ، جو بدی کو فروغ دے"۔

"اِنسان بدی کو فروغ نہیں دیتا ۔ یہ ابلیس کا کام ہے"۔

مستغیث کا عزم راسخ تھا ۔

"کیا عدالت یہ گوارا کرے گی کہ وہ ایک زناکار کو

سزا نہ دے۔

"اِس بات کا فیصلہ ہو چکا ہے کہ یہ مسئلہ عدالت کے سامنے پیش ہی نہیں"۔

"عدالت سراسر بدی کی حمایت کر رہی ہے"۔ مستغیث نے جل کر کہا۔

"تم عدالت کی ہتک کر رہے ہو۔ تمہیں سزا ملنی چاہئے" قاضی کڑک کر بولا۔

مستغیث کی پیشانی عرق آلود ہو گئی۔

"مَیں عدالت سے معافی کا خواستگار ہوں۔ لیکن ......"

وہ یکایک ٹھہر گیا۔ ایک آخری حربہ اُس کے ذہن میں آیا۔

"مجھے ..... مجھے عدالت سے اِنصاف کی پُوری پُوری اُمید ہے" اُس نے سب کی نظر بچا کر قاضی کو ایک پانچ روپے کا نوٹ دکھاتے ہوئے کہا۔

"رشوت ......" قاضی نے زیرِ لب کہا اور اُس کے مُنہ میں پانی بھر آیا۔

اپنا حربہ کارگر ہوتا دیکھ کر مستغیث کا حوصلہ بڑھ گیا۔

"عدالت ضرور نیکی کی حمایت کرے گی"۔

رشوت خوری قاضی کی فطرت میں اِس طرح داخل

ہو چکی تھی کہ وہ بالکل خود فراموش ہو گیا۔

"پانچ روپے ..... پانچ روپے" قاضی نے پھر خواہشِ زر سے نڈھال ہو کر زیرِ لب کہا۔

"آسمانی عدالت کسی طرح بھی بدی کو فروغ نہیں دے گی" مستغیث نے اور زیادہ جوش سے کہا۔

"ہاں ہاں! عدالت ضرور نیکی کی حمایت کرے گی" قاضی نے بے تاب ہو کر کہا۔ "گو کاغذی کارروائی سے استغاثہ پایۂ ثبوت کو نہ پہنچ سکا۔ لیکن آسمانی عدالت اپنے خاص اختیارات استعمال کرے گی۔ ملزم کو دوزخ میں جھونک دو۔

خواب گاہ سے دیوتائے انصاف کے خراٹوں کی آواز برابر آ رہی تھی۔

ہندوستان زِندہ باد

{ اس افسانے کے افراد، نام اور
مقامات سب فرضی ہیں ۔ }

ہندوستان زندہ باد

روزنامہ ہندو۔ لاچور

شریمتی شبراتن دیوی کی شدھی!

لاچور۔ یکم اپریل۔ کل آریہ سماج مندر میں شریمتی شبراتن دیوی کو شدھ کیا گیا۔ شریمتی جی ایک اعلیٰ مسلمان خاندان کی چشم و چراغ ہیں۔ آپ رُوپ وتی ہونے کے علاوہ تعلیم یافتہ بھی ہیں۔ اُردو کا قاعدہ آپ کو فرفر یاد ہے۔ لیکن چونکہ اب وہ ہندُو دھرم کی آغوش میں آگئی ہیں۔ اِس لئے اُردو سے بیزار ہو کر ہندی پڑھنا چاہتی ہیں۔

ہندو نوجوانوں کے سچّے دھرم سیوک ہونے کا اِس سے زیادہ اور کیا ثبوت ہو سکتا ہے کہ تقریباً بیس پریمیوں نے اپنے آپ کو انہیں ہندی پڑھانے کے لئے پیش کیا۔

بوڑھے ہندُو بھی نوجوانوں سے کسی طرح پیچھے نہیں

رہے۔ چنانچہ پُرانے دھرم سیوک اَور لیڈر ڈھلا رام نے بھی درخواست کی کہ انہیں شریمتی جی کے شُبھ چرنوں میں بَیٹھ کر کبھی کبھی شاستروں کے اُچار کا موقع دیا جائے۔ پنڈت جی اِس وقت ستّر برس کے ہَیں۔ لیکن شریمتی جی کے درشن کرکے اُن پر نئے سرے سے جوانی آگئی ہَے۔

شُدھی کی رُسُومات کے بعد شریمتی جی کا وِواہ شریمان لالہ پیڑا رام جی سے کر دیا گیا۔ شریمان جی ایک اُونچے ہندُو خاندان سے ہَیں۔ آپ کے سرگباشی پِتا شریمان لالہ برفی رام جی، چوہاری دروازے کے اندر حلوائی کی دکان کرتے تھے۔ خالص گھی کے استعمال کی وجہ سے آپ کی دکان کی دُور دُور تک شہرت تھی۔ چنانچہ اکثر رُوس اَور جرمنی تک سے اُن کے پاس پکوڑوں کے آرڈر آتے تھے۔

شریمان جی خُود لالہ ودھاوا مل کے ہاں رسوئیا ہَیں۔ اُن کا دعویٰ ہَے کہ وہ سَو طرح کی آلوُ کی بھاجیاں تیّار کر سکتے ہَیں۔ وِدّیا میں بھی وہ کِسی سے پیچھے نہیں۔ چُنانچہ ہندی کے علاوہ اُردو میں بھی دستخط کرنا جانتے ہَیں۔

شریمتی جی چونکہ سینما کا بڑا شوق رکھتی ہیں اَور ایکٹرسوں کے نام انہیں بے حد پسند ہَیں۔ اِس لیئے

اُن کا ہندو نام دیویکا رانی تجویز ہوا ہے ٭

ہمارے نمائندے نے جب انٹرویو کے دوران میں اُن سے دریافت کیا کہ اُنہوں نے ہندو دھرم کیوں دھارن کیا ہے تو اُنہوں نے مسکرا کر اپنے پتی دیو کی طرف دیکھا اور کہا کہ ہندو دھرم ہیں ہی اُن کی آتما کو شانتی حاصل ہو سکتی ہے ٭ (ا۔ف)

روزنامہ "مسلم" لاچور

ایک شریف مُسلم خاتون کا اغوا

ہندوؤں کی چیرہ دستی

لاچور۔یکم اپریل۔ ابھی ابھی مقامی مجلس اسلامیہ کے دفتر سے بذریعہ ٹیلیفون اطلاع ملی ہے کہ کچھ شرارت پسند ہندوؤں نے لاچور کے ایک معزز مسلم خاندان کی ایک بیوہ لڑکی کو زبردستی اغوا کر لیا ہے۔مغویہ شبراتن بی بی، مرزا جانی نانبائی کی اکلوتی بیٹی ہے۔ اس کا مرحوم شوہر مرزا مشیران بیگ رئیس لاچور کا کوچوان تھا۔ شبراتن بی بی اپنے شوہر کی وفات کے بعد اپنے باپ کے ہاں رہتی تھی۔ مولوی ڈمدار شاہ صاحب امام مسجد کا بیان ہے کہ مغویہ نہایت معصوم اور باحیا لڑکی ہے۔ باقاعدہ پانچ وقت نماز پڑھتی اور رمضان کے روزے رکھتی

تھی ۔ سخاوت کا یہ عالم تھا کہ کبھی کوئی سائل اُس کے در سے نامُراد نہ لوٹا ۔ سادات کی تو بے انتہا معتقد تھی اور اکثر تنہا اُن کے حجُرے میں بچّے کو دم کرانے آ جایا کرتی تھی +

ہندوؤں کی اسلام دُشمنی تو سب کو معلوم ہے ۔ لیکن یہ کِسی کو اُمّید نہ تھی کہ انہیں مسلم بہُو بیٹیوں پر ہاتھ اٹھانے کی بھی جُرأت ہو سکتی ہَے ۔ غیور مسلمان اپنی عورتوں کی بے حُرمتی کِسی طرح گوارا نہیں کر سکتے ۔ اگر حکومت کو امنِ عامہ کی استواری منظور ہے تو اُسے چاہیئے کہ وہ شبراتن بی بی کو واپس دلا کر اُن شریر ہندوؤں کا اِس اغوا میں ہاتھ ہَے ۔ اُنہیں قرار واقعی سزا دے ؞ (ل۔ف)

سٹاپ پریس

لنگڑے نائی نے اطلاع دی ہَے کہ شبراتن بی بی ابھی تک اِسلام پر قائم ہَے اَور ہندو اُس پر ناجائز دباؤ ڈال رہے ہیں ۔ چنانچہ اِس خبر سے برادرانِ اسلام بُری طرح مشتعل نظر آتے ہیں ۔ آج شام کو جوتی دروازہ کے باہر مولوی دُمدار شاہ کی زیرِ صدارت ایک جلسہ بھی منعقد ہوگا ۔ جس میں ہندوؤں کے اِس ذلیل رویّہ کی

مذمت کی جائے گی ٭

سی۔آئی۔ڈی کی رپورٹ

حسب الحکم جناب سپرنٹنڈنٹ صاحب بہادر پولیس کل شام کو ساڑھے آٹھ بجے جوتی دروازے کے باہر پہنچا۔ جلسہ گاہ میں کوئی پچاس آدمی موجود تھے۔ سوائے مرزا مشیران بیگ کے معززین شہر میں سے کوئی شریکِ جلسہ نہ تھا۔ معلوم ہوا ہے کہ مرزا صاحب مجلسِ اسلامیہ کی طرف سے اسمبلی کے آئندہ انتخاب میں اُمیدوار ہیں، اور یہاں صرف عوام کی خوشنودی حاصل کرنے کی غرض سے آئے ہیں ٭

مرزا صاحب کی پانچویں بیوی خود ایک ہندو بیرسٹر کی لڑکی ہے۔ جسے مرزا صاحب کے صاحبزادے نے دو سال پیشتر اغوا کیا تھا ٭

اِن کے علاوہ سب جلسہ شہر کے غنڈوں۔ مجلس اسلامیہ کے اہلکاروں اور پریس کے نمائندوں پر مشتمل تھا ٭

مولوی دُمدار شاہ صدر جلسہ تھے۔ اُن کے متعلق پولیس میں کوئی رپورٹ موجود نہیں۔ لیکن پرائیویٹ طور پر معلوم ہوا ہے کہ آپ شبراتن پر بہت گرم تھے ٭

جلسہ علامہ اقبال کی اِس غزل سے شروع ہوا ؎

نہ آنے ہمیں اِس میں تکرار کیا تھی
مگر وعدہ کرتے ہوئے عار کیا تھی

اِس کے بعد مولانا حماقت اُور شیدی سستی دروازے والے نے تقریریں کیں۔ یہ تقریریں گو طبقۂ جہلاء کو مشتعل کرنے کے لئے کافی تھیں۔ لیکن قانونی نقطۂ نظر سے کوئی بات قابلِ گرفت نظر نہیں آئی۔ مولانا حماقت نے اپنی تقریر کے آخر میں کہا کہ اس اغوا میں بڑے بڑے ہندوؤں کا ہاتھ ہے۔ چنانچہ اُنھوں نے کل ہی ایک ہندو وزیر کو سیٹھ ددھاوامل کے ہاں مردودِ ازلی پیڑا رام کے ہاتھ کے بنے ہوئے گول گپّے کھاتے ہوئے دیکھا ہے۔

مولانا ایک پیشہ ور لیڈر ہیں۔ اُور چونکہ قوم کے چندے پر ہی اُن کی خوش حالی کا دار و مدار ہے، اس لئے ہر نئی تحریک میں پیش پیش رہتے ہیں۔ حال ہی میں اُنھوں نے شمیشم طوائف سے شادی کی ہے۔

شیدی سستی دروازے والے کا نام دفعہ دس کی فہرست میں موجود ہے۔

تقریروں کے بعد اسسٹنٹ سیکرٹری مجلسِ اسلامیہ نے قرار داد پیش کی کہ حکومت سے اِس معاملے میں تحقیقات کی پُر زور درخواست کی جائے اُور چندہ جمع کرکے مرزا جانی کی طرف سے پیڑا رام اُور اُس کے

ساتھیوں پر مقدمہ دائر کیا جائے ۔

آخر میں مرزا مشیران بیگ نے مولانا حماقت کو ایک سَو روپیہ کا چیک دیا اَور کہا اُنہیں برادران اسلام سے پُوری پُوری امید ہَے کہ اسمبلی کے اِنتخاب کے موقع پر وہ اِس چیک کو نہیں بھُولیں گے ۔

دستخط صُوبے خاں انسپکٹر سی آئی ڈی

لاچور۔ ۲ر اپریل

لاچور میں ہندُو مسلم فساد کی آگ بھڑک اُٹھی

ہندُو کا کیا بنے گا؟

لاچور۔ ۲ر اپریل۔ کل شام جوتی دروازے کے باہر شریمتی شبراتن دیوی کے سلسلے میں کوئی شرارت کرنے کی غرض سے کچھ شُہدے مسلمان جمع ہوئے۔ اُنہوں نے ہندو جاتی کو نیچا دکھانے کے لئے طرح طرح کے پروگرام بنائے اَور شریمتی جی کو زبردستی اُٹھا لے جانے کے مشورے کئے۔ ایک چشم دید گواہ کا بیان ہَے کہ جلسہ سے واپسی پر مجمع جب سائلی دروازہ کے اندر پہنچا تو اُس نے ہندوؤں کی دکانیں لوٹنی شروع کر دیں اَور کئی مقامات پر آگ لگا دی ۔

حیرت کی بات ہے کہ ابھی تک حکومت خاموش

بیٹھی ہے کیا یہ صاف طور پر مُسلم نوازی نہیں۔ ہندو لیڈروں کو چاہئے کِہ وُہ ایسی حکومت سے جِس کی باگ ڈور ایک مسلمان وزیرِ اعظم کے ہاتھ میں ہے ، اِنصاف کا خیال چھوڑ دیں اَور خوُد اپنے زندہ ہونے کا ثبوت دیں ۔

بحضور فیض گنجور جناب ڈپٹی کمشنر صاحب بہادر لاچور

جنابِ عالی !

مَیں پردھان آریہ سماج حسب ذیل عرض پرداز ہوں۔ کچھ دن ہوئے آریہ سماج مندر میں ایک مسلمان دیوی کو شدھ کیا گیا تھا ۔ یہ دیوی خوُد اپنی مرضی سے ہندو ہوئی ہے لیکن کچھ شرارت پسند مسلمانوں نے غلط بیانیوں سے کام لے کر عوام کو مشتعل کر دیا ہَے ۔ چنانچہ کل رات مسلمانوں کے ایک مجمع نے سائلی دروازے کے اندر کئی ہندوؤں کی دکانوں کو لُوٹ لیا اَور انہیں آگ لگا دی ۔

اِس وقت ہماری جان و مال سخت خطرے میں ہَے۔ شہر بھر میں ہندُو دکانیں بند ہیں ۔ مہاجن کار و بار چھوڑ کر گھر میں چارپائیوں کے نِیچے پناہ گزیں ہَیں اَور ہر ہندو کو دن میں کئی بار دھوتی بدلنے کی ضرورت پڑ رہی ہَے ۔

ہماری دست بستہ التماس ہَے کہ آپ جلد از جلد ہماری عزّت و آبرُو کے تحفّظ کا انتظام کر کے حُسن تدبیر کا ثبوت دیں ۔

دستخط پردھان آریہ سماج۔ ۲ راپریل

درخواست تھانہ متعلقہ کو رپورٹ کے لئے بھیجی جائے۔

دستخط صاحب ڈپٹی کمشنر بہادر

۲؍اپریل

تفتیش کی گئی۔ رپورٹ بالکل غلط ہے۔ کل رات ایک افیونی بیڑی پیتے پیتے سو گیا تھا۔ جس سے اُس کے بستر کو آگ لگ گئی۔ میرے خیال میں اِس رپورٹ کی بنا اِسی واقعہ پر ہے۔

دستخط سب اِنسپکٹر پولیس سائلی دروازہ

۲؍اپریل

درخواست داخل دفتر کی جائے۔

دستخط صاحِب ڈپٹی کمشنر بہادر

۲؍اپریل

روز نامہ "مسلم" لاچور

برادرانِ اِسلام کا عظیم الشّان اجتماع

غیرتِ ملّی کے پُرجوش مظاہرے

لاچور۔ ۲؍اپریل۔ کل شام کو جوتی دروازے کے باہر برادرانِ اسلام کا ایک عظیم الشّان اجتماع ہوُا۔ تقریبًا دو لاکھ مسلمانوں نے شبراتن بی بی کے اغوا پر صدائے احتجاج بلند کی۔

ہمارے نامہ نگار کا بیان ہے کہ غیرتِ مّلی کا اِس قدر پُر جوش مظاہرہ آج تک دیکھنے میں نہیں آیا۔ دُور تک سر ہی سر نظر آتے تھے۔ جلسہ میں مختلف قرار دادیں پاس کی گئیں اَور کئی ہزار روپیہ چندہ جمع ہُوا۔

فخرِ قوم مرزا مشیران بیگ بھی علاوہ دیگر رہنمایانِ مِلّت کے شریکِ جلسہ تھے۔ انہوں نے شبراتن بی بی ریلیف فنڈ میں ایک ہزار روپیہ اپنی جیبِ خاص سے عطا فرمایا۔

مرزا صاحب مجلسِ اسلامیہ کی طرف سے اسمبلی کے آئندہ انتخابات میں امید وار ہیں۔

بحضور فیض گنجور صاحب ڈپٹی کمشنر بہادر

جناب عالی!

مَیں صدر مجلسِ اسلامیہ حسب ذیل عرض پرداز ہوں۔ ایک ہندو مسمّی پیڑا رام ولد برفی رام نے ایک معزز مسلمان خاندان کی لڑکی مسماۃ شبراتن بی بی بنت جانی مرزا نانبائی کو اغواد کرکے حبسِ بے جا میں رکھا ہُوا ہے۔ میری استدعا ہَے کہ اِس معصوم لڑکی کو جلد از جلد مُوذی ہندوؤں کے پنجے سے نجات دِلائی جائے۔ اَور ان لوگوں کو جو اِس جُرم میں شریک ہیں۔ قرار واقعی سزا دی جائے۔ صحیح تحقیقات پر حکومت کو معلوم ہو

جائے گا کہ اِس معاملے میں بڑے بڑے موٹی توند والے ہندوؤں کا ہاتھ ہے۔

اِس وقت مَیں نے بڑی مشکل سے مسلمانوں کو کسی غیر قانونی کارروائی سے روکا ہوا ہے۔ اگر جلد ہی کوئی قدم نہ اُٹھایا گیا تو معاملہ نازک ہو جائے گا اور اُس کی تمام تر ذمّہ داری آپ پر عائد ہو گی۔

دستخط صدر مجلسِ اسلامیہ

۲راپریل

درخواست تھانہ متعلقہ کو رپورٹ کے لئے بھیجی جائے۔

دستخط صاحب ڈپٹی کمشنر بہادر

۲راپریل

موقع پر جا کر تفتیش کی گئی۔ افرادِ متعلقہ کے بیانات حسب ذیل ہیں:۔

بیان مسمّاۃ کریمن زوجہ جانی نانبائی:۔

"شبراتن میری لڑکی ہے۔ اِس کا خاوند جاموں کوچوان مر چکا ہے۔ خاوند کی زندگی میں بھی وہ میرے ہی پاس رہتی تھی۔ کیونکہ جاموں اِسے پسند نہیں تھا۔ شادی کے دُوسرے دن ہی اِس نے کہہ دیا تھا کہ مَیں کالے سانڈ پر تھوکتی بھی نہیں۔

"کچھ دن ہوئے مَیں اور شبراتن بازار سے واپس آ رہے تھے۔ راستے میں پیڑا رام شراب پیتے ہوئے بیٹھا

تھا۔ اُس نے چھوٹتے ہی شبراتن سے مذاق کرنا شروع کر دیا۔ مَیں نے کہا۔ تیری ماں بہن نہیں ہے جو دُوسروں کی چھوکریوں سے مذاق کرتا ہے"۔

اُس نے کہا "ماں بہن تو ہے۔ اب معشوق چاہیئے"۔

مَیں نے کہا "ٹھہر مَیں جانی کو جا کر بتاتی ہوں۔ اُس نے تیری ..... کو نہ ..... تو"۔

اُس نے کہا "تو کہاں کی بڑی بنی پھرتی ہے۔ میرا تو تیری لڑکی سے دو سال کا یارانہ ہے"۔

مَیں نے شبراتن سے کہا "حرامزادی! تجھے کوئی اَور نہیں ملتا تھا، جو ہندو سے یارانہ جا گانٹھا۔ اِس کمبخت پر بھی عشق کا رجن سوار تھا۔ اپنے باپ پر بھی چوٹ کرنے سے نہ چُوکی۔ کہا۔ پیڑا رام میں نقص ہی کیا ہے؟ ابّا سے تو زیادہ صاف رہتا ہے۔ ابّا تو سال سال بھر نہاتا ہی نہیں۔ مَیں نے کہا جانی کو آنے دے، تمہاری ہڈی پسلی ایک کرا دُوں گی۔ اسی شام شبراتن غائب ہوگئی۔ جانی رات کو دکان سے لوٹا تو مَیں نے اُسے سب کچھ بتا دیا۔ دُوسری رات مولوی دُمدار شاہ کچھ اَور آدمی لے کر ہمارے ہاں آیا۔ اُس نے بتایا کہ شبراتن ہندو ہوکر پیڑا رام کے گھر پڑ گئی ہے .... اَور کہا کہ پیڑا رام پر مقدمہ کرنا چاہیئے۔ جانی نے کہا کہ اُس کے پاس اتنا روپیہ ہی کہاں ہے؟ جو مقدمہ کرے اَور پھر اِس مقدمہ سے سوائے

جگ ہنسائی کے کوئی فائدہ بھی تو نہیں۔ لیکن مولوی ڈمدار شاہ نے سمجھا بجھا کر کچھ کاغذوں پر اُس سے دستخط کرا لئے۔" نشان انگوٹھا مسمّاۃ کریمن زوجہ جانی نانبائی

۴راپریل

بیان مسمّی پیڑا رام ولد برفی رام :۔

"مَیں نے شبراتن کو اغوا نہیں کیا۔ اُس نے اپنی مرضی سے میرے ساتھ شادی کی ہے۔"

دستخط پیڑا رام ولد برفی رام

۴راپریل

بیان مسمّاۃ شبراتن بنت جانی :۔

"مجھے پیڑا رام نے ہرگز اغوا نہیں کیا۔ مَیں اپنی مرضی سے اُس کے ہاں آئی ہوں۔ کیونکہ میری عمر اٹھارہ برس سے زیادہ ہے۔ اس لئے میرے ماں باپ میرے کسی معاملے میں دخل نہیں دے سکتے"۔

نشان انگوٹھا شبراتن بنت جانی

۴راپریل

شہر میں فرقہ وارانہ فضا واقعی خراب ہو رہی ہے۔ شرارت پسند لوگ خواہ مخواہ عوام کو مشتعل کر رہے ہیں۔ مسلمانوں کی چھوٹی چھوٹی ٹولیاں آنکھیں سُرخ کئے ہاتھوں میں اسٹنجوں کے ڈھیلے پکڑے شہر کا گشت لگا رہی ہیں۔ اِدھر بنیے لوگ بھی دھوتیوں میں قلم تراش باندھے پھرتے

ہیں اور لالٹینیں، ترکاری چھیلنے والی چھریوں کو تیز کرنے
میں مصروف ہیں ؛

دستخط سب انسپکٹر پولیس جوتی دروازہ
۳ر اپریل

شہر میں دفعہ ۱۴۴ نافذ کر دی جائے ؛

دستخط صاحب ڈپٹی کمشنر بہادر
۳ر اپریل

روز نامہ "ہندو" لاہور

شریمان لالہ پیڑا رام جی پر مقدمہ

لاہور۔۳۔اپریل۔ جانی نانبائی نے شریمان لالہ پیڑا رام جی پر شریمتی شبراتن دیوی کے اغواء کا مقدمہ دائر کر دیا ہے۔ کل سٹی مجسٹریٹ کی عدالت میں اس مقدمہ کی پیشی ہوگی۔ معلوم ہوا ہے کہ اس مقدمہ میں بڑے بڑے سرکردہ مسلمانوں نے امداد کا وعدہ کیا ہے ؛

ہندو جاتی کو شکایت ہے کہ یہ مقدمہ ایک مسلمان مجسٹریٹ کے سپرد کیا جا رہا ہے۔ حکومت کو چاہئے تھا کہ کسی انگریز مجسٹریٹ کو خاص طور پر اس کے لئے مقرر کرتی ؛

ہم سیٹھ ودھاوا مل جی کے بڑے شکر گزار ہیں کہ انہوں نے پانچ سَو روپیہ اِس مقدمہ کی پیروی کے لئے دان کیا۔

آپ شریمتی جی کے اوصاف سے بے انتہا متاثر ہوئے ہیں اور اکثر تنہائی میں اُن سے گیان دھیان کی باتیں کرتے رہتے ہیں۔

روز نامہ "مُسلم" لاچور

مردُودِ ازلی پیڑا رام پر مُقدّمہ

لاچور۔۳۔اپریل مرزا جانی صاحب نانبائی نے مردُود ازلی پیڑا رام پر مقدّمہ دائر کر دیا ہے کہ اُس نے اُن کی لڑکی شبراتن بی بی کو اغواء کرکے حبسِ بے جا میں رکھا ہوا ہے۔ مقدّمہ کل سٹی مجسٹریٹ کی عدالت میں پیش ہوگا۔ معلوم ہُوا ہے کہ سٹی مجسٹریٹ کا ہندُو اہلکار در پردہ ملزم کی امداد کر رہا ہے۔ ہماری ڈپٹی کمشنر بہادُر سے درخواست ہے کہ وہ اس شخص کو موقوف کرکے کسی مسلمان کو اس کی جگہ دیں۔

روز نامہ "ہندو" لاچور

لاچور میں فرقہ وار فساد ہوگیا
غریب ہندُوؤں کا قتلِ عام
۲۴ ہندو اور ۳ مسلمان ہلاک

لاچور۔ ۵ر اپریل۔ کل سٹی میجسٹریٹ کی عدالت میں فاتح اسلام شریمان لالہ پیڑا رام کے خلاف دائر شدہ مقدّمہ کی پیشی

ہوئی اَور شریمتی شبراتن دیوی کے اِس بیان پر کہ وہ بالغہ ہیں اَور اپنی مرضی سے شریمان جی کے پاس رہتی ہیں شریمان جی کو بری کر دیا۔ لاچور کے سب سرکردہ ہندو احاطہ عدالت میں موجود تھے۔ انہوں نے شریمان جی کو پھُولوں کے ہار پہنائے اَور اشیرباد دی۔ عدالت سے واپسی پر جب وہ جوتی دروازے کے قریب سے گزر رہے تھے، مُسلٹوں کے ایک ہجوم نے اُن پر حملہ کر دیا۔ شریمان لالہ پیڑا رام جی۔ پنڈت ڈھلا رام جی اَور سیٹھ ددھادا مل کو شدید ضربات پہنچیں ۔ اَور انہیں ہسپتال میں پہنچا دیا گیا۔ اِس کے بعد ہجُوم نے سائٹی دروازے کا رُخ کیا اَور وہاں پہنچ کر ہندوؤں کی دکانوں کو لوٹنا اَور جلانا شروع کیا۔ اس وقت تک ۲۳ ہندو اَور ۳ مسلمان ہلاک ہوئے ہیں۔ حکومت نے مارشل لا کا اعلان کر دیا ہے اَور شہر میں ہر طرف گورا فوج گشت کر رہی ہے۔

روزنامہ "مسلم" لاچور

لاچور کے بازاروں میں قیامتِ صغریٰ

فرقہ وارانہ فساد کی تباہی!

۲۳ مسلمان اَور ۳ ہندو ہلاک

لاچور۔ ۵۔ اپریل۔ کل سٹی مجسٹریٹ کی عدالت میں مرزا

جانی نانبائی کے دائر کردہ مقدمہ کی پیشی کے دوران میں ہندوؤں نے شبراتن بی بی سے جبری بیان دلوا دیا کہ وہ اپنی مرضی سے پیڑا رام کے ہاں آئی ہے اور اس طرح ملزم کو بری کرا دیا۔ اِس کامیابی سے شرارت پسند ہندوؤں کا حوصلہ اَور بڑھ گیا اَور اُنہوں نے عدالت سے واپسی پر طرح طرح کے دل آزار نعرے لگائے۔ جن پر مسلمانوں کا ایک مجمع مشتعل ہوگیا اَور رفتہ رفتہ شہر بھر میں دنگا شروع ہوگیا۔ اس وقت تک ۳۲ مسلمان اَور ۳ ہندوؤں کے ہلاک ہونے کی خبر موصول ہوئی ہے۔ شہر میں مارشل لا نافذ کر دیا گیا ہے گورا فوج اَور ایڈیشنل پولیس ہر محلہ میں موجود ہے۔ فخرِ قوم مرزا مشیران بیگ ہندو رہنماؤں سے مل کر صلح کی کوشش کر رہے ہیں۔ امید ہے جلد ہی فضا سکون پذیر ہو جائیگی۔

سرکاری اعلان

کل کے فرقہ وارانہ فساد میں ایک شخص ہلاک اَور تین شدید طور پر زخمی ہوئے۔ زخمی سرکاری شفاخانے میں زیرِ علاج ہیں۔ ڈاکٹروں کا خیال ہے کہ انہیں دو ایک دن تک ڈسچارج کر دیا جائے گا۔ شہر میں اب ہر طرح سے امن و امان ہے۔ اگر کوئی خلافِ توقع واقعہ پیش نہ آگیا تو کل مارشل لا منسوخ کر دیا جائے گا۔

دستخط ڈائریکٹر پبلک انسٹرکشن۔ ۵ را پریل

دو ماہ بعد

بحضور فیض گنجور صاحب ڈپٹی کمشنر بہادر

جناب عالی!

مَیں مسمّاۃ شبراتن عرف دیویکا رانی حسب ذیل عرض پرداز ہوں۔ مَیں ایک معزّز مسلمان خاندان کی لڑکی ہوں۔ مُدت سے میرے دل میں خدمتِ وطن کی آرزو ہے۔ چنانچہ کوئی دو ماہ ہوئے، مَیں نے مسلمانوں کی وطن دُشمنی سے برگشتہ خاطر ہوکر ایک ہنُدو مسمّی پیڑا رام سے شادی کر لی۔ پیڑا رام کے ساتھ رہ کر مجھے معلوم ہُوا کہ ہندو بھی وطن پرستی سے زیادہ سرمایہ پرستی کی طرف مائل ہیں۔ اِس راز کو پاکر مَیں نے پیڑا رام کو چھوڑ دیا۔

اب بڑی سوچ بچار کے بعد مَیں اس نتیجے پر پہنچی ہوں کہ اِس خطۂ زمین میں جہاں برادرانِ وطن ناداری کی وجہ سے اکثر شادی کے اخراجات برداشت نہیں کر سکتے۔ میرے جیسی محبِّ وطن لڑکی کے لئے سب سے بڑی خدمت یہی ہے کہ وہ بازارِ حُسن میں بیٹھ کر اُن کے روندے ہوئے جذبات کی تسکین کا باعث ہو۔

اِس لئے میری التماس ہے کہ مجھے اِس پیشے کی اجازت دی جائے۔ گو مَیں امُورِ خانہ داری سے ناآشنا ہوں اور میری کوئی تعلیم بھی نہیں۔ لیکن ایک طوائف کے سب اوصاف کی حامل ہوں۔ کولے مٹکانا جانتی ہوں، آنکھ میچ کر اشارہ کرنے

میں طاق ہوں اور بے باکی شاید ورثے میں ملی ہے۔ شکل و صورت میں بھی میں کسی حسین عورت سے پیچھے نہیں ہوں۔ میرا رنگ چنبیلی کے پھول سا ہے۔ آنکھیں ہرن کی سی ہیں۔ اور ہونٹ سرخ بانات کی طرح ہیں۔ سچ تو یہ ہے کہ شاید مجھے دیکھ کر آپ کے دہن مبارک سے بھی رال ٹپک پڑے۔ اگر ارشاد ہو تو کسی شام کو انٹرویو کے لئے آؤں

نشان انگوٹھا شبراتن ۵ جون

درخواست تھانہ متعلقہ کو رپورٹ کے لئے بھیجی جائے

دستخط صاحب ڈپٹی کمشنر بہادر

۵ جون

شبراتن جانی نانبائی کی لڑکی ہے۔ اسی کے ہندو ہو جانے پر شہر میں فرقہ وارانہ فساد ہوا تھا

دستخط انسپکٹر پولیس سائلی دروازہ

۶ جون

افرادِ متعلقہ سے دریافت کیا جائے کہ کوئی عذر دار تو نہیں

دستخط صاحِب ڈپٹی کمشنر بہادر

۶ جون

افراد متعلقہ کے بیانات حسب ذیل ہیں:۔

بیان پیڑا رام ولد برنی رام:۔

میں کوئی عذر داری کرنا نہیں چاہتا۔ شبراتن کا سیٹھ دوھادامل سے یارانہ ہے۔ میں اس حرامزادی کے ہاتھوں

ملازمت سے برطرف ہو کر مفلسی کی زندگی بسر کر رہا ہوں +

دستخط پیڑا رام ۷ جون

بیانِ کریمن زوجہ جانی نانبائی :-

شبراتن کو ہرگز اجازت نہ دی جائے۔ ہماری ناک کٹ جائے گی +

نشان انگوٹھا کریمن زوجہ جانی

۷ جون

بیان صدر مجلسِ اسلامیہ :-

مجلسِ اسلامیہ کوئی عذر داری نہیں کرنا چاہتی +

دستخط صدر مجلسِ اسلامیہ

۷ جون

بیان پردھان آریہ سماج :-

آریہ سماج کوئی عذر نہیں کرنا چاہتی +

دستخط پردھان آریہ سماج

۷ جون

سائلہ کی درخواست منظور کی جاتی ہے +

دستخط صاحب ڈپٹی کمشنر بہادر

۸ جون

اپنا اپنا ظرف

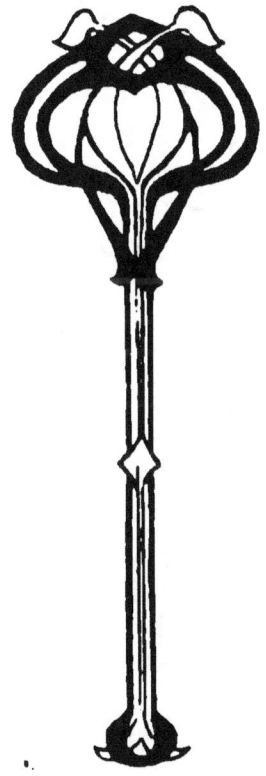

اپنا اپنا ظرف

"کبھی ہوش رُبا دوشیزہ کو اپنی طرف متوجہ دیکھ کر تمہارے دل کی کیا کیفیت ہوگی؟" اس نے کہا۔

"میرے دل کی . . . ہی ہی ہی ہی" میرے مُنہ میں اس طرح پانی بھر آیا کہ میں سوائے ایک بے معنی ہنسی کے کوئی جواب نہ دے سکا۔

"ہاں ہاں! تمہارے دل کی" اُس نے کہا۔ "تم جوان ہو، وجیہہ ہو، حُسن پرست ہو۔ کیا تمہارے دل پر اس کا کچھ بھی اثر نہیں ہوگا؟"

"ہوگا اور ہُوا ہے" میں نے اپنے شوق کو دبا کر جواب دیا۔

"کیا؟"

"میری رگوں میں خون دوڑنے لگے گا" میں نے اسی قسم کے ایک واقعہ کو یاد کرکے کہا۔ جب ایک لڑکی نے جو اپنے دریچے میں بیٹھی میری ہی ایک تصنیف کا مطالعہ کر رہی تھی۔ میری طرف دزدیدہ نظر سے

دیکھا تھا "میں بن پئے شرابی سا ہو جاؤں گا اور میرا دل .... میرا دل بس دل کی تو بات ہی رہنے دو"۔

"خیر اس طرح کا احساس تو شاید ہر انسان کو ہوگا۔ لیکن اس کے بعد تم کیا کروگے؟"

" اس کے بعد... اس کے بعد... رات دن اُس کی صُورت آنکھوں کے سامنے پھرتی رہے گی۔ اُس کی تعریف میں غزلیں کہوں گا۔ مضامین میں کسی پیرائے سے اپنے شوق کا تذکرہ کردوں گا اور ... اور اس طرح شاید اس کی طرف سے خط وکتابت کا سلسلہ شروع ہو جائے .... ورنہ ... ورنہ ... بس اور کیا؟"

بس بس اس نے ہنس کر کہا۔ اپنی تعلیم اور ماحول کے پیش نظر تمہارے لئے اتنا بھی غنیمت ہے۔ اِس مقام پر ہر ایک شخص کا ردِّ عمل مختلف اور اُس کی ذہنیت اور ماحول کے مطابق ہوگا۔ کوئی دو برس کا ذکر ہے۔ میں ایک برانچ لائن پر تھرڈ کلاس میں سفر کر رہا تھا۔ ڈبہ تقریباً خالی تھا۔ صرف دو شخص میرے ہمسفر تھے۔ جو ایک دُوسرے سے ذرا فاصلے پر الگ الگ سیٹوں پر بیٹھے ہوئے تھے۔

ان میں ایک سردار صاحب جو وضع قطع میں بالکل گنوار کالٹھ تھے۔ گورمکھی کے ایک دو پیسے والے قصّے کے مطالعہ میں محو تھے اور دُوسرے حضرت جو کسی گاؤں کی

مسجد کے امام معلوم ہوتے تھے، تسبیح ہاتھ میں پکڑے مُنہ ہی مُنہ میں کچھ بُڑبُڑانے کا شغل فرما رہے تھے۔ میں ان دونوں سے الگ ایک کونے میں بیٹھا انگریزی کا ایک ناول پڑھ رہا تھا۔

یکایک گاڑی ایک اسٹیشن پر ٹھہری اور ایک عورت مع بے شمار چھوٹی چھوٹی گٹھڑیوں کے جو میلے کچیلے کپڑوں سے بندھی ہوئی تھیں، ڈبے میں آ سوار ہوئی۔ عورت کی عمر چالیس سے اوپر اور پچاس سے کم ہوگی اُس کی گود میں کوئی ایک سال کا بچّہ اور ساتھ ایک میری عمر کا نوجوان تھا۔ اس عورت اور نوجوان کی شکل میں کافی مشابہت تھی۔ جس سے یہ اندازہ لگانا دُشوار نہ تھا کہ دونوں میں بھائی بہن کا رشتہ ہے۔

اِن کے سوار ہوتے ہی گاڑی چل پڑی۔ مَیں نے ایک سرسری نظر نوواردوں پر ڈالی اور پھر ناول کے مطالعہ میں محو ہوگیا۔ لیکن جلد ہی مجھے یہ اِحساس ہُوا کہ ڈبّے میں وہ پہلا سا سکون نہیں ہے۔

مَیں نے کتاب سے نظر اُٹھا کر دیکھا تو سردار صاحب قِصّہ آنکھوں سے لگائے بڑی اُونچی آواز میں غزل خوانی فرما رہے تھے اور مولوی صاحب ایک بڑبڑاہٹ کے ساتھ تسبیح کے چار چار دانوں کو ذبح کر رہے تھے۔

یہ تھا ڈبے میں عورت کی موجودگی کا اثر۔ عورت جس کی تخلیق کے بعد جنّت سے بھی سکون مفقود ہو گیا تھا۔

وہ میری طرف منہ کئے سامنے کی سیٹ پر بیٹھی تھی۔ نوجوان اس کے ساتھ بیٹھا دوسری طرف منہ کئے کھڑکی سے باہر جھانک رہا تھا۔ مَیں نے بالکل خالی الذّہن ہو کر اس کی طرف دیکھا۔ اچانک ہماری آنکھیں چار ہوئیں اَور یکایک عورت نے اپنی بائیں آنکھ سے بالکل فاحشہ عورتوں کی طرح اِشارہ کیا۔ مَیں نے بوکھلا کر گردن جھکا لی اَور اپنا چہرہ ناول سے چھپا لیا۔ باوا آدم کا کمزور پہلو اُس کے ہر خلف الرّشید میں موجود ہے۔ لیکن کہاں مَیں اَور کہاں ایک چالیس سالہ خالہ جان۔ مَیں نے اس کی طرف دوبارہ دیکھنا اپنے مذاقِ سلیم کی توہین سمجھی اَور مطالعہ میں محو ہو گیا۔

تھوڑی دیر کے بعد میری نظر پھر نادانستہ طور پر اُوپر اُٹھی۔ اب ایک اَور ہی منظر نظر آیا۔ عورت مولوی صاحب کی طرف دیکھ رہی تھی۔ میں کتاب کی آڑ سے دونوں کی نقل و حرکت دیکھنے لگا۔ مولوی صاحب اس کا جواب بُوالہوسی سے دے رہے تھے۔ اُن کی تسبیح چلتے چلتے رُک گئی۔ مگر بُڑبڑاہٹ حسبِ عادت جاری تھی۔ یکایک ایک فصیح اِشارے میں عورت نے پھر اپنی

بائیں آنکھ کو جنبش دی۔ مولوی صاحب کے بدنما ہونٹوں پر ایک مکروہ تبسّم کھیلنے لگا اور اُن کے ڈراؤنے چہرے سے اُن کا تاریک ضمیر نمایاں طور پر جھلک اُٹھا۔

عورت نے اپنی نگاہیں جھکا لیں۔ لیکن مولوی صاحب کے جذبات قابو سے باہر ہو چکے تھے تیر کمان سے نکل چکا تھا۔ پہلے تو اُنہوں نے بیٹھے بیٹھے بے تابی سے پہلو بدلے۔ آخر جب نہ رہا گیا تو بیت الخلا کو جانے کے بہانے اُٹھے۔ عورت وہاں سے قریب ہی بیٹھی تھی۔ آپ دروازے پر آ کر رُک گئے اور عورت کی گودی کے بچے کی طرف دونوں ہاتھوں سے تالیاں بجاتے ہوئے مُسکرا مُسکرا کر دیکھنے لگے۔

تالیوں کی آواز سے بچّہ اُن کی طرف متوجّہ ہو گیا۔ اور آپ نے اسے اپنی گودی میں اُٹھا لیا۔

"بڑا نیک بچّہ ہے۔ بڑا نیک بچّہ ہے!" آپ نے بچّے کو ایک دو بار اُچھال کر کہا۔

"کہاں جانا ہے آپ نے؟"

عورت نے کچھ جواب دیا، جو میرے کانوں تک پہنچنے سے پہلے گاڑی کی گڑگڑاہٹ کی نذر ہو گیا۔

"کون سے محلّے میں؟"

عورت نے پھر کچھ جواب دیا۔

"کس کے گھر؟"

عورت نے پھر کچھ جواب دیا۔

مولوی صاحب سوالات میں محو تھے۔ بچے نے موقع غنیمت جان کر اپنے دونوں ہاتھ اُن کی ڈاڑھی میں پیوست کر دِئے اور زور زور سے رونے لگا۔ بڑی مشکل سے مولوی صاحب نے اپنی ڈاڑھی کو خطرے سے باہر کیا اور بچے کو اُس کی ماں کی گود میں دے کر "بہت نیک بچہ ہے۔ بہت نیک بچہ ہے۔" کہتے کہتے بیت الخلا میں جاکر پناہ گزین ہوئے۔

عورت پھر میری طرف دیکھنے لگی۔ مَیں نے گھبرا کر ناول کو چہرے کے آگے کر لیا۔

کوئی پانچ منٹ گزرے ہوں گے کہ سردار صاحب جو زور شور سے غزل خوانی فرما رہے تھے، یکایک خاموش ہو گئے۔ مَیں نے کِتاب سے نظر اٹھا کر دیکھا تو پہلے سے بھی زیادہ دلچسپ حالات سے دو چار ہُوا۔ اس دفعہ عورت سردار صاحب کی طرف دیکھ رہی تھی اور سردار صاحب بھی جو عمر میں اُس کے بیٹے معلوم ہوتے تھے۔ بھوکے گیدڑ کی طرح آنکھیں پھاڑے اُس کی طرف دیکھ رہے تھے۔ دفعتہً پھر عورت کی بائیں آنکھ اشارے میں جُھکی۔ سردار صاحب نے برجستہ جواب دیا۔ اور عورت نے نظر نیچی کر لی۔

سردار صاحب نے دوبارہ اُس کو اپنی طرف متوجہ کرنے کے لئے نہایت عُریاں پنجابی شعر اپنی موٹی اور بھدّی آواز میں الاپنے شروع کر دئے اور تال دینے کے لئے اپنے دونوں ہاتھ سیٹ پر پٹکنے لگے۔

میں دل ہی دل میں ان دونوں کی حرکات پر حیران ہو رہا تھا۔ سب سے زیادہ حیرت مجھے اس عورت پر تھی، جو گھر سے شاید لوگوں کا سکونِ قلب تباہ کرنے کے لئے ہی نکلی تھی۔

گاڑی پھر ایک اسٹیشن پر رُکی۔ یہاں ایک دُوسری گاڑی سے اُس کا کراس تھا۔ عورت کا بھائی پلیٹ فارم سے دُوسری طرف اُتر کر آنے والی گاڑی کا اِنتظار کرنے لگا۔ مولوی صاحب وظیفہ کرتے کرتے اُونگھ گئے اور میں نے کتاب اِس طرح چہرے کے آگے رکھ لی۔ گویا مطالعے میں مصروف ہو کر دنیا و مافیہا سے بے خبر ہوں۔

سردار صاحب موقع پا کر اُٹھے اور پلیٹ فارم پر عورت کی کھڑکی کے قریب آ کھڑے ہوئے۔ معاملہ پیچیدہ ہو رہا تھا۔ مجھ سے نہ رہا گیا اور مَیں بھی سردار صاحب کی نظر بچا کر دروازے میں آ کھڑا ہُوا۔ یہاں سے قریب وہ میری طرف پیٹھ کئے کھڑے تھے اور مَیں اُن کی باتیں بآسانی سُن سکتا تھا۔

"اجی سلام ہے جی"! سردار صاحب نے عورت سے

ٹھیٹھ پنجابی میں کہا۔ عورت نے ایک نظر اُن کی طرف دیکھا اور منہ دوسری طرف کر لیا۔

"اوہو! اب نظر بھی نہیں ملتی۔ حُسن پر اتنا غرور اچھا نہیں"۔ سردار صاحب نے پھر کہا۔

عورت نے کوئی جواب نہ دیا۔

"پیاری بول تو سہی۔ کیا یونہی ترسائے گی"؟

عورت نے پھر کوئی جواب نہ دیا۔ مگر اب اس کی حرکات سے پریشانی کا اظہار ہو رہا تھا۔ تنگ آ کر سردار صاحب نے ایک وزنی گالی اُسے دی اور اُس کا آنچل کھینچ کر نہایت ناشائستہ الفاظ میں کچھ کہا۔

عورت گھبرا کر اپنی جگہ سے اُٹھ بیٹھی اور چیخ چیخ کر اپنے بھائی کو آوازیں دینے لگی۔ بھائی دوڑا دوڑا اندر آیا اور سردار صاحب کے ہاتھ میں اپنی بہن کا آنچل دیکھ کر دست و گریبان ہو گیا۔

عورت کی مکّاری کو دیکھ کر میں حیران رہ گیا۔ مولوی صاحب بھی اس چیخ پکار سے جاگ اُٹھے اور مصالحت کی کوشش کرنے لگے۔ اُنہوں نے بڑی دُشواری سے اِن دونوں کو الگ کیا اور نوجوان کو ایک طرف لے جا کر رازدارانہ طریق سے کچھ کہا۔

میں ان کی گفتگو تو نہ سُن سکا۔ مگر جہاں تک میرا خیال ہے، انہوں نے اُس سے اُس کی بہن کی

ہرجائی طبیعت کی شکایت کی اور خود اپنا تجربہ اُس کے ثبوت میں پیش کیا۔

جب وہ بات ختم کر چکے تو نوجوان نے جس کا چہرہ شرم اور غصّے سے سُرخ ہو رہا تھا، گرج کر کہا "مولوی صاحب! بہن کو تو اعصابی کمزوری کی وجہ سے ہر وقت بائیں آنکھ جھپکتے رہنے کی عادت ہے"۔

یکایک میری نظر کے سامنے سے پردہ ہٹ گیا مولوی صاحب ندامت سے بغلیں جھانکنے لگے اور سردار صاحب کا جھاڑی دار چہرہ پیلا پڑ گیا۔

مَیں نے نظر اُٹھا کر دیکھا۔ عورت شرم و حیا سے عرق عرق نگاہیں نیچی کئے میرے سامنے بیٹھی تھی اور اس کی بائیں آنکھ کچھ وقفے کے بعد برابر اِشارے میں جھپک رہی تھی۔ گویا گودی کے بچّے کو دعوت نشاط دے رہی ہے۔

راکھش

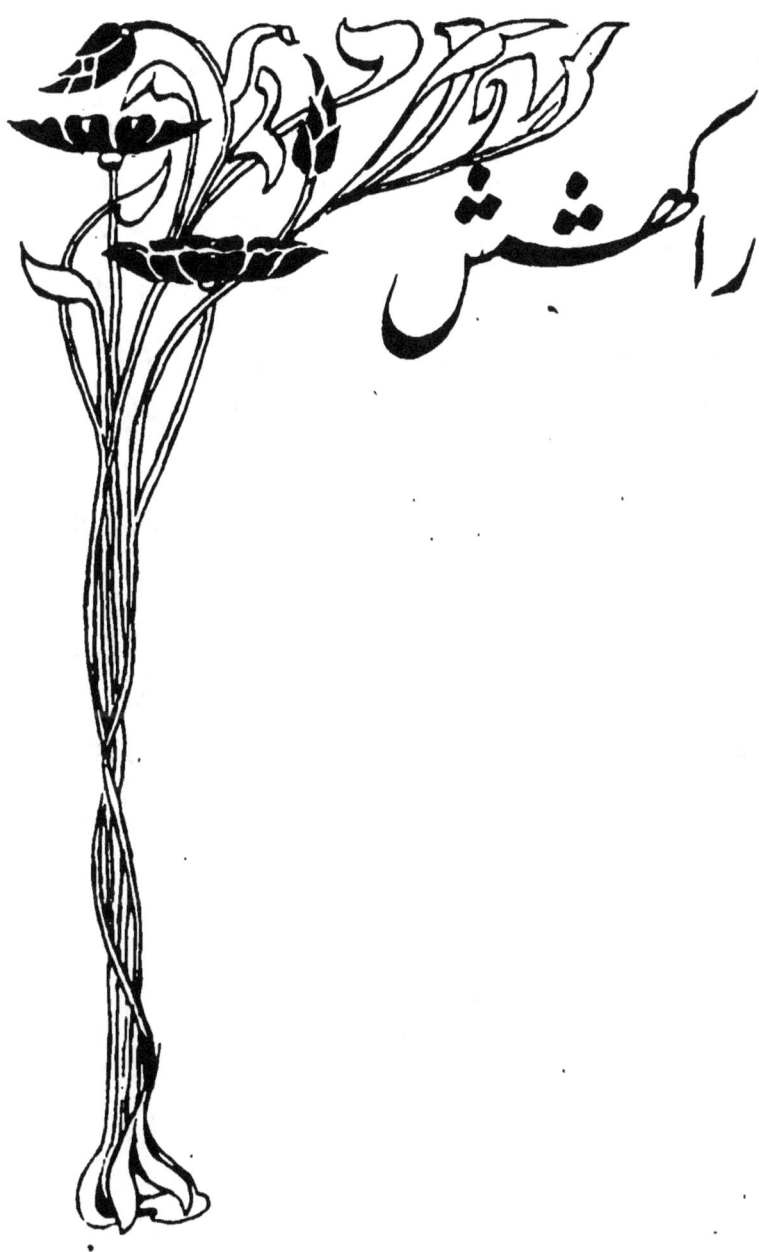

﴿یہ کہانی قطعی فرضی اور ہارون رشید کے زمانے سے متعلق ہے ۔ کسی موجودہ فرد یا جماعت کی طرف ہرگز اشارہ نہیں ۔﴾

راکھشش

(نئی الف لیلہ کا ایک ورق)

ایک ہزار راتوں کے بعد جب پھر رات آئی، تو شہر زاد نے کہا:۔

بادشاہ سلامت! اسمبلی کے اُمیدوار نے جولاہے کو بُلا کر ایک پیالی چائے اور نمکین بسکٹ سے اس کی تواضع کی۔ جب جولاہا فارغ ہوا تو اسمبلی کے اُمیدوار نے کہا۔ "اے جولاہے! تو نے میرا نمک کھایا ہے۔ اب اگر تُو نے مجھے ووٹ نہ دیا۔ تو تُو نمک حرام کہلائے گا"۔ جولاہے نے ہاتھ جوڑ کر کہا۔ میرے ساتھ وُہی سلوک نہ کیجئے، جو زمیندار نے پٹواری کے ساتھ کیا تھا"۔

بادشاہ سلامت مونگ پھلی کھاتے کھاتے رُک گئے۔

"زمیندار نے پٹواری کے ساتھ کیا سلوک کیا تھا؟" اُنہوں نے بڑے شوق سے دریافت کیا۔

جو درزی نے بنئے کی بیوی کے ساتھ کیا تھا"۔

شہر زاد نے جواب دیا۔

"اچھی شہر زاد! آ تجھے مونگ پھلی دُوں۔" بادشاہ سلامت نے دو دانے اُس کی طرف بڑھاتے ہوئے کہا۔
"اور اگر تُو مجھے بتا دے کہ درزی نے بنیئے کی بیوی کے ساتھ کیا کیا تھا تو کل میں قرض اُٹھا کر بھی تجھے سٹینڈرڈ کلاتھ کا کُرتہ پاجامہ سِلوا دُوں گا۔"

"درزی نے بنیے کے ساتھ وہی سلوک کیا تھا جو راکھشش نے پری کے ساتھ کیا تھا۔" شہر زاد نے مُسکرا کر کہا۔

"شہر زاد! خُدا کے لئے بتا۔ راکھشش نے پری کے ساتھ کیا کیا تھا۔" بادشاہ سلامت نے بے تابانہ التجا کی۔ "میں تجھے کُرتے پاجامے کے علاوہ وہ سوا روپے والا سلیپر بھی لا دُوں گا، جو تُو نے اُس روز شیخ کی دُکان پر پسند کیا تھا۔"

"کیا یہ سچّا وعدہ ہے؟" شہر زاد نے پُوچھا۔

"ہاں ہاں! بالکل سچّا۔" بادشاہ سلامت نے جواب دیا۔

شہر زاد نے کہانی اِس طرح شروع کی :۔

"بادشاہ سلامت کسی شہر میں ایک بے روزگار نوجوان رہتا تھا۔ وہ بے چارا دن بھر ملازمت کی تلاش

میں آوارہ پھرتا اور شام کو ناکام لوٹ آتا۔ ایک شام جب وہ دن بھر کی سرگردانی کے بعد دل شکستہ گھر کو جا رہا تھا۔ اُسے بازار میں ایک پری نظر آئی، جو سفید براق لباس زیب تن کئے سر پر سفید تاج رکھے ایک دُکان پر بیٹھی تھی۔

گو چچا سعدی کی رائے میں بھوک دُشمنِ عشق ہے۔ لیکن دنیا نے عشق کو اکثر خالی معدے پر ہی وار کرتے دیکھا ہے۔ پری کو دیکھ کر نوجوان دیوانہ وار اُس کے عشق میں مبتلا ہو گیا اور بے سوچے سمجھے اُس دُکان میں جا داخل ہوا۔

پری اُسے دیکھ کر مُسکرائی بھی اور رو بھی دی۔

"یہ تمہارا مُسکرا کر رو دینا کیا معنی؟" نوجوان نے دریافت کیا۔

"میں مُسکرائی اِس لئے" پری نے کہا "کہ مجھے تمہاری آنکھوں میں محبّت کی روشنی نظر آئی اور روئی اِس لئے کہ یہاں ایک رقیب رہتا ہے، جو ابھی آ کر تمہاری زندگی برباد کر دے گا۔"

"لیکن یہ تو کسی ڈاکٹر کی ڈسپنسری معلوم ہوتی ہے۔" نوجوان نے شیشیوں کی قطاروں کی طرف دیکھ کر حیرت سے کہا۔

"ہاں! یہ ڈاکٹر کی ڈسپنسری ہی تو ہے۔"

"لیکن تم نے تو ابھی کہا تھا کہ یہاں ایک راکھشش رہتا ہے"۔

"تم بڑے سادہ لوح ہو" پری نے کہا۔ "پرانے زمانے میں جن کو راکھشش کہا جاتا تھا۔ اب انہیں کو ڈاکٹر کہا جاتا ہے"۔

"اوہو!... یہ بات ہے..... لیکن تم تو پری ہو نا؟"

"ہاں! کسی زمانے میں مجھے پری کہا جاتا تھا۔ لیکن اب نرس کے نام سے مشہور ہوں"۔

"لیکن مَیں یہ نہیں سمجھا کہ ڈاکٹر میری زندگی کیوں برباد کردے گا"؟

"آؤ دیکھو، اِن سب کی زندگی ڈاکٹر کے ہاتھوں ہی برباد ہوئی" نرس نے انسپکشن رُوم کا پردہ ہٹا کر کہا۔

نوجوان نے کمرے میں جھانک کر دیکھا۔

دروازے کے قریب ایک ساٹھ سالہ شخص جو وضع قطع سے رئیس معلوم ہوتا تھا۔ رونی صورت بنائے ایک آرام کرسی پر بیٹھا تھا۔ اُس کی دونوں پنڈلیوں پر بیشمار پٹیاں بندھی ہوئی تھیں۔

اُس سے دُور ہٹ کر ایک نوجوان حسینہ جس کا رنگ سرسوں کی طرح زرد تھا، ایک کرسی پر بیٹھی کراہ رہی تھی"۔

اُس کی دُوسری طرف ایک ادھیڑ عمر کا آدمی سر جھکائے بیٹھا تھا۔ یہ آدمی گو بظاہر تندرست معلوم ہوتا تھا۔ لیکن کچھ اِس طرح حُزن و ملال میں ڈوبا ہؤا تھا۔ جیسے موت کی سزا کا منتظر ہو۔

اِن سب سے الگ ایک عورت جس کی صُورت سے مفلسی برس رہی تھی، فرش پر ایک ہڈیوں کے ڈھانچے کو گود میں لئے بیٹھی تھی۔ یہ ہڈیوں کا ڈھانچہ اُس کا بیمار بچہ تھا۔

"یہ کَون ہیں؟" نوجوان نے پریشان ہوکر دریافت کیا۔

"مریض" نرس نے اِس منظر پر پردہ گراتے ہوئے جواب دیا۔

"لیکن ... لیکن یہ بے چارے تو امراض کے ہاتھوں برباد ہیں۔"

"نہیں .... ان کی بربادی کا ذمّہ دار خُود ڈاکٹر ہے۔"

"ڈاکٹر" نوجوان نے حیران ہو کر کہا۔

"ہاں!" نرس نے کہا۔ "اسی لئے تو میں ڈرتی ہوں۔ کہ وہ کہیں تمہاری زندگی بھی برباد نہ کردے۔"

"لیکن مَیں مریض تو نہیں ہوں .... مَیں تو .... میں تو صرف تمہیں دیکھ کر چلا آیا۔"

"تم مریض ہو یا نہیں۔ ڈاکٹر تمہیں ایک منٹ میں باور کرا دے گا کہ تم دو دن سے زیادہ زندہ نہیں رہ سکتے یہاں سوال تو یہ ہے کہ تمہارے جیب میں زر ہے یا نہیں"۔

"میرے پاس تو کوڑی بھی نہیں۔ میں مدّت سے بے کار ہوں"۔

اگر تمہیں معلوم ہو جائے کہ علاج کے بغیر تمہاری زندگی ناممکن ہے تو تم شاید چوری کرکے بھی ڈاکٹر کی فیس ادا کرنے پر تیار ہو جاؤ گے"۔

"ہاں!.... میں ابھی مرنا نہیں چاہتا"۔

"تو بس پھر یہاں تمہاری خیر نہیں..... اُف! ڈاکٹر کی کار کا ہارن سنائی دے رہا ہے۔ اب تم یہاں سے بھاگ بھی نہیں سکتے"۔

"پھر کیا کیا جائے؟" نوجوان نے بوکھلا کر پوچھا۔

گھبراؤ نہیں، میں تمہیں مکھی بنا کر دروازے کے ساتھ چپکائے دیتی ہوں"۔

"مکھی بنا کر.... مجھے مکھی.....؟"

"ہاں!" نرس نے مسکرا کر کہا "لیکن تم پریشان کیوں ہوتے ہو"؟ اس زمانے میں مکھی بنانا بھی صرف استعارے کے طور پر استعمال ہوتا ہے۔ آؤ اس پردے کے پیچھے چھپ جاؤ۔

نوجوان پردے کے پیچھے پہنچا ہی تھا کہ یکایک آیڈو فارم کی بُو آندھی کی طرح آئی۔ الماری میں دواؤں کی شیشیاں لرزنے لگیں اور ڈاکٹر لمبے لمبے ڈگ بھرتا ہوا آ پہنچا۔

"کوئی مریض؟" اُس نے آتے ہی دریافت کیا۔

"چار" نرس نے کہا "سب انسپکشن رُوم میں بیٹھے ہیں۔"

ڈاکٹر انسپکشن روم میں چلا گیا۔

"دیکھا راکھشش کس طرح آدم بُو.... آدم بُو کرتے ہوئے آیا ہے" نرس نے سرگوشی میں کہا۔

"اُس نے تو صرف مریضوں کے متعلق بات کی ہے۔"

"تمہیں کہاں تک سمجھاؤں کہ اِس زمانے میں الفاظ بدل گئے ہیں۔ لیکن مطلب وہی ہے۔"

"کہئے میر صاحب! طبیعت کیسی ہے؟" ڈاکٹر نے انسپکشن رُوم میں جاکر دریافت کیا۔

"ڈاکٹر صاحب! مَیں ہزاروں روپے آپ کی نذر کر چکا ہوں، لیکن ذرا بھی افاقہ نہیں ہوا۔"

"میر صاحب! مَیں ڈاکٹر ہوں، جادُوگر نہیں ہُوں۔ جو دم بھر میں آپ کو تندرُست کر دُوں۔ جوڑوں کا درد جاتے ہی جاتے جاتا ہے.... اور آپ کا یہ ارشاد

بھی غلط ہے کہ میں آپ سے ہزاروں روپے وصول کر چکا ہوں۔ آپ ایک ماہ سے میرے زیرِ علاج ہیں اور اس وقت تک آپ سے صرف نو سو چالیس روپے دو آنے نو پائی وصول ہوئے ہیں۔ آٹھ سو ستّر روپے آٹھ آنے تین پائی کی رقم ابھی آپ کی طرف واجب الادا ہے۔"

"ڈاکٹر صاحب! مطمئن رہئے۔ آپ کا بل کل ہی ادا کر دیا جائے گا۔ لیکن یہ تو فرمائیے کہ اس قدر روپیہ خرچ کرکے بھی مجھے کیا فائدہ پہنچا ہے؟ اوّل اوّل آپ کی دوائی سے کچھ افاقہ ہونے لگا تھا۔ لیکن آپ نے فوراً دوائی ہی بدل دی۔ پہلی دوائی سے میں شاید اب تک اچھا بھی ہو گیا ہوتا۔"

"اگر میں اپنی دوائی تبدیل نہ کر دیتا تو وہ آپ کے جسم سے زہریلا مادہ خارج کئے بغیر آپ کا جوڑوں کا درد دُور کر دیتی اور نتیجہ یہ ہوتا کہ آپ ایک ماہ کے اندر اندر فالج کا شکار ہو جاتے۔"

"ڈاکٹر صاحب! مجھے اب آپ کی دوا پر اعتقاد نہیں رہا۔ مولوی..... صاحب ڈاکٹر قضا سے جوڑوں کے درد کا علاج کرا رہے ہیں اور انہیں بڑا افاقہ ہے۔ میں بھی اب اُنہیں سے مشورہ چاہتا ہوں۔"

"خیر تو میرا وقت ضائع نہ کیجئے اور ڈاکٹر قضا کے پاس ہی تشریف لے جائیے۔" ڈاکٹر نے مُنہ پھیر کر بددماغی

نے سے کہا۔

"یہ بوڑھے لوگ بھی سنکی ہوتے ہیں۔" میر صاحب کے جانے کے بعد ڈاکٹر نے مصنوعی تبسّم ہونٹوں پر لاتے ہوئے نوجوان حسینہ کی طرف متوجّہ ہو کر کہا۔ "کہیئے آپ کی طبیعت اب کیسی ہے؟"

"ناتوانی بدستور ہے۔ اُٹھتے بیٹھتے سر کو چکّر آتے ہیں اور آنکھوں کے آگے اندھیرا سا چھا جاتا ہے۔"

"آپ کی بیماری ذرا پیچیدہ سی ہے اور آپ کو ایک طویل مدّت تک طبّی امداد کی ضرورت ہے.... کیا کہا تھا آپ نے آپ کی جائداد پچاس ہزار کی مالیت کی ہے نا؟

"جی ہاں!"

"تو پھر آپ کل شام کو میرے گھر پر تشریف لائیں آپ کے مرض پر یہاں پُوری طرح غور نہیں ہو سکتا۔ فی الحال ایک پیٹنٹ دوائی لکھ دیتا ہوں، بازار سے خرید لیجیے۔"

حسینہ کے جانے کے بعد اُس ادھیڑ عمر کے آدمی کی طرف توجہ کی۔

"کہیئے آپ نے اپنا پیشاب ٹیسٹ کرایا؟"

"جی ہاں!" اُس نے ایک پرچہ ڈاکٹر کے ہاتھ میں دیتے ہوئے کہا۔ "انہوں نے شوگر کی موجودگی کہیں نہیں

بنائی۔ البومن کے متعلق کچھ لکھا ہے"؟

"ٹیسٹ میں کوئی غلطی ہو گئی ہو گی"۔ ڈاکٹر نے کہا۔
"میں پورے سوا سال سے پریکٹس کر رہا ہوں۔ شہر کا نیا قبرستان میرا ہی بسایا ہؤا ہے۔ اتنے تجربے کے بعد میری تشخیص غلط نہیں ہو سکتی۔ آپ اپنا پیشاب کل دوبارہ ٹیسٹ کرائیں"۔

"کیوں ری تو کیا چاہتی ہے؟" اس مریض کے چلے جانے کے بعد ڈاکٹر نے ترش رُو ہو کر مفلس عورت سے دریافت کیا۔

"ڈاکٹر صاحب! میرا بچّہ"۔

"تمہیں کل جو بتایا تھا کہ تمہارے بچّے کے دماغ میں رسولی ہے۔ اپریشن کرانا چاہتی ہے؟"

"ڈاکٹر صاحب! لوگوں نے کہا ہے کہ دماغ کا اپریشن صرف سَو میں ایک دو بار کامیاب ہوتا ہے"۔

"تو پھر"؟

"دوا دارُو سے ہی اس کا علاج کیجئے"۔

"دوا دارُو کے لئے پیسے ہیں تمہارے پاس؟"

"نہیں"۔

"تو پھر میرا وقت ضائع نہ کرو۔ اپریشن کے لئے تو میں تیار تھا کہ کچھ تجربہ ہی حاصل ہو جاتا"۔

"ڈاکٹر صاحب! میرے والد آپ کے والد کے ساتھ

اِکٹھے پکوڑے بیچا کرتے تھے۔ مَیں آپ کو اُن کی دوستی کا واسطہ دیتی ہوں"۔

"بس بس زیادہ بکواس نہ کرو۔ اگر دوا کے لیئے پیسے نہیں ہیں تو تھوڑا سا زہر لے جاؤ .... ڈاکٹر امیر لوگوں کے لئے ہوتے ہیں، جُوتی چوروں کے لیئے نہیں اَور مَیں تو ڈاکٹر ہونے کے علاوہ خلیفہ کے لشکر میں کپتان بھی ہوں۔ یعنی ڈاکٹر کم اَور حاکم زیادہ .... میرا تو تم جیسے لوگوں سے بات کرنا بھی بے عزّتی ہے"۔

مفلس عورت کے جانے کے بعد ڈاکٹر نے ٹیلیفون اُٹھایا۔

"ڈاکٹر قضا .... مَیں ہوں ڈاکٹر اجل، آداب عرض! میر صاحب کے کیس کا شاید مَیں نے آپ سے ذکر کیا تھا۔ کل وہ آپ کے پاس مشورے کے لئے آئیں گے۔ ذرا خبردار رہیئے۔ شکار موٹا ہے۔ کہیں ہاتھ سے نہ جاتا رہے .... بس .... ہاں انہیں آرام تو دو دن میں آ سکتا ہے۔ لیکن ہم لوگوں کو بھی تو اپنے بال بچّوں کی روزی کا خیال چاہیئے .... اَور ہاں کیا آپ کو اُس لڑکی کا کیس یاد ہے، جس کا ناجائز حمل آپ نے گرایا تھا؟ .... کیا واقعی اُس کی جائداد پچاس ہزار کی مالیّت کی ہے۔ .... وہ اب میرے پاس علاج کے لئے آئی ہے؟ .... ہاں تو بڑے مزے کا ہے خی خی خی خی .... کل میری

کوٹھی پر آئے گی ... اچھا آداب عرض"
ڈاکٹر قضا سے سلسلہ منقطع کر کے اُس نے پھر ڈائل گھمایا۔

"چار سَو بیس کلینک لبارٹیر ..... مینیجر صاحب .. مَیں ہوں ڈاکٹر اجل .... کل مَیں نے ایک کیس آپ کی طرف بھیجا تھا اَور ٹیلیفون پر ہدایت بھی کر دی تھی کہ اُس کے پیشاب میں شکر بتائی جائے۔ لیکن آپ نے بجائے شکر کے البومن بتا دی اَور وہ بھی اِس قدر جیسے ہاتھی کا پیشاب ہو۔ آپ کو معلوم ہونا چاہیئے کہ آپ کے اِس رویّے سے میری تشخیص پر حرف آتا ہے اَور میری پریکٹس کو نقصان پہنچتا ہے۔ پُرانے تعلّقات کی بِنا پر مَیں آپ کو ہر روز کوئی نہ کوئی کیس بھیج دیتا ہوں اَور اِس خدمت کی کمیشن بھی برائے نام ہوتی ہے۔ لیکن پھر بھی آپ لاپروائی سے کام کرتے ہیں ... پچھلے دنوں بھی آپ سے اِسی قسم کی ایک غلطی سرزد ہوئی۔ آپ نے ایک شخص میں اِس قدر شکر بتا دی کہ گویا آدمی نہیں، شکر سازی کا کارخانہ ہے۔ اس کنٹرول کے زمانے میں اگر حکومت کو پتہ چل جاتا تو مریض بے چارے کو بحقِ خلیفہ ضبط کر لیا جاتا ... کل والے کیس کو مَیں دوبارہ آپ کے پاس بھیج رہا ہوں پانچ فی صدی شکر بتا دیجئے ..... اچھا آداب عرض۔"

اس کے بعد ڈاکٹر نے اپنی دن بھر کی آمدنی کا حساب کیا اور نوٹوں سے جیب بھر کر اُٹھ کھڑا ہوا۔

"نرس! مَیں اب مریض دیکھنے جا رہا ہوں" اُس نے کہا۔ "تم دُکان بند کرکے جا سکتی ہو"۔

ڈاکٹر کے جانے کے بعد نوجوان پردے سے نکل آیا۔

"ڈاکٹر ہے نا رکھشش؟" نرس نے کہا۔

"واقعی..... واقعی" نوجوان نے کانپتے ہوئے جواب دیا۔

"تم بڑے نڈھال سے نظر آتے ہو" نرس نے پیار بھری نظر سے اُس کی طرف دیکھ کر کہا۔ "کہیں سچ مچ بیمار تو نہیں؟"

"نہیں" اُس نے سر جھکا کر جواب دیا۔ "ابھی تک تو بیمار نہیں ہوں۔ لیکن مفلسی اور ملازمت کی تلاش میں دن بھر کی سرگردانی شاید بہت جلد بیمار کردے"۔

"مجھے بھی زندگی میں کئی مرتبہ اِن حالات سے دوچار ہونا پڑا ہے" نرس نے اس کا ہاتھ اپنے ہاتھ میں لے کر بھرّائی ہوئی آواز میں کہا۔ "مَیں جانتی ہوں یہ لمحات کِس قدر حوصلہ شکن ہوتے ہیں۔ لیکن تمہیں حوصلہ نہیں ہارنا چاہیئے۔ خدا سب کا رازق ہے۔

کوئی نہ کوئی کام دلا ہی دے گا .... میرے خیال میں اب تمہیں جا کر آرام کرنا چاہیئے۔ ورنہ بیمار ہو جاؤ گے"۔

"کیا یہ ہماری آخری ملاقات ہو گی؟"

"نہیں .... کیوں؟"

"کچھ نہیں یونہی پُوچھا تھا .... تمہیں معلوم ہے۔ آج مَیں دیوانہ وار تمہارے پاس کیوں چلا آیا؟"

"نہیں" نرس نے نگاہیں نیچی کر کے کہا۔ اُس کے رُخساروں پر سُرخی سی دوڑ رہی تھی۔

"نرس! کیا تمہیں کبھی کسی سے محبت بھی ہوئی ہے؟"

"میری طبیعت بھی آج کچھ اچھی نہیں ہے۔" نرس نے دھڑکتے ہوئے دل سے بات ٹال کر کہا "کل اِسی وقت یہاں آ جانا۔ پھر بیٹھ کر باتیں کریں گے"۔

اُس رات نوجوان کی آنکھوں کے سامنے نرس کی موہنی صُورت پھرتی رہی اَور اس کی نیند حرام ہو گئی۔ دُوسرا دن بھی اُس نے بڑی مصیبت سے کاٹا۔ آخر جب خدا خدا کر کے شام ہوئی تو اُس کی جان میں جان آئی اَور وہ ٹھیک وقت مقررہ پر ڈاکٹر کی دکان پر جا پہنچا۔

اُس کو دیکھ کر نرس کی خوبصُورت نیلی آنکھوں

میں ایک لازوال چمک سی پیدا ہو گئی اور اُس کے ریشمیں رُخساروں پر حیا نے گلاب کے پھُول کھِلا دئے۔

"تم آ گئے؟" اُس نے مُسکرا کر کہا۔

"ہاں .... لیکن میرے آنے سے تمہیں پریشانی تو نہیں ہوئی؟" اُس نے اُس کے گرم و گداز ہاتھ کو پیار سے دباتے ہوئے کہا۔

"نہیں، پریشانی کیوں ہو؟"

"کچھ نہیں، مَیں نے یونہی پُوچھا تھا"۔

"مَیں آج بڑی اُداس تھی۔ تمہارے آنے سے یہ اُداسی کچھ کچھ دُور ہو گئی ہے"۔

"یہ اُداسی کیوں؟"

"معلوم نہیں"۔

"مَیں بھی آج تمام دن بڑا اُداس رہا"۔

"کیوں؟"

"بس یونہی"۔

"کیا کہیں ملازمت ملی؟"

"نہیں، آج مَیں کہیں گیا آیا ہی نہیں"۔

"کیوں؟"

"طبیعت اچھی نہ تھی"۔

"اوہو! تم کہیں سچ مچ بیمار تو نہیں ہو؟" نرس نے بے تابی سے پوچھا۔

"بیمار تو ہوں" نوجوان نے جرأت کرکے کہا۔"لیکن میرا علاج ڈاکٹر نہیں کر سکتا۔"

"تو پھر کون کر سکتا ہے؟"

"تم" نوجوان کی زبان لڑکھڑائی۔ ہونٹ لرزے۔ مگر اُس نے کہہ ہی دیا۔

"مَیں" نرس کی جھجک میں شوق کا جذبہ بھی شامل تھا۔

"ہاں تم ...." نوجوان ابھی عرضِ محبت کے لئے موزوں الفاظ ہی ڈھونڈ رہا تھا کہ بازار سے موٹر کے ہارن کی آواز آئی۔

"اُف" نرس نے کہا "یہ تو ڈاکٹر ہے۔ کم بخت نہ جانے آج اِس وقت کس طرح آ گیا۔"

"گھبرانے کی کیا بات ہے، مجھے مکھی بنا دو۔"

"ہاں ہاں .... تم پردے کے پیچھے ہو جاؤ۔"

نوجوان پردے کے پیچھے ہو گیا۔

یکایک آیڈو فارم کی بُو آندھی کی طرح آئی۔ الماری میں دواؤں کی شیشیاں لرزنے لگیں اور ڈاکٹر لمبے لمبے ڈگ بھرتا ہُوا آ پہنچا۔

"کوئی مریض؟"

"نہیں، اِس وقت مریض کہاں؟" نرس نے کہا۔"آپ آج اِس وقت کس طرح چلے آئے؟"

"میں انجیکشنوں کا سامان یہیں بھول گیا تھا"

ڈاکٹر نے میز سے مطلوبہ اشیاء اُٹھائیں اور جانے کے لئے دروازے کی طرف بڑھا۔ لیکن یکایک نرس کی طرف دیکھ کر وہ ٹھہر گیا۔

"نرس!" اس نے اس کی آنکھوں میں آنکھیں ڈال کر کہا۔

"فرمایئے" نرس خوف و ہراس کا مجسمہ بنی ہوئی تھی۔

"آج تم بڑی خوبصورت نظر آ رہی ہو۔ تمہارے ہونٹ مرکری لوشن کی طرح سُرخ اور تمہارا رنگ کیمفر کی طرح خوشبو دار اور لطیف ہے اور تمہاری نگاہیں رگ و پئے میں الکوہل کے انجیکشن کر رہی ہیں۔"

نرس اپریشن رُوم کے مریض کی طرح سہمی کھڑی تھی اور ڈاکٹر کے جذبات کا پارہ گرمیوں کی دُھوپ میں پڑے ہوئے تھرمامیٹر کی طرح تیزی سے چڑھ رہا تھا۔ اُدھر پردے کے پیچھے نوجوان کا بلڈ پریشر لحظہ بہ لحظہ ہائی ہو رہا تھا۔

"نرس!" ڈاکٹر نے پھر کہا "تمہاری بے نیازی کونین مکسچر سے زیادہ کڑوی ہے"

نرس اب بید کی طرح لرز رہی تھی۔ نوجوان کا

جی چاہتا تھا کہ باہر نکل کر ڈاکٹر کا خون پی لے۔ لیکن نرس کی عزت کا خیال اُسے بے بس کئے ہوئے تھا۔

نرس! اگر تم میرے ساتھ شادی نہ کرو گی تو میرے جسم میں وٹامن 'بی' کی کمی واقع ہو جائے گی اور میں کسی ٹی بی سینٹوریم میں ایڑیاں رگڑ رگڑ کر مر جاؤں گا"۔

ڈاکٹر نے اُس کی کمر میں ہاتھ ڈال کر اُسے اپنی طرف کھینچا۔

نرس ابھی تک بمشکل اپنے آپ کو سنبھالے ہوئے تھی لیکن ڈاکٹر کی اِس دست درازی پر اس کی حالت غیر ہو گئی اور وہ بے ہوش ہو کر ڈاکٹر کی گرفت سے زمین پر آ رہی۔

پردے کے پیچھے نوجوان کا بلڈ پریشر انتہا کو پہنچ چکا تھا۔ اگر اُس کا بس چلتا تو ڈاکٹر کو کچّا چبا جاتا۔ لیکن اُس کی حالت اُس شیر کی سی تھی جو آہنی پنجرے میں بند کر دیا گیا ہو۔

نرس کو بے ہوش دیکھ کر عشق پر پیشہ غالب آ گیا اور ڈاکٹر اُسے ہوش میں لانے کے جتن کرنے لگا۔

نرس ہوش میں آئی تو ڈاکٹر نے اُسے ایک آرام کرسی پر بٹھا دیا۔

"اب طبیعت کیسی ہے؟"

اچھی ہے۔" نرس نے مری ہوئی آواز میں کہا۔

"کیا ہو گیا تھا تمہیں؟"

"کچھ نہیں۔"

"اچھا میں اب جاتا ہوں۔ تم بھی دکان بند کر دو اور جا کر آرام کرو۔ تمہاری صحت اچھی نہیں ہے۔ .... اور .... اور آج کی گفتگو کے متعلق اب میں تحریراً ہی کچھ کہوں گا .... کل صبح کی ڈاک میں میرے خط کا انتظار کرنا۔"

ڈاکٹر کے جانے کے بعد نوجوان اوٹ سے نکلا اور نرس کے قریب آ کر بیٹھ گیا۔

"میں اِس رکھشش کو زندہ جلا دوں گا۔"

نرس نے کوئی جواب دینے کے بجائے اپنا سر اُس کے شانے پر رکھ دیا اور رونے لگی۔

"نرس! خدا کے لئے اِس طرح رو کر میری رُوح کو اذیت نہ پہنچاؤ۔" نوجوان نے بیقرار ہو کر کہا۔ "ورنہ میں ڈاکٹر کو صبح سے پیشتر قتل کر کے خُودکشی کر لونگا۔"

"نہیں نہیں۔" نرس نے بدستور روتے ہوئے کہا۔

"تم نہیں جانتے تم کیا کہہ رہے ہو۔"

"میں صرف یہ جانتا ہوں کہ میں تم سے محبت کرتا ہوں اور ایک رکھشش میرے اور تمہارے درمیان

حائل ہونا چاہتا ہے۔"

"تم..... تم نہیں سمجھ سکوگے۔" نرس نے سسکیاں بھرتے ہوئے کہا۔

"تو کیا تم میری محبت کا جواب محبت سے نہیں دے سکوگی؟"

"کیوں نہیں، کیوں نہیں۔" نرس نے اپنی اشک آلودہ آنکھوں سے اُس کی طرف دیکھ کر کہا۔

"تو پھر میرے ساتھ شادی کر لو۔" نوجوان نے اُسے کلیجے سے لگا کر کہا۔

"تمہارے ساتھ میری شادی نہیں ہو سکتی۔" نرس نے دوبارہ اُس کے شانے پر سر رکھ کر روتے ہوئے کہا۔

"کیوں؟"

"مَیں قطعی طور پر اِس رکھشش کے بس میں ہوں۔" نرس نے اشکوں کی جھڑی باندھ کر کہا۔ "ڈاکٹر لوگوں کی جماعت بندی سے تم واقف نہیں ہو۔ اگر مَیں تمہارے ساتھ شادی کر لوں تو نہ صرف اِس ملازمت سے ہاتھ دھو بیٹھوں گی، بلکہ شہر بھر میں کوئی ڈاکٹر میری صورت دیکھنے کا بھی روادار نہ ہوگا...... تم خود بے روزگار ہو۔ محبت بھوک کے مقابلے کی تاب نہ لا سکے گی۔"

"لیکن مجھے ملازمت مل جائے گی۔ تمہاری محبت نے میرے حوصلے بڑھا دئے ہیں"۔ نوجوان نے بے قرار ہو کر کہا:۔ "خدا کے لئے میری درخواست رد نہ کرو۔ .... کہدو.... کہدو کہ تم میرے ساتھ شادی کروگی"۔

"آہ....." نرس نے جواب دیا:۔ "کل صبح کی ڈاک میں میری قسمت کا فیصلہ ہونے والا ہے۔ اس سے پیشتر میں کوئی جواب نہیں دے سکتی"۔

"کیا میں کل صبح تمہیں مل سکتا ہوں"؟

"ہاں! میں گرین سٹریٹ بی بلاک میں رہتی ہوں"۔

اس رات نوجوان پھر ماہیٔ بے آب کی طرح بستر پر تڑپتا رہا۔ پچھلے پہر اُسے نیند کا ایک جھونکا سا آ گیا تو اُس نے خواب میں دیکھا کہ ایک راکھشش جس کی صورت ڈاکٹر سے ملتی جلتی تھی، ایک نہایت حسین پری کو اپنے خوفناک پنجوں میں دبوچے ہوئے ہے۔ اور پری عاجزی سے امداد کی درخواست کر رہی ہے۔ .... اس منظر کو دیکھ کر نوجوان چیخ مار کر اُٹھ بیٹھا۔ اور پھر صبح تک نہ سویا۔

صبح آٹھ بجے کے قریب وہ نرس کے ہاں جا پہنچا۔

نرس کی سُرخ سُرخ آنکھوں سے صاف ظاہر تھا کہ اُس نے رات رو رو کر کاٹی ہے۔ اُس کی پژ مُردہ صورت سے انتہائی بے کسی اور بے بسی ٹپک رہی تھی۔ ... نوجوان اُس کے قریب آ کر بیٹھ گیا۔

"نرس!" اُس نے محبّت بھرے لہجے میں کہا۔ "اپنے آپ کو اِس طرح ہلکان نہ کرو ... تم میرے لئے ہو۔ خدا تمھیں مجھ سے جُدا نہ کرے گا"۔

"مجھے اپنا مستقبل اندھیری رات کی طرح ڈراؤنا نظر آتا ہے"۔ اُس نے آہِ سرد بھر کر کہا۔

"خدا کے لئے ایسا نہ کہو" نوجوان نے اپنی باہیں اُس کے گلے میں حمائل کر کے کہا۔ "محبّت تاریک رات کو بھی دن کی طرح اُجاگر کر سکتی ہے"۔

یکایک کسی نے دروازہ کھٹکھٹایا۔

"اوہ .... ڈاک کا ہرکارہ"۔ نرس نے چیخ کر کہا۔

ایک نیلا لفافہ دہلیز پر پڑا تھا۔ نوجوان نے اُسے اُٹھا کر نرس کے کانپتے ہوئے ہاتھوں میں دے دیا اور خود بے بس ہو کر کرسی پر گر پڑا۔

نرس کو ایسا معلوم ہوا، جیسے اُس نے لفافے کے بجائے کوئی دہکتا ہوا انگارہ اُٹھا رکھا ہے، جو نہ صرف اُس کے ہاتھ بلکہ اُس کی رُوح تک کو جُھلسے جا رہا ہے۔ اُس کا دل ڈوب رہا تھا اور چہرے پر موت کی سی

زردی اُمنڈ آئی تھی ۔

جی کڑا کرکے اُس نے لفافہ کھولا اور اپنی زندگی کا فیصلہ پڑھنے لگی ۔ نوجوان ایک شکست خوردہ سپاہی کی طرح بُت بنا اُس کے سامنے بیٹھا تھا ۔

یکایک نرس نے خط اُٹھا کر اُس کی طرف پھینک دیا اور خود دیوانوں کی طرح زور زور سے قہقہے لگاتی ہوئی کرسی سے گر پڑی ۔

نوجوان نے خط اُٹھا کر پڑھا ۔

یہ بجائے شادی کی درخواست کے ڈاکٹر کی اُس طبی امداد کا بل تھا ، جو پچھلی رات اُس کے بے ہوش ہو جانے پر اُسے پہنچائی تھی ۔

" یہ تھا وہ سلوک جو رکھشش نے پری کے ساتھ کیا ۔ " شہرزاد نے کہا ۔

لیکن بادشاہ سلامت کمبخت گھوڑے بیچ کر سو رہے تھے ۔